STEPHANIE LAURENS

Hasta que llegó él

Editado por Harlequin Ibérica.
Una división de HarperCollins Ibérica, S.A.
Núñez de Balboa, 56
28001 Madrid

© 2013 Savdek Management Proprietary Ltd.
© 2017, Harlequin Ibérica, una división de HarperCollins Ibérica, S.A.
Hasta que llegó él, n.o 223
Título original: And Then She Fell
Publicado originalmente por HarperCollins Publishers LLC, New York, U.S.A.
Traductor: Sonia Figueroa Martínez

Todos los derechos están reservados, incluidos los de reproducción total o parcial en cualquier formato o soporte.
Esta edición ha sido publicada con autorización de HarperCollins Publishers LLC, New York, U.S.A.
Esta es una obra de ficción. Nombres, caracteres, lugares, y situaciones son producto de la imaginación del autor o son utilizados ficticiamente, y cualquier parecido con persona, vivas o muertas, establecimientos de negocios (comerciales), hechos o situaciones son pura coincidencia.

® Harlequin, TOP NOVEL y logotipo Harlequin son marcas registradas por Harlequin Enterprises Limited.
® y ™ son marcas registradas por Harlequin Enterprises Limited y sus filiales, utilizadas con licencia. Las marcas que lleven ® están registradas en la Oficina Española de Patentes y Marcas y en otros países.

Diseño de cubierta: Jon Paul

I.S.B.N.: 978-84-687-8483-0
Depósito legal: M-41316-2016

CAPÍTULO 1

Abril de 1837
Londres

Había llegado la hora de vestirse para lo que auguraba ser una velada difícil. Mientras subía por la escalera de la casa que sus padres poseían en Upper Brook Street, Henrietta Cynster repasó mentalmente la información que iba a tener que darle a su amiga Melinda Wentworth cuando, tal y como habían acordado, se encontrara con ella en el baile de lady Montague.

Soltó un suspiro y al llegar a su dormitorio abrió la puerta, pero se detuvo en seco en el umbral al ver a su hermana menor rebuscando en el joyero que había sobre el tocador. Mary le lanzó una fugaz mirada al oírla llegar, pero siguió rebuscando entre el montón de cadenas, pendientes y abalorios.

Un ligero movimiento desvió la atención de Henrietta hacia el guardarropa que había junto a su cama y vio a Hannah, su doncella, sacando su nuevo vestido de baile de color azul Francia mientras simultáneamente lanzaba miradas de desaprobación hacia la esbelta espalda de Mary.

Entró en el dormitorio y cerró la puerta tras de sí; al igual que ella, su hermana aún llevaba puesto el vestido de día, y la intensa expresión de su rostro despertó su curiosidad. Mary era la benjamina de la familia, y cuando quería algo era tan tenaz y empecinada como un terrier.

—¿Qué buscas?

Mary le lanzó una mirada de impaciencia. Cerró un cajón del joyero y abrió el último, el de abajo del todo.

—El... ¡Aquí está! —metió los dedos, volvió a sacarlos, y su expresión se transformó mientras alzaba su hallazgo suspendido entre los dedos de ambas manos—. Esto era lo que buscaba.

Henrietta observó el collar de delicados eslabones de oro intercalados con cuentas de amatista del que pendía un colgante de cuarzo rosa. Al percatarse de que la expresión de su hermana reflejaba la satisfacción de un general al que acababan de informarle que sus tropas habían capturado una posición enemiga de vital importancia, hizo un ademán de indiferencia y comentó:

—A mí no me ha servido de nada, puedes quedártelo.

Su hermana la miró con sus vívidos ojos azules y le aclaró, mientras alzaba en alto el collar:

—No estaba buscándolo para mí, eres tú quien tiene que ponérselo.

El collar era un obsequio que las jóvenes de la familia Cynster habían recibido de parte de una deidad escocesa, la Señora, y se suponía que era un amuleto que ayudaba a su portadora a encontrar a su héroe verdadero, al hombre con el que habría de vivir felizmente casada por el resto de sus días.

Henrietta era una mujer pragmática y práctica, así que siempre le había resultado difícil creer en la eficacia del collar; más aún, fiel a esa vena pragmática, siempre le había parecido poco razonable esperar que las siete jóvenes Cynster de su generación fueran a encontrar el amor y la felicidad en los brazos de sus respectivos héroes verdaderos. Lo más lógico era suponer que estuviera escrito que una de ellas, como mínimo, no hubiera de alcanzar ese resultado y, de ser así, la Cynster destinada a morir siendo una vieja solterona sería, casi con total certeza, ella.

Dado que Mary y ella eran las dos únicas Cynster de su generación que aún no habían contraído matrimonio, su predicción de que iba a quedarse soltera para siempre parecía ir rumbo a convertirse en un hecho. Ya tenía veintinueve años y jamás se había sentido ni remotamente tentada a casarse con un caballero; por otra parte, nadie en su sano juicio creería que su decidida y tenaz hermana Mary, quien tenía veintidós años y tenía el firme propósito de forjarse su vida futura, fracasaría en su empeño de alcanzar la meta que ya había declarado de forma firme y contundente, y que no era otra que encontrar a su héroe y casarse con él.

Se quitó el chal y negó con la cabeza antes de contestar:

—Ya te lo he dicho, a mí no me ha servido de nada. Tienes mi pleno consentimiento para quedártelo. Supongo que de eso se trata, ¿verdad? ¿Quieres utilizarlo para encontrar a tu héroe?

—Sí, eso es —la expresión de Mary se endureció—. Pero no puedo quedármelo sin más, no es así como funciona. Tú tienes que ponértelo y encontrar a tu héroe antes, y entonces pasármelo a mí tal y como Angelica te lo entregó a ti, y Eliza a Angelica, y Heather a Eliza… durante tu baile de compromiso.

Henrietta se volvió para dejar el chal encima de una silla y disimuló una sonrisa, la sonrisa de una hermana mayor y más madura ante la entusiasta fe que su hermana pequeña tenía en el collar.

—Seguro que no es algo tan específico, el collar no tiene por qué funcionarnos a todas.

—¡Claro que sí! —el tono de Mary reflejaba una certeza férrea. Cuando Henrietta se volvió de nuevo hacia ella, añadió—: lo consulté con Catriona y ella a su vez se lo preguntó a la Señora, que al fin y al cabo es la Hacedora del talismán. Según Catriona, la Señora fue muy clara y el collar debe ir pasando de una a otra en el orden estipulado. No me funcionará a mí en concreto si antes no ha cumplido con su función para ti y no has celebrado tu baile de compromiso, así que… —hizo una pausa para tomar aire y, con la mandíbula apretada con firmeza, le alargó el collar—. Tienes que llevarlo puesto desde ahora hasta que encuentres a tu héroe, y ruégale a la Señora y a todos los dioses para que sea pronto.

Henrietta frunció ligeramente el ceño mientras alargaba una mano y tomaba con renuencia el collar; a decir verdad, no tenía la opción de rechazarlo. Por mucho que ella fuera mayor, más madura y más experimentada desde un punto de vista social, por mucho que le sacara casi una cabeza de altura a su hermana pequeña y no fuera una damisela pusilánime ni mucho menos, todo el clan de los Cynster sabía que intentar negarle a Mary algo que estuviera empeñada en conseguir era una tarea imposible, y más aún si poseía algún argumento lógico que la apoyara.

Deslizó los eslabones entre los dedos mientras observaba con atención a su hermana, y le preguntó con curiosidad:

—¿Por qué estás tan deseosa de hacerte con el collar? Sabías que lo tenía yo desde el baile de compromiso de Angelica, y ya hace casi ocho años de eso.

—¡Exacto! —Mary la miró con ojos beligerantes—. Has dispuesto de ocho años para ponértelo y encontrar a tu héroe, pero en vez de eso lo metiste en tu joyero y lo dejaste ahí. No me importó mientras aún era una cría y después, tras ser presentada en sociedad, quise echar un buen vistazo por mí misma, así que el hecho de que no te lo pusieras no suponía un problema. Pero ahora tengo veintidós años y estoy lista para dar el siguiente paso. Deseo encontrar a mi héroe cuanto antes, iniciar mi vida de casada y crear mi propio hogar, deseo todo lo que conlleva un matrimonio; a diferencia de ti, no quiero pasar siete años o más dedicándome a otras cosas, y eso significa —señaló el collar con el dedo— que tienes que ponerte ese collar ahora mismo, encontrar a tu héroe, y entregármelo a mí. No podré seguir adelante con mi vida hasta que lo tenga en mis manos.

Otros habrían aceptado aquella explicación sin más, pero Henrietta conocía a su hermana pequeña demasiado bien.

—Hay algo que no me estás contando.

Los vívidos ojos color azul aciano de su hermana le sostuvieron la mirada sin parpadear ni ceder, pero ella ladeó la cabeza y enarcó las cejas mientras se limitaba a esperar... y al final Mary alzó las manos en señal de rendición y exclamó:

—¡Está bien!, ¡te lo diré! Creo que podría haber encontrado a mi héroe perfecto, pero necesito el collar para estar segura de ello. Como se supone que debe pasar a mis manos, funcionar para mí y pasar entonces a Lucilla, da la impresión de que se supone que debo esperar a tenerlo en mi poder antes de decidir quién es mi héroe, así que... en fin, si tomara cualquier decisión definitiva al respecto antes de que me lo entregues daría la impresión de que estoy pasando por encima del destino y de la Señora, y debo obtenerlo de la forma correcta —su expresión se tornó aún más firme, clavó los ojos en los suyos—. Eso quiere decir que tú debes ponértelo y encontrar antes a tu héroe.

Henrietta bajó la mirada hacia el collar, hacia los inocentes eslabones que yacían sobre su mano, y soltó un suspiro.

—De acuerdo, me lo pondré esta noche —la exclamación de entusiasmo de su hermana hizo que alzara una apaciguadora mano—. Pero no espero que me funcione, así que no te hagas ilusiones.

Mary se echó a reír, se acercó a toda prisa y la besó en la mejilla.

—Tú limítate a ponértelo, hermana mía, es lo único que te pido. En cuanto a si funciona o no... —la miró con ojos chispeantes antes de volverse hacia la puerta—... depositaré mi fe en la Señora.

Henrietta sacudió la cabeza, sonriente, y Mary se detuvo al llegar a la puerta para preguntar:

—¿Vas a acompañarnos a mamá y a mí al baile de lady Hammond esta noche?

—No, se me espera en casa de lady Montague —debido a su edad, sucedía a menudo que los eventos a los que asistía no eran los mismos a los que su madre acompañaba a Mary—. Diviértete.

—Lo haré, nos vemos mañana —tras despedirse con la mano, su hermana salió de la habitación y cerró la puerta tras de sí.

Sonriendo aún, con el collar en una mano, Henrietta dio media vuelta y vio que Hannah había vuelto a guardar en el guardarropa su vestido nuevo y había sacado en su lugar otro de seda morada. Miró a la doncella cuando esta se volvió con un chal de seda morado y amarillo que acababa de sacar de la cómoda, y enarcó una ceja en un gesto que Hannah interpretó correctamente.

—El azul no es adecuado, señorita, no si va a ponerse eso —indicó el collar con la cabeza, sus ojos chispeaban de entusiasmo—. Si va a buscar a su héroe, tiene que estar perfecta.

Henrietta suspiró para sus adentros.

Dos horas después, Henrietta se acercó al señor Wentworth y a su esposa, quienes estaban a un lado del salón de baile de lady Montague. Tras intercambiar saludos, los tres observaron desde donde estaban a la hija del matrimonio, Melinda, que estaba bailando un cotillón con el honorable James Glossup.

Los motivos de James para cortejar a Melinda eran lo que había llevado a Henrietta a asistir a aquel baile. Se quedó absorta mientras le observaba con atención, mientras apreciaba todo lo que se desprendía de su apariencia física y de la maestría con la que bailaba, y se preguntó (tal y como había estado preguntándose durante los últimos días) por qué, teniendo en cuenta su obvio atractivo físico y sus cualidades, habría optado aquel hombre por la estrategia que estaba siguiendo para buscar esposa.

La señora Wentworth, una mujer bajita y rolliza ataviada con un vestido de alepín marrón, suspiró y comentó:

—Es una verdadera lástima, forman una bella pareja.

El señor Wentworth, un caballero robusto de vestimenta conservadora, le dio unas palmaditas a la mano que su esposa tenía posada en su manga.

—Tranquila, querida. Habrá otros apuestos pretendientes que vengan a husmear alrededor de Mellie, y como ella está decidida a encontrar a un caballero que la ame... en fin, le estoy agradecido a la señorita Cynster por lo que ha averiguado.

Henrietta sonrió apenas y reprimió la incomodidad que sintió. No conocía demasiado bien a James, pero era el mejor amigo de su hermano Simon y había sido el padrino de boda cuando este había contraído matrimonio dos años atrás; debido a dicha amistad, ella había coincidido con él en varios eventos familiares, pero más allá de lo que sabía de él por Simon no había tenido razón alguna para prestarle mayor atención.

Eso había cambiado cuando él había centrado sus atenciones en Melinda de forma tan obvia que su intención de pedir su mano en matrimonio había quedado patente. Había sido entonces cuando Melinda, con la aprobación de sus padres, había acudido a ella para, según habían dicho ellos, «esclarecer los motivos de James».

Llevaba desde los veintipocos años dedicándose a ayudar a otras como ella, a jóvenes damas de la alta sociedad, a descubrir la respuesta a la pregunta clave que toda dama se planteaba acerca del caballero que pedía su mano: «¿me ama de verdad o hay alguna otra razón por la que desea casarse conmigo?».

No siempre era fácil saberlo ni, en ocasiones, descubrir la verdadera respuesta, pero ella había nacido en el seno del poderoso clan de los Cynster y contaba con todos los contactos y los vínculos que eso suponía, así que hacía mucho que había descubierto las vías para descubrir prácticamente cualquier cosa.

No era una chismosa y tan solo en contadas ocasiones revelaba algo que no se le hubiera preguntado de forma específica, pero siempre había sido observadora y su perspicacia había ido agudizándose con el paso de los años gracias a la constante aplicación y la experiencia resultante.

Mientras madres, matronas y acompañantes guiaban a las jóvenes damas por las aguas de la alta sociedad, ejerciendo de casamenteras, ella proporcionaba un servicio que iba en la dirección opuesta; de hecho, ciertos caballeros contrariados la habían apodado la Rompebodas. Para la mitad femenina de la alta sociedad, sin embargo, era la persona a la que las jóvenes damas decididas a casarse por amor acudían para saber los verdaderos motivos por los que sus potenciales prometidos deseaban casarse con ellas.

En los últimos años la alta sociedad se había decantado a favor de los enlaces por amor, así que la información y la experiencia que ella proporcionaba habían estado muy solicitadas.

Era enteramente posible que su extensa experiencia fuera lo que causaba aquella ligera incertidumbre que sentía, aquella sospecha de que había algo que no encajaba en lo que a James Glossup se refería. Pero Melinda le había pedido una información que ella ya había averiguado, por lo que a pesar de aquella duda persistente pero irritablemente vaga de la que no podía desprenderse iba a contarle la verdad a su amiga.

Mientras veía a James girar con elegancia al compás de la música con aquellos anchos hombros y aquel cuerpo alto y esbelto, con aquella gracia inefable con la que se movía, impecablemente ataviado con una sobriedad muy a la moda, con su pelo castaño peinado con el aspecto revuelto que tanto se estilaba y mirando a Melinda con una sincera sonrisa de gentil caballerosidad, se preguntó de nuevo por qué habría optado por tomar aquel camino, por qué había decidido casarse para obtener un beneficio económico en vez de buscar a una dama a la que amar.

Existía la simple posibilidad de que no fuera más que un cobarde que no se atrevía a asumir el riesgo que suponía enamorarse, pero esa era una explicación que a ella no le convencía.

James había sido un calavera reconocido dentro de la alta sociedad y había merodeado como un lobo al acecho por los salones de baile junto con Simon, pero desde el verano de la boda de este, celebrada dos años atrás, se había alejado y apenas se le había visto en Londres hasta que había dado comienzo aquella temporada social. Fuera como fuese, era uno de los Glossup de Dorsetshire y uno de los nietos del vizconde de Netherfield, por lo que una buena cantidad de jóvenes damas estarían más que dispuestas a enamorarse de él.

Él, sin embargo, se había centrado con suma rapidez en Melinda, a la que ella contaba entre sus amigas.

El baile terminó y James se inclinó ante Melinda, quien hizo a su vez una reverencia. La joven miró hacia sus padres al incorporarse, vio que ella había llegado y, con la cortesía y la sonrisa debidas, se despidió de él y se dirigió hacia los tres abriéndose paso entre el gentío.

Mientras la veía acercarse, Henrietta compuso sus facciones en una expresión serena que no daba ninguna información, pero tras observarla con atención a Melinda le bastó con mirar a su madre para saber de inmediato lo que ocurría. Su desilusión fue evidente.

—Vaya —se detuvo ante sus padres y tomó a su madre de la mano—. No son buenas noticias, ¿verdad?

Le hizo la pregunta a Henrietta, que no tuvo más remedio que admitir:

—No son las que querías escuchar.

Melinda miró por encima del hombro, pero James se había perdido entre la gente y no se le veía. Después de respirar hondo, aferró la mano de su madre con más fuerza, alzó la barbilla y miró a Henrietta cara a cara.

—Dime.

La señora Wentworth lanzó una mirada elocuente hacia los demás invitados.

—No creo que este sea el lugar más adecuado para tratar este tema, querida.

—¡Pero tengo que saber la verdad, mamá! —protestó la joven, ceñuda—. ¿Cómo si no voy a poder enfrentarme a él?

Fue el señor Wentworth quien sugirió:

—Quizás podríamos regresar a casa para hablar en privado —miró a Henrietta—, si para la señorita Cynster no es mucha molestia y está dispuesta a acompañarnos.

Henrietta no tenía planeado marcharse de casa de los Montague hasta más tarde, pero ante aquellos tres rostros de expresión suplicante no tuvo más remedio que asentir.

—Sí, por supuesto. Dispongo del carruaje de mis padres, les seguiré hasta Hill Street.

Fue a despedirse de lady Montague con ellos. Mientras Melinda y la señora Wentworth le daban las gracias a la anfitriona por la velada, ella permaneció a un lado y deslizó la mirada por el salón. Eran muy pocos los invitados presentes a los que no conocía, podía ubicar al instante a casi todo el mundo en base a vínculos familiares y otras conexiones.

Estaba contemplando distraída las cabezas cuando su mirada colisionó de lleno con la de James Glossup, quien estaba observándola con atención desde el otro extremo del salón.

Al ver que los Wentworth habían terminado de despedirse y ponían rumbo a la puerta, arrancó su mirada de la de James y se despidió a su vez de lady Montague con una cortés sonrisa antes de dirigirse hacia la puerta tras los Wentworth. Intentó reprimir las ganas de mirar atrás, pero no lo logró.

James aún estaba observándola, pero con suspicacia. Los austeros planos de su apuesto rostro parecían más duros, su expresión casi severa. Ella le sostuvo la mirada por un instante, y entonces se giró de nuevo y salió por la puerta.

James Glossup masculló una imprecación en voz baja desde el otro extremo del salón.

—Lo que he averiguado es que el señor Glossup debe casarse para liberar fondos adicionales de la herencia de su tía abuela.

Henrietta estaba en la casa que los Wentworth poseían en Hill Street, cómodamente sentada en una butaca situada junto a la chimenea del saloncito. Se detuvo para tomar un sorbito del té que, según la señora Wentworth, todos ellos necesitaban con urgencia.

El señor Wentworth, quien estaba sentado frente a ella en otro sillón y tenía a la izquierda el diván que ocupaban su hija y su esposa, preguntó ceñudo:

—¿Quiere eso decir que no es un cazafortunas que codicia la dote de Mellie?

Henrietta dejó la taza sobre el platito y negó con la cabeza.

—No. Dispone de fondos suficientes, pero para obtener el resto de la fortuna de su tía abuela debe contraer matrimonio. Según tengo entendido, la anciana quería asegurarse de que lo hiciera y lo incorporó a su testamento como una condición.

El señor Wentworth soltó una carcajada.

—Supongo que es uno de los métodos que puede emplear una anciana para obligar a un caballero a pasar por el altar, pero no con mi hija.

—¡Por supuesto que no! —aseveró su esposa. Debió de recordar que en ese tema era la opinión de Melinda la que contaba de verdad, porque se volvió a mirarla y le preguntó—: es decir... ¿Qué opinas tú, Mellie?

La joven se había quedado con la mirada fija en la chimenea, sosteniendo la taza y el platito sobre su regazo, pero aquella pregunta la arrancó de sus pensamientos. Después de mirar a su madre, se volvió hacia Henrietta.

—No está enamorado de mí, ¿verdad?

Henrietta se ciñó a la pura verdad.

—No puedo saberlo con certeza, lo único que puedo decirte es lo que sé —le sostuvo la mirada y añadió con suavidad—: eso puedes juzgarlo tú misma mucho mejor que yo.

Tras sostenerle la mirada unos segundos, Melinda apretó los labios y negó con la cabeza.

—Siente simpatía hacia mí, pero no. No me quiere —tomó

un largo trago del té que no había tocado hasta el momento, y al bajar la taza añadió—: a decir verdad, ese es el motivo por el que te pedí que averiguaras todo lo posible sobre él. Su comportamiento ya me hacía sospechar que el amor no era la razón por la que se había fijado en mí... —sus labios se torcieron, alzó una mano y giró la cabeza mientras intentaba componerse.

Henrietta apuró su taza, la dejó sobre el platito y se volvió para dejar ambas cosas sobre la mesita baja que había junto al diván.

—Será mejor que me retire. No tengo nada más que añadir y tú desearás pensar con calma en todo esto —se puso en pie de inmediato.

Melinda dejó a un lado su té y se levantó también, al igual que sus padres.

—Te acompaño a la puerta.

—Gracias de nuevo por ser tan buena amiga de Mellie —le dijo el señor Wentworth con firmeza, mientras le daba unas palmaditas en la mano.

Henrietta se despidió del matrimonio y se dirigió hacia el vestíbulo precedida por Melinda. En cuanto el mayordomo cerró tras ellas la puerta del saloncito, murmuró en voz lo bastante baja para que solo su amiga, a la que tenía justo delante, pudiera oírla:

—Lamento mucho haber sido la portadora de tan malas noticias.

Su amiga se detuvo, se volvió hacia ella y alcanzó a esbozar una débil sonrisa.

—Admito que esperaba oír que le había juzgado mal, pero la verdad es que tu ayuda ha sido un auténtico regalo del cielo. No quiero casarme con un hombre que no me ame, eso lo tengo muy claro. La información que me has dado confirma lo que yo ya sospechaba, y te estoy sinceramente agradecida por ello. Gracias a ti me resulta mucho más fácil tomar una decisión —la tomó de los hombros, tocó su mejilla con la suya y se echó hacia atrás antes de añadir—: de modo que sí, estaré mohína durante uno o dos días, pero no tardaré en reponerme. Ya lo verás.

—Eso espero —Henrietta le devolvió la sonrisa.

—Así será, no lo dudes —cada vez parecía más convencida y segura—. Somos tantas a las que has ayudado... no sé lo que habríamos hecho todas nosotras sin ti. Has salvado a muchísimas jóvenes damas de quedar atrapadas en un matrimonio decepcionante, la verdad es que te mereces un premio.

—No digas tonterías, lo que pasa es que tengo unas fuentes de información muy buenas —y, aunque era algo que no podía mencionar en ese momento dadas las circunstancias, lo cierto era que en infinidad de casos había confirmado que un enlace estaba firmemente basado en el amor.

Después de que el mayordomo le colocara la capa sobre los hombros y abriera la puerta principal, salió acompañada de Melinda, pero al ver que su amiga se estremecía bajo la fría ráfaga de viento que recorrió la calle la tomó de la mano y le dio un cariñoso apretón.

—Entra en la casa, vas a morirte de frío. Mi carruaje está ahí mismo —señaló con la cabeza hacia el segundo de los carruajes que sus padres tenían en la ciudad, que estaba esperándola al otro lado de la calle.

—Está bien —Melinda le devolvió el apretón—. Cuídate mucho, seguro que pronto volveremos a vernos.

Henrietta sonrió y esperó a que volviera a entrar en la casa y cerrara la puerta. Entonces, sonriendo aún y aliviada porque la rapidez con la que su amiga había aceptado la situación revelaba que en realidad no estaba enamorada de James, descendió los escalones de entrada.

A pesar de que ella no creía que fuera a enamorarse, estaba firmemente a favor de los enlaces por amor; en su opinión, el amor era la única protección que le garantizaba a una dama el poder conseguir una vida matrimonial feliz y satisfactoria.

Un hombre que iba a toda velocidad chocó contra ella de golpe, la fuerza de la colisión la hizo tambalearse.

—¡Ay! —se habría caído de no ser porque el hombre se volvió como una exhalación, la agarró de los hombros y la sostuvo ante sí para enderezarla.

Por el rabillo del ojo vislumbró un bastón con empuñadura de plata agarrado por una mano enguantada, notó que el guante estaba exquisitamente elaborado en un cuero suave y flexible. Parpadeó y miró al hombre a la cara, pero llevaba puesta una capa con la capucha alzada y las farolas que había tras él hacían que su rostro quedara envuelto en sombras.

Lo único que pudo ver fue la punta de su barbilla, una barbilla que se tensó bajo su mirada.

—Discúlpeme, no la he visto.

La voz del hombre era profunda y tenía una dicción seca, pero refinada.

—Yo tampoco —contestó, mientras intentaba recobrar el aliento.

Él se quedó quieto y dio la impresión de que estaba observándola con atención.

—¡Señorita! ¿Está usted bien?

Henrietta alzó la cabeza mientras el caballero miraba a su vez por encima del hombro y vieron a Gibbs, el lacayo que la esperaba en el carruaje, bajando del pescante a toda prisa con la intención de ir a socorrerla.

—¡No pasa nada, Gibbs!

Ella apenas había terminado de pronunciar aquellas palabras cuando el caballero la miró y la soltó; después de despedirse de ella con una brusca inclinación de cabeza, dio media vuelta con premura y se alejó a paso rápido hasta perderse entre la niebla cada vez más densa que bañaba la calle.

Henrietta decidió no darle mayor importancia al asunto. Se arregló la falda y la capa a toda prisa antes de cruzar la calle hacia el lacayo, que estaba esperándola junto al carruaje para ayudarla a subir, y en cuanto estuvo dentro y la portezuela se cerró se acomodó en el asiento de cuero con un suspiro. El carruaje se puso en marcha con una ligera sacudida, Upper Brook Street estaba a escasos minutos de distancia.

Se relajó esperando sentir la habitual y revitalizante oleada de satisfacción por el éxito de otra investigación más, pero en vez de eso su mente se centró inesperadamente en algo muy distinto: en la imagen de James Glossup, observándola en el salón de lady Montague... en la expresión de su rostro al darse cuenta de que ella estaba saliendo del salón tras Melinda.

Teniendo en cuenta que era amigo de Simon, seguro que estaría enterado de su reputación como la Rompebodas, así que cabía preguntarse qué estaría pensando él en ese momento.

CAPÍTULO 2

—¿Tienes la más mínima idea de lo que has hecho?

Henrietta miró sobresaltada por encima del hombro al oír aquellas palabras y se encontró con unos ojos de un cálido tono marrón que en ese momento no tenían nada de cálidos; de hecho, daba la impresión de que James Glossup estaba planteándose cometer un asesinato.

La miró con los labios apretados y expresión pétrea antes de añadir:

—Estoy convencido de que no te sorprenderá saber que Melinda Wentworth acaba de rechazarme, básicamente ha declinado mi oferta de matrimonio antes incluso de que yo la hiciera. Después de ver que anoche te marchabas del baile de lady Montague en compañía de los Wentworth, la nueva actitud de Melinda no me ha tomado por sorpresa, pero eso me lleva a preguntarte de nuevo si tienes la más pequeña noción, la más mínima idea, de las consecuencias que tiene en este caso tu intromisión.

A Henrietta le molestó el tono de voz condenatorio y acusador que estaba usando, y dio media vuelta de inmediato para enfrentarle cara a cara. Su madre había insistido en que las acompañara a Mary y a ella a la velada de lady Campbell, pero allí no había gran cosa que pudiera interesarla. La mayoría de los presentes pertenecían al segmento más joven (damas recién presentadas en sociedad y jóvenes caballeros que acababan de llegar a la ciudad, así como sus respectivas madres), pero lady Campbell era muy amiga de su madre. De modo que, después de recorrer el salón una vez para cumplir con su obligación, había ido a refugiarse a un rincón que quedaba parcialmente oculto tras una maceta en la que había plantada una voluminosa palmera.

James la tenía acorralada, no podía salir de allí a menos que él se apartara. No era algo que la perturbara, por supuesto, pero por alguna extraña razón se le había acelerado el pulso.

—Me limité a contarle la verdad a Melinda, que necesitas casarte para liberar parte de tu herencia —le lanzó una mirada de advertencia, no estaba dispuesta a cargar con una responsabilidad que le correspondía a él—. No se te había ocurrido informarla de eso. Ella está decidida a casarse por amor, pero yo me negué a pronunciarme a ese respecto a pesar de que ella me pidió mi opinión. Dejé que fuera ella quien valorara eso según su propio juicio, y no creo que puedas culparme a mí de tu incapacidad para convencerla de que estabas cortejándola porque sentías algo por ella.

Él entrecerró los ojos. En condiciones normales eran unos ojos de un marrón chocolate tan terso y suave que no era descabellado imaginar que una pudiera ahogarse en sus cálidas profundidades, pero en ese momento parecían ágatas adamantinas.

—Tal y como yo suponía, no tienes ni idea de los problemas que has causado. Y no solo a mí, sino a mucha más gente.

Henrietta le miró desconcertada.

—¿A qué te refieres?

Dio la impresión de que él ni siquiera la oía. Siguió mirándola con ojos penetrantes, su rostro reflejaba una mezcla de furia contenida y frustración.

—Simon me había mencionado cómo interfieres, cómo te entrometes en la vida de los demás para entretenerte.

Su tono de voz la indignó.

—¡Tú no estás enamorado de Melinda!

—No, no lo estoy, pero ¿acaso afirmé alguna vez lo contrario?

Él había bajado la cabeza y estaban hablando cara a cara, a escasos milímetros de distancia. Su dicción era tan seca y cortante que parecía estar lanzándole sus palabras como dardos, como punzantes jabalinas.

Henrietta observó atenta sus ojos, los duros y austeros planos de su rostro, y vio las emociones que bullían tan cerca de aquella rígida superficie. El enfado y la frustración eran obvios, pero también lo era una corriente subyacente de preocupación y ansiedad, de pesadumbre y angustia. Y más allá de todo eso había miedo, pero no era miedo por su propia persona; no, aquel miedo tenía un matiz distinto, un matiz que ella reconoció de inmediato. Estaba claro que él temía por alguien o por algo que consideraba que estaba bajo su cargo, bajo su protección, y aquello la desconcertó por completo.

—¿Qué...? —de repente no sabía cómo reaccionar.

—¿Alguna vez se te ha ocurrido plantearte siquiera la posibilidad, la mera posibilidad, de que algunos caballeros podrían estar sujetos a otras presiones, que razones que nada tienen que ver con el amor podrían dictar que se vieran obligados a casarse? ¿Cómo diablos esperas que actúen esos caballeros en lo que a buscar esposa se refiere si tienen que lidiar con obstáculos como tú, que se entrometen en asuntos en los que no tienen ningún derecho a interferir? —respiró hondo y entonces, con mayor vehemencia aún, masculló en voz baja—: si solo sacas esta enseñanza del desastre que has creado, si puedo convencerte de que dejes de entrometerte en cuestiones que ni entiendes ni son de tu incumbencia, al menos habré logrado algo.

La miró con ojos que reflejaban censura y cierto grado de decepción y retrocedió un paso, dispuesto a marcharse, pero se detuvo en seco cuando ella lo agarró de la solapa de la levita; tras bajar la mirada hacia los dedos que le sujetaban con firmeza, alzó poco a poco la cabeza y la miró a los ojos con expresión gélida y altiva.

Henrietta, lejos de soltarlo, le devolvió beligerante la mirada con un enfado y una frustración que no se quedaban atrás.

—¿De qué estás hablando? —no estaba dispuesta a permitir que él lanzara aquellas acusaciones tan vagas como hirientes y se marchara sin más.

Él le sostuvo la mirada por un largo momento antes de volver a bajarla hacia la mano que seguía sujetándole la solapa; aunque su enfado no se había disipado lo más mínimo, contestó con una calma aparente que rayaba la languidez.

—Teniendo en cuenta que decidiste meterte en mi situación matrimonial, quizás merezcas conocer toda la historia —la miró de nuevo a los ojos—, así como también el verdadero alcance de los problemas que ha causado tu desacertada intromisión.

Unas súbitas carcajadas procedentes del otro lado de la palmera les hicieron mirar hacia allí, y vieron que al otro lado de la planta estaba formándose un grupo de gente joven que charlaba e intercambiaba confidencias.

—Pero no aquí —añadió él, antes de volverse de nuevo hacia ella.

Henrietta le soltó y le devolvió la mirada sin vacilar.

—¿Dónde?

Lo siguió a paso rápido, manteniéndose justo detrás de su hombro derecho, mientras salían del salón y la conducía a través de una sala lateral y por un pasillo.

Se quedó sorprendida al notar que el collar (las cuentas de amatista y, sobre todo, el colgante de cuarzo rosa que pendía justo encima de su escote) parecía desprender una extraña calidez. Mary, como no podía ser de otro modo, se había asegurado de que lo llevara puesto; de hecho, tenía la sospecha de que su hermana pequeña había estado dándole instrucciones a escondidas a Hannah, ya que esta había estado rebuscando entre todos sus vestidos hasta encontrar el que llevaba puesto en ese momento, uno de seda que se amoldaba a su figura en un palidísimo tono rosa perlado y con escote corazón, con el único propósito de hacer resaltar el dichoso collar. La falda de amplio vuelo del vestido ondeaba alrededor de sus piernas mientras seguía a James por el pasillo y enfilaban por otro.

Él se detuvo al fin junto a una puerta, se llevó un dedo a los labios, y entonces giró el pomo y abrió sin hacer ruido.

La puerta daba al estudio del dueño de la casa. Sobre el escritorio había un quinqué encendido, pero con la luz ajustada al mínimo, y los dos se asomaron con cautela para cerciorarse de que el lugar estuviera vacío.

James le indicó con un gesto que le precediera, cerró la puerta tras entrar a su vez, y no le sorprendió ver que ella iba a sentarse sin titubear a la silla situada detrás del escritorio. Era una silla giratoria, y Henrietta se volvió a mirarlo cuando él se acercó a la chimenea que había a la izquierda del escritorio y empezó a pasear nervioso de un lado a otro. Teniendo en cuenta el estado de ánimo en que se encontraba en ese momento, no le apetecía sentarse. Lo que quería era despotricar y lanzar recriminaciones, pero bajo la agitada superficie de su furia fluía una impotencia que iba acrecentándose de forma alarmante.

No tenía ni idea de qué diantres iba a hacer llegados a ese punto; de hecho, ¿por qué estaba perdiendo su tiempo, un tiempo que iba agotándose de forma inexorable, dándole explicaciones a Henrietta Cynster, la hermana de Simon?

No habría sabido decir por qué exactamente, pero lo cierto era que le había escocido a más no poder el hecho de que ella interfiriera; en cierto sentido, lo que Henrietta había hecho le había parecido una especie de traición, incluso podría decirse que una deslealtad. No esperaba algo así de la hermana de su mejor amigo. Aunque apenas la conocía, había dado por hecho que ella sabía qué clase de hombre era él, un hombre que se regía por el mismo credo que Simon.

El hecho de que ella hubiera actuado así indicaba que le

consideraba un hombre deshonesto, y eso era algo que le irritaba y le molestaba sobremanera. Le indignaba que ella creyera que le habría mentido a Melinda o que habría intentado ocultarle la verdad, que no le habría dejado clara cuál era la situación. Y lo que había pasado al final era que Melinda le había rechazado antes de que tuviera tiempo de explicarle dicha situación.

Henrietta clavó en él sus penetrantes ojos color azul grisáceo y le dijo sin más:

—Bueno, ¿qué es lo que no entiendo según tú? Cuéntame tu versión de la historia.

James le sostuvo la mirada por un instante, y empezó a pasear de un lado a otro de nuevo antes de iniciar la explicación.

—Está claro que ya sabes que mi tía abuela falleció hace menos de un año. El uno de junio, para ser exactos. Yo era su preferido dentro de la familia y quería asegurarse de que me casara, ese fue siempre uno de sus objetivos. Durante más de una década hizo todo lo que estuvo en su mano por lograrlo, pero entonces supo que estaba muriendo y en su testamento me legó sus propiedades... una casa de campo junto con sus terrenos y granjas en Wiltshire, y también una gran mansión en Londres... que estaban dotadas del personal necesario y se encontraban en perfectas condiciones. También me legó el dinero necesario para mantener dichas propiedades, pero solo durante un año; más allá de eso, para poder acceder a los fondos que se precisan para el buen mantenimiento de las casas, las granjas y todo lo demás... —se detuvo y la miró a los ojos—... mi querida tía abuela estipuló que debía casarme en el transcurso del año posterior a su muerte, es decir: antes del uno de junio de este año.

Henrietta le miró sorprendida.

—¿Qué sucede si no lo haces?

—Que las tierras, las casas, las granjas y todo lo demás seguirá perteneciéndome y será responsabilidad mía, pero no tendré forma humana de mantenerlo con dinero de mi propio bolsillo. Necesito el dinero de la herencia, eso es algo que mi tía abuela sabía perfectamente bien.

—¿Qué sucedería entonces?

—Que me vería obligado a despedir a todo el personal y a cerrar las casas. Quizás pudiera mantener a unos guardeses para que cuidaran de las casas, pero nada más; en cuanto a las granjas, no tengo ni idea de lo que podrá mantenerse en funcionamiento, pero no será gran cosa. Ah, y por si estás pensando que podría vender parte de la herencia para mantener todo lo demás, te diré que mi tía abuela se aseguró de que no pudiera hacerlo.

—Ya veo —permaneció callada unos segundos mientras reflexionaba acerca de todo aquello—. La cuestión es que para poder mantener a todas las personas que dependen de las propiedades de tu tía abuela, propiedades que ahora son tuyas, debes casarte antes del uno de junio. ¿Es eso?

James no se molestó en contestar, se limitó a asentir de forma cortante.

Ella le observó en silencio y al final comentó, un poco desconcertada:

—Has esperado hasta muy tarde para encargarte de este asunto, ¿no?

Él le lanzó una mirada en la que no había paciencia alguna y contestó con sequedad:

—Al darme un año para encontrar una esposa adecuada y contraer matrimonio, mi tía abuela no tuvo en cuenta varias cosas. En primer lugar, el cambio que ha experimentado la sociedad desde sus días de juventud, ya que en su época todos los matrimonios de la alta sociedad se concertaban en base a cuestiones materiales y el amor no entraba jamás en la ecuación. Así que ella creía que el que yo encontrara una esposa adecuada era cuestión de buscar una y pedir su mano, nada más. En segundo lugar, tampoco tuvo en cuenta el periodo de duelo que tanto mi padre como mi abuelo decretaron que debía observar la familia, ni los meses que se tardó en poner en orden la situación actual de su patrimonio. Aunque la finca se encuentra en Wiltshire, no muy lejos de Glossup Hall, y yo la había visitado en multitud de ocasiones a lo largo de los años, como no tenía ni idea de que ella pensaba dejármelo todo a mí, no me había preparado para aprender cómo funciona.

No pudo permanecer quieto ni un instante más, por alguna extraña razón fue incapaz de seguir ocultando lo agitado que estaba. Se pasó la mano por el pelo y empezó a pasear de nuevo de acá para allá.

—¿Tienes idea del atolladero en que me encuentro ahora? He pasado un mes observando a las posibles candidatas y Melinda Wentworth era la mejor, la que podría estar más dispuesta a aceptar una propuesta que no estuviera basada en el amor. Me dio la impresión de que no estaba enamorada de nadie; tiene veintiséis años, así que debe de preocuparle la posibilidad de convertirse en una solterona; además, es una mujer sensata a la que puedo imaginar a mi lado, trabajando codo a codo conmigo para manejar mis posesiones. Llevaba más de un mes cortejándola.

Dio media vuelta de golpe y capturó su mirada.

—Pero todo eso se ha esfumado, ha sido un esfuerzo inútil y desperdiciado que ha quedado borrado de un plumazo —hizo un gesto simulando que borraba una pizarra—, lo que me deja con cuatro semanas escasas para encontrar y cortejar a una joven dama que pueda convertirse en la esposa que tanto necesito.

Se detuvo ante ella y añadió:

—Y la culpa de tan complicada situación, una situación que podría tener un efecto dramático y adverso en la vida de un gran número de inocentes, recae sobre ti tanto como sobre mí.

Henrietta sintió cómo la recorría un gélido escalofrío. Sostuvo la mirada de aquellos ojos que ardían de furia y en los que asomaba una profunda preocupación, y tan solo alcanzó a decir:

—Vaya.

El control que James había estado manteniendo se hizo añicos, y se quedó mirándola con incredulidad.

—¿Vaya? ¿Eso es todo lo que vas a decir?, ¿vaya?

Dio media vuelta furibundo y se alejó un poco, pero se detuvo de repente, regresó sobre sus pasos como una exhalación y se detuvo frente a ella de nuevo. Parecía realmente horrorizado.

—¡No, espera, me he quedado corto! Acabo de darme cuenta de que todos los miembros de la alta sociedad, en especial aquellos que tengan jóvenes damas casaderas bajo su protección, se habrán enterado ya de que, en lo que a Melinda Worth se refiere, me has juzgado como posible aspirante a obtener su mano y has decretado que soy inadecuado, que no la merezco —hundió las manos en su pelo y las deslizó hacia atrás, dio media vuelta y le dio la espalda mientras sus dedos agarraban crispados los oscuros mechones—. ¿Qué voy a hacer ahora?, ¿qué diablos voy a hacer? ¡Tengo que casarme!, ¿cómo diantres voy a encontrar esposa ahora?

La única respuesta que obtuvo fue un profundo silencio. Los nervios le impulsaron a arrancar a andar de nuevo, empezó a alejarse del escritorio...

—Voy a ayudarte.

Ni la propia Henrietta sabía que iba a decir aquello, las palabras se habían formado y habían brotado de sus labios sin que las guiara de forma consciente. Había sido una reacción ante lo que había oído y lo que veía, ante lo que en el fondo sabía con certeza.

Él se detuvo de golpe y, tras varios segundos de silencio, fue girando poco a poco la cabeza y la miró ligeramente ceñudo.

—¿Qué has dicho?

Ella se humedeció los labios y reiteró con mayor firmeza:

—Que voy a ayudarte.

Él se volvió del todo para mirarla frente a frente, su expresión ceñuda se acentuó aún más.

—Por si no lo sabes, te diré que se te conoce como la Rompebodas. Tú rompes los enlaces que no cuentan con tu aprobación, tal y como has hecho con Melinda y conmigo.

—No, no es así —respiró hondo y le explicó con voz serena—: me limito a informar del resultado de mis pesquisas a las jóvenes damas que me han pedido que averigüe la verdad sobre sus potenciales prometidos. Para tu información, son tantos los enlaces que confirmo como los que rompo y, a pesar de lo que la gente cree, no todos los enlaces que confirmo están basados en el amor —le sostuvo la mirada sin vacilar—. No todas las jóvenes damas desean casarse por amor. Hoy en día es así en la mayoría de los casos, pero no en todos.

Vaciló mientras observaba atenta sus ojos, su rostro. No revelaban gran cosa, pero creyó detectar una chispa de esperanza y eso bastó para alentarla a decir:

—No era consciente de la situación en que te encuentras, pero ahora que estoy enterada... puedo ayudar. Puedo indicarte las jóvenes que podrían convenirte y, cuando las damas de la alta sociedad vean que te ayudo, sabrán que la razón por la que Miranda te ha rechazado no tiene nada que ver con tu valía, sino que ha tomado esa decisión en base a sus propias expectativas y a sus deseos personales; en otras palabras, la gente deducirá que ella y tú no erais compatibles en ese aspecto, pero el hecho de que yo te asesore y abogue por ti silenciará las especulaciones negativas que pudieran haberse generado.

Le observó pensativa unos segundos antes de añadir:

—Admito que encontrarte esposa en cuatro semanas escasas será un desafío, pero si colaboro contigo podemos lograrlo.

En esa ocasión fue él quien la miró pensativo, aunque con cierta desconfianza.

—¿Lo dices en serio?

Henrietta asintió con firmeza.

—Sí, por supuesto que sí. No estoy disculpándome por frustrar tus planes en lo que respecta a Melinda, ya que ese matrimonio no habría funcionado; aun así, teniendo en cuenta tu situación y, tal y como tú mismo has puntualizado correctamente, las consecuencias que podría tener el que yo haya intervenido en todo este asunto, y si a eso le sumamos además que siempre has sido un buen amigo de Simon... en fin, teniendo en cuenta todas estas circunstancias, creo que al menos debo ayudarte a encontrar la esposa que tanto necesitas.

Él se quedó mirándola como si le costara creerla y no supiera cómo contestar.

—¿Estás diciendo que la Rompebodas va a convertirse en casamentera? —preguntó al fin, con cierta incredulidad.

—Me limito a frustrar los enlaces que no funcionarían; en cualquier caso, suponiendo que puedas dejar eso a un lado, si trabajamos juntos es posible que logres tu objetivo en el plazo requerido.

Él la observó pensativo unos segundos más, y al final acabó por asentir.

—Está bien, acepto. ¿Por dónde empezamos?

Acordaron encontrarse en Hyde Park a la mañana siguiente.

Elegantemente ataviada con un vestido de paseo de sarga azul cielo, Henrietta estaba esperando en Grosvenor Gate, una de las entradas del parque situada no muy lejos de la casa que sus padres poseían en Upper Brook Street, cuando James llegó caminando por Park Lane y pasó entre los pilares que flanqueaban la entrada.

Cuando lo vio se le aceleró el corazón y una fuerza inexplicable le constriñó el pecho y le dificultó la respiración. Fue un efecto muy marcado y, dado que no había nadie más en las inmediaciones, no podía fingir que James no tenía nada que ver, aunque la idea de que él la afectara así era absurda.

A decir verdad, iba tan impecable como de costumbre, por lo que era el ejemplo perfecto de un elegante caballero de la alta sociedad. Su gabán de paño extrafino era de corte exquisito, el chaleco a rayas azules y plateadas era el epítome de una elegancia simple y discreta, y el corbatín anudado con maestría despertaría sin duda la envidia de los caballeros más jóvenes; aun así... ligeramente irritada por aquella reacción propia de una damisela impresionable (tenía veintinueve años, por el amor de Dios, era demasiado mayor como para que ver a un hombre la afectara así), intentó apartar a un lado aquellas sensaciones y, al ver que eso no funcionaba, las ignoró como si no existieran.

Él la vio y se acercó con el paso fluido y de amplias zancadas de un depredador nato. Cuando la alcanzó y ella le recibió con una cortés inclinación de cabeza, la saludó a su vez y dijo sonriente:

—Buenos días.

—Buenos días. He pensado que podríamos sentarnos en ese banco de ahí —controló con mano férrea sus rebeldes sentidos y señaló con la sombrilla hacia el banco en cuestión, que estaba libre—. Estaremos lo bastante lejos de las zonas más concurridas para evitar interrupciones —echó a andar hacia allí—. Debo hacerme una idea más clara de la clase de dama que buscas, y después tenemos que idear nuestra campaña para encontrarla —mientras hablaba era más que consciente del cuerpo masculino, grande, esbelto y poderoso que caminaba junto a ella.

—Lo segundo tiene sentido, pero no creo que esté en condiciones de ser demasiado selectivo en lo que respecta a lo primero.

—¡Qué tontería! —se sentó en el banco con un revuelo de faldas y lo miró ceñuda—. Eres un Glossup, puedes casarte prácticamente con cualquiera.

A juzgar por cómo la miró, estaba claro que él no estaba tan seguro. Se sentó junto a ella y contestó, con la mirada fija en los cuidados jardines:

—Recuerda que me encuentro en una situación desesperada.

—Puede que sea desesperada en lo que al plazo de tiempo se refiere, pero no en lo que respecta a las opciones que tienes.

—Admito que tú eres la experta en eso, ¿por dónde empezamos?

Henrietta se tomó unos segundos para organizar sus ideas. Había pasado media noche preguntándose por qué se había ofrecido a ayudarle, por qué había sentido aquella profunda necesidad de hacerlo. Sí, se había sentido obligada porque el problema al que James se enfrentaba era una situación a la que ella había contribuido sin querer con sus acciones, por muy justificadas que estas hubieran sido; y sí, él era el mejor amigo de Simon y eso contribuía también a que se sintiera obligada a ayudarle. Pero al final había llegado a la conclusión de que lo que la había motivado en mayor medida había sido, llana y simplemente, que se sentía culpable. Le había juzgado mal, y lo había hecho de pensamiento más incluso que de obra. No había sabido ver en él honorabilidad alguna, no le había atribuido ni el más mínimo ápice de honor a pesar de que era una Cynster y, como tal, sabía que dicha cualidad era muy preciada y que no solo la valoraban los hombres, sino también las mujeres sensatas.

Saltaba a la vista que gran parte de lo que estaba impulsándolo, la causa principal de la desesperación que lo atenazaba, era su empeño innegable por asegurar el bienestar de su gente, una gente cuya protección era una obligación que había heredado de forma inesperada. James no tendría por qué haber asumido esa carga, pero lo había hecho y daba la impresión de que ni siquiera se le había ocurrido desentenderse del asunto. Habría tenido la posibilidad de hacerlo, ya que era un hombre rico por derecho propio al margen de la herencia de su tía abuela, pero la idea ni siquiera se le había pasado por la cabeza. ¿Acaso se podía ser más honorable?

Seguía sin estar segura de cuáles habían sido todos los motivos que la habían impulsado a ofrecerle su ayuda, pero estaba claro que el sentimiento de culpa había sido un factor determinante.

Se acomodó mejor en el banco y se volvió a mirarlo.

—Dime las características que no desees en tu futura esposa, o aquellas que deba tener.

Él fijó la mirada en los árboles y las extensiones de césped que tenían ante ellos, y se tomó unos segundos para reflexionar al respecto.

—No quiero una damisela frívola ni pusilánime, y preferiría que no fuera demasiado joven. Carece de importancia si posee una dote, pero, tal y como tú misma has mencionado, debe pertenecer a una buena familia, a poder ser de la nobleza. Sería conveniente que supiera montar a caballo, pero supongo que lo principal es que sepa desenvolverse en sociedad —hizo una pequeña pausa—. ¿Qué más?

—Se te ha olvidado mencionar que al menos debe ser pasablemente agraciada, aunque no se trate de una beldad —le dijo ella, con una pequeña sonrisa.

—Sí, claro, pero eso es algo que tú ya sabías —la miró de soslayo—. Qué bien me conoces.

Henrietta soltó un bufido burlón.

—Conozco bien a los hombres como tú, de eso no hay duda —repasó mentalmente las condiciones que él acababa de mencionar—. ¿Tienes preferencia por alguna característica física en especial? Rubias o morenas, altas o bajas... ese tipo de cosas.

«Pelo castaño oscuro, alta, ojos de un suave tono azul... tal y como eres tú». James se tragó aquellas palabras y se limitó a contestar:

—Para serte sincero, me interesa más el contenido que el envoltorio —se volvió a mirarla y añadió—: el aspecto físico es secundario, lo principal es lo que haya dentro. Dadas las circunstancias, es más importante que me case con una dama responsable y sensata que me acepte tal y como soy, que acepte la posición que ofrezco dentro de los parámetros establecidos y que esté dispuesta a asumir su puesto como esposa mía con entrega y dedicación.

Henrietta escudriñó sus ojos durante un largo momento, y al final inclinó la cabeza y se volvió a mirar al frente.

—Tu actitud es admirable, ha sido una excelente respuesta —al cabo de un instante, añadió con un suspiro—: bueno, ahora ya sabemos qué clase de dama estamos buscando.

—Sí, la cuestión es cómo vamos a encontrarla.

—¿Has traído las invitaciones, tal y como te pedí?

Él se sacó un montoncito de tarjetas del bolsillo. Henrietta se las colocó sobre el regazo y empezó a echarles un vistazo, pero al cabo de un momento comentó ceñuda:

—No están ordenadas.

—¿Acaso debían estarlo?

—¿Cómo logras organizarte? —le preguntó, perpleja. Al ver que la miraba desconcertado, como si no supiera a qué se refería, soltó un bufido de exasperación—. Da igual, dejémoslo —le devolvió las tarjetas—. Ordénalas por fecha, empezando por esta noche. Únicamente vamos a incluir eventos a los que vayan a acudir damas casaderas.

—Ajá.

Eso eliminaba la mitad de las invitaciones. Después de dejar a un lado con cierta renuencia las que quedaron descartadas (las de amigos para ir a cenar a algún club y similares), James revisó las que quedaban y, tal y como ella le había indicado, fue extrayéndolas y ordenándolas.

Henrietta, mientras tanto, abrió su bolsito, rebuscó en su interior y sacó un cuaderno mediano encuadernado en cuero que colocó abierto sobre su regazo.

James le lanzó una mirada y se dio cuenta de que se trataba de una agenda, una que era cinco veces más grande que la suya y en la que había unas cinco entradas más por día.

Henrietta hizo acopio de paciencia mientras esperaba a que él acabara de ordenar las invitaciones, y en cuanto le vio agrupar el montoncito tomó de nuevo la palabra.

—De acuerdo, empecemos por esta noche —señaló con el

dedo una entrada de la agenda—. ¿Tienes invitación para el baile de lady Marchmain?

Sí que la tenía. Mientras revisaban las dos semanas que tenían por delante, fueron anotando los eventos que, en opinión de Henrietta, podían resultar más útiles de cara a conseguir el objetivo que se habían marcado y para los que James ya tenía invitación; cuando surgía alguno al que no había sido invitado, ella tomaba nota para hablar con la anfitriona en cuestión.

—Ninguna anfitriona va a negarse a invitarte, y mucho menos si sospecha que buscas esposa.

A James se le ocurrió de repente una horrible posibilidad.

—Eh... no vamos a hacer ninguna declaración pública sobre mi apremiante necesidad de encontrar esposa, ¿verdad?

Ella lo miró como si estuviera sopesando cuánto debería decirle... o cómo darle malas noticias.

—No exactamente. Dicho lo cual y, dado que ya has estado cortejando a Melinda y eso no ha llegado a buen puerto, casi todos sabrán o, como ya he dicho, sospecharán que estás buscando esposa de forma activa; aun así, mientras estés conmigo... bajo mi protección, por así decirlo... dudo mucho que tengas que enfrentarte a una avalancha.

—Menos mal —no habría sabido decir si sus palabras le habían tranquilizado o no; al cabo de un momento, admitió—: he ocultado de forma deliberada que dispongo de poco tiempo. Temía que, si permitía que se hiciera pública mi desesperación, me vería rodeado de una horda de damiselas casaderas cada vez que saliera a la calle.

Henrietta se echó a reír.

—Sí, sería lo más probable. Mantener en secreto lo de la fecha límite me parece una idea sensata —revisó de nuevo su agenda y comentó—: en cualquier caso, teniendo en cuenta que yo misma desconocía ese detalle a pesar de que pude averiguar todo lo demás, dudo mucho que otra dama pueda encontrar esa información. Creo que no tienes nada que temer en ese sentido.

James asintió, pero se dio cuenta de que ella no había visto el gesto porque seguía consultando la agenda.

—Gracias.

Ella alzó la cabeza y lo miró. Sus ojos de un suave tono azul con un toque de gris brillaban animados, en su boca de labios delicadamente esculpidos y teñidos de rosa asomaba una sonrisa distraída, y él sintió un súbito impacto en el pecho que le reverberó hasta la base de la columna mientras, al mismo tiempo, tomaba conciencia de lo profundo y sincero que era el agradecimiento que sentía.

La miró a los ojos y añadió:

—Y gracias también en el sentido más amplio. La verdad, no sé lo que habría hecho, cómo habría logrado salir adelante, si tú no te hubieras ofrecido a ayudarme.

La sonrisa de Henrietta se ensanchó aún más, sus preciosos ojos lo miraron chispeantes.

—Podría decirse que para mí es una especie de desafío, uno distinto a los que estoy acostumbrada —cerró la agenda y la guardó en el bolso—. Ahora que ya hemos definido los detalles esenciales de nuestra campaña, debemos empezar a elaborar una pequeña lista.

Se levantó del banco y James la imitó. Le habría ofrecido su brazo, pero ella alzó la sombrilla, la sacudió, la abrió y la colocó de forma que le protegiera el rostro. Entonces lo miró y le preguntó, con un brillo desafiante en la mirada:

—¿Vamos allá?

Él le indicó con un gesto que abriera la marcha. La acompañó con valentía, sin dejar entrever lo nervioso que estaba, mientras cruzaban las extensiones de césped rumbo a los carruajes que llenaban las orillas de la avenida y a la multitud de jóvenes damas y elegantes caballeros que conversaban y tomaban el aire.

Caminaba acortando las zancadas, amoldándose al paso de Henrietta. Aunque a una parte cautelosa de su mente aún le costaba asimilar el hecho de que ella, la Rompebodas, hubiera decidido asesorarle, lo cierto era que la tenía allí, a su lado, dispuesta a ayudarle, y se sentía absurdamente agradecido por ello.

Fuera como fuese, la noche anterior había soñado con ella, y eso era algo que le había pillado desprevenido. No podía recordar la última vez que había soñado con una mujer en concreto en vez de con una figura femenina genérica, pero no había duda de que la noche anterior Henrietta había estado presente en sus sueños. Habían sido su rostro, sus expresiones, las que le habían... no atormentado, sino fascinado. Habían mantenido cautivado a su subconsciente.

A diferencia de lo que solía suceder cuando soñaba con mujeres, aquel sueño (bueno, había habido más de uno) no había sido lascivo; teniendo en cuenta que Henrietta era la hermana de su mejor amigo, eso era un alivio, pero el tono general del sueño le desconcertaba y le había dejado un poco receloso, no sabía cómo interpretarlo. Dentro del sueño él había mantenido una actitud reverencial hacia Henrietta, pero a lo mejor no era más que su gratitud manifestándose de otra forma.

Se tranquilizó a sí mismo diciéndose que esa era la explicación más probable y se centró de nuevo en el gentío, que cada vez estaba más cerca. Bajó ligeramente la cabeza hacia ella y murmuró:

—¿Qué debo hacer?

—Nada en especial —le aseguró, antes de lanzarle una mirada para ver si estaba preparado—. Solo tienes que relajarte y dejarte guiar por mí.

El hecho de que fuera una mujer con una altura superior a la media hacía que James pudiera verle la cara con facilidad. Su tono de voz le hizo sonreír, y alzó la cabeza para mirar al frente antes de contestar:

—Estoy a tus órdenes. ¡Vamos allá, rumbo a la batalla!

Al final las interacciones, los intercambios de palabras, resultaron ser mucho más fluidos de lo que él esperaba. Henrietta era tan popular que conocía prácticamente a todas las damas y matronas de mayor edad presentes, por lo que pudo presentárselas y posibilitar así que ellas le presentaran a su vez a las jóvenes casaderas que tenían a su cargo.

Pasaron la hora siguiente conversando. Mientras pasaban entre dos calesas, Henrietta aprovechó que nadie podía oírles para tirarle de la manga y señalar con la cabeza hacia un grupo de gente que estaba a unos veinte metros de distancia.

—Esa de ahí es la señorita Carmichael. Habría sido una buena candidata para que la tuvieras en cuenta, pero se rumorea que sir Peter Affry la ha convertido en objeto de todas sus atenciones. Es ese caballero que está junto a ella. Teniendo en cuenta que no dispones de mucho tiempo, creo que no tiene sentido que lo pierdas con ella. Sospecho que tendremos suficientes candidatas y no habrá necesidad de perseguir a una que ya ha sido elegida por otro caballero.

James miró con curiosidad por encima de la sombrilla hacia el grupo en cuestión, y vio a una dama rubia con una espesa melena de tirabuzones que estaba rodeada de caballeros y que tenía a su lado a otra joven dama mucho menos agraciada. El caballero que estaba situado al otro lado de la beldad rubia estaba observando la avenida, pero entonces bajó la mirada hacia ella y sonrió. Era ligeramente mayor que la mayoría de caballeros que paseaban en ese momento por el parque y tenía un rostro de facciones impactantes.

—He oído hablar de Affry, tengo entendido que es un liberal en alza —comentó, antes de mirar de nuevo al frente.

—Sí, así es, pero no es más que un miembro electo. Para serte sincera, no entiendo por qué despierta tanto interés, aunque la verdad es que parece un hombre encantador.

—Bueno, el encanto no lo es todo —indicó con un gesto el grupo hacia el que se dirigían—. ¿A quién nos aproximamos ahora, centurión?

Henrietta sofocó una carcajada y se lo dijo. Siguió guiándole por los diversos grupos, y se sintió gratamente impresionada tanto por su comportamiento como por su estilo. Al verle cualquiera diría que ser encantador era tarea fácil, tenía una actitud relajada y cortés de lo más depurada.

Tal vez ella hubiera cometido el error de catalogarlo como un caballero sofisticado y superficial (esa había sido la imagen previa que tenía de él debido a que apenas le conocía), pero James se había quitado la máscara en los momentos intermedios, cuando se alejaban de un grupo y se dirigían hacia el siguiente. Mientras intercambiaban impresiones acerca de las jóvenes damas con las que acababan de conversar, los comentarios que él hacía revelaban una fina ironía y una aguda capacidad de observación, y esas eran dos cualidades que a ella le encantaban. Por otro lado, no se mostraba hiriente ni despreciativo en ningún momento, ni de palabra ni mediante gestos velados, y su comportamiento se ajustaba en todo momento al de un hombre discreto, honorable y caballeroso.

No había duda de que James Glossup poseía cualidades que ella no había sabido ver.

Eso ya era perturbador de por sí, pero no tanto como el hecho de que sus sentidos insistían en registrar y saborear hasta el más mínimo matiz de la presencia física de aquel hombre. Tan solo cabía esperar que el efecto fuera diluyéndose con el transcurso del tiempo.

Si hubiera creído que estaba afectándola a propósito, habría dado por finalizada su asociación con él y le habría dejado a su suerte, pero era ajeno a lo que sucedía. Era ella quien tenía aquella absurda susceptibilidad y, a pesar de lo bien que él estaba manejándose aquella mañana, no había duda de que necesitaba que le ayudara.

A decir verdad y, a pesar de las perturbadoras repercusiones, se sentía a gusto. No solo estaba disfrutando del desafío que suponía encontrarle esposa, también estaba pasándolo bien con él.

Después de varias paradas más en los grupos de jóvenes damas que paseaban por la avenida del parque, se dirigieron hacia Upper Brook Street. Eran las once y media, ella debía asistir a un almuerzo y James había acordado encontrarse con Simon y Charlie Hastings, un amigo común de ambos, en algún lugar de la ciudad.

Cuando enfilaron por Upper Brook Street, lo miró y comentó:

—Creo que hemos tenido un comienzo excelente. ¿Alguna de las damas te ha parecido adecuada?, ¿hay alguien a quien quieras poner en la lista?

«Sí, a ti». James mantuvo la mirada al frente y se rascó la barbilla mientras se preguntaba de dónde diablos habrían salido aquellas palabras que habían resonado en su mente. Tardó unos segundos en contestar.

—La señorita Chisolm parece una joven agradable, y la señorita Digby también encaja bastante bien en lo que busco.

—¿No crees que la señorita Digby puede resultar un poco... irritante? Cada dos por tres está soltando una risita.

—Cielos, ese detalle se me ha pasado por alto. Queda descartada. ¿Qué me dices de la señorita Chisolm?

—Sí, a priori me parece una buena opción. Por lo que sé de ella de momento, no veo ningún inconveniente. ¿Quieres que la incluyamos en la lista?

James vaciló, pero se obligó a asentir.

—Sí, solo ella por el momento.

La señorita en cuestión era una joven dama entrada en carnes y afable que parecía tener una visión realista de la vida; dicho eso, no tenía ni de lejos el encanto de la mujer que en ese momento caminaba junto a él.

Cuando llegaron a casa de lord Arthur Cynster, se despidió de ella con una cortés sonrisa y una elegante inclinación tras reiterar que se encontrarían aquella noche en el baile de lady Marchmain. Esperó en la acera a que ella entrara en la casa y, una vez que la puerta principal se cerró, dio media vuelta, metió las manos en los bolsillos y echó a andar hacia Grosvenor Square.

Revisó sus sentimientos mientras caminaba. No era algo que acostumbrara a hacer, pero en aquella ocasión no era difícil saber a qué se debía la incertidumbre que le hormigueaba bajo la piel. Le encantaría encontrar la forma de sugerirle a Henrietta que se añadiera a sí misma a la corta lista de candidatas, pero era profundamente consciente de hasta qué punto estaba en deuda con ella. Si su propuesta la ofendía y dejaba de ayudarle, no había duda de que sería incapaz de encontrar esposa por sí solo. La salida de aquella mañana había demostrado más allá de toda duda lo perdido que estaba a la hora de buscar esposa de forma convencional. De no ser por Henrietta, habría conseguido que le presentaran a dos damas como mucho, mientras que con ella a su lado había perdido la cuenta.

Además, tan solo le quedaban cuatro semanas para encontrar esposa y casarse.

—No, no puede ser —admitió, pesaroso—. Por mucho que me pese, no puedo arriesgarme.

Alzó la cabeza, sacó las manos de los bolsillos y aceleró el paso. Teniendo en cuenta que había pasado toda la mañana en compañía de Henrietta, era aconsejable explicarle a Simon lo que estaba haciendo con su hermana.

—¿Que mi hermana está haciendo qué? —Simon Cynster miró a James desde el otro lado de la mesa y se echó a reír.

Charlie Hastings, quien estaba sentado junto a Simon, hizo un heroico esfuerzo por sofocar la risa, pero acabó perdiendo la batalla al ver la cara de mártir que había puesto James. El ataque de risa que le dio hizo que se le saltaran las lágrimas.

Los tres estaban en ese momento en la taberna Horse and Whip, cerca de la calle Strand. Ocupaban la mesa de costumbre, una situada en un rincón casi al fondo de la sala principal, y James esperó con paciencia fingida a que los dos recobraran la calma. Esperaba una reacción así, por lo que no podía decirse que aquella hilaridad le hubiera tomado por sorpresa.

Cuando logró recobrar el aliento al fin, Charlie exclamó jadeante:

—¡Y todo por las disparatadas ocurrencias de tu tía abuela!

—¡Quién iba a pensar que la Rompebodas iba a acceder a convertirse en casamentera! ¡Tu poder de persuasión nunca deja de sorprenderme, amigo mío! —comentó Simon, con una enorme sonrisa, antes de alzar su jarra de cerveza a modo de brindis.

James contempló su propia jarra espumeante y se vio obligado a admitir:

—Supongo que podría decirse que, como mi situación se ha vuelto tan desesperada y yo me he quedado tan relativamente desamparado, ella se ha compadecido de mí.

Simon lo miró pensativo.

—No sé... yo jamás habría dicho que mi hermana tuviera demasiada compasión hacia los caballeros de la alta sociedad.

Eso era lo que James había deducido a partir de lo que su amigo había comentado sobre ella a lo largo de los años. Henrietta era dos años menor que Simon y, pensándolo bien, el hecho de que aún estuviera soltera era poco menos que increíble tratándose de una Cynster. El propio Simon se había casado dos años atrás a los veintinueve, la misma edad que ella tenía en ese momento.

La camarera llegó con los platos y se dispusieron a comer. Durante varios minutos reinó un cómodo silencio entre ellos mientras disfrutaban de la comida, un silencio que Charlie rompió al alzar la mirada y preguntar:

—Entonces has descartado por completo a Melinda, ¿verdad?

—Sí, así, es. Eso ha quedado zanjado. Parece ser que ella estaba decidida a casarse por amor, así que, tal y como señaló la propia Henrietta, la verdad es que no habríamos encajado como pareja.

Simon asintió.

—En ese caso, has tenido suerte de saberlo a tiempo —

masticó un bocado y tragó—. ¿Qué te ha aconsejado Henrietta?

James suspiró para sus adentros y se lo contó; tal y como cabía esperar, sus amigos se echaron a reír de nuevo, pero procuró tomárselo con filosofía. Si con lo que les había contado ya estaban así, no quería ni imaginarse cómo se desternillarían de risa si les confesaba las ideas tan peculiares que habían empezado a rondarle por la cabeza respecto a la Rompebodas.

En cualquier caso, a pesar de todas las bromas y las risas, ninguno de sus dos amigos le desaconsejó seguir el plan de Henrietta.

—Al fin y al cabo, dispones de poco tiempo y ese es un factor a tener en cuenta —afirmó Simon.

—Sí, así es —asintió Charlie—. La indecisión es un lujo que no puedes permitirte, y Henrietta por lo menos no tendrá ningún interés especial en guiarte en una dirección en concreto por encima de las demás.

Simon asintió también y comentó, mientras bajaba de nuevo la mirada hacia su plato:

—Eso es cierto, ella no actuará movida por ninguna motivación personal.

Precisamente ese era el punto que James quería cambiar. Mientras se centraban de nuevo en la comida, procuró recordar todo lo que Simon había dejado caer sobre la actitud de Henrietta hacia los caballeros de la alta sociedad.

Daba la impresión de que ella tenía una opinión bastante mala de los caballeros como él, aunque parecía ser algo general que no tenía un foco específico; aun así, él ya le había demostrado que era capaz de acometer a sangre fría el tema del matrimonio y, a pesar de que había accedido a ayudarlo, ella había interpretado el hecho de que hubiera cortejado a Melinda como una indicación de que era poco sincero. Él había tenido sus razones para actuar como lo había hecho, razones que no le había explicado en su totalidad, pero la suerte ya estaba echada y seguro que ella ya tenía una opinión formada sobre él.

En cuanto a las expectativas que pudiera tener la propia Henrietta, seguía siendo una Cynster y, a pesar de que ella había revelado que había apoyado enlaces que no estaban basados en el amor, seguro que para sí misma desearía lo mismo que todas las Cynster: un matrimonio por amor.

Los Cynster se casaban por amor; al parecer, esa era una norma inalterable del destino, una norma ineludible que jamás había sido quebrantada. Simon, por ejemplo, estaba enamoradísimo de la que había sido su enemiga acérrima dentro de la alta sociedad y que en ese momento era su esposa, Portia. Él mismo se había dado cuenta de que su amigo llevaba mucho tiempo enamorado de ella; de hecho, Simon y Portia habían sido los únicos que parecían no haberse percatado de ello y habían hecho falta dos años (más dos cadáveres y un asesino) para que abrieran los ojos a la realidad.

Simon apartó a un lado su plato, y Charlie hizo lo mismo poco después. James también había terminado de comer, así que sin mediar palabra apuraron sus respectivas jarras de cerveza, se pusieron en pie, pagaron en la barra, le dieron una propina a la sonriente camarera y salieron del establecimiento.

Caminaron sin prisa por la calle Strand bajo el sol de primeras horas de la tarde, de vuelta a Mayfair. Eran amigos desde hacía tanto tiempo que no hacía falta mantener una conversación constante, se sentían cómodos estando en silencio.

James caminaba junto a Simon, paseando la mirada por la calle distraído mientras por dentro sopesaba sus opciones. Entendía o creía entender al menos la opinión que Henrietta debía de tener de él en ese momento. La cuestión era si existía alguna forma de modificar esa opinión, de conseguir que ella le viera con mejores ojos y estuviera dispuesta a plantearse ocupar el puesto de esposa que él podía ofrecerle.

Al menos estaba enterada ya de todos los detalles y, como era una Cynster, uno podía confiar en que se mostraría razonable y estaría dispuesta a atender a razones, pero lo de enamorarse seguía siendo un pequeño (bueno, no tan pequeño) problema.

La verdad era que no tenía ni idea de cómo se conseguía tal cosa, cómo se enamoraba uno, pero dado que era Henrietta quien, incluso compitiendo con las hordas de jóvenes damas que habían encontrado en el parque, había seguido acaparando por completo toda su atención, cada vez se sentía más inclinado a darle una oportunidad al amor a pesar de saber que estaba siendo un temerario.

Vete tú a saber, a lo mejor acababa descubriendo que le gustaba estar enamorado. Era posible que el amor le condujera allí donde quería llegar; quizás le proporcionara aquello que más deseaba en la vida, pero que había dado por imposible debido al testamento de su tía abuela.

Que él supiera, la posibilidad podría existir.

Si pudiera idear la forma de lograr que Henrietta se fijara en él, que le viera tal y como era realmente y se enamorara de él...

¿A quién estaba intentando engañar? Eso no iba a suceder, no de forma espontánea, a menos que él intentara ganarse su estima de forma evidente. El problema era que al hacerlo estaría arriesgándose a que ella decidiera retirarle su ayuda y le dejara solo en la búsqueda de la esposa que con tanta urgencia necesitaba.

—¿Qué sientes ante este nuevo cambio de rumbo? —le preguntó Simon.

—Que es un obstáculo más —contestó sin mirarlo.

Charlie le dio una amistosa palmada en el hombro.

—No te preocupes. Todo va a salir bien, ya lo verás.

James esperaba que así fuera, porque, al margen de todo lo demás, tenía en sus manos el futuro de un pequeño ejército.

CAPÍTULO 3

El baile de lady Marchmain era uno de platos fuertes de la temporada social. Era un evento al que no solían asistir las damas más jóvenes, las que habían sido presentadas poco antes en sociedad, sino aquellas que no se habían incorporado recientemente al mercado matrimonial.

Entre el mar de cabezas coronadas por elegantes peinados que relucían bajo las arañas de luces de cristal, entre los hombros enfundados en negras levitas de los caballeros elegantemente ataviados y los deslumbrantes vestidos en tonos más vivos que lucían las matronas y las damas más maduras, asomaban las creaciones a la moda, pero todavía en colores pastel, de las damas jóvenes que ya llevaban varias temporadas sociales a sus espaldas y aún no habían conseguido una propuesta de matrimonio.

Ataviada con un vestido de seda en un tono azul ligeramente más oscuro que sus ojos, Henrietta se acercó un poco más a James, que estaba de pie junto a ella, para que pudiera oírla por encima del runrún del gentío.

—Tal y como yo imaginaba. No hay duda de que aquí podremos encontrarte varias candidatas adecuadas.

Él observó la multitud con cierto escepticismo y contestó:

—Lo difícil va a ser sacarlas del rebaño.

—No te preocupes. No va a ser tan difícil como crees, confía en mí.

Lo miró con una enorme sonrisa y ojos chispeantes, saltaba a la vista que se sentía como pez en el agua.

Estaban parados a un lado del enorme salón de baile, tras ellos había unas largas puertas acristaladas que daban a la terraza y a una amplia explanada alfombrada de césped que conducía hasta un riachuelo; más allá, las sombras cada vez más oscuras de los enormes jardines se perdían en la distancia.

La mansión de los Marchmain, conocida como «Marchmain House», estaba fuera de la ciudad de Londres propiamente dicha, en un meandro del Támesis cercano a Chiswick. James había llegado razonablemente temprano porque quería estar presente cuando Henrietta entrara. Había dado por hecho que iba a asistir acompañada de su madre y su hermana, pero había aparecido sola en lo alto de los escalones que conducían al salón; ataviada en un vestido de seda muy similar al color de sus ojos y con un chal salpicado en oro, había acaparado su atención de inmediato.

Después de saludar con afecto sincero a lady Marchmain, una maternal mujer perteneciente al grupo de las grandes damas, ella había besado en la mejilla a lord Marchmain; entonces, con una alegre carcajada, había descendido por la escalera, al pie de la cual había estado él esperándola.

La sonrisa que había iluminado su rostro al verle, la breve mirada con la que le había recorrido de pies a cabeza y la aprobación que había relampagueado en sus ojos le habían dejado un poco aturdido.

Era como si su mundo entero se hubiera tambaleado, no tenía ni la más mínima idea de cómo iba a lograr que sus rebeldes sentidos se centraran en otra mujer. Ella, sin embargo, parecía estar ajena a lo que le sucedía, porque se le acercó un poco más para indicarle a una joven ataviada con un vestido verde manzana y comentó:

—Ahí está la señorita Alcock, debemos tenerla en cuenta. Y...

Se apartó un poco de él, volvió a acercarse... estaba intentando mirar por encima de los hombros de la gente, pero lo que estaba consiguiendo era que a él se le alborotaran aún más los sentidos. El perfume que ella se había puesto, una mezcla sutil de cítrico y rosa, le nublaba la mente y le dificultaba pensar.

—Ah, allí está la señorita Ellingham. Tenía la esperanza de que asistiera al baile —se volvió a mirarlo—. Ven, voy a presentarte. O mucho me equivoco o los músicos empezarán a tocar en breve y dará comienzo el baile, y para un caballero no hay mejor oportunidad para poder evaluar a una joven dama que cuando está bailando con ella.

James asintió a regañadientes y se preguntó a qué se refería con lo de «evaluar», a qué criterios se suponía que debía prestar atención. Se adentró con ella entre el gentío con heroica valentía, y apenas había avanzado tres metros cuando ya estaba recordando precisamente por qué solía evitar aquel tipo de eventos.

Era dificilísimo avanzar, iba abriéndose paso entre aquella ondulante masa de gente mientras intentaba mantenerse junto a Henrietta sin tomarla del brazo. Una y otra vez, cuando se detenían por un momento para intercambiar saludos con alguien o se paraban a conversar unos minutos, se veía obligado a entrelazar las manos a la espalda en un esfuerzo por reprimir las ganas de agarrarla y acercarla con actitud protectora.

Muchas jóvenes damas se habrían apoyado en él, habrían dejado en sus manos la responsabilidad de conducirlas a través de la multitud, pero Henrietta se manejaba con total soltura entre aquella marea de cuerpos y avanzaba imperturbable. Ella no necesitaba su ayuda en aquel campo de batalla; de hecho, los papeles estaban invertidos y era él quien necesitaba la suya.

Esa era una realidad que se evidenció una y otra vez, una que irritaba con sutileza un instinto que hasta ese momento ni él mismo sabía que poseía.

En cualquier caso, Henrietta cumplió con lo prometido y poco después estaba junto a ella en el círculo donde la señorita Alcock, una joven bastante agraciada, estaba charlando animadamente. Cuando sonaron los primeros acordes de un violín, fue tarea fácil solicitar que le concediera aquel baile, a lo que la joven accedió con una dulce sonrisa. La condujo entonces hacia el centro del salón, dolorosamente consciente de que en ese momento y durante todo el vals posterior Henrietta estaba observándole con una sonrisa de aliento.

A partir de ahí, la velada progresó con Henrietta llevándolo de un grupo a otro, guiándolo hacia una sucesión de posibles candidatas. Bailó con la señorita Chisolm, a la que había conocido aquella mañana en el parque, y también con la señorita Downtree y la señorita Ellingham.

Para cuando tomó entre sus brazos a la señorita Swinson y comenzó a girar al ritmo de otro vals, sus estrategias para iniciar una conversación se habían vuelto bastante repetitivas, al menos para él; por suerte, a ella le parecieron del todo apropiadas tanto su sonrisa llena de estudiado encanto como la cortés pregunta acerca de si estaba disfrutando de la velada.

—¡Diantre, qué cantidad de gente...! ¡Uy, perdón! —lo miró sobresaltada, pero al cabo de un instante añadió con ojos risueños—: le ruego que me disculpe. Ya sé que no debería decir «diantre», pero con tantos hermanos me sale sin querer.

—No censure sus palabras por mí, se lo ruego —le pidió él, con una sonrisa que en esa ocasión sí que fue sincera.

Ella le miró pensativa y preguntó, sonriente:

—En ese caso, permítame que le pregunte si está disfrutando de la velada. Parece inusual que un evento así pueda atraer a alguien como usted.

—No hay duda de que es una dama perspicaz, debo admitir que está resultándome difícil soportar tanta aglomeración.

—Bueno, es uno de los principales eventos de la temporada, al menos para los que no están inmersos en el mercado matrimonial —un pequeño revuelo entre las otras parejas atrajo su atención mientras giraban. Dirigió la mirada hacia allí, y al cabo de un instante volvió a mirarlo a la cara—. Fíjese, por ejemplo, en sir Peter Affry y la encantadora Dulcimea Thorne, que acaban de pasar bailando cerca de donde estamos. Se rumorea que él está interesado en Cassandra Carmichael, pero Dulcimea no es de las que se rinden sin más ante una rival.

James vio en ese momento a la pareja en cuestión. Reconoció al caballero que Henrietta le había indicado aquella mañana y notó la actitud acaparadora con que la señorita Thorne estaba poco menos que pegada a él. No parecía demasiado preocupada por las normas de comportamiento que había que observar al bailar un vals.

—La señorita Thorne parece estar esforzándose mucho por llamar la atención de sir Peter, de eso no hay duda —comentó.

La señorita Swinson estiró el cuello para verlos mientras giraban al compás de la música, y al cabo de un instante afirmó:

—Sí, seguro que mañana son la comidilla de toda la ciudad.

De haber estado de humor, James le habría estado agradecido a sir Peter por cortejar a la hermosa señorita Carmichael. Como todos los ojos estaban puestos en la señorita Thorne y en él para observar (con discreción, claro) lo que estaba sucediendo entre ellos, nadie se sentía inclinado a prestarle demasiada atención al extraño hecho de que uno de los calaveras reconocidos de la alta sociedad estuviera allí, a las órdenes de la Rompebodas.

Henrietta estaba pendiente en todo momento de James. Aunque intervenía en el flujo constante de conversaciones en las que participaba, era consciente de que él era el verdadero foco de atención de sus sentidos incluso cuando estaba bailando con otra dama. No habría sabido decir si aprobaba aquella aparente fijación, pero no se le daba demasiado bien mentirse a sí misma. Aquel instante en que le había visto al bajar por la escalera... de haber llevado un abanico, lo habría usado.

James Glossup vestido de etiqueta y con aquellos preciosos ojos marrones (ojos que aquella noche no estaban nublados por la furia) fijos en ella... era una imagen que había hecho que el corazón le diera un brinco y latiera a un ritmo absurdamente acelerado, que le había arrebatado el aliento y había embriagado sus sentidos. Por suerte, era imposible que él fuera consciente del efecto que le causaba. Estaba convencida de que no le acarrearía nada bueno el que él descubriera aquella información tan reveladora.

A decir verdad, ni siquiera tenía claro si ella misma quería ser consciente de ello y, de hecho, no estaba segura de a qué se debía aquella reacción tan extraña que tenía ante él.

El vals que estaba sonando llegó a su fin. James se inclinó ante la señorita Swinson, quien a su vez hizo la reverencia de rigor; después de ayudar a la joven a incorporarse, la acompañó hacia el grupo donde ella, charlando aún con naturalidad, estaba esperando.

Cuando él se colocó de nuevo a su lado tras soltar a la señorita Swinson, lo miró de soslayo y enarcó una ceja con disimulo. Él notó el gesto interrogante, pero se limitó a sostenerle por un breve instante la mirada.

Permaneció callada y, una vez que el grupo se hubo reconstituido de nuevo, tomó la iniciativa y los dos se excusaron antes de alejarse entre la multitud, que parecía ser incluso más densa que antes.

—A ver quién podría ser la siguiente... —le dijo, mientras miraba a su alrededor con lo que estaba convirtiéndose con rapidez en un interés fingido.

Notó que él la miraba, y al cabo de un momento le oyó murmurar:

—Quizás podríamos tomarnos un momento para intercambiar impresiones, antes de que se me olvide qué es lo que he observado de cada una de ellas.

Se había inclinado hacia ella para que le oyera, lo tenía tan cerca que la caricia de su aliento en el oído la hizo estremecer de placer.

—Sí, por supuesto. Excelente idea —lo dijo con voz débil,

casi sin aliento. Carraspeó un poco y respiró hondo—. Me vendrá bien un pequeño respiro después de tanto conversar. ¿Alcanzas a ver algún rincón donde podamos hablar sin que nos oigan?

La tomó del codo de inmediato y ella reprimió apenas un respingo. La sobresaltó la respuesta instantánea de su propio cuerpo ante aquel pequeño contacto con él, un contacto completamente inocente. Una cálida sensación que le hizo cosquillear la piel le corrió por el brazo y se extendió en una lenta oleada por todo su cuerpo, y aunque fue disipándose fue dejando a su paso una sensibilidad a flor de piel. Sus sentidos nunca habían estado tan vivos, tan despiertos. Era consciente del calor y la solidez del cuerpo de James, tan cerca del suyo entre la multitud; era consciente del contacto de aquella fuerte mano en su codo, de aquellos dedos firmes que tocaban apenas su brazo enguantado.

Le lanzó una mirada y, al ver que él se había erguido y estaba buscando por encima de las cabezas de la gente el rincón que ella había solicitado, rezó para que no se hubiera percatado de su extraña reacción. Estaba casi segura de que no había llegado a dar un respingo.

Lamentó de nuevo haber tomado mucho tiempo atrás la decisión de no llevar abanico.

—Allí hay un rincón que puede servirnos. No es grande y no hay una gran maceta que nos oculte, pero bastará para que podamos salir de esta dichosa aglomeración.

—Adelante, yo te sigo —no fue tarea fácil, pero logró decirlo con aparente normalidad.

Tal y como cabía esperar, él la condujo sin soltarla en vez de dejar que le siguiera sin más, pero sabía lo que hacía y poco después se encontraban en un rincón situado al final del salón. Se sintió aliviada al poder respirar por fin con algo de libertad; aunque las largas puertas acristaladas estaban abiertas, el salón estaba tan abarrotado de gente que el aire fresco escaseaba.

—Había olvidado la forma en que los perfumes se intensifican con el calor y cargan el ambiente —comentó él—. No te sientes mareada, ¿verdad?

—¡Por supuesto que no! ¡Es un simple baile! —la pregunta la había indignado, pero se dio cuenta de que estaba bromeando con ella al verle esbozar una pequeña sonrisa.

—Me alegra saber que no eres dada a los desmayos; al parecer, lo mismo no puede decirse de la señorita Alcock, así que creo que podemos eliminarla de nuestra lista. Las mujeres que se desmayan pueden poner a prueba la paciencia de uno.

—No lo dudo. ¿Qué me dices de la señorita Chisolm? ¿Qué opinión te merece, ahora que has bailado con ella?

—Creo que... puede permanecer en la lista, al menos por ahora.

Hablaron de las demás jóvenes con las que James había conversado, pero él las descartó a todas menos a la señorita Downtree.

—Creía que aquí encontraríamos más candidatas adecuadas, pero al menos tenemos dos —comentó ella, ceñuda.

—Ajá.

Aquella escueta respuesta hizo que Henrietta alzara la mirada hacia su rostro, sorprendida; al ver que estaba contemplando abstraído a la gente y que no parecía demasiado preocupado por una lista que a ella seguía pareciéndole demasiado reducida, se preguntó qué lo tendría tan distraído. Saltaba a la vista que estaba pensando en otra cosa.

Fue como si él le hubiera leído el pensamiento, porque murmuró:

—La verdad es que me extraña que nosotros dos no hayamos llamado la atención de la gente. Mi presencia en un evento así es inusual, y a estas alturas debe de ser obvio que estás ayudándome.

—Lo que pasa es que me he ocupado de plantar las semillas adecuadas en las tres meriendas a las que he asistido esta tarde.

—¿Has ido a tres meriendas? —la miró sorprendido.

—Quería asegurarme de que se corriera la voz.

—¿Y cuál es la explicación que has dado?

—Que he accedido a ayudarte a tantear el terreno. Hoy en día tu madre apenas viene a Londres, no se encuentra aquí en este momento ni se la espera en lo que queda de temporada social; después de ella, lady Osbaldestone es la persona más cercana a ti que podría serte de ayuda en este asunto, corrígeme si me equivoco —lo miró interrogante. Al ver que asentía a pesar de que su afirmación parecía haberlo dejado horrorizado, añadió—: teniendo en cuenta todo lo dicho, no me ha resultado difícil explicar que después de tu intento fallido de cortejar a Melinda has recurrido a mí, la hermana de Simon y alguien que conoce muy bien a las jóvenes damas casaderas de la alta sociedad, para que te ayude. Me he asegurado de que parezca que tu interés no se debe a nada en especial, que estás limitándote a plantearte el tema como podría hacer cualquier otro caballero al llegar a cierta edad.

—¿Has ocultado lo del límite de tiempo?

—Sí, por supuesto que sí. Tenías razón al pensar que no era recomendable que las casamenteras se enteraran de ese detalle. Si creen que solo estás vagamente interesado en casarte, no se abalanzarán todas sobre ti por miedo a que te arrepientas y salgas huyendo.

—Ah, me parece que ya empiezo a comprender cómo funciona esto. Harán desfilar ante mí, en el parque y en los eventos a los que asista, a las jóvenes que tienen a su cargo, pero no tendrán apremio alguno por lograr llamar mi atención.

—Exacto. La verdad es que no nos viene mal tu fama de calavera, porque eso las llevará a pensárselo dos veces antes de ofrecerte a las candidatas más jóvenes e inocentes.

James se echó a reír, no pudo contenerse.

—Qué forma tan sutil de ponerme en mi lugar, y también de asegurarte de que me porte bien.

—Eso ya lo veremos, me recuerdas a un lobo con piel de cordero.

Antes de que James pudiera contestar a aquella impertinencia, sonaron los primeros acordes de un vals y de repente tuvo al alcance de la mano la respuesta que buscaba. Se volvió a mirarla, se inclinó ante ella y le ofreció la mano.

—Creo que este es nuestro vals.

Dio la impresión de que sus palabras la dejaron atónita.

—¿Qué? No, es decir... —Henrietta respiró hondo antes de continuar—. Deberías bailar con alguna de las posibles candidatas a entrar en tu lista.

Al verla mirar casi frenética a su alrededor en busca de alguna joven dama, le dijo con calma:

—Es un simple baile, Henrietta. Estoy cansado de tener que conversar con propiedad y de evaluar a mis parejas de baile, apiádate de mí y permíteme disfrutar de un vals en toda la velada.

Procuró darle un tono quejumbroso a aquellas últimas palabras, dar la impresión de que estaba rogándole que lo socorriera, pero huelga decir que era puro teatro. La idea de aquel vals, de bailar con ella, no se le había quitado de la mente desde el momento en que la había visto aparecer en lo alto de la escalera.

Se había prometido a sí mismo aquel baile como recompensa por seguir las normas que ella le había fijado. La había obedecido en todo, así que había llegado el momento de establecer sus propias normas.

Lo miró indecisa unos segundos, pero acabó por claudicar.

—Bueno, está bien —se colocó bien el chal y posó su enguantada mano en la suya.

James se sintió triunfal al cerrar la mano alrededor de aquellos delicados dedos, pero sabía que se trataba de una victoria muy pequeña. Un vals, nada más.

Sostuvo su mano en alto mientras la conducía hacia el centro del salón, y se entregó al placer del baile con ella entre sus brazos. Capturó la mirada de aquellos ojos azul claro y esbozó una sonrisa elogiosa y alentadora, notó la sutil tensión que la atenazaba y se dejó llevar, embriagado, mientras la instaba a dejarse llevar a su vez.

Era un experto en el arte de bailar el vals en los salones de la alta sociedad y sabía utilizarlo en beneficio propio, pero en esa ocasión la cosa cambió. Fue el vals el que tomó las riendas, el que se adueñó de la situación y ejerció su poder sobre él... y también sobre Henrietta, de eso no había duda. Nunca antes había estado tan inmerso en el momento, en el fluido movimiento, en el placer descarnado que brotaba sin barreras cuando la tenía a ella entre sus brazos.

Era una experiencia totalmente nueva, ningún otro vals le había atrapado en toda su vida. Sus sentidos estaban fusionados y centrados en un único foco; estaba tan profundamente absorto en ella, tan metido en el momento, que no quedaba ni el más mínimo pedacito de su ser, de su mente, para nada más. El mundo que le rodeaba desapareció. De repente eran las dos únicas personas que giraban y giraban al ritmo del vals, sintió que se perdía en aquellos ojos azules.

La naturalidad con la que Henrietta se amoldaba a sus movimientos, liviana y respondiendo al instante ante la más leve indicación suya, le tenía cautivado, atrapado por completo. No esperaba que encajaran de forma tan perfecta, el vals y ella le arrebataron el aliento.

Su intención había sido distraerse y descansar de las jóvenes damas a las que se suponía que debía evaluar, premiarse por haber sido tan diligente durante las últimas horas, y ella había accedido a darle lo que quería. Estaba completamente centrado en ella, en el baile, en el placer que le embargaba, y se limitó a disfrutar sin pensar en nada más.

Henrietta se había quedado sin aliento, pero, por alguna extraña razón, en ese momento ese era un detalle sin importancia. Se sentía ligera como una pluma, flotaba en círculos de una forma deliciosamente placentera... James la sostenía entre sus brazos, su masculina fuerza la hacía girar al compás de la música, la acercaba protector a su cuerpo y la dirigía con firmeza, pero se sentía libre como nunca antes. Era como si sus sentidos se hubieran expandido, como si hubieran roto las cadenas que los apresaban y ya no se vieran restringidos al mundo cotidiano.

El vals estaba siendo revelador en varios sentidos. Ella había bailado en infinidad de ocasiones con otros caballeros, pero ninguno de ellos había poseído la llave para llevarla a aquella tierra completamente nueva y fascinante. Su mente registraba la sensación de aquella mano que sujetaba la suya con firmeza y también el contacto de la otra, la que descansaba en su espalda y la hacía arder a pesar de todas las capas de fina seda, pero aquellas sensaciones eran meras olas en medio de un inmenso mar. El roce del muslo de James entre los suyos mientras giraban, la energía desatada y fluida con la que se movían por el salón... nunca antes se había sentido así y estaba fascinada. Aquello era bailar a otro nivel, era un vals de un grado distinto.

Había una parte de su sensata mente que quería observar y catalogar todos y cada uno de los aspectos de aquella experiencia, pero James no dejaba de mirarla a los ojos y el alma que asomaba en aquellas profundidades marrones la tentaba y la atraía, la instaba a seguirle y a dejarse llevar, así que soltó todas las anclas que la sujetaban a la realidad y dejó que sus sentidos volaran libres.

Se dejó llevar por el baile y por James, y disfrutó sin inhibiciones.

Cuando se detuvieron al finalizar la música y se inclinó en una reverencia ante él, luchando por recobrar el aliento, sintió un profundo pesar por tener que dar por terminado aquel momento, por tener que regresar a un mundo real donde los dos tenían que asumir sus respectivas responsabilidades.

—Gracias, ha sido un verdadero placer —lo dijo con una sonrisa abierta y sincera; si por ella fuera, habrían seguido bailando durante una hora.

Él estaba observándola como si estuviera viéndola por primera vez, pero inclinó la cabeza y contestó con una sonrisa.

—Sí, para mí también —miró a su alrededor—. ¿Qué te parece si nos limitamos a pasear por el salón un rato, sin ningún objetivo en mente?

—Como desees —estaba más que dispuesta a interrumpir la búsqueda de su futura esposa, al menos de momento.

Cuando él le ofreció el brazo, vaciló apenas un instante antes de aceptarlo y posar la mano en su manga; al fin y al cabo, acababa de bailar el vals con él y había logrado sobrevivir a la experiencia. Los dedos empezaron a cosquillearle al notar la dura musculatura del brazo y sus sentidos, que aún no se habían recobrado del todo, suspiraron de placer al tenerlo tan cerca gracias a la aglomeración de gente, pero no iba a tener más remedio que aguantarse.

Fueron recorriendo el salón sin prisa ni rumbo fijo, uniéndose a algún que otro grupo y deteniéndose a charlar con algunas amistades (algunas de ella y otras de él, aunque en la mayoría de los casos eran conocidos de ambos). Ninguno de los dos era un jovenzuelo, y se movían en círculos similares dentro de la sociedad.

Henrietta se relajó y se dio cuenta de que estaba disfrutando muchísimo. Tanto su ingenio como sus sentidos parecían agudizados y estimulados mientras charlaba e incluso flirteaba abiertamente con él, mientras intercambiaban opiniones y bromeaban. James centraba toda su atención, y llevaban casi media hora paseando y conversando cuando se dio cuenta del calor que emanaba del collar, en especial del colgante de cuarzo rosa que pendía sobre sus senos.

Fue entonces cuando recordó de repente que lo llevaba puesto, y enmudeció de golpe. Miró a James, que en ese momento estaba conversando con George Ferguson y por suerte no se había percatado de lo conmocionada que estaba, pero, mientras apartaba la mirada de él y se esforzaba por componer sus facciones y parapetarse tras una falsa sonrisa relajada, su mente era un caótico torbellino. No podía estar pasando lo que ella creía que estaba pasando, ¿verdad?

Santo Dios, ¿sería cierto lo que sospechaba? ¿Estaba funcionándole el collar después de todo?

No supo si horrorizarse o entusiasmarse, pero cuando volvió a mirar a James fue como si la proverbial venda se le cayera de los ojos y le vio bajo una perspectiva totalmente distinta y nueva.

Aquel súbito cambio la dejó desorientada, pero apenas había tenido tiempo de plantearse las cuestiones obvias (cómo debería proceder, si sería aconsejable hacer algo al respecto y, de ser así, el qué) cuando un estentóreo «¡Damas y caballeros!» resonó por encima del gentío.

Las conversaciones se interrumpieron y la multitud se volvió hacia la persona que reclamaba su atención y que resultó ser el mayordomo de la casa, que permanecía firme como un soldado en lo alto de la escalera que conducía al salón. Junto a él estaba lady Marchmain, quien con una sonrisa exultante alzó los brazos en un gesto imperioso.

—¡Ha llegado el momento álgido de la velada, amigos míos! ¡Los fuegos artificiales! Por favor, salid todos a la explanada... y sí, como de costumbre, el mejor lugar para verlos es el puente que cruza el riachuelo. Si sois tan amables...

Hizo un amplio gesto con la mano para indicarles que salieran por las puertas acristaladas de la terraza, y todo el mundo se dirigió obedientemente hacia allí.

El grupo en el que se encontraban Henrietta, James y George estaba bastante cerca de las puertas, así que fueron de los primeros en salir a la terraza. Bajaron con rapidez a la explanada y se dirigieron hacia el amplio arco de piedra que cruzaba el riachuelo.

Mientras caminaba del brazo de James (menos mal que él ejercía de sostén, porque avanzar entre el bullicioso gentío no era tarea fácil), se inclinó un poco hacia él para darle instrucciones.

—Dirígete hacia la parte izquierda del puente. Los fuegos artificiales están colocados en ese lado de los jardines, a cierta distancia del puente.

Fue George, quien se encontraba al otro lado de James, quien contestó.

—Bien pensado.

El grupo entero, formado por gente de edad parecida, aceleró el paso y logró colocarse en un lugar privilegiado del puente de piedra. No llegaban a estar en la parte más alta del arco, sino a lo largo de la parte izquierda. Aunque se trataba de un puente muy antiguo, había sido construido con la suficiente anchura para que pasaran carros, así que había cabida para una buena cantidad de gente; aun así, el número de invitados era demasiado grande y había quien no tendría más remedio que quedarse fuera. Cada vez fue subiendo más y más gente deseosa de conseguir una ubicación desde donde se vieran bien los fuegos y, empujados por la multitud cada vez más apretada, Henrietta, James y los demás acabaron colocados en fila a lo largo del pretil.

Aunque era un puente muy sólido, el pretil apenas le llegaba a Henrietta a lo alto de las pantorrillas. Con cierta dificultad, logró cambiar un poco de postura para afianzar los pies y mantener el equilibrio; James, que estaba junto a ella con el brazo apretado contra su hombro, la miró de inmediato para asegurarse de que estuviera bien en una reacción protectora. La presión de la multitud le había obligado a soltarla y bajar el brazo. Ella le lanzó una sonrisa tranquilizadora para indicarle que estaba perfectamente bien, y él la miró a los ojos por unos segundos antes de esbozar a su vez una pequeña sonrisa; al cabo de un momento, los dos volvieron a mirar de nuevo hacia los oscuros jardines, más allá del caudaloso riachuelo.

La multitud fue quedándose en silencio como si hubiera captado alguna inexplicable señal.

Un breve destello quebró la oscuridad, y el primer cohete se alzó hacia el cielo con un silbido. Se adentró en la aterciopelada oscuridad dejando a su paso lenguas de fuego, y explotó en una brillante corona de luz que lanzó una lluvia de chispas rojas y doradas que fueron apagándose mientras iban descendiendo poco a poco.

Hubo una exclamación de entusiasmo generalizada.

Todo el mundo siguió mirando hacia arriba mientras los fuegos artificiales sucesivos iluminaban el cielo. Un cohete especialmente brillante acababa de explotar cuando alguien situado por detrás de Henrietta resbaló y trastabilló entre el gentío. La súbita sacudida hizo que varias personas se giraran sobresaltadas, algunas de ellas con exclamaciones de sorpresa; Henrietta hizo ademán de volverse para ver lo que pasaba y...

Un inesperado empujón lanzó hacia ella a la dama y al caballero que tenía justo detrás. El impacto la impulsó hacia delante, luchó por mantener el equilibrio, perdió la batalla y soltó una exclamación ahogada al sentir que caía. Hizo un intento desesperado por aferrarse a algo, por aferrarse a James, vio su cara de sobresalto y horror y que alargaba las manos hacia ella, pero ya era demasiado tarde.

Cayó de espaldas y se hundió en el riachuelo. Justo antes de que el agua le cubriera la cara, alcanzó a tomar una enorme bocanada de aire y contuvo la respiración mientras luchaba por enderezarse y ascender hacia la superficie, pero el caudal era muy abundante. Aquella semana había llovido y, tan cerca del Támesis, los riachuelos se habían unido y discurrían con fuerza hasta desembocar en él. Las agitadas aguas la zarandeaban como si fuera los restos de un naufragio y tiraban de ella, la falda le aprisionaba las piernas, el chal se le había enredado alrededor de los brazos.

Se recordó desesperada a sí misma que sabía nadar, luchó con todas sus fuerzas contra el pánico que amenazaba con adueñarse de ella, pero la corriente era demasiado fuerte y notaba que el frío iba calándole la piel, sentía cómo iban mermando el calor y las fuerzas.

Aun así, no se rindió y siguió luchando.

Aterrado, muerto de miedo, James se detuvo el tiempo justo para quitarse de un plumazo los zapatos y la levita antes de zambullirse en el agua. Henrietta ya había desaparecido, se la habían tragado la oscuridad y las agitadas aguas. Aunque el riachuelo tan solo tenía poco más de nueve metros de anchura, tan cerca del río era bastante profundo.

Nadó con poderosas brazadas tan rápido como pudo, confiando en que ella estaría chapoteando lo suficiente para que pudiera verla en medio de la oscuridad. No se permitió pensar, no podía dejar que la miríada de pensamientos que se agolpaban en su cerebro le distrajera; únicamente dejó que uno, uno solo, se materializara: no podía perder a Henrietta, no podía perderla.

Aprovechó el impulso de la corriente en vez de luchar contra ella. El pánico iba apoderándose insidioso de su mente cuando notó movimiento un poco más adelante... la alcanzó en un abrir y cerrar de ojos, le pasó un brazo por la cintura, la sujetó con firmeza contra su cuerpo y la sacó a la superficie.

El alivio que lo inundó al oírla toser y tomar aire fue demoledor.

—¡Quédate quieta!

Tuvo que gritar para hacerse oír por encima del rugido del agua y de la cacofonía de gritos de los horrorizados invitados, muchos de los cuales se acercaban corriendo por ambas orillas. Henrietta tomó otra enorme bocanada de aire, pero él notó cómo luchaba contra sus propios instintos e intentaba sofocar el pánico que la invadía.

—Eso es —la alentó, mientras la apretaba aún más contra su cuerpo—. Relájate, quédate laxa y deja que yo me encargue de llevarnos hasta la orilla.

Ella obedeció lo mejor que pudo, pero para cuando él logró salir de la fuerte corriente y llegar a la orilla estaba tensa y temblando incontrolablemente.

James consiguió pisar al fin tierra firme, pero la pesadilla no terminó ahí. Arrodillado en el ribazo, abrazándola con fuerza, intentando infundirle algo de calor a pesar de que él mismo estaba helado mientras, al mismo tiempo, intentaba escudarla con su cuerpo, tuvo que esperar mientras lady Marchmain y la servidumbre hacían que el resto de invitados retrocedieran y despejaran la zona.

Los criados portaban antorchas para que los dos pudieran subir el ribazo sin contratiempos, pero el vestido de Henrietta había quedado poco menos que transparente por el agua. Lo que menos necesitaba ella era, encima de todo lo demás, convertirse al día siguiente en el centro de las habladurías más escandalosas.

Lady Marchmain no era una de las principales anfitrionas de la alta sociedad así porque sí, estaba más que preparada para asumir las riendas de una situación que podría haber acabado en tragedia. Con voz firme y estridente, ordenó a todos los invitados que regresaran a la casa y esperó con los brazos en jarras a que todos ellos obedecieran. Su esposo llegó resoplando poco después con las mantas que ella debía de haberle pedido, y se las entregó antes de preguntarle con voz solícita si deseaba algo más.

—Sí —le contestó ella, antes de señalar imperiosa hacia la casa—. Haz entrar a todos esos chismosos, que regresen a sus casas. Ha sido un accidente, pero Henrietta está sana y salva gracias a James y los dos están en mis manos, así que los demás no tienen nada que hacer aquí y pueden marcharse con mi bendición.

—Sí, querida. De inmediato.

James no pudo ver si lord Marchmain sonrió, pero por su voz al contestar parecía bastante complacido.

Mientras su marido se alejaba rumbo a la casa, lady Marchmain descendió por el ribazo hasta donde consideró prudente y, después de dejar las mantas en el suelo, sacudió una de ellas y la sostuvo extendida ante sí.

—Vamos, Henrietta, ya puedes venir. Antes de que te des cuenta estarás en la casa dándote un baño, ya lo verás.

James bajó la mirada hacia la empapada dama que aún sostenía protectoramente entre sus brazos. Sus ojos se encontraron y, cuando ella esbozó una débil sonrisa y asintió, se levantaron con dificultad y subieron por el ribazo.

Se hizo tal y como lady Marchmain había decretado. Para cuando ella los hizo entrar (temblando de pies a cabeza a pesar de las mantas que los envolvían, y un poco tambaleantes) en la casa a través de una puerta lateral, los carruajes se acercaban uno tras otro a la puerta principal y partían después rumbo a Londres.

—¡No quiero ni imaginar lo que dirá Louise si dejo que alguno de los dos se resfríe!

Después de cruzar la biblioteca, lady Marchmain los condujo por un pasillo que llevaba a una escalera secundaria. No parecía nada preocupada por el reguero de gotas que iban dejando a su paso.

James rodeaba a Henrietta con un brazo mientras caminaban, y ella se apoyaba contra él. Aún no se sentía con fuerzas para mantenerse en pie por sí sola, y mucho menos para andar. Y menos aún para subir la escalera. Sabía que no habría sobrevivido de no ser por él, y se estremeció al darse cuenta de hasta qué punto era cierto aquello. Estaba convencida de que no habría sido capaz de salir del riachuelo por sus propios medios.

Cuando llegaron a la primera planta, lady Marchmain la llevó a un dormitorio rebosante de luz y donde ya estaba preparada una tina enorme llena de humeante agua caliente.

—Ven, querida, apóyate en mí —la rodeó con el brazo y la apartó de James—. James, querido, en la habitación de al lado te espera otro baño y algo de ropa de mi hijo.

Él asintió, y Henrietta lo miró a los ojos; aunque no tenía fuerzas ni para darle las gracias, dejó que su mirada lo dijera por ella, y cuando él sonrió y asintió dio media vuelta y entró en la habitación con la ayuda de lady Marchmain.

Se quitó el destrozado vestido asistida por dos doncellas, pero cuando estaba a punto de meterse en la tina se acordó de repente del collar. Frenética, presa de una súbita ansiedad, se llevó una mano al cuello, y suspiró aliviada al comprobar que aún lo llevaba puesto. Entonces se metió en el agua, y soltó un suave gemido mientras se hundía un poco más en la más que bienvenida calidez.

Lady Marchmain, por su parte, suplió la ausencia de su madre y permaneció pendiente de ella en todo momento.

Fue más de una hora después cuando Henrietta recibió al fin el visto bueno para salir de la habitación. Llevaba puesto un tupido vestido procedente del guardarropa de la hija de su anfitriona, y la habían abrigado también con una pelliza; una bufanda de punto le cubría el cuello y el pelo, que aún estaba un poco húmedo, y sus pies estaban enfundados en los botines de alguien.

Al bajar al vestíbulo notó que James, que estaba esperando allí junto con lord Marchmain, iba vestido con ropa que no estaba a la altura de los niveles de excelencia a los que estaba acostumbrado, pero no parecía nada preocupado por ello y toda su atención se centró en ella mientras la veía descender la escalera. La recorrió con la mirada de arriba abajo como si necesitara convencerse a sí mismo de que realmente estaba sana y salva, la observó prestando atención a cada uno de sus movimientos para asegurarse de que no había sufrido daño alguno. Junto a él estaba parado lord Marchmain, mirándola a su vez con una sonrisa de aliento.

Cuando James volvió a alzar la mirada hasta su rostro, la miró a los ojos durante un largo momento y entonces se inclinó en una profunda reverencia y anunció con teatral formalidad:

—Su carruaje la espera, mi señora.

Estaba claro que era un intento de volver a la normalidad, y Henrietta inclinó sonriente la cabeza.

—Gracias —tenía la voz un poco ronca, ligeramente áspera. Se volvió hacia lady Marchmain para despedirse, y tuvo que asegurarle por enésima vez que estaba totalmente repuesta y que a la mañana siguiente estaría como nueva.

Después de que tanto James como ella reiteraran varias veces más que estaban en perfectas condiciones, se les permitió subir al carruaje que la había llevado hasta allí y que pertenecía a sus padres. La portezuela se cerró, el cochero chasqueó las riendas, y la embargó un profundo alivio cuando por fin pusieron rumbo a casa.

—Vaya aventura —comentó, con un suspiro, mientras se reclinaba en el asiento.

James, quien estaba sentado a su lado, comentó con sequedad:

—Una que yo, al menos, habría preferido no vivir —se quedó callado y al cabo de un momento preguntó—: ¿qué es lo que ha pasado exactamente?

La había tomado de la mano para ayudarla a entrar en el carruaje, se había sentado a su lado sin soltarla y sus dedos aún seguían envolviendo los suyos. La sujetaba con suavidad, sin apretar, pero aquellos dedos fuertes y cálidos la reconfortaban a varios niveles.

Mantuvo la mano bajo la suya y recordó lo que había sucedido en el puente; después de repasarlo varias veces, admitió:

—Lo que ha desencadenado todo ha ocurrido detrás de mí, a varias personas de distancia. Creo que alguien ha tropezado, o que ha resbalado y ha perdido el equilibrio; en cualquier caso, ha sido un accidente imprevisible e inevitable.

—Ya veo. En fin, lord Marchmain le ha ordenado a su administrador que contrate a un herrero para que instale barandillas en el puente, así que dudo mucho que vuelva a repetirse algo así.

Se quedaron sumidos en un cómodo silencio, y habían recorrido cerca de dos kilómetros más cuando Henrietta tomó de nuevo la palabra.

—Gracias. No... no sé cómo habría logrado salir del riachuelo por mis propios medios, y el Támesis estaba a noventa metros escasos de allí.

Él la miró a través de la penumbra mientras con suavidad, como si no fuera consciente de lo que hacía, le acariciaba el dorso de la mano con el pulgar; al cabo de un momento, miró al frente y contestó:

—No tienes que darme las gracias. Tú misma estás ayudándome, por supuesto que te he echado una mano. Para eso están los amigos.

Henrietta se preguntó si realmente eran eso, amigos. Era muy consciente de que él seguía sin soltarle la mano, ¿acaso era eso propio de un simple amigo? ¿La habría sujetado un amigo contra su cuerpo con desesperación, tal y como había hecho él en el riachuelo? ¿Se habría mostrado un amigo casi tan aterrado como ella al ver que podía morir ahogada?

Estaba demasiado exhausta, no podía pensar en las respuestas y mucho menos decidir cuáles preferiría que fueran dichas respuestas, así que permaneció allí, sentada en medio de la penumbra con la mano de James alrededor de la suya, reconfortada por su presencia, mientras veía por la ventanilla cómo las afueras de Londres iban dando paso gradualmente al paisaje urbano de la capital.

Cuando se detuvieron delante de la casa de los padres de Henrietta, James la soltó renuente, abrió la portezuela, salió del carruaje, y le ofreció la mano para ayudarla a bajar. Mientras subían los escalones de la entrada, aprovechó para observarla bajo la luz de la farola cercana y vio que, aunque seguía estando demasiado pálida, parecía estar perfectamente bien.

Aun así, estaba convencido de que por dentro aún debía de estar impactada por lo sucedido; de hecho, él mismo no se había recuperado aún del susto.

Cuando alcanzaron el escalón superior, ella se volvió a mirarlo y soltó su mano antes de decir, mirándole a los ojos:

—Gracias de nuevo.

Él se limitó a asentir. Por una vez en su vida, no se le ocurrió ninguna respuesta frívola.

—Me alegra haber estado allí —«gracias a Dios que he podido alcanzarte a tiempo».

Ella esbozó una pequeña sonrisa y señaló hacia el carruaje.

—Úsalo para regresar a tu casa, por favor.

—No hace falta. George Street está muy cerca de aquí, el paseo me ayudará a despejar la mente.

Ella vaciló, pero acabó por asentir.

—Está bien. Espera, deja que piense en lo que tenemos organizado para mañana... ah, sí, la comida al aire libre de lady Jersey. Llegaremos a buena hora si salimos de aquí a eso de las once.

—¿Seguro que estarás completamente repuesta? —le preguntó con preocupación.

—¡Por supuesto que sí! Me he llevado un susto enorme, pero para mañana estaré como nueva.

James no supo si creérselo, pero al final terminó capitulando.

—Bueno, si estás segura...

—Lo estoy. Además, no podemos perder tiempo. Debemos elaborar esa lista, lo ideal sería tener seleccionada a la mejor candidata a finales de esta misma semana —inclinó la cabeza en un gesto de despedida—. Buenas noches. Y... —le sostuvo la mirada unos segundos, y añadió con voz suave—: gracias —se volvió hacia la puerta y la abrió.

James permaneció inmóvil mientras la veía entrar, alzó la mano a modo de despedida cuando ella le miró justo antes de cerrar la puerta. Dio media vuelta al oír el sonido del cerrojo, bajó a la acera y le dijo al cochero que había decidido regresar a casa a pie. Movió los hombros para colocarse mejor la levita, que al ser ajena no acababa de quedarle bien, y se dirigió hacia George Street a buen paso.

No tenía frío, pero por dentro estaba helado. El terror de haber estado a punto de perder a Henrietta iba a tardar en desvanecerse, pero lo importante era que la había encontrado, que la había rescatado y los dos estaban sanos y salvos. El destino había sido benévolo con ellos, y él le estaba inmensamente agradecido.

Aquello le llevó a plantearse la cuestión a la que sabía que iba a tener que encontrarle pronto, muy pronto, una respuesta:

por cuánto tiempo iba a poder fingir (fingir ante sí mismo, ante ella y todos los demás) que lo que sentía por la Rompebodas no iba muchísimo más allá de la amistad.

Siguió caminando a paso rápido hacia su casa con la cabeza gacha, los ojos fijos en el suelo y la mirada perdida.

CAPÍTULO 4

Al día siguiente llegaron poco antes del mediodía a Osterley Park, la mansión que lady Jersey poseía a las afueras de la capital, y su anfitriona les recibió con los brazos abiertos.

—¡Queridos míos!, ¡los héroes del momento! Debéis contarme al detalle lo sucedido.

Henrietta intercambió una mirada llena de cinismo con James, ya que a ninguno de los dos le sorprendió aquella petición. Lady Jersey era una cotilla empedernida a la que apodaban Silencio y, dado que la noche anterior no había asistido al evento de lady Marchmain porque estaba supervisando un baile en Almack's, estaba deseando enterarse de lo ocurrido a través de la mejor fuente posible.

—Fue un simple accidente —le aseguró Henrietta—. Había demasiadas personas en el puente, el que cruza el riachuelo y desde donde se ven de maravilla los fuegos artificiales, y caí al agua.

—Y James se lanzó a salvarte —la dama lo miró con perspicacia antes de echarse un poco hacia atrás para poder observar de arriba abajo a Henrietta—. Bueno, parece ser que no has sufrido ningún daño grave y eso es lo que importa —sus ojos ligeramente saltones se posaron de nuevo en James y añadió sonriente—: y James tuvo ocasión de hacer de caballero andante ante una doncella en apuros —su sonrisa se acentuó aún más y se volvió de nuevo hacia ella—. ¡Excelente! Dejad que os lleve con los demás, estamos reuniéndonos en el invernadero y una vez que estemos todos dará inicio la salida.

Después de conducirlos hasta el invernadero, se marchó para recibir a más invitados y los dejó a merced de los que ya estaban congregados allí.

El asedio fue inmediato, y no solo se acercaron a ellos las matronas dispuestas a horrorizarse con un aterrador relato; de hecho, las más insistentes resultaron ser las numerosas jóvenes casaderas presentes, que estaban deseosas de experimentar de forma indirecta un verdadero rescate a vida o muerte.

James se habría escabullido, habría huido corriendo de allí, habría hecho cualquier cosa con tal de no tener que hacer frente a los ojos brillantes de todas aquellas damas que con tanto entusiasmo alababan sus masculinas proezas, pero a pesar de que Henrietta parecía estar bien no quería apartarse de ella, era incapaz de hacerlo. De modo que, cuando ella le lanzó una mirada de soslayo y se embarcó en una descripción más extensa del rescate para el disfrute de la señorita Chisolm, la señorita Griffiths y la señorita Sweeney, aguantó estoico y permaneció a su lado mientras se hacía el sordo.

Cuando todo el mundo hubo oído al fin el relato y las hordas que los rodeaban se dispersaron lo suficiente, hizo que Henrietta posara la mano en su brazo y la condujo por uno de los numerosos senderos que discurrían entre la infinidad de plantas y tiestos colocados por todo el invernadero.

—¿Te encuentras bien? —le preguntó, consciente de que no debía de ser agradable para ella revivir una y otra vez aquella experiencia tan horrible.

—Sí, la verdad es que sí —lo miró a los ojos y admitió—: esperaba el interés que se ha generado, y con un poco de suerte ya hemos superado el peor asedio.

—Ya veo —la observó con atención antes de mirar de nuevo al frente—. La próxima vez que vayamos a enfrentarnos a un interrogatorio semejante, te ruego que me avises —sonrió al oírla reír—. Ah, y no sé si apruebo que se me compare con sir Galahad; de hecho, ni siquiera estoy seguro de que él supiera nadar.

—No es más que un símil —vaciló por un momento antes de añadir—: además, te aseguro que a tu búsqueda no le causará daño alguno que la gente te vea desde esa perspectiva.

—Ah —no sabía cómo confesarle que ya no sentía deseo alguno de impresionar a ninguna de las posibles candidatas, ni siquiera a la voluptuosa señorita Chisolm—. No sé si...

Ella le pellizcó el brazo y sonrió con cortesía mientras se cruzaban con la señora Julian y su sobrina, la señorita Chester; cuando se hubieron alejado lo suficiente, murmuró:

—Todas las damas presentes tienen oídos, no lo olvides. Por cierto, ¿qué opinas de la señorita Chester?

—Que está demasiado delgada —contestó él sin vacilar.

—¿En serio? Yo no diría tanto, más bien la describiría como «elegantemente esbelta».

—Delgada, demasiado delgada. Y también es demasiado joven, está descartada.

Para cuando Henrietta posó los ojos en su rostro, sorprendida, él ya estaba mirando de nuevo al frente, pero notó que tensaba la mandíbula. Enarcó las cejas en un gesto de extrañeza, y miró también al frente antes de contestar.

—De acuerdo, debo admitir que sí que es bastante joven.

Siguieron paseando por el invernadero. Henrietta ya no sabía lo que quería en lo que a James se refería... no, lo cierto era que sí que lo sabía. Quería averiguar por qué él no le había soltado la mano en todo el viaje de vuelta a casa, ¿cómo se suponía que debía interpretar algo así? Por otro lado, aquella mañana él no había mencionado ese detalle ni tampoco había hecho alusión a ninguna... conexión, por decirlo de alguna forma, que pudiera haber entre ellos.

Mientras se dirigían rumbo a Osterley Park en el carruaje, ella había hablado con fingida naturalidad acerca de las probabilidades que había de que encontraran allí nuevos nombres que agregar a la lista, y él se había limitado a contestar de vez en cuando con algún que otro sonido inarticulado.

No sabía qué pensar de todo aquello. El collar, James... estaba desconcertada.

Tras varios minutos de silencio, respiró hondo y le dijo:

—De momento tenemos en la lista a la señorita Chisolm y a la señorita Downtree, es necesario que expandamos nuestros horizontes. No puedes tener una lista viable con dos únicos nombres —se había ofrecido a ayudarle a encontrar a la esposa que tanto necesitaba, y estaba decidida a cumplir con aquella obligación que ella misma se había impuesto.

—Me pregunto si no sería una buena estrategia mantener una lista lo más corta posible, de ese modo no tendré que intentar recordar al mismo tiempo los atributos de demasiadas damas. Como ya sabrás, el cerebro de los hombres no es tan eficiente como el de las mujeres a la hora de recordar detalles.

Henrietta tuvo que tragarse la respuesta irónica que tenía en la punta de la lengua, porque en ese momento lady Jersey apareció y dio varias palmadas.

—¡Venid todos, es hora de ponerse en marcha! Para la salida de hoy he elegido el valle de las campanillas. Algunos de vosotros ya conocéis el camino, así que adelante.

Los invitados fueron formando varios grupos mientras conversaban y salían del invernadero.

—Supongo que tú estás entre los que conocen el camino, ¿verdad? —le preguntó James a Henrietta, mientras cerraban la marcha.

—Sí, lady Jersey suele celebrar allí sus comidas al aire libre. Pero no hay peligro de que alguien se pierda, tan solo hay que seguir el camino y al resto del grupo y detenerse al llegar al lugar donde se encuentran los lacayos con las cestas de comida.

Él sofocó una carcajada, pero no tardó en perder las ganas de reír. Al verles atrás de todo, una tal señorita Quilley y su madre les esperaron para caminar junto a ellos y poder exhibir mejor los encantos de la joven, cualesquiera que estos fueran. Como no era dado a las conversaciones vanas e insulsas, la impresión que tuvo de ellas no fue demasiado buena, pero al ver la mirada de advertencia que le lanzó Henrietta ocultó su desaprobación y se parapetó tras la habitual máscara de cortés encanto.

Aun así, le molestaba sobremanera verse obligado a disimular de esa forma, y el hecho de que las exigencias sociales se impusieran por encima de lo que realmente quería hacer, de lo que le pedían sus instintos, era una irritación constante que empeoraba aún más la situación.

Se sintió aliviado cuando llegaron por fin al «valle de las campanillas» de lady Jersey. Se trataba de un claro que, tal y como cabía esperar, estaba salpicado de las flores en cuestión, aunque la verdad era que ya estaban un poco mustias.

A la sombra de los árboles que rodeaban el claro se habían extendido mantas, y sobre estas se había dispuesto el contenido de las cestas para incitar a los invitados a que disfrutaran del festín. El encanto rústico que estaba tan de moda no iba más allá, ya que los senderos que confluían en el claro discurrían por jardines formales y bien estructurados; en definitiva, la ilusión que se buscaba crear de que uno estaba en la campiña no era demasiado creíble, y menos aún si se sumaba los lacayos de librea que permanecían de pie bajo los árboles, listos para abrir botellas de vino, llenar copas y proporcionar cualquier ayuda que pudieran requerir los invitados.

James se acomodó en una de las mantas junto a Henrietta y se vio obligado a soportar la compañía de una tal señora Curtis, su hija y su sobrina mientras comía algo de pollo y pato y bebía un champán bastante mediocre. Charló y sonrió mientras seguía interpretando el papel de caballero encantador, pero su mente no prestaba ninguna atención a las conversaciones y estaba centrada en una cuestión mucho más pertinente.

No es que deseara reflexionar con detenimiento acerca de

lo que sentía por Henrietta (como todos los caballeros de su especie, era de la opinión que si uno pensaba demasiado en ese tema lo único que lograba era darle más poder aún), pero era consciente de lo que sentía y, dado que lo sentía, no podía continuar con la búsqueda de alguna otra mujer que pudiera convertirse en su esposa.

Henrietta, sin embargo, parecía estar decidida a encontrarle una candidata adecuada, y él no sabía cómo interpretar esa actitud.

Quizás, al verlo tan desesperado por salvarla la noche anterior, se había dado cuenta del... afecto, por llamarlo de alguna forma, que él le profesaba, y había decidido que animarlo a que buscara en otra parte era una forma sutil de que no se hiciera ilusiones en lo que a ella se refería.

Se volvió hacia ella al notar el peso de su mirada y vio que estaba observándole con fijeza, casi ceñuda; por suerte, ella vio por su expresión perpleja lo perdido que estaba y le puso al tanto de lo que ocurría.

—La señora Curtis, la señorita Curtis y la señorita Mayfair se disponen a marcharse.

Él contuvo a duras penas una exclamación de alivio.

—Mis disculpas, me he distraído por un momento —se puso en pie y echó mano de su habitual sonrisa llena de encanto mientras ayudaba a las tres damas a levantarse—. Ha sido un placer conversar con ustedes.

Aunque las tres se despidieron sonrientes antes de alejarse, la mirada que le lanzó la señora Curtis revelaba que a ella no había logrado engañarla.

Henrietta abrió la boca (para reprenderle, sin duda), pero no tuvo más remedio que volver a cerrarla y sonreír al ver que la señorita Cadogan y su tía, lady Fisher, se acercaban a ellos y ocupaban el espacio que las tres damas anteriores habían dejado vacante al otro lado de la amplia manta.

Fue una dinámica que fue repitiéndose una y otra vez. Los distintos grupos iban pasando de una manta a otra, todo el mundo charlaba e intercambiaba nuevas mientras evaluaba las opciones disponibles de cara a un posible matrimonio, que era lo que se suponía que él debería estar haciendo. Había otros caballeros presentes que saltaba a la vista que tenían ese objetivo, así que no se sentía demasiado expuesto.

En todo caso, debido a las revelaciones que había tenido la noche anterior no tenía ni el más mínimo interés en sumarse a aquella búsqueda, así que se dedicó a aprovechar todas las oportunidades que se le presentaron para intentar discernir lo que se ocultaba detrás de la expresión de Henrietta. Intentó por todos los medios descubrir en aquellos hermosos ojos azules alguna pista que indicara lo que podría estar pensando, pero fue inútil. Ella poseía una máscara social muy hermética y perfeccionada, y en ese momento la llevaba puesta.

Estaba a un tris de llegar a la conclusión de que cualquier revelación que hubiera podido emerger a partir de lo sucedido la noche anterior era cosa suya y ella no había sentido nada fuera de lo común, cuando se unieron a ellos la señorita Chester (la dama demasiado joven y delgada) y su tía, la señora Julian. Esta inició con Henrietta un diálogo al que se sumó la señora Entwhistle, que en ese momento pasaba por allí, y poco después las tres estaban inmersas en una conversación sobre el reciente aluvión de matrimonios políticos y las consecuencias que podía tener la deteriorada salud del rey Guillermo.

Al principio, tanto la señorita Chester como él fingieron estar atentos a la conversación, pero al final ella lo miró con ojos chispeantes y se le acercó un poco más antes de admitir:

—La política no me interesa demasiado, ¿y a usted?

—Para serle sincero, en este momento no.

La joven recorrió el claro con la mirada antes de volverse de nuevo hacia él.

—Quizás podríamos ir a dar un paseo —lo miró a los ojos—. Los dos solos, dado que ninguno de los dos estamos realmente interesados en los cotilleos.

El ávido brillo que vio en sus ojos le dio mala espina e

hizo que se pusiera alerta. Eran muy pocas las invitadas que se habían alejado del prado y, por lo que alcanzaba a ver, las que lo habían hecho eran damas de una edad parecida a la de Henrietta, no las jovencitas como lady Chester.

Tal vez no fuera un experto en el tema ni mucho menos, pero que él supiera las jóvenes no tenían por costumbre hacerles ese tipo de propuestas a los caballeros, y mucho menos a los caballeros como él.

El problema radicaba en que no sabía cómo rechazar el ofrecimiento con sutileza. Miró a su alrededor, pero no encontró nada que le inspirara y al final optó por contestar:

—Tal vez dentro de un rato, si hay más gente que se nos une.

Ella lo miró mohína. Era un mohín de libro que ella debía de pensar que resultaba encantador, pero que a él hizo que le dieran ganas de largarse de allí. No había accedido a lidiar con jovencitas bellas, pero mimadas y demasiado atrevidas.

—¡No es necesario que esperemos! —insistió ella, antes de acercarse aún más y de ponerle una mano en el brazo—. Estoy convencida de que encontraremos alguna forma interesante de entretenernos lejos de los demás —lo miró a los ojos y, ajena a la rígida indiferencia que se reflejaba en ellos, batió las pestañas con coquetería—. Tengo entendido que los jardines son muy extensos, seguro que podemos encontrar algún sendero por el que alejarnos...

James no recordaba haber recibido una proposición tan directa en toda su vida. Su paciencia se agotó.

—No lo dudo, pero... —se tragó el resto de la frase, consciente de que sus palabras de rechazo podrían resultar demasiado bruscas, y de forma totalmente instintiva le lanzó a Henrietta una mirada suplicante.

Se sintió aliviado al ver que ella estaba observándole en ese momento y captaba la señal. La vio bajar la mirada hacia la mano de la señorita Chester, que seguía apoyada en su brazo...

La parte del cerebro de Henrietta que estaba obsesionada con James notó que él se había tensado, que se mantenía rígido y con actitud de rechazo ante la actitud insinuante de la señorita Chester, pero fue algo más que posesividad lo que la recorrió en un poderoso torrente, lo que la hizo volverse hacia la señora Julian y la señora Entwhistle y decir:

—Es un tema fascinante, pero me temo que el señor Glossup y yo debemos retirarnos ya —esbozó una sonrisa cortés, y al ver la irritación que relampagueó en los ojos de la señora Julian añadió—: nos esperan otros compromisos en la ciudad, así que no podemos demorarnos. Si nos disculpan...

James se puso en pie de inmediato, la ayudó a levantarse, y los dos procedieron con las despedidas de rigor. Cuando se dieron la vuelta (dejando tras ellos a dos de las damas echando humo por las orejas, metafóricamente hablando), él le ofreció el brazo y ella lo aceptó.

La miró de soslayo mientras se alejaban y le preguntó en voz baja:

—¿Es cierto que nos vamos?

Lo dijo tan esperanzado que Henrietta estuvo a punto de echarse a reír.

—Sí, por supuesto que sí.

Se acercaron a lady Jersey, quien no se sorprendió en absoluto al oír que tenían otros compromisos.

—Por supuesto, queridos míos. Debéis de estar muy solicitados.

Una vez que concluyeron las despedidas, Henrietta le condujo hacia un camino secundario; mientras se alejaban del claro, alzó la mirada hacia él y comentó:

—No lo has pasado nada bien, ¿verdad?

—Los calaveras de la alta sociedad evitamos asistir a toda esta clase de eventos cuando somos jóvenes, así que podría decirse que ahora no estoy preparado para soportarlos. Cuando estoy en uno no puedo dejar de pensar en cuánto preferiría estar en otro sitio.

—Conociendo a Simon, eso no me toma por sorpresa —

Henrietta hizo el comentario sonriente, pero una súbita duda hizo que bajara la mirada.

Se preguntó si era esa la explicación de lo ocurrido la noche anterior, si James se había mostrado tan protector con ella porque era la hermana de Simon. ¿Por eso había seguido tomándola de la mano durante todo el trayecto de vuelta a casa?, ¿había sido un mero intento de reconfortarla? Sí, se había sentido reconfortada, pero había creído que a lo mejor significaba algo más. Quizás había estado engañándose a sí misma, quizás habían sido simples imaginaciones suyas a las que había contribuido en parte el collar.

Llevaba puesta la joya en cuestión en ese momento, y notaba la calidez que parecía emanar de las cuentas y del colgante. Se dio cuenta extrañada de que solo notaba dicha calidez cuando James estaba cerca.

En todo caso, quien lo llevaba puesto era ella, así que no había ninguna razón para suponer que pudiera tener algún efecto en él. No había motivo alguno para suponer que para él fuera algo más que la hermana de Simon, la Rompebodas, la mujer que había impedido el matrimonio que él tenía en mente y que, al enterarse de las nobles razones que le llevaban a buscar esposa, se había ofrecido a ayudarle a encontrar una dama adecuada.

—Una pregunta, ¿estás segura de que sabes hacia dónde vamos?

James miró a su alrededor, pero el camino que habían tomado les había conducido hasta un largo paseo bordeado de frondosos laureles más altos que él. Ante ellos se extendía el paseo y mirando hacia atrás se veía el punto donde el camino inicial había desembocado en él, pero no alcanzaba a verse nada más en ninguna otra dirección.

Ella miró también a su alrededor, daba la impresión de que acababa de percatarse de que estaban allí.

—Es una ruta secundaria para regresar a la casa, no tardaremos en llegar si seguimos avanzando.

James se puso alerta.

—¿Secundaria, dices? ¿Significa eso que los demás no vendrán por aquí?

—Dudo mucho que lo hagan. Las madres y las matronas optarán por el camino más corto y casi todas las damas jóvenes irán con ellas, así que la mayoría de caballeros tomarán también esa ruta.

Él se dio cuenta de que eso quería decir que de momento estaban más o menos a solas, que nadie les veía. Respiró hondo.

—Henrietta...

—Dime.

Se quedó parado y, cuando ella le imitó y le soltó la manga mientras se volvía a mirarlo, él... él... sabía lo que quería decirle, pero se acobardó de repente. Llevaba todo el día observándola con atención en busca del más mínimo gesto que revelara lo que pensaba de él; al ver que le ayudaba con tanta firmeza y rapidez cuando había sucedido lo de la señorita Chester había pensado que quizás... había albergado la esperanza de que...

Se humedeció los labios y, mirándola a los ojos, se oyó decir a sí mismo:

—Estaba pensando en... en los besos.

—¿Qué besos? —le preguntó, claramente desconcertada.

—Los besos en general, recuerda que soy un calavera —jamás habría sospechado que su pasado resultaría ser tan útil.

—No te entiendo.

—Verás, es que hay besos... —bajó la voz—... y besos. Me preguntaba qué es lo correcto con las damas jóvenes, cuál es el grado máximo aceptable.

A juzgar por la cara que puso al oír aquello, estaba claro que no sabía cómo responderle, y justamente con eso era con lo que él contaba.

—Quizás podría hacerte una demostración —añadió, mientras rezaba para que ella se tragara aquel cuento—. Así podrás ver la diferencia que hay entre el beso que supongo que sería apropiado para una joven dama y el que podría usarse para seducir a una matrona con experiencia —no le sorprendió ver que lo miraba con suspicacia, era de esperar que reaccionara así. Soltó un sonoro suspiro y añadió—: sí, ya sé que es mucho pedir, pero fuiste tú quien se ofreció a ayudarme. ¿De qué otra forma voy a comprobarlo? ¡Podría escandalizar a alguna damisela si me equivoco!, ¡a la pobre se le caería el corsé del susto!

Ella soltó una carcajada y contestó, sonriente:

—Como tú bien sabes, gran parte de las damas jóvenes no llevan corsé.

James la miró con fingida sorpresa y logró a duras penas mantenerse serio.

—No, la verdad es que no lo sabía. Como ya te he dicho, soy un calavera. Como tú bien sabes, los hombres como yo estamos acostumbrados a las matronas experimentadas, y te aseguro que por regla general sí que llevan corsé —le sostuvo la mirada al añadir con toda naturalidad—: pero el tema no son los corsés.

Esperó con el aliento contenido mientras ella lo observaba con ojos penetrantes, y tuvo que reprimir una exclamación exultante al verla asentir.

—De acuerdo, un beso. Uno apropiado para una joven dama, lo justo para que pueda decirte si has calculado bien.

James asintió. Tal vez fuera un gesto más triunfal de lo debido, pero Henrietta no tuvo ocasión de percatarse de ello porque él le pasó un brazo por la cintura, la acercó a su cuerpo (no demasiado, lo que consideró que ella estaría dispuesta a permitir), le puso la otra mano bajo la barbilla para instarla a que la alzara y, antes de que ella alcanzara a recobrar el aliento suficiente para articular el más mínimo sonido, bajó la cabeza y le cubrió los labios con los suyos.

La besó con suavidad y reprimió a duras penas la necesidad casi irrefrenable de saborearla mejor, de abrirle los labios y adueñarse de su boca, de ir demasiado lejos. Luchó contra sí mismo y ganó la batalla porque era vital que lo hiciera, porque tenía que convertir aquel beso en una dulce fantasía en la que fluyeran las más exquisitamente delicadas sensaciones.

Tenía muy claro hacia dónde se dirigía, su objetivo era una seducción completamente distinta a las que estaba acostumbrado un calavera como él. Nunca antes se había propuesto tentar con un contacto tan suave, con el mero roce de los labios, con una presión tan ligera que seducía con una fragilidad casi cristalina.

Entreabrió los ojos y vio que ella tenía los suyos cerrados. El beso y las sensaciones parecían tenerla cautivada, tal y como él quería.

Henrietta no podía respirar. Tampoco podía pensar y, por una vez en su vida, le daba igual no poder hacerlo; al fin y al cabo, pensar tampoco era tan importante. Lo realmente importante era sentir, absorber las sensaciones que el beso despertaba en su interior. La habían besado en varias ocasiones anteriores, pero aquellas experiencias previas no se habían parecido en nada a lo que estaba viviendo en ese momento.

Ningún otro beso había sido tan cautivador a pesar de que aquel, el «beso para jóvenes damas» de James, era tan etéreo como un cuento de hadas. Era un beso lleno de promesa y de esperanza que dejaba entrever lo que podría deparar el futuro.

El contacto con aquellos labios hacía que le hormiguearan los suyos. La delicada efervescencia de sus sentidos era como burbujitas ascendiendo dentro del mejor champán, como una especie de excitación expectante. Era intensamente consciente de él, de su cuerpo y de su fuerza. La rodeaba por completo, lo tenía tan cerca... pero solo la tocaba con los labios, aquellos labios traviesos y sensuales que le nublaban la razón.

Cuando él alzó la cabeza poco a poco, se quedó mirándolo con los labios entreabiertos y sin respirar apenas.

Él, a su vez, la contempló con aquellos ojos marrones como el más delicioso chocolate y que en ese momento parecían de lo más inocentes. La recorrió lentamente con la mirada, se detuvo por un momento en sus labios (que aún hormigueaban), y entonces la miró de nuevo a los ojos y le preguntó como si nada:

—¿Qué opinas?, ¿lo he hecho bien?

Ella respiró hondo, retrocedió para que la soltara y se devanó los sesos intentando encontrar una respuesta adecuada, pero tan solo logró asentir y decir con un hilo de voz:

—Sí —dio media vuelta sin más, y al echar a andar se sintió aliviada al ver que sus piernas no flaqueaban.

En ese momento no podía pararse a pensar en lo que acababa de suceder, en si la explicación de James era cierta o no había sido más que una excusa para poder besarla; al ver que él la alcanzaba, aceleró el paso y afirmó:

—Debemos llegar a la casa antes que los demás.

—Ah, sí, por supuesto. No nos conviene que lady Jersey, más conocida como Silencio, empiece a preguntarse por qué tardamos tanto.

—Exacto —Lo miró ceñuda al darse cuenta de que él parecía estar bromeando, y vio que estaba muy relajado—. ¡Esa es una idea realmente malévola!

—Sí, ya lo sé —admitió él, con una carcajada, antes de mirar sonriente al frente.

Henrietta estaba sentada en su tocador a última hora de la tarde, con la mirada puesta en el espejo mientras Hannah le ondulaba el pelo y se lo sujetaba con horquillas, cuando se oyó un pequeño toque en la puerta.

Era Mary, que tras asomar la cabeza y verla en el tocador entró y cerró tras de sí. Cruzó entonces la habitación, se detuvo junto a Hannah, y sonrió satisfecha cuando recorrió a Henrietta con la mirada y vio el collar que le rodeaba el cuello.

—Perfecto, lo llevas puesto.

—Ajá.

Aquella escueta respuesta hizo que su hermana la mirara con curiosidad. Ella intentó esquivar su mirada, pero lo único que logró fue que Mary siguiera insistiendo.

—¿Te está funcionando?

Aunque le habría encantado poder mentir, se trataba de Mary, quien además de ser su hermana más mandona también era la más sagaz. Intentar mentirle nunca servía de nada, así que optó por ser cauta.

—Es posible.

—¡Qué bien!, ¡qué maravilla! —Mary hizo una pequeña danza victoriosa con los puños en alto, y alzó la mirada al techo antes de exclamar—: ¡gracias, Señora!

Henrietta soltó una carcajada, y el sonido hizo que su hermana volviera a centrar su atención en ella.

—¿Quién es el caballero en cuestión?

—No voy a decírtelo.

Mary se irguió todo lo alta que era y se cruzó de brazos. Observó el reflejo de Henrietta en el espejo mientras tamborileaba con un dedo sobre los labios, pensativa... el dedo se detuvo de repente.

—¡James Glossup! Es él, ¿verdad? ¡Él es tu héroe!

Henrietta claudicó y miró a su hermana a los ojos; al ver su expresión triunfal, le advirtió amenazante:

—¡No te atrevas a decirle ni una palabra de esto a nadie! ¿Me has oído bien, Mary? ¡A nadie! —al ver que seguía mirándola con una enorme sonrisa como si nada, respiró hondo y recordó lo único con lo que podría asegurarse su silencio—. Si quieres ponerle las manos encima al collar mediante el procedimiento correcto y tan pronto como sea posible, te aconsejo que te asegures de que de tus labios no salga ni media palabra sobre tus conjeturas sin confirmar.

Mary sonrió con más ganas aún, pero alzó una mano y dijo con firmeza:

—Te lo prometo, ¡palabra de Cynster!

—Ya veremos —le habría gustado volverse para observarla con mayor detenimiento, pero Hannah aún no había terminado de peinarla.

Mary reinició su extática danza. Dio un giro completo y afirmó, mientras se dirigía hacia la puerta:

—¡No tienes ni idea de lo feliz que me has hecho, mi querida Henrietta! Quédate tranquila, mis labios están sellados y huelga decir que no haré nada que pueda crearte problemas. Quiero tener ese collar en mis manos mediante el procedimiento correcto y lo antes posible —se detuvo con la mano en el pomo y se volvió a mirarla con ojos brillantes—. ¡Esperaré impaciente!

Henrietta se volvió hacia ella, pero su hermana ya había salido de la habitación. Mientras la puerta se cerraba miró a Hannah, que seguía intentando peinarla, y soltó un suspiro.

—¿Tienes idea de a qué se ha debido todo esto? Aunque quizás sería más acertado preguntar «a quién» se debe. ¿En quién se ha fijado Mary?, ¿por qué está tan deseosa de hacerse con este collar?

—Yo no sé nada, señorita. Pero ¿es cierto lo que ha dicho su hermana?, ¿el señor Glossup es el hombre destinado a ser su esposo?

Henrietta se volvió de nuevo hacia el espejo, atrapó la mirada llena de curiosidad de la doncella en el reflejo y le ordenó con seriedad:

—Es posible, pero tú tampoco puedes decir ni una palabra al respecto.

—¡No diré ni media, señorita! —parecía casi tan entusiasmada como Mary. Alzó de nuevo las tenazas y añadió—: bueno, ahora quédese quieta y deje que termine de peinarla.

La conversación con Mary había hecho que Henrietta tomara conciencia de lo que ella misma había empezado a sospechar, lo que había empezado a creer esperanzada, y estaba descubriendo que la esperanza era una sensación muy extraña.

Mientras descendía la escalera que conducía al salón de baile de lady Hollingworth, vio que James se abría paso entre el gentío con la intención de recibirla al pie de la escalera, y tuvo que ordenarle a su rebelde corazón que se portara bien. Sí, estaba tan gallardo y elegante como de costumbre y parecía el ejemplo perfecto de un refinado calavera, pero a pesar de que lo era (tal y como él mismo admitía a menudo), aquella tarde había sido algo más que eso, había sido el caballero que la había besado con una delicadeza tan reverente que aún se sentía embriagada cada vez que recordaba lo ocurrido.

Durante el trayecto de regreso de Osterley Park habían estado hablando acerca del resto de invitados, pero esa conversación no había sido más que una conveniente cortina de humo que los dos habían utilizado para no tener que lidiar de momento con lo que aquel beso tan deliciosamente sencillo había revelado, lo que había significado.

A decir verdad, ella misma estaba hecha un lío, pero lo que tenía muy claro era que aquel beso había significado algo. Aquel momento había marcado un cambio entre ellos y, aunque no supiera hacia dónde iba a llevarles aquella nueva dirección, al ver a James con la mirada alzada hacia ella, esperándola al pie de la escalera, tuvo muy claro lo que su esperanzado corazón deseaba que sucediera.

Tras bajar los últimos escalones, le ofreció la mano y le saludó con un aplomo pasable.

—Buenas noches, James.

Él se inclinó ante ella, y al enderezarse se llevó su mano a los labios y le sostuvo la mirada mientras depositaba un beso en sus nudillos.

Henrietta tuvo que reprimir un estremecimiento de placer a pesar de que llevaba guantes. El contacto de aquellos labios en su mano evocó en ella la sensación de tenerlos contra su boca...

Él había estado observándola con ojos penetrantes y debió de notar su reacción, porque sonrió mientras la acercaba un poco más; después de instalarla a posar la mano en su brazo, se adentró con ella entre los invitados y comentó:

—Gracias a Dios que no hay una aglomeración como la de anoche.

—Sí —se limitó a decir, sin saber muy bien cómo actuar.

Estaba a punto de indicarle otra joven dama a la que quizás podría interesarle conocer (no sabía si aún estaba interesado en seguir buscando otras candidatas), cuando él comentó:

—Creo que los músicos van a empezar a tocar un vals... ah, sí, ahí están los primeros acordes.

Le alzó la mano que ella había mantenido sobre su brazo, la miró a los ojos, sonrió de aquella forma abierta y directa que empezaba a resultar obvio que reservaba solo para ella, y la condujo hacia el centro del salón.

—Vamos, mi querida Rompebodas. Quiero bailar el vals contigo.

Henrietta no pudo evitar sonreír como una bobita. Abrió los labios para protestar (aunque con la boca pequeña, claro, porque estaba deseando bailar con él), pero antes de que se diera cuenta ya estaba girando entre sus brazos.

—Nada de protestas, Henrietta. Esta noche no tengo intención alguna de perder mi tiempo bailando con el resto de jóvenes damas presentes —la miró a los ojos y añadió en voz más baja—: así que ahórrate la saliva.

James se dedicó con esmero a mantenerla sin aliento y extática, y logró confirmar dos cosas: la primera era que podía afectarla así si se lo proponía, y la segunda que le encantaba hacerlo. Ver a Henrietta Cynster sin aliento y extática le llenaba de dicha el corazón, y eso ya era de por sí muy revelador.

Aun así, aún no estaba preparado para reflexionar con más detenimiento acerca de lo que ella le hacía sentir, acerca de lo que había sentido cuando la había besado con tanta suavidad en Osterley Park.

A decir verdad, aún estaba intentando asimilar esa experiencia.

En cualquier caso, en ese momento ella parecía tan dispuesta como él a limitarse a disfrutar de aquella velada sin más. El salón de baile estaba bastante concurrido, así que podían permanecer juntos en todo momento sin que eso llamara la atención. Las cotillas y las grandes damas solían observar vigilantes a las jovencitas y a quienes eran el foco de atención por algún motivo en un momento dado, pero hacía mucho que las matronas habían dejado de estar pendientes de con quién conversaba Henrietta; en cuanto a él, nunca había formado parte de los juegos matrimoniales que tanto parecían entretenerlas.

De modo que dispusieron de toda la velada para reír, compartir anécdotas y perderse el uno en los ojos del otro. Tuvieron horas para descubrir esto y aquello, los pequeños detalles de sus respectivas personalidades que les convertían en quienes eran y que el uno encontraba fascinantes en el otro.

Estaban totalmente centrados el uno en el otro, para ellos no existía nada más.

Bailaron otro vals, y aquella conexión intangible que existía entre ellos fue fortaleciéndose cada vez más. Era una conexión que James reconocía a cierto nivel, pero que a otro nivel le resultaba completamente desconocida; le resultaba familiar, y al mismo tiempo no era así; era algo conocido, y al mismo tiempo no lo era; por un lado, era algo que esperaba, pero que estaba siendo muchísimo más de lo esperado... eso resumía su reacción ante Henrietta, una reacción que fue progresando de la curiosidad al deseo, y de allí a un profundo anhelo.

Se arriesgaron a bailar un tercer vals juntos, pero ni siquiera eso bastó para saciarle y, a juzgar por el brillo que veía en los ojos de Henrietta, estaba claro que no era el único que se sentía así.

En un momento dado, ella echó un vistazo a su alrededor y lo miró a los ojos al decir:

—Hace mucho calor, ¿salimos a dar un paseo por la terraza?

A James no le hizo falta que añadiera que allí fuera dispondrían de mayor privacidad; de hecho, era muy probable que pudieran estar a solas. Miró por encima de las cabezas y vio que las puertas que daban a la terraza estaban abiertas.

—Excelente idea, vamos.

Le ofreció el brazo y la condujo entre los invitados. Acababan de llegar a las puertas y estaban a punto de salir cuando una joven dama ataviada con un vestido color magenta se les acercó a toda prisa.

—¡Señorita Cynster! —la joven la miró a los ojos, y saludó a James con una inclinación de cabeza antes de dirigirse de nuevo a ella—. Soy la señorita Fotherby, nos conocimos hace varias semanas en la merienda en casa de lady Hamilton.

—Ah, sí, ya la recuerdo —dio un ligero apretón a la mano que la joven extendió hacia ella, y procedió a presentarle a James—. La señorita Fotherby es la sobrina de lady Martin.

Cuando él la saludó con una inclinación, la joven respondió con una reverencia.

—¿Podría hablar con ustedes en privado un momento? —indicó la terraza con un gesto de la mano—. Quizás sería mejor salir fuera.

James miró a Henrietta a los ojos y vio que parecía sorprendida.

La señorita Fotherby, mientras tanto, lanzó una mirada por encima del hombro hacia el resto de invitados antes de volverse de nuevo hacia ellos.

—Por favor —les dijo, antes de salir a la terraza.

Totalmente desconcertado, James le indicó a Henrietta que le precediera y salió tras ella.

La señorita Fotherby estaba esperándoles a cierta distancia de las puertas. Tenía las manos entrelazadas al frente con nerviosismo, y dio media vuelta al verles acercarse; cuando ellos la flanquearon, los tres echaron a andar y se internaron entre las sombras que bañaban la terraza.

—Espero que comprendan las razones que me han llevado a abordarles así, pero... —hizo una pausa y respiró hondo—. Debo casarme. Vivo con mi madre y mi padrastro, pero debido a una serie de razones deseo dejar de vivir bajo su techo. Mi tía ha sido muy bondadosa conmigo y como usted ya sabe, señorita Cynster, es quien está encargándose de allanar mi camino en la alta sociedad. Tengo veinticinco años, así que encontrar marido no es una tarea fácil para mí. Poseo una dote decente, pero... —se detuvo para respirar hondo de nuevo, y se estrujó los dedos mientras seguía hablando—. He recibido una propuesta de matrimonio y, aunque todo el mundo está encantado y mucha gente me ha aconsejado que acepte, la verdad es que no confío en el caballero en cuestión.

Habían llegado al final de la terraza. La joven se volvió hasta quedar cara a cara con ellos, y se centró en Henrietta.

—Y no, no estoy aquí para pedirle que le investigue. Tengo muy claro que no hay que fiarse de un hombre como él —su mirada se posó entonces en James—. Pero he oído que usted busca esposa, señor Glossup. Soy consciente de que está considerando posibles candidatas, y quería solicitarle que me incluya en la lista —lanzó una breve mirada a Henrietta y esbozó una pequeña sonrisa—. Estoy convencida de que la señorita Cynster sabrá cómo averiguar todo lo que usted desee saber acerca de mí —alzó la cabeza y la miró a los ojos—. Tengo entendido que todos los Cynster se casan por amor, pero en mi caso estoy convencida de que seré feliz optando por otra alternativa.

Hizo otra breve pausa y miró a James al admitir:

—No confío en los hombres que se apresuran a declarar su amor con demasiada rapidez, señor Glossup. Le prefiero mil veces a usted, que ha enfocado el tema con honestidad —inclinó la cabeza y se limitó a decir—: lo único que le pido es que me tenga en cuenta como posible candidata —su mirada se deslizó por la terraza hasta detenerse en las puertas del salón de baile; tras un ligero titubeo, añadió—: y, a ser posible, le agradecería que en los próximos días me diera alguna indicación de lo que opina.

Se despidió con una inclinación de cabeza y regresó a paso rápido al salón mientras ellos se quedaban allí, mirándola pasmados.

«Los Cynster se casan por amor».

«No confío en los hombres que se apresuran a declarar su amor con demasiada rapidez».

James estaba anonadado. Se sentía como si acabaran de propinarle no uno, sino dos puñetazos totalmente inesperados. Ni siquiera se le había pasado por la cabeza que Henrietta pudiera pensar que... se volvió a mirarla, pero ella tenía el rostro envuelvo en sombras y no podía leer su expresión ni sus ojos.

—Eh... —sabía que estaba siendo un cobarde, pero se limitó a preguntar—: ¿qué opinas?

Ella permaneció en silencio durante un largo momento y cuando al fin contestó lo hizo con un tono de voz extraño, un poco tenso.

—Por lo que yo sé, podría ser una excelente candidata —hizo una pequeña pausa—. Tendré que comprobarlo, por supuesto, pero incluso antes de hacer las pesquisas pertinentes creo que, de todas las damas que has conocido hasta el momento, es ella la que debería ocupar el primer puesto de tu lista.

A James le parecía inconcebible que ella creyera aún que seguía buscando posibles candidatas. Su mente era un caos mientras intentaba recordar todo lo que habían hablado durante aquella velada, todo lo que ambos habían dejado entrever, todo lo que él había dado por hecho que se entendía de forma implícita. Se preguntó si habrían sido imaginaciones suyas, si había malinterpretado la situación, y no supo cómo responder.

Si decía lo que realmente pensaba, si admitía lo que había dado por hecho y las esperanzas que albergaba, corría el riesgo de que Henrietta se riera de él y le diera la espalda.

—Bueno, quizás sea buena idea que... hagas esas pesquisas —eso quería decir al menos que iba a volver a verla pronto; quizás para entonces ya hubiera logrado aclararse las ideas y entender lo que sucedía, lo que estaba pasando realmente entre los dos.

Henrietta asintió con dificultad y dio gracias por las sombras que ocultaban su rostro. Reprimió con firmeza el dolor que sentía, reprendió con severidad a su corazón (su estúpido, absurdo corazón) y se obligó a sí misma a decir con calma:

—Comprendo que ella quiera tener una respuesta lo antes posible, voy a hablar ahora mismo con las grandes damas que se encuentran presentes —estaba deseando alejarse, pero se detuvo el tiempo justo para añadir—: ¿puedes ir mañana al parque? A eso de las once estaré allí con mi madre y con Mary en el carruaje, en la avenida. Así podré contarte lo que haya averiguado.

Así se aseguraba de que hubiera gente alrededor. No estaba dispuesta a volver a pasear a solas con él, no quería arriesgarse a que hubiera otro beso y a sufrir aún más. Esperó apenas a verle asentir antes de dar media vuelta y dirigirse hacia las puertas del salón.

James se obligó a sí mismo a quedarse donde estaba mientras la veía alejarse. Vio los detalles reveladores (la forma en que ella mantenía la barbilla alzada, la tensión con la que andaba, lo rígida que estaba), y se dio cuenta de que había sido un tonto.

Cuando ella llegó a las puertas y entró en el salón de baile sin dirigirle ni una mísera última mirada, se volvió hacia los jardines y, con la mirada perdida en la oscuridad de la noche, masculló una imprecación.

CAPÍTULO 5

James se presentó en el parque a la mañana siguiente tal y como habían acordado, y recorrió con la mirada la hilera de elegantes carruajes que estaban parados a lo largo de la avenida hasta que encontró el de lady Louise Cynster.

Henrietta estaba sentada junto a su hermana menor, Mary, en el asiento que miraba hacia atrás. Las dos parecían estar contemplando relajadas a los paseantes que caminaban por el parque, protegidas del suave sol matinal por sus respectivas sombrillas, mientras su madre y lady Cowper, una dama entrada en años, charlaban animadamente en el asiento opuesto.

Se acercó al carruaje, pero se detuvo cuando aún estaba a unos diez metros por detrás de Henrietta para ordenar sus ideas. Tenía terreno para maniobrar y por eso estaba allí, pero aún no había ideado la estrategia que iba a seguir para conquistarla. Seguía estando obligado a casarse, pero, en lo que a él se refería, la campaña que había planeado junto con Henrietta había quedado completamente descartada.

Cómo hacérselo entender a ella, a una Cynster que estaba convencido de que tan solo accedería a casarse por amor, era el problema al que aún no le había encontrado respuesta. Había pasado gran parte de la noche devanándose los sesos en busca de una solución, pero tanto su inventiva imaginación de calavera como sus sentidos, que solían ser infalibles en cuestión de mujeres, se habían quedado extrañamente mudos en lo que a aquella cuestión tan vital se refería y no estaban cooperando en nada con él; de hecho, tratándose de Henrietta le instaban a emplear un enfoque completamente distinto.

Esa era una gran parte de su problema. Para sus instintos, ella era completamente distinta a cualquier otra dama que hubiera visto a lo largo de toda su vida; para ellos, Henrietta era su mujer y, por tanto, les daba igual los esfuerzos que él tuviera que hacer con tal de convertirla en su esposa.

Para ese yo interior instintivo, merecía la pena hacer cualquier sacrificio con tal de hacerla suya.

La cuestión era que había ciertos sacrificios que ningún hombre sensato haría sin más y mucho menos tratándose de una dama del calibre de Henrietta, que era una mujer de voluntad férrea, inteligente y con las ideas muy claras.

La noche anterior, aparte de interrumpir lo que hasta el momento había sido una velada extremadamente alentadora, la señorita Fotherby le había recordado dos cosas: que los Cynster se casaban por amor, y que si un caballero se apresuraba a declarar su amor con demasiada rapidez lo más probable era que desconfiaran de él.

Tenía que encontrar un camino entre esas dos rocas y convencer a Henrietta de que le aceptara como esposo. Con ese claro objetivo en mente, echó a andar de nuevo hacia el carruaje de los Cynster.

Henrietta fue consciente de la presencia de James segundos antes de que él apareciera junto al carruaje. Había notado su mirada en la espalda, y había tenido que reprimir las ganas de volverse a mirar de inmediato.

Después de la decepción que había sufrido la noche anterior, de haber visto cómo se truncaban sus esperanzas (unas esperanzas que al parecer habían sido totalmente infundadas), estaba decidida a mantener en todo momento su habitual máscara de mujer sensata y a no hacer ni el más mínimo gesto que revelara el efecto que él le causaba. Iba a mantener aquel encuentro firmemente centrado en el objetivo mutuo que se habían marcado, y que no era otro sino encontrarle la esposa que tanto necesitaba.

Así que le miró con una sonrisa de lo más natural e inclinó la cabeza con cortesía.

—Señor Glossup.

Él la miró con ojos penetrantes y titubeó de forma casi imperceptible, pero entonces asintió y, con una pequeña sonrisa en los labios, murmuró un saludo antes de volverse a saludar también a su madre y a lady Cowper.

Mientras le veía desplegar su encanto y encandilarlas a las dos, permaneció sentada observándole con ojo crítico, erguida y rígida, agarrando la sombrilla con manos tensas. Cuando salió a colación el incidente ocurrido en la mansión de los Marchmain, él intentó pasar de puntillas sobre el tema, pero su madre no se lo permitió e insistió en darle las gracias por su acto de valentía.

Henrietta se sintió aliviada al ver que, tras aceptar las alabanzas y los agradecimientos, él desviaba la conversación hacia otros temas más generales. Estaba harta de tenerle que asegurar a todo el mundo que el accidente no la había traumatizado de por vida.

Una vez que su madre y lady Cowper se dieron por satisfechas, él se volvió hacia ella y enarcó una ceja.

—¿Le apetecería acompañarme a dar un paseo por el parque, señorita Cynster?

—Sí, gracias.

Justo cuando él alargaba la mano para abrir la portezuela, sir Edward Compton (quien daba la impresión de que había permanecido cerca de allí, a la espera del momento adecuado), se acercó y saludó con una inclinación a su madre y a la señora Cowper antes de preguntar si Mary también deseaba pasear.

Se daba por supuesto que se refería a que pasearan los cuatro juntos. Aunque Henrietta podía pasear a solas con un caballero, su hermana era demasiado joven para algo así... bueno, al menos en el parque, justo delante de las narices de las estrictas matronas de la alta sociedad.

No esperaba que su hermana accediera, ya que no estaba en su forma de ser perder el tiempo y estaba claro que no estaba interesada en sir Edward, quien era un hombre de temperamento sosegado; así las cosas, se sorprendió al verla asentir y contestar con una cortés sonrisa:

—Gracias, sir Edward. Será un placer para mí pasear de su brazo.

Después de que James abriera la portezuela y ayudara a Henrietta a descender del carruaje, sir Edward dio un paso al frente y ayudó a su vez a Mary, quien le sonrió con dulzura y posó la mano en su brazo antes de conducirlo hacia el césped.

Henrietta apoyó la mano en el brazo de James mientras se preguntaba a qué se debería la extraña actitud de su hermana. Mientras seguían a la pareja murmuró, manteniendo la mirada fija en la espalda de Mary en todo momento:

—¿Qué estará tramando?

—¿Por qué crees que está tramando algo? —le preguntó James.

Porque, de no ser así, su hermana no habría hecho nada que impidiera que James y ella estuvieran a solas.

—Tú espera y verás.

No tuvieron que esperar demasiado. Poco después, Mary señaló hacia delante y le dijo algo a sir Edward antes de volverse a mirarles por encima del hombro.

—Sir Edward y yo vamos a acercarnos a aquel grupo de allí donde están la señorita Faversham y la señorita Hawkins. Estaremos a la vista de mamá y de los carruajes.

Su hermana no añadió que así James y ella no tendrían que hacer de carabinas, pero se daba por entendido.

Henrietta lanzó una mirada hacia el grupo en cuestión y vio que, además de las dos jóvenes damas ya mencionadas, también estaban presentes varios jóvenes solteros entre los que destacaban el honorable Julius Gatling y lord Randolph Cavanaugh, segundo hijo del difunto marqués de Raventhorne.

Todos ellos eran una compañía aceptable y bastante inocua, así que no dudó en asentir.

—De acuerdo, estoy segura de que puedo confiar en que sir Edward te lleve de vuelta al carruaje cuando corresponda.

Mary miró con una beatífica sonrisa a sir Edward, al que tenía claramente encandilado.

—Me llevará de vuelta al carruaje cuando corresponda, ¿verdad?

Henrietta contuvo un bufido burlón y no se molestó en escuchar la atropellada respuesta del caballero, ya que tenía asuntos propios de los que ocuparse. Miró a James y le dijo, con actitud un poco distante:

—Sugiero que prosigamos nuestro camino y busquemos un sitio donde pueda contarte lo que he averiguado de momento sobre la señorita Fotherby.

Él apretó los labios de forma casi imperceptible, pero asintió y siguieron caminando.

Una vez que quedaron atrás los grupos que se mantenían en las zonas adyacentes a los carruajes, grupos formados en gran parte por las damas y los caballeros más jóvenes, las extensiones de terreno sembradas de césped del parque estaban mucho menos concurridas y se podía pasear y conversar libremente, sin miedo a ser oído.

Mientras caminaban paralelos a la avenida, que había quedado a cierta distancia, James rompió al fin el silencio.

—¿Qué has averiguado?

—La situación de la señorita Fotherby es tal y como ella la describió. Al parecer, su madre alberga un infundado e irracional miedo a que su segundo marido quede prendado de la señorita Fotherby y transfiera su afecto de la madre a la hija. Ninguno de los conocidos de la familia creen que esa posibilidad exista, pero, como podrás imaginar, la desconfianza de su madre ha puesto a la señorita Fotherby en una situación muy difícil. Por eso está buscando marido, para poder marcharse de la casa de su padrastro. Su madre insistió en permanecer en la campiña junto con su marido, y la mandó a Londres para que se las arreglara por sí sola bajo la tutela de su tía —le lanzó una mirada y le vio torcer el gesto.

—Por lo que dices, es una especie de damisela en apuros que necesita que la rescaten —murmuró él, con la mirada puesta al frente.

—Sí, podría decirse que sí.

Estaba convencida de que a James podría parecerle un acuerdo razonable rescatar a la joven y, al mismo tiempo, salvarse a sí mismo y a su gente. Además, estaba obligada a ser imparcial y tenía que dar una valoración favorable. A juzgar por lo que había averiguado en el poco tiempo que había tenido la noche anterior, la señorita Fotherby poseía una reputación intachable y el problema al que se enfrentaba no era culpa suya. No había oído ni un solo comentario negativo sobre ella, lo que la dejaba con la nada envidiable convicción de que el deber y el honor dictaban que debía ayudar tanto a James como a la joven dando un informe veraz al cien por cien primero y, si James así lo deseaba, intermediando para que el enlace se llevara a cabo.

Tanto la señorita Fotherby como él merecían que les ayudara, por mucho que le doliera contribuir a que él se casara con otra.

Fue James quien rompió el silencio que se había creado.

—¿Algo más?

Mientras ella le explicaba de forma meticulosa y neutral lo que había averiguado hasta el momento sobre la situación social, la reputación y la personalidad de la señorita Fotherby, James tuvo que hacer un esfuerzo por morderse la lengua.

Quería preguntarle sin más si realmente quería que él se casara con aquella joven, necesitaba que aquella desconcertante mujer que caminaba a su lado con un paso tan fluido, con tanta naturalidad y confianza en sí misma, le confesara lo que había sentido cuando se habían besado. Necesitaba saber si ella había sentido algo o no, si para ella también había sido una experiencia única y arrasadora que había cambiado radicalmente su mundo, si estaría dispuesta a plantearse la posibilidad de casarse con él.

Ardía en deseos de preguntarle todo aquello. Quería mirarla a los ojos, aquellos preciosos ojos azules, y dar voz a todas aquellas palabras de forma directa y sin ofuscamientos, pero no podía hacerlo mientras ella caminaba a su lado cantando las alabanzas de la señorita Fotherby, poco menos que animándolo a que la considerara ya su futura esposa.

Decir que estaba confundido sería quedarse muy corto, a la frustración que le embargaba se le sumaba también un miedo rayano en el pánico que nunca antes había experimentado. Le aterraba perderla por no tomar la iniciativa, pero ese terror estaba contrarrestado y bloqueado tanto por el peso que cargaba sobre los hombros como por la horrible posibilidad de que ella rechazara su propuesta de matrimonio.

Si le pedía que fuera su esposa y ella decía que no…

—Seguiré indagando en las meriendas a las que tengo previsto asistir esta tarde, pero estoy convencida de que la señorita Fotherby va a demostrar ser la mejor candidata de todas.

Aquella fue la gota que colmó el vaso, no pudo seguir callado. La miró y le dijo con voz seca y áspera:

—Está bien, ya basta de hablar de la señorita Fotherby. ¿Qué otra candidata me sugieres?

Esperó con el aliento contenido su respuesta, rezó para que se propusiera a sí misma. Ella había mantenido la cabeza gacha mientras hablaba, y se sintió esperanzado al verla respirar hondo como si estuviera haciendo acopio de valor.

—Bueno, aún nos quedan en la lista la señorita Chisolm y la señorita Downtree, así que también buscaré información sobre ellas.

Sus esperanzas se desvanecieron de un plumazo, sintió que se desinflaba de golpe y quedaba hueco por dentro.

—Además, aún nos queda terreno por explorar —siguió diciendo ella—. Esta noche tenemos el baile de lady Hamilton, suele ser un evento muy concurrido y es probable que encontremos más candidatas.

Henrietta había mantenido la mirada fija en el césped por miedo a lo que pudiera reflejarse en sus ojos mientras hablaba de la señorita Fotherby, y al alzar la cabeza vio a la joven en cuestión no muy lejos de allí, hablando con un caballero al que reconoció de inmediato: Rafe Cunningham, un calavera que despilfarraba el dinero en los juegos de azar y que tenía fama de hedonista.

La pareja no estaba conversando. Estaban el uno frente al otro, separados por poco más de medio metro de distancia, y no había duda de que él estaba discutiendo acalorado. La señorita Fotherby estaba de espaldas a ellos, pero a juzgar por el ángulo de la cabeza y por sus gestos parecía estar contestando con igual vehemencia.

Lanzó una breve mirada a James y vio que él también se había percatado de la presencia de la pareja.

De repente, Rafe extendió los brazos hacia los lados con las manos abiertas mientras parecía alegar algo con vehemencia, y la joven alzó los brazos al cielo y dio media vuelta con brusquedad antes de caminar hacia la avenida con paso airado. La falda le ondeaba alrededor de las piernas, estaba pálida aunque tenía las mejillas encendidas de rubor, apretaba los labios con fuerza y mantenía la mirada firmemente puesta al frente mientras se dirigía hacia los carruajes, donde debía de estar esperándola su tía. No volvió la vista atrás en ningún momento, ni se percató de que ellos dos estaban cerca.

Henrietta miró hacia donde estaba Rafe antes de volver a posar la mirada en la espalda de la joven.

—Vaya, me parece que ya sabemos quién es el caballero que le ha ofrecido matrimonio, pero del que ella desconfía.

Rafe Cunningham pertenecía a una buena familia y poseía una fortuna. Si un caballero tenía esas dos características se le consideraba un buen partido por muchos defectos que tuviera, y cabía preguntarse si el saber que era Rafe quien estaba interesado en la señorita Fotherby afectaría en algo la opinión de James acerca de la joven. Se volvió a mirarlo, y al ver que estaba observando bastante tenso a Rafe se preguntó si estaría celoso porque ya veía a la señorita Fotherby como su futura esposa.

Aquella posibilidad hizo que su estúpido corazón diera un vuelco y se le cayera a los pies. Fue una reacción que la exasperó, ya que demostraba que aún no había recobrado la cordura en lo que a él se refería. Suspiró para sus adentros y dirigió la mirada hacia los carruajes.

James observó en silencio a Rafe Cunningham, quien estaba parado con los brazos en jarras, visiblemente exasperado y frustrado mientras veía alejarse a la señorita Fotherby con una expresión de puro desconcierto en su ceñudo rostro, y se sintió profundamente identificado con él.

Apretó la mandíbula y, tras apartar la mirada de la reveladora expresión que se reflejaba en la cara de aquel caballero con el que tenía en común la fama de calavera, guio a Henrietta de vuelta a la avenida.

—Vamos, será mejor que regresemos antes de que tu madre empiece a impacientarse.

La condujo hasta el carruaje, y tras ayudarla a subir procedió a despedirse. Después de una rígida inclinación de cabeza y de mirarla una última vez, dio media vuelta a regañadientes y se marchó.

Había albergado la esperanza de poder recuperar algo del terreno que había perdido la noche anterior, y en vez de eso tenía la impresión de que estaba más lejos que nunca de lograr que ella se planteara siquiera la posibilidad de aceptarlo como esposo. Henrietta parecía creer que la inesperada aparición de la señorita Fotherby era la solución al problema en que estaba metido, que animándole a casarse con ella cumplía con su tarea de ayudarle a encontrar a la esposa que tanto necesitaba, pero la cuestión era que él no tenía interés alguno por aquella joven dama; de hecho, le deseaba a Rafe la mejor de las suertes con ella.

Con quien quería casarse era con Henrietta.

Mientras cruzaba el parque consultó la cuestión con su yo interno, pero la respuesta fue inequívoca: no iba a echarse atrás, no estaba dispuesto a rendirse. No iba a dejar ir a Henrietta ahora que la había encontrado, ahora que se había dado cuenta al fin de que era su mujer, así que iba a tener que idear alguna táctica más contundente para que ella le viera con otros ojos.

Tenía que ser algo lo bastante poderoso para lograr que una Cynster cambiara de opinión.

Henrietta le vio marcharse desde el carruaje, vio cómo se alejaba sin volverse a mirarla ni una sola vez. Cuando se pusieron en marcha, esquivó los interrogantes ojos de Mary y fijó la mirada en la distancia mientras deseaba con todo su impenitente corazón que la señorita Millicent Fotherby no se hubiera cruzado jamás en el camino de ambos.

Cuando Henrietta llegó aquella tarde a la merienda celebrada en casa de lady Osbaldestone acompañada de su madre y de Mary, llegó a la conclusión de que la suerte sonreía a la señorita Fotherby al ver todas las grandes damas que abarrotaban el saloncito y que podrían servir como fuente de información.

Se recordó a sí misma que el honor demandaba que cumpliera con su obligación para con James, y procedió a averiguar todo lo posible acerca de Millicent Fotherby. Tal y como cabía esperar, para obtener información de las damas allí reunidas una tenía que estar dispuesta a ofrecerles información a cambio; en tan augusta compañía, preguntar acerca de la señorita Fotherby requería por su parte explicar el motivo que la había llevado a recurrir a un método inusual en ella, ya que solían ser los caballeros y no las jóvenes damas el objeto de las pesquisas de la Rompebodas.

Mientras iba de grupo en grupo logró excusar aquella anomalía limitándose a explicar que había accedido a ayudar a James, un amigo de Simon, a encontrar esposa. Cuando lo consideraba necesario desviaba el tema preguntando acerca de Rafe Cunningham, y lo que averiguó no contribuyó a mejorar la opinión que ya tenía de él. La mayoría de las damas se tragaron por completo sus medias verdades y le contaron sin vacilar lo que sabían sobre la señorita Fotherby, su familia y sus antecedentes, sus expectativas y la situación en la que se encontraba.

Lamentablemente, lo que averiguó no llegaba a ser lo suficientemente definitivo y concluyente como para permitirle dar por concluido su trabajo y aconsejarle a James que le ofreciera matrimonio cuanto antes. Pero lo peor de todo era que una y otra vez se le indicaba que quienes podían facilitarle más información eran, precisamente, las dos damas a las que habría preferido no tener que acudir.

Al final se dio cuenta de que no tenía más alternativa y acabó por claudicar. Si quería saber con certeza si Millicent Fotherby era la candidata idónea para convertirse en la esposa de James Glossup, no tenía más remedio que hablar con lady Osbaldestone, quien además de ser una prima lejana del vizconde de Netherfield, el abuelo de James, también guardaba algún vínculo lejano con la familia Fotherby.

Lo segundo no resultaba sorprendente, ya que era una dama que parecía estar relacionada de una u otra forma con la mitad de la alta sociedad.

Por si fuera poco tener que acudir a ella en busca de información, sentada junto a lady Osbaldestone estaba ni más ni menos que una Cynster, su tía Helena, así que acercarse a aquel sofá ocupado por aquellas dos grandes damas de la alta sociedad tan perspicaces era todo un riesgo.

Su tía Helena, duquesa viuda de St. Ives, tenía unos ojos

verdes preciosos... y también una mirada que parecía ver más allá de cualquier fachada tras la que uno intentara parapetarse, su perspicacia era poco menos que mítica. Su hijo Diablo, duque de St. Ives y patriarca de los Cynster, tenía unos ojos del mismo tono verde claro, pero, para alivio de toda la familia, su perspicacia aún no estaba tan desarrollada.

Después de hacer acopio de valor, Henrietta se presentó ante su anfitriona y su tía, quienes la recibieron encantadas y le indicaron que se sentara en una silla cercana y les preguntara todo lo que quisiera. Ella procedió a hacerlo y, a pesar de su nerviosismo, tuvo la impresión de que estaba saliendo bastante airosa a la hora de formular las preguntas y manejar la conversación para averiguar lo que quería saber.

Le facilitó las cosas el hecho de que lady Osbaldestone, debido a su parentesco con los Glossup, ya estuviera al tanto de los motivos por los que James estaba obligado a casarse. Su tía también estaba enterada, por supuesto, ya que las dos eran muy amigas y compartían casi todos sus secretos. Después de sacarle entre las dos toda la verdad acerca de cómo había acabado involucrada en los problemas de James, le confirmaron que Melinda Wentworth no había sido la opción adecuada para él y admitieron que Millicent Fotherby era una candidata excelente, pero...

Fue llegados a ese punto cuando tuvo la impresión de que la conversación empezaba a desviarse, aunque no habría sabido decir a dónde querían llegar sus dos interlocutoras.

—En todo caso, no podemos pasar por alto la razón que originó el que James se vea obligado a buscar esposa —afirmó lady Osbaldestone en un momento dado.

—Sí, por supuesto —asintió Helena—. Fue... horrible, ¿cómo se llamaba la cuñada de James, la que fue asesinada?

—Katherine, la llamaban Kitty. Ahí quería yo llegar —lady Osbaldestone miró a Henrietta y siguió diciendo, como si estuviera aleccionándola—: Kitty es la razón por la que James... ¿cómo decirlo...? Fue el motivo que le hizo apartarse de la escena social, rechazar la posibilidad de casarse e incluso evitar tratar con jóvenes damas de su misma clase social con las que pudiera crear un vínculo afectivo. Verás, Kitty era una belleza extremadamente consentida que se casó con Henry, el hermano mayor de James, por su fortuna y su elevada posición social, pero que en cuanto tuvo su alianza en el dedo puso sus ojos en otros caballeros y acabó fijándose en James.

Lady Osbaldestone hizo una pequeña pausa para tomar aire antes de continuar.

—Sobra decir que el pobre muchacho no le prestó ni la más mínima atención, ya que los Glossup son leales y fieles hasta la médula; lamentablemente, esas eran cualidades que Kitty no poseía y se propuso seducirle fuera como fuese, pero un amante anterior la asesinó. Yo estaba presente en Glossup Hall cuando sucedió todo, fue un asunto de lo más sórdido. Jamás podremos saber si Kitty intentó seducir a James con la intención de ocultar que aquel amante previo la había dejado embarazada, pero yo tengo la fuerte sospecha de que esa fue una posibilidad que a James se le pasó por la cabeza cuando todo salió a la luz. Habría sido una situación terrible que habría destrozado a la familia, pero así era Kitty. Tan solo pensaba en sí misma.

—Fue entonces cuando Simon y Portia se prometieron en matrimonio —apostilló Helena—. Todo esto sucedió hace poco menos de dos años, justo antes de que ellos se casaran. James ha permanecido al margen de los círculos de la alta sociedad desde entonces y se ha mantenido completamente apartado, al menos en lo que se refiere al matrimonio y a las jóvenes damas casaderas.

Lady Osbaldestone retomó el relato.

—Precisamente eso fue lo que llevó a Emily, su tía abuela, a redactar el testamento tal y como lo hizo. Para ella fue una decepción no poder bailar en la boda de James, pero hizo lo que estuvo en su mano para asegurarse de que esa boda acabara por celebrarse tarde o temprano.

—Sí, Emily no sabía qué hacer —Helena sonrió con nostalgia, pero esa sonrisa adquirió un brillo distinto cuando posó la mirada en Henrietta—. Y ahora aquí estás tú, ayudando a James a encontrar esposa, tal y como debe ser.

Henrietta notó que ambas damas dirigían los ojos hacia su cuello y esperó a que hicieran algún comentario sobre el collar que llevaba puesto, pero ellas se limitaron a intercambiar una mirada y, tras reclinar la espalda en el sofá al unísono, la observaron unos segundos en silencio.

Fue lady Osbaldestone quien comentó al fin:

—En mi opinión, mientras te esfuerzas por ayudar a James y, de hecho, también a Millicent, harías bien en recordar una realidad irrefutable: hoy en día, en los círculos donde nos movemos, las jóvenes damas deben tener muy claros sus deseos.

—Sí, así es —asintió Helena, con gesto serio—. Sucede a menudo que las jóvenes no se plantean qué es lo que quieren realmente y, más importante aún, cuáles son los deseos que alberga su propio corazón. Eso hace que, cuando el destino interviene y les ofrece la oportunidad de alcanzar la felicidad, ellas ni siquiera se den cuenta.

Lady Osbaldestone soltó un bufido antes de afirmar:

—Sí, no pararse a pensar en lo que una desea de verdad es un error muy frecuente. ¿Cómo puede esperar cualquier joven alcanzar el futuro que desea, si no se toma la molestia de definir antes cómo debe ser ese futuro? Es algo que jamás comprenderé.

—La verdad es que es un error que también cometen los caballeros —comentó Helena—, aunque en su caso se trata de una ceguera deliberada que por regla general no puede atribuírsele a las jóvenes. No, en lo que a ellas se refiere el problema suele ser la falta de planificación. No entienden que deben reflexionar y al mismo tiempo tener fe en que la vida, gracias a algún misterioso milagro, transcurrirá tal y como ellas desean aunque no tengan una idea clara de qué clase de vida es la que quieren tener; entonces, tras reflexionar largo y tendido, deben estar dispuestas a actuar con decisión, a ejercer presión y empujar las piezas que hagan falta para lograr que tome forma esa vida ideal.

—¡Bien dicho! —lady Osbaldestone dio un golpe en el suelo con el bastón y miró a Henrietta a los ojos—. Si quieres ayudar a tu hermana Mary, te aconsejo que le repitas nuestras palabras. Está escondiéndose en ese grupo de jóvenes damas de ahí, convencida de que no nos hemos percatado de lo que está tramando, pero esa muchacha necesita reflexionar con detenimiento acerca de lo que realmente desea antes de empezar a ejercer presión y empujar piezas.

—Sí, sobre todo teniendo en cuenta lo voluntariosa que es —añadió Helena.

Henrietta no pudo evitar sonreír. Les prometió que le transmitiría el mensaje a Mary, quien llevaba toda la visita charlando con otras jóvenes en un rincón, y aprovechó encantada la oportunidad de escapar cuando ambas damas dieron por concluida la conversación.

Fue más tarde, mientras seguía a su madre hacia la puerta y repasaba todo lo que había averiguado, cuando se dio cuenta de que no habría sabido decir si la advertencia de lady Osbaldestone y Helena iba especialmente dirigida a Millicent Fotherby, a Mary... o a ella misma.

Empezó a darle vueltas y más vueltas al tema, pero, una vez que subieron al carruaje y pusieron rumbo al siguiente compromiso social, se esforzó por dejarlo a un lado y centrarse en los hechos fehacientes.

Dejando a un lado a Rafe Cunningham, lo cierto era que Millicent Fotherby parecía ser la respuesta a las plegarias de James, pero no podía negar cuánto ansiaba apartar a la joven de un empujón y ocupar su lugar.

«Ejercer presión y empujar».

Reprimió un bufido lleno de ironía y siguió mirando por la ventanilla mientras el carruaje avanzaba por las empedradas calles.

Cuando James se había enterado de que el evento que se celebraba aquella noche en casa de lady Hamilton era un baile de máscaras, había pensado que era un regalo caído del cielo. Se aseguró de llegar pronto y permaneció junto a la entrada del salón, ataviado con un dominó y un antifaz al igual que casi todos los demás caballeros presentes, listo para abalanzarse sobre Henrietta en cuanto la viera aparecer.

La reconoció al instante a pesar de la capucha del dominó que la cubría y de la media máscara de color azul claro que ocultaba la parte superior de su rostro, y esperó mientras ella saludaba a los anfitriones. En cuanto la vio apartarse de ellos y volverse a contemplar el salón, que ya estaba convertido en un mar de capuchas, máscaras y capas negras, se acercó de inmediato.

Los bailes de máscaras siempre le habían parecido un aburrimiento y le había sorprendido que volvieran a ganar tanta popularidad en los últimos tiempos, pero el de esa noche era muy distinto porque tenía la esperanza de que se convirtiera en su salvación.

Tras detenerse junto a Henrietta, la tomó del codo a través de la tela del dominó que la cubría, y agachó un poco la cabeza hacia ella antes de murmurar:

—Buenas noches.

Ella alzó la mirada hacia su rostro, escudriñó sus ojos, y sus labios se curvaron en una sonrisa teñida de alivio al admitir:

—Cuando ha llegado la hora de vestirme he recordado que era un baile de máscaras, no sabía cómo iba a conseguir encontrarte en medio de esta marea tan uniforme.

—Sí, no hay forma de distinguir a la gente. Por cierto, he tenido una revelación —la llevó a un aparte, a salvo de la corriente de invitados que seguía entrando. Mientras se dirigían hacia una pared, añadió—: un baile de máscaras es completamente inútil a la hora de evaluar a otras candidatas. Aun suponiendo que creamos haber reconocido a alguien, no tendremos la certeza hasta que todo el mundo se quite las máscaras al llegar la medianoche. Las probabilidades de que acabemos perdiendo el tiempo son muy elevadas, así que propongo que nos olvidemos de ampliar mis horizontes y de añadir más nombres a la lista, y que ni siquiera saquemos a colación el tema de la señorita Fotherby. Limitémonos a disfrutar de la velada y del placer de nuestra mutua compañía —se detuvo en un rincón bastante despejado junto a la pared, dio media vuelta con fluidez hasta quedar cara a cara con ella y enarcó una ceja por encima del pequeño antifaz—. ¿Qué me dices?

Ella se quedó mirándolo fijamente, parpadeó sorprendida, y al cabo de un instante centró de nuevo la mirada y lo observó con detenimiento. Tras una ligera vacilación, se volvió hacia el gentío, contempló unos segundos la anónima multitud, y finalmente se volvió de nuevo hacia él y asintió.

—Sí, me parece una excelente sugerencia.

Henrietta no habría sabido decir qué había tenido más peso a la hora de dar esa respuesta, sus propios deseos o el eco de las voces de lady Osbaldestone y Helena, que aún resonaba en su mente. Fuera como fuese, en cuanto aquellas palabras brotaron de sus labios se sintió segura de sí misma y convencida de estar haciendo lo correcto. Llevaba días sin sentirse así, de modo que recibió con los brazos abiertos aquellas sensaciones y miró a James con una enorme sonrisa.

—Está decidido. Esta noche es para nosotros, para disfrutarla sin más —extendió las manos—. ¿Por dónde empezamos?

Empezaron explorando las estancias que sus anfitriones habían abierto a los invitados y en las que se ofrecían diversos entretenimientos. Ninguno de los dos sintió la inclinación de sentarse en las mesas de juego que se habían dispuesto en uno de los saloncitos, pero llenaron sus respectivas copas en una fuente rebosante de champán y probaron las fresas que algunos lacayos llevaban en bandejas de plata. Atraídos por la música, se sumaron a las parejas que ocupaban la mitad del gran salón y que bailaban al compás de la pequeña orquesta que tocaba sobre una tarima elevada, y no tardaron en quedar totalmente inmersos en el baile.

—¡Había olvidado que en un baile de máscaras se pueden bailar todos los valses que se desee con una misma pareja! —Henrietta hizo aquel comentario con una gran sonrisa, y se echó a reír cuando él respondió haciéndola girar más rápido aún.

James aminoró un poco el ritmo mientras se incorporaban al flujo de parejas que bailaban de forma más sosegada, y la miró a los ojos al contestar.

—Sí, y también se puede reír y expresar felicidad sin necesidad de reprimirse —le sostuvo la mirada y murmuró—: me encanta oírte reír.

La hizo girar de nuevo y Henrietta dio gracias por aquella distracción momentánea, porque acababa de quedarse sin aliento, y sin voz, y sin la capacidad de pensar con claridad. ¿Cómo que le encantaba oírla reír?, ¿qué había querido decir con eso?

Volvió a centrar su atención en él y se hundió en las profundidades de aquellos cálidos ojos marrones. Se dio cuenta de que la percepción que el uno tenía del otro se había intensificado, había ganado una mayor profundidad. Esa conexión mutua se había fortalecido aún más y los arrastraba de forma inexorable, acentuaba los sentidos de ambos, les sumergía juntos en aquellos momentos compartidos y tejía una telaraña de gozo mutuo que los atrapaba sin remedio.

Siguieron bailando hasta que no pudieron más y, mientras recobraban el aliento, sus pasos les llevaron al enorme invernadero al que multitud de parejas se habían retirado para pasear bajo la luz de la luna que entraba por los paneles de cristal. Las conversaciones eran suaves murmullos, intercambios privados de palabras que nadie ajeno tenía por qué oír; las ventanas estaban abiertas y se respiraba un aire más fresco, un aire impregnado de un olor a verde teñido de las exóticas fragancias de las flores nocturnas.

Henrietta estaba viviendo una noche mágica, había perdido la noción del tiempo. Desde que había accedido a la propuesta de James de disfrutar de aquella velada sin más no había pensado en nada más allá del siguiente momento, la siguiente experiencia, el siguiente aspecto de aquel disfrute compartido.

Se había dejado llevar y eso era algo que no recordaba haber hecho nunca antes. Ella era la práctica y pragmática de la familia, era muy inusual en ella adoptar una filosofía de «que pase lo que tenga que pasar» y desviarse voluntariamente del camino establecido. En ese momento no tenía ningún plan en mente, no iba en pos de ningún objetivo concreto. No estaba ejerciendo presión alguna, no estaba empujando nada... pero, en cierto sentido, estaba abriendo los ojos.

Estaba descubriendo cuáles podrían ser sus deseos en un área de la vida que antes no se había permitido explorar.

Pensó en ello y en cuántas lecciones le quedaban aún por aprender mientras notaba el cálido peso del collar alrededor del cuello y el contacto del colgante de cuarzo sobre los senos, mientras caminaba junto a James bajo la luz de la luna tomada de su brazo y con la mano cubierta por aquellos masculinos dedos tan fuertes y cálidos.

Le miró con expresión interrogante al ver que se detenía. Él parecía estar mirando hacia algún punto situado más allá de unas frondosas palmeras y al cabo de unos segundos comentó, sonriente:

—Me había olvidado de eso.

—¿De qué?

Al verle lanzar una mirada alrededor, le imitó y se dio cuenta de que no había ninguna otra pareja cerca. No le dio tiempo de hacer ningún comentario al respecto, porque él bajó el brazo, la tomó de la mano, la condujo alrededor de las palmeras... y la instó a cruzar una puerta que quedaba oculta tras las voluminosas hojas.

El lugar al que fueron a parar resultó ser una sección del invernadero que la señora de la casa reservaba a los naranjos. Era una sala estrecha delimitada por paredes de piedra, y discurría paralela a uno de los extremos de la terraza que bordeaba el salón de baile. Las puertas acristaladas que daban a dicha terraza estaban cerradas en ese momento, y a lo largo de la sala había dos rectas hileras de grandes macetas donde había plantados unos naranjos que perfumaban el aire con su aroma. La única claridad la aportaba la luz de la luna que entraba a través de las puertas acristaladas, y el reflejo de los haces de luz en las pálidas losas de piedra creaba una iluminación tenue y difusa que les permitía ver, pero que no bastaba para que las pocas parejas que paseaban por la terraza pudieran verles a su vez.

James la soltó y cerró la puerta.

Henrietta avanzó entre las hileras de árboles, y al mirar hacia la pared opuesta a la terraza vio un pequeño sofá situado bajo una ventana rectangular. Se dirigió hacia allí con curiosidad, y suspiró de placer al ver el lago ornamental que había al otro lado del cristal.

—¡Qué maravilla!

Se sentó en el pequeño sofá, que miraba en la dirección opuesta y desde donde se veía toda la terraza, y cuando James se le acercó alzó la mirada hacia él y comentó:

—Este sofá está perfectamente situado —indicó con una mano la ventana rectangular—, las vistas son una maravilla.

James la miró y contestó, sonriente:

—Sí, una maravilla —la contempló en silencio bajo la tenue luz, y al cabo de unos segundos se sentó junto a ella.

Henrietta miró hacia la terraza y soltó un suspiro.

—Gracias, ha sido una velada inesperadamente placentera.

—El placer ha sido enteramente mío, por lo que soy yo quien te da las gracias —la vio esbozar una pequeña sonrisa.

—Por desgracia, está a punto de llegar a su fin.

Eso era cierto, lo que quería decir que a él se le estaba agotando el tiempo. La velada había transcurrido a la perfección, pero no podía correr el riesgo de dejar pasar aquella oportunidad que lady Hamilton y el destino parecían haberle servido en bandeja. Si no se arriesgaba, si no aceptaba el desafío y daba un paso al frente, tanto aquella velada como todo el terreno que estaba convencido de que había recuperado podrían acabar quedando en nada.

Tenía que tomar la iniciativa si no quería arriesgarse a que el avance que había logrado se disipara como jirones de niebla al llegar la mañana.

Se dio cuenta de repente de que había llegado el momento crucial, el momento de la verdad. Si daba el siguiente paso podría estar condenándose a perderla, pero si no lo daba estaría condenado casi con total certeza.

Por otra parte, sabía que si daba ese siguiente paso no habría vuelta atrás, al menos para él. Y si Henrietta le aceptaba... si le aceptaba entonces tampoco habría vuelta atrás para ella, aunque era posible que ni ella misma se diera cuenta al principio de esa realidad... pero no tenía tiempo de seguir dándole vueltas y más vueltas a las cosas, ¡había llegado el momento!

Se relajó contra el sofá y se volvió a mirarla.

—Hay algo que aún nos queda por hacer, una experiencia que nos queda por disfrutar.

—¿Ah, sí? —ella se volvió a mirarlo con expresión intrigada—. ¿De qué se trata?

—De esto.

Puso la mano en la delicada curva de su nuca y la atrajo lentamente hacia sí. Ella llevaba una media máscara que tan solo le ocultaba la mitad superior del rostro y él un antifaz, así que no era necesario que se los quitaran. Le concedió tiempo de sobra para que le detuviera si así lo deseaba, pero lo que ella hizo fue soltar un pequeño jadeo y fijar la mirada en sus labios.

Él bajó a su vez la mirada hacia su boca, y entonces eliminó el último suspiro de distancia que los separaba y cubrió aquellos deliciosos labios con los suyos.

Aunque en esa ocasión la besó en condiciones, siguió conteniéndose. Se dedicó a incitarla, a atormentarla, a esperar... esperó hasta que notó en ella una respuesta tentativa que fue ganando intensidad, hasta que la presión de aquellos sensuales labios fue acrecentándose hasta convertirse en una incitante invitación.

Fue entonces cuando dio el siguiente paso, el primer pasito que iba más allá de lo puramente inocente. No quería precipitarse y asustarla al dejarla entrever la pasión que tenía reprimida, pero en esa ocasión había algo que quería dejar muy claro. Tenía que hacer una inequívoca declaración de intenciones y no estaba dispuesto a detenerse hasta cumplir con su objetivo. Se enderezó poco a poco, le colocó el pulgar bajo la mandíbula para hacerla alzar la barbilla, ladeó ligeramente la cabeza, y cuando deslizó la punta de la lengua por la juntura de sus labios ella los abrió en una clara invitación.

Reprimió con firmeza el deseo visceral de hundirse hasta el fondo en su embriagadora boca, de saborearla a placer. Echó mano de todos sus conocimientos y con mucha delicadeza, seductoramente, empezó a trazar y a acariciar, a estimularla y cautivarla.

Poco a poco, paso a paso, fue sumergiéndola en aquella danza, en el sutil duelo de lenguas, en el evocador gozo de la fusión de sus bocas, y se sorprendió a su vez ante su propia poderosa respuesta cuando ella empezó a explorar.

La inició en el placer que podían darse mutuamente al saborearse el uno al otro, y cualquier posible duda que pudiera tener sobre si estaría disfrutando tanto como él se esfumó de golpe cuando ella intentó tomar la iniciativa por primera vez. Notó entonces cómo cambiaba ligeramente de posición, sintió la caricia de sus dedos en la mejilla... y se desconcentró por completo.

Henrietta notó su reacción. Era una novicia en aquellas lides y no supo ponerle nombre a lo que había notado (había sido como si él perdiera de forma súbita el control de sí mismo que había ejercido hasta el momento), pero algo en ella brincó de gozo y la recorrió un deleite que nunca antes había experimentado. Se sentía triunfal, como si hubiera logrado una femenina victoria.

Besarle y que la besara era pura perfección, sentía una inexpresable sensación de certeza y plenitud que penetraba hasta la médula de los huesos. Ansiaba lanzarse sin freno y aprender más, mucho más, todo lo que él pudiera enseñarle, pero al mismo tiempo deseaba saborear aquello y exprimir al máximo hasta la última gota de placer.

Él le enseñó cómo hacerlo, pero sin apresuramientos. Saboreó cada momento con ella paso a paso y recorrieron juntos el camino compartiéndolo todo abiertamente, sin barreras.

Henrietta no podía pensar, en su mente no había cabida para la razón y mucho menos para la observación imparcial, así que se dejó guiar. Cada vez que él hacía una pausa, ella se aseguraba de haber exprimido la experiencia al máximo y entonces le instaba a seguir; él respondía de inmediato, y así seguían avanzando.

Estaban tan plenamente inmersos en el beso que ninguno de los dos reaccionó ante un silbido que tendría que haberles alertado, pero la explosión del primer cohete les devolvió de golpe a la realidad y al sofá de la sala de los naranjos. Parpadearon aturdidos, y al mirar hacia el lado opuesto de la sala bajo la tenue luz de la luna vieron el gentío que abarrotaba la terraza al otro lado de las puertas acristaladas.

La ayudó a enderezarse, y Henrietta tan solo acertó a soltar un sonido inarticulado mientras su nublado cerebro se percataba de que había estado apoyada contra su masculino cuerpo. Vio que estaba despeinado, que sus labios parecían más tiernos de lo habitual, y se quedó sorprendida al darse cuenta de que había sido ella quien le había dejado así.

Él miró de nuevo hacia el gentío, y al cabo de unos segundos se volvió a mirarla y admitió con una mueca:

—Se me había olvidado, lady Hamilton ha decidido animar la cuenta atrás hacia la medianoche con fuegos artificiales. Van a lanzar el cohete número doce a las doce en punto, y entonces todo el mundo se quitará las máscaras.

—Será mejor que salgamos —soltó un suspiro, pero el sonido estaba preñado de una placentera satisfacción.

—Sí. Lamentablemente, no podemos quedarnos aquí —después de colocarse bien el antifaz, se puso en pie y le ofreció la mano.

Ella procedió también a colocarse bien la máscara, y entonces tomó su mano y dejó que la ayudara a levantarse. Sus miradas se encontraron y él le besó los nudillos antes de decir:

—Hablaremos mañana por la mañana, encontrémonos en el parque.

—Pero tendrá que ser más temprano. Suelo salir a montar dos veces por semana, a eso de las ocho.

—En ese caso, nos encontraremos a las ocho en Rotten Row —afirmó él, sonriente.

Se dirigieron juntos hacia las puertas acristaladas. Él abrió una, y se incorporaron al gentío que llenaba la terraza.

Henrietta necesitaba reflexionar sobre lo que acababan de compartir. Tenía que analizar con detenimiento qué significaba lo que acababa de suceder entre ellos, tenía que pensar en todo lo que había aprendido y plantearse cuáles eran las intenciones de ambos. Sí, no había duda de que tenían que hablar, pero, teniendo en cuenta que su mente no podía hilar un solo pensamiento coherente en ese momento, lo más sensato era que conversaran al día siguiente en el parque.

Todo el mundo estaba contemplando el espectáculo pirotécnico entre exclamaciones de entusiasmo, así que nadie notó que ellos llegaban en ese momento y se detenían a un lado.

Embargada por una especie de excitación burbujeante que dibujaba una sonrisa en su rostro, alzó también la mirada al cielo con James a su lado mientras el segundo cohete ascendía hacia el firmamento e iluminaba la oscuridad con un glorioso estallido de chispas rojas y doradas.

Otros luminosos fuegos artificiales fueron llenando los paréntesis entre cohete y cohete. Los invitados empezaron a seguir la cuenta atrás en voz alta hasta que al final, en medio de gritos de entusiasmo y aplausos, el duodécimo y último ascendió con un silbido y dejó caer una lluvia dorada y plateada sobre los jardines.

Todos se echaron la capucha hacia atrás entre risas, se quitaron la máscara y empezaron a mirar a su alrededor en busca de conocidos.

—A nosotros no nos hace falta buscar a nadie más —comentó James, sonriente, al bajar la mirada hacia su despejado rostro de facciones delicadas.

Ella le devolvió la sonrisa, pero contestó con un pesaroso suspiro.

—Será mejor que me retire ya, a mis padres les extrañaría que me demorara demasiado.

—En ese caso, yo también me voy —con un teatral gesto, echó el dominó hacia atrás para que cayera sobre sus hombros y le ofreció el brazo con galantería—. Busquemos a lady Hamilton para despedirnos.

Henrietta lo miró sonriente, posó la mano en su brazo, dio media vuelta... y trastabilló un poco cuando chocó contra ella la joven que tenía al lado, una joven que resultó ser la bella Cassandra Carmichael y que se volvió a toda prisa para disculparse.

—¡Oh! ¡Cuánto lo lamento!, ¿la he lastimado?

—No, en absoluto —le aseguró Henrietta con cordialidad.

Cassandra procedió a presentarse, y Henrietta hizo lo propio antes de presentarle también a James. El rostro de la joven dama se iluminó con una sonrisa sincera y encantadora, saltaba a la vista por qué se la consideraba una de las solteras más codiciadas.

—Permítanme presentarles a... vaya —al ver que el caballero que la acompañaba estaba alejándose entre el gentío, esbozó una indulgente sonrisa—. Debe de haberle llamado alguien —se encogió de hombros y añadió, risueña—: es algo que suele suceder, está muy solicitado. Deben disculparle —después de despedirse de ellos, se marchó en pos de su errante acompañante.

James condujo a Henrietta hacia la casa y comentó con una irónica sonrisa:

—Será la esposa perfecta para un político.

Ella soltó una carcajada y asintió.

—Sí, esperemos que sir Peter sepa valorarla.

—¿Era él quien la acompañaba?

—Supongo que sí; a decir verdad, apenas le conozco. Ah, ahí está lady Hamilton.

Se abrieron paso entre el gentío, y esperaron en la cola a que les llegara su turno para despedirse de la anfitriona.

Poco después, cuando James la ayudó a entrar en el carruaje y cerró la portezuela después de despedirse de ella, Henrietta se reclinó en el asiento con un suspiro. Aún no se había borrado de su rostro aquella sonrisa tan reveladora, y seguía sin poder hilar un solo pensamiento coherente.

CAPÍTULO 6

Henrietta había intentado analizar lo que había ocurrido la noche anterior entre James y ella, pero para cuando llegó a la mañana siguiente a Rotten Row, la pista de equitación del parque, aún no había sido capaz de llegar a ninguna conclusión.

Dicho lo cual, en lo que a su relación con él se refería había algo en su interior que parecía estar emergiendo para tomar la iniciativa. Esa parte de su ser tomaba decisiones en base a sus emociones, y lo más sorprendente de todo era que parecía estar acertando.

Sí, no había duda de que dichas decisiones estaban dando sus frutos, porque allí estaba James, esperándola al inicio de la pista. Estaba espléndido a lomos de un poderoso rucio, abrigado con un redingote de corte exquisito, y el brillo que iluminó sus ojos al verla hizo que la recorriera una profunda dicha.

Las reacciones de su corazón al tenerlo cerca eran algo completamente nuevo para ella.

—¡Buenos días! —lo saludó, tras detener a su briosa yegua junto al rucio—. ¡Qué día tan bello, es perfecto para pasear a caballo!

Él la saludó con una inclinación de cabeza, sus labios se curvaron en una cálida sonrisa.

—El sol no es lo único bello que está acalorándome.

Ella rio ruborizada mientras la invadía una exuberante felicidad.

Después de indicarle al lacayo que la acompañaba que esperara allí, se pusieron a la cola para usar la pista y cuando les llegó su turno se lanzaron a la carrera. La yegua era un ejemplar negro de paso ligero que podía seguir bien el ritmo del rucio castrado, ya que aunque este tenía más potencia también era más pesado. Después de dar tres vueltas alrededor de la pista, esperando en cada ocasión a que otros jinetes despejaran el camino, dejaron que los caballos pasearan sin prisa mientras se dirigían hacia Upper Brook Street.

Henrietta se centró primero en normalizar su respiración, en recomponerse de nuevo después de realizar aquel esfuerzo físico, y vio que él parecía contentarse con hacer lo mismo. Después de salir del parque por Grosvenor Gate, los caballos cruzaron Park Lane y viraron hacia el norte.

Aunque habían acordado que iban a hablar, lo cierto era que no estaba nada segura de cómo iba a ir la conversación. Era demasiado pronto para posibles declaraciones, y todo estaba tan perfecto entre ellos en ese momento que no quería enfrentarse al dilema de si, a pesar de lo que habían compartido la noche anterior, debería contarle lo que había averiguado acerca de la perfecta señorita Fotherby. No, no quería ni mencionar a aquella candidata tan ideal, pero sabía que eso no sería justo ni para James ni para la joven en cuestión.

Cuando enfilaron por Upper Brook Street, las altas fachadas de los edificios que flanqueaban la calle amortiguaron en cierta medida el golpeteo de los cascos de los caballos contra el empedrado. Ella respiró hondo y llegó a la conclusión de que no podía guardar silencio. Si James ya no estaba interesado en la señorita Fotherby ni en ninguna otra posible candidata porque había puesto sus ojos en ella, iba a tener que ser sincero y admitirlo abiertamente. No podían seguir evadiendo el tema...

Se sorprendió al darse cuenta de repente de que no era

la única que había estado evitando hablar de la señorita Fotherby. Se volvió a mirarlo, y vio que él estaba observando a su yegua con interés.

—Es un ejemplar precioso, ¿procede de la yeguada de tu primo Demonio?

—Sí —vaciló por un instante, pero estaba más que dispuesta a distraer su mente con otro tema—. Él suministra todos los caballos a la familia, me parece que se sentiría insultado si alguno de nosotros acudiera a otra parte.

—Por lo que sé de él, me parece que no estás exagerando —comentó él, con una carcajada—. Los caballos siempre fueron su pasión.

Henrietta le observó atenta, pero no pudo ver nada más allá de que él parecía estar disfrutando tanto como ella de aquel momento compartido.

De buenas a primeras, la yegua soltó un estridente relincho y se encabritó.

Su reacción instintiva fue apretar con más fuerza la rodilla que tenía doblada alrededor de la corneta. Evitó caerse gracias a la silla de amazona y a lo experimentada que era, pero, lejos de serenarse, la yegua se lanzó como enloquecida a un galope desbocado.

Se agarró como buenamente pudo en medio del zarandeo y las sacudidas de aquella vertiginosa carrera, luchó por recuperar el control y tiró desesperada de las riendas, pero la yegua, una yegua que solía ser muy plácida, estaba frenética y era mucho más fuerte que ella.

Upper Brook Street se encontraba en Mayfair. Era una calle empedrada con cloacas y aceras de piedra, así que Henrietta se rompería la crisma si se caía.

Esa realidad resonaba en la mente de James mientras la veía zigzaguear entre los carros y las carretas que entregaban mercancías en las casas de los ricos. Había hincado los talones en los flancos de su caballo incluso antes de que en su mente tomara forma la idea de seguirla, y en cuestión de segundos estaba cabalgando a toda velocidad y acortando la distancia que le separaba de la yegua negra... y de Henrietta.

Ella seguía aferrándose con todas sus fuerzas, pálida y desesperada, cuando logró alcanzarla al fin. Hizo que su propio caballo apoyara parte de su peso contra la yegua para obligarla a aminorar la marcha, pero estaba tan llena de pánico que quedó claro que no iba a detenerse y se acercaban a las calles más amplias que rodeaban Grosvenor Square.

—¡Confía en mí, Henrietta! —soltó las riendas y extendió las manos hacia ella—. ¡Saca el pie del estribo, libera la pierna y suelta las riendas! ¡Ya!

Ella obedeció sin vacilar; de no haberlo hecho, era más que posible que James no hubiera logrado mantener el equilibrio necesario para agarrarla, alzarla y atraerla hacia su cuerpo, que no hubiera podido apretarla contra sí y abrazarla con todas sus fuerzas mientras usaba las rodillas para ir frenando a su caballo.

La yegua negra, sin jinete y con las riendas agitándose, cruzó la intersección a toda velocidad y se alejó despavorida por la parte norte de Grosvenor Square.

El lacayo de Henrietta, que les había seguido muy rezagado, pasó en ese momento junto a ellos y les gritó:

—¡La traeré de vuelta!

James oyó su voz amortiguada por el zumbido que le inundaba los oídos. Sus rígidos brazos estaban cerrados convulsivamente alrededor de Henrietta, le ardían los pulmones por la falta de oxígeno y el corazón seguía martilleándole en el pecho. El miedo era un rugido sordo en su mente a pesar de que la firme calidez de Henrietta entre sus brazos, contra su pecho, era una prueba palpable de que ella estaba a salvo, de que seguía siendo suya.

Henrietta tomó aire a bocanadas mientras se aferraba al sólido pilar de fuerza masculina en que se había convertido James, pero apartó la cabeza de su pecho cuando el caballo se detuvo y miró hacia la plaza, hacia donde se habían esfumado tanto la yegua como el lacayo.

Tenía una mano abierta sobre el pecho de James y notaba bajo la palma los latidos de su corazón, un corazón que palpitaba al mismo ritmo frenético que el suyo. Había gente alrededor, vendedores y jóvenes repartidores que habían presenciado atónitos el dramático momento, pero ella se sentía como si todos sus sentidos se hubieran replegado hacia dentro y nada de lo que la rodeaba fuera real.

Alzó la mirada justo cuando James bajó la suya y se miraron a los ojos con desesperación, buscando en la mirada del otro la constatación de que sí, ella estaba realmente allí, sana y salva entre sus brazos.

Al cabo de un instante eterno, él soltó una imprecación y bajó la cabeza para besarla con frenesí, con voracidad.

Henrietta se olvidó de la señorita Fotherby, se olvidó de todo. Lo agarró de la nuca y le devolvió el beso con pasión.

Aún estaba temblorosa cuando entró en el vestíbulo de la casa de sus padres apoyada en James, quien sin apartar la atención de ella ni un solo momento se dirigió al mayordomo que les había abierto la puerta y al que se le había demudado el rostro al verla llegar así.

—La yegua de la señorita Cynster se ha encabritado y ha estado a punto de tirarla de la silla, el lacayo ha ido tras ella. Avise a lady Cynster y a la doncella de la señorita Cynster, por favor.

—¡De inmediato, señor...! Señor...

Henrietta luchó por recobrar la compostura, consciente de que desmoronarse en medio de una crisis no servía de nada. Respiró hondo y obligó a su cerebro a cooperar.

—Este es el señor Glossup, Hudson. Es un amigo de Simon, por eso supongo que te resultará conocido.

—Sí, por supuesto —el mayordomo se irguió todo lo alto que era y se inclinó ante James con una regia reverencia.

—Mamá debe de estar arriba —añadió Henrietta—. Por favor, haz que alguien suba a avisarla de que ha ocurrido un...

un incidente y estoy reponiéndome en el saloncito trasero. No hace falta que mandes llamar a Hannah, no voy a desmayarme —lo afirmó con valerosa determinación, pero las palabras aún estaban saliendo de sus labios cuando la golpeó una nueva oleada de debilidad.

James, quien la tenía agarrada del codo con una mano y había estado atento a su rostro, masculló algo con aspereza y la alzó en brazos sin dudarlo.

Ella se aferró a su solapa de forma instintiva y parpadeó sorprendida, pero estaba demasiado débil para protestar; a juzgar por la cara de sorpresa de Hudson, se dio cuenta de que eso último revelaba lo mal que estaba.

—¿Dónde está el saloncito trasero? —le preguntó James.

—Por ahí —le contestó, mientras hacía un apagado gesto.

Él la llevó por el pasillo indicado (la impresionó que pudiera llevarla como si nada a pesar de la larga falda del traje de amazona, que iba arrastrando tras ellos) y cuando Hudson, que les había seguido muerto de preocupación, les abrió solícito la puerta del saloncito, la llevó con paso rápido hasta el diván situado frente a las ventanas y la depositó con sumo cuidado sobre los mullidos cojines.

—Té.

Aquella petición fue la única aportación que ella hizo para contribuir a su propia recuperación, pero el té siempre la había ayudado y era el remedio de rigor para un caso de nervios alterados. Porque era innegable que los suyos estaban alterados, y mucho más que cuando había caído al riachuelo.

En esa segunda ocasión había sentido que tenía la muerte, una muerte horriblemente violenta, mucho más cerca.

—De inmediato, señorita —Hudson miró a James y añadió—: iré a buscar yo mismo a milady.

Él se limitó a asentir con sequedad sin apartar la mirada de Henrietta. Estaba en cuclillas junto al diván, frotándole las manos en un intento por reconfortarla del que ella se percató en ese momento.

El mayordomo se marchó sin más dilación.

Henrietta intentó sonreír, pero ella misma se dio cuenta de que el gesto le salió bastante débil y apagado. Sacó una mano de entre las de James y, mientras con suma delicadeza le echaba hacia atrás los alborotados mechones de pelo, lo miró a los ojos.

—Gracias, me he asustado mucho —bajó la mano al oír que alguien se acercaba corriendo por el pasillo, y dirigió la mirada hacia la puerta.

James se puso en pie y, después de darle un ligero apretón en la mano que aún sostenía, la soltó renuente y se colocó junto a la cabecera del diván un instante antes de que la puerta se abriera de golpe. Mary entró como una tromba seguida de una doncella (él dedujo que debía de ser Hannah), y sus alarmados ojos color azul aciano analizaron la escena de un plumazo antes de centrarse en su hermana.

—¿Estás bien?

—Sí, tan solo me siento un poco... conmocionada —le contestó Henrietta, con una trémula sonrisa.

Al ver la cara que ponían tanto Mary como Hannah, James dedujo que, viniendo de ella, aquella afirmación era el equivalente a admitir que estaba poco menos que a las puertas de la muerte. Las dos se acercaron a ella a toda prisa y la envolvieron en una oleada de efusiva (por no decir abrumadora) preocupación femenina.

Mientras Mary le daba palmaditas en la mano y le hacía preguntas, Hannah sacudió un chal de punto y se lo colocó sobre las piernas. Cuando la bandeja del té llegó poco después, Mary lo sirvió sin apenas detenerse a recobrar el aliento.

James, por su parte, permaneció junto al diván procurando capear las preguntas para librar a Henrietta de esa tarea, y la vio relajarse poco a poco entre toda aquella avalancha de cuidados y atenciones.

La puerta se abrió de repente y Louise Cynster entró en el saloncito a toda prisa. Su atención se centró de inmediato en sus hijas, y al cabo de unos segundos su mirada viajó hasta él. James la saludó con una inclinación de cabeza, y ella respondió con una sonrisa y comentó:

—Tengo entendido que debemos darle de nuevo las gracias por rescatar a Henrietta, señor Glossup. Esto parece estar convirtiéndose en una costumbre.

James miró a Henrietta y los ojos de ambos se encontraron.

—Me alegro de haber estado cerca para poder ayudarla —le recorrió un gélido escalofrío que le llegó hasta el alma al darse cuenta de que, una vez más, si había estado cerca de ella en ese preciso momento había sido por pura suerte.

—¿Qué ha sucedido exactamente? —Louise se sentó en un sillón, le indicó a él que tomara asiento en otro, aceptó la taza de té que le entregó Mary, y centró la mirada en Henrietta—. Me extraña que hayas perdido el control de tu montura.

—No estoy segura de lo que ha pasado, mamá. Marie se ha encabritado de repente, pero no he visto ni oído nada que explique su reacción —miró a James—. ¿Y tú?

—No, tampoco. Además, mi caballo estaba tranquilo.

—Sí, así es. Marie, en cambio, ha relinchado como si le doliera algo y se ha encabritado antes de lanzarse al galope —Henrietta dejó la taza sobre su platito y no pudo disimular el escalofrío que intentó reprimir—. De haber estado en el campo me habría asustado, pero al menos habría tenido la tranquilidad de saber que podía dejarla correr hasta que se calmara. En las calles de la ciudad, sin embargo...

James fijó la mirada en su propia taza y consideró innecesario contarles lo cerca que había estado Henrietta de sufrir una caída mortal. La calle estaba llena de carretillas, carros y carretas, y si algún carruaje hubiera aparecido en la dirección contraria... alzó su taza, tomó un trago y volvió a mirar a Henrietta. Necesitaba tranquilizarse a sí mismo viéndola, necesitaba asegurarse una y otra vez de que estaba realmente allí, de que estaba sana y salva a pesar del susto.

Le tranquilizaba ver que ella iba recobrando de forma gradual el color de las mejillas, que se mantenía despejada y alerta mientras presenciaba la conversación que mantenían su madre y su hermana. Estaba tan centrado en ella que había permanecido ajeno a dicha conversación, pero en ese momento se dio cuenta de que madre e hija estaban debatiendo cuáles eran los cuidados necesarios para que ella se recobrara cuanto antes. La propia Henrietta las escuchaba con una especie de afectuosa exasperación, y Louise Cynster decretó al fin que debía mantener reposo lo que quedaba de la mañana.

Él estuvo totalmente de acuerdo con aquella decisión; de hecho, de haber podido habría envuelto a Henrietta entre los metafóricos algodones y la habría alejado de allí. Se la habría llevado a algún lugar donde nadie pudiera alcanzarla, al menos hasta que hubiera tenido tiempo de investigar y de obtener los datos suficientes para calmar el instinto protector que le rondaba, como una fiera ansiosa y llena de preocupación, justo a flor de piel, pero al menos tenía la tranquilidad de saber que Louise y Mary iban a encargarse de cuidarla en su lugar.

Cuando Hannah, quien había permanecido en el saloncito, sugirió un baño caliente en vista de que Henrietta no iba a volver a salir en toda la mañana, se sintió complacido al ver que ella aceptaba de inmediato, ya que su rápida aquiescencia parecía indicar que estaba tomándose en serio la necesidad de descansar y recuperarse.

Mientras la doncella se dirigía hacia la puerta, Henrietta añadió:

—Ah, y podemos aprovechar la mañana para empacar el equipaje que voy a llevar a la fiesta campestre.

—Sí, señorita —la doncella hizo una pequeña reverencia y abrió la puerta—. Pediré que uno de los lacayos saque su bolsa de viaje y su sombrerera del trastero.

James apenas podía creer lo que acababa de oír, y mantuvo la mirada en la puerta hasta que se cerró. Miró entonces a Louise y a Mary, y al ver que seguían tomando el té tan tranquilas se volvió hacia Henrietta.

—No seguirás pensando en ir a Ellsmere Grange, ¿verdad?

—Por supuesto que sí —le contestó ella, como si le extrañara la pregunta—. ¿Por qué no habría de ir?

«¡Pues porque acabas de estar a punto de morir!, ¡por eso!». James se tragó con dificultad aquellas palabras y se limitó a contestar, mirándola a los ojos:

—Dadas las circunstancias, creo que sería mejor que descansaras. Al menos hasta que estés segura de haberte recuperado del todo del susto.

Ella le miró con cierta exasperación, como si estuviera un poco decepcionada ante aquella actitud.

—No soy ninguna debilucha. En unas horas ya me habré recuperado por completo, y puedo partir bien entrada la tarde. Ellsmere Grange está en Essex, el trayecto no es largo.

—Sí, pero...

Frunció el ceño mientras analizaba la cuestión. En un primer momento, habían acordado asistir a la fiesta campestre que se celebraba en Ellsmere Grange para acabar de completar la lista de posibles candidatas a convertirse en la esposa que tanto necesitaba. Aunque los dos habían descartado ya ese objetivo, él había dado por hecho que aprovecharían su estancia allí, en aquel lugar apartado del ajetreo de la ciudad, para explorar el camino alternativo que habían decidido tomar, pero en ese momento era plenamente consciente de que, para él, el bienestar de Henrietta estaba por encima de todo, incluso de la acuciante necesidad de contraer matrimonio.

Dejó a un lado la taza y el platito y la miró de nuevo a los ojos.

—No existe ninguna razón apremiante para ir, ¿verdad? Y disfrutar de unos días de calma le dará a tus nervios más tiempo para sosegarse.

Las facciones de Henrietta adoptaron una expresión de testarudez.

—Mis nervios ya van camino de sosegarse por completo. Admito que lo ocurrido me ha asustado, pero no ha sido más que un incidente fortuito y sería una pusilánime si permitiera que algo así me afectara durante más de una o dos horas —miró a su madre al añadir—: además, lady Ellsmere espera nuestra llegada. Es demasiado tarde para cancelar nuestra asistencia.

James creía que la madre de Henrietta iba a apoyarlo, tenía al menos la esperanza de que lo hiciera, pero al volverse a mirarla se percató de que tanto Mary como ella se habían limitado a tomar té en silencio mientras observaban atentas su conversación con Henrietta. Al cabo de unos segundos, Louise dejó la taza sobre su platito, lo miró con unos ojos que reflejaban la gran dama de tierno corazón y buenos sentimientos que era, y contestó con voz serena.

—Debo darle la razón a Henrietta, ya que me sorprendería sobremanera que una hija mía tardara días en recobrarse de un incidente como este; además, si los dos cancelarais vuestra asistencia a estas alturas, sin huesos rotos ni otro desastre similar que sirviera como excusa, los Ellsmere se sentirían desairados. Eso es algo que tú no querrás que suceda y que yo jamás permitiría en lo que a Henrietta se refiere, así que ella sí que va a asistir según lo previsto.

A pesar del tierno corazón y los buenos sentimientos, Louise Cynster tenía una voluntad de hierro. Lo miró en silencio, sosteniéndole la mirada sin titubear, y al cabo de un instante enarcó las cejas y añadió con naturalidad:

—Ahora que ha quedado claro que ella va a asistir a esa fiesta, ¿debo deducir que tú también lo harás?

James no miró ni a Henrietta ni a Mary, pero notó el peso de sus miradas. Siguió mirando a Louise a los ojos, unos ojos azules muy similares a los de Henrietta, y al final apretó los labios y terminó capitulando.

—Sí, por supuesto —miró a Henrietta, quien lo premió con una sonrisa radiante, y se sintió un poco mejor. Al menos había logrado complacerla.

Se quedó desconcertado al ver que su rendición parecía

haber complacido también a Mary, cuya sonrisa era poco menos que deslumbrante, y decidió que lo más sensato sería batirse en retirada por el momento. Se puso en pie y, después de despedirse de Louise con una cortés inclinación de cabeza, se volvió hacia Henrietta.

Después del beso que habían compartido en la calle, le habría gustado hablar con ella en privado (se conformaría con unas cuantas palabras, con alguna pequeña caricia o un besito), pero, por otra parte, no quería que ella hiciera esfuerzos innecesarios.

—Nos veremos esta tarde en Ellsmere Grange.

Ella extendió la mano con el rostro alzado hacia él, se la veía agradecida y relajada.

—Sí, por supuesto. Y gracias de nuevo, James. Estoy evitando pensar en lo que habría sucedido si tú no hubieras venido a montar conmigo esta mañana.

A él le habría encantado poder hacer lo mismo, pero aquella idea había quedado firmemente anclada en su mente; aun así... se inclinó sobre su mano y, después de soltársela, se despidió de Mary con una inclinación de cabeza y se marchó.

Henrietta no apartó la mirada de él hasta que la puerta del saloncito se cerró. No debería sentirse tan entusiasmada por el resultado de lo que podría haber sido un accidente mortal, pero no había duda de que la reacción de ambos (aquel beso ardiente que habían compartido en medio de Upper Brook Street y que, por suerte, no había visto nadie con peso social) había revelado la realidad de lo que había entre ellos. Lo que estaba creciendo entre los dos había ardido como una llama, real e innegable, en aquel preciso momento. El hecho de tener esa certeza, de haber podido tomar plena conciencia de esa realidad, era un regalo por el que merecía la pena pagar casi cualquier precio, y la verdad era que al final ella había salido ilesa del percance.

Miró a su madre, que estaba observándola con curiosidad, y le lanzó una tranquilizadora sonrisa.

—Estoy perfectamente bien, te lo aseguro.

—Sí, eso parece —contestó Louise, mientras sus labios se curvaban en la sonrisa de una madre que sabía bien lo que estaba pasándole a su hija—. Ahora sube a darte ese baño, y te aconsejo que aproveches para echar una siesta. Mary y yo vamos a salir a comer fuera, pero estaremos de vuelta a tiempo para despedirnos de ti antes de que te vayas.

Tras salir del saloncito trasero rumbo a la puerta principal, James se detuvo en el vestíbulo para hablar con Hudson, el mayordomo.

—¿Se sabe algo del lacayo que ha ido tras la yegua de la señorita Cynster?, ¿ha logrado atraparla?

—Sí, señor, así es. Gibbs le ha dado alcance al otro lado de Grosvenor Square, cuando varios carruajes le han cerrado el paso al animal.

—¿La ha llevado ya a las cuadras?

—Sí, señor.

—¿Puede indicarme cómo llegar hasta allí?

Siguió las indicaciones del mayordomo con facilidad y encontró al jefe de cuadra, un hombre que no era un inexperimentado jovenzuelo ni mucho menos, paseando a la yegua negra (que volvía a estar muy tranquila) delante de las puertas de las cuadras mientras observaba atentamente sus patas para comprobar si tenía alguna lesión.

Se acercó a él con las manos en los bolsillos y lo saludó con una cordial sonrisa.

—Buenos días, Hudson me ha indicado cómo llegar hasta aquí. Yo estaba paseando con la señorita Cynster esta mañana, soy amigo del señor Simon Cynster.

—Ah, sí, usted es quien ha salvado a nuestra niña —el hombre asintió en un respetuoso gesto—. Tiene usted toda nuestra gratitud, se lo aseguro. La señorita Henrietta monta de maravilla, pero por lo que me ha dicho Gibbs, su mayordomo, no había forma de que controlara a Marie.

—Sí, así es. La señorita Cynster me ha comentado que el animal procede de la yeguada de su primo Demonio y debo admitir que eso despierta mi curiosidad, ya que Marie estaba completamente tranquila hasta que relinchó y se encabritó de repente. Me cuesta creer que Demonio Cynster permita que una de sus primas posea un ejemplar de temperamento inestable, o con alguna susceptibilidad que pueda derivar en lo que he visto esta mañana.

—No, él jamás permitiría algo así —la expresión del jefe de cuadra se ensombreció—. Usted tiene razón en eso, pero en este caso no me extraña que Marie haya reaccionado así —se acercó a la grupa del animal y alzó la manta que la cubría—. ¡Mire lo que le ha hecho algún malnacido!

James se inclinó un poco hacia delante para examinar la zona indicada y vio una heridita que aún sangraba un poco. Tardó un momento en atar cabos.

—¿Un dardo? —se enderezó y miró con incredulidad al jefe de cuadra, que asintió con gesto grave.

—Sí, eso parece. Supongo que algún idiota lo habrá hecho a modo de broma, le parecería divertido lanzar el dardo para ver caer a una dama elegante. Si yo o alguno de mis muchachos pudiéramos ponerle las manos encima, le borraríamos la sonrisa al tipejo ese.

—No lo dudo —pero tendrían que ponerse a la cola. James sofocó aquel súbito arrebato violento y asintió—. Gracias por mostrarme la herida, suponía que debía de haber pasado algo así.

Se despidieron con cordialidad y buenos deseos, y al alejarse de las cuadras sin prisa sus labios se tensaron mientras se preguntaba si quizás... pero no, no había razón alguna para sospechar que el jefe de cuadra estuviera equivocado y el dardo no hubiera sido lanzado a una dama al azar, sino que el objetivo hubiera sido la montura de Henrietta en concreto.

CAPÍTULO 7

James salió de Londres a primera hora de la tarde en su calesín, y llegó a Ellsmere Grange según lo previsto. Saludó a sus anfitriones, lord y lady Ellsmere, quienes mantenían una buena amistad con sus padres, y después de ser conducido al dormitorio que se le había asignado bajó a la sala de estar para pasar el rato y charlar con los invitados que ya se encontraban allí.

La señorita Violet Ellsmere, hija de los dueños de la casa, se había prometido en matrimonio recientemente con el vizconde de Channing. Dado que dicho caballero y él se conocían desde hacía muchos años, le hizo los típicos comentarios jocosos sobre la inminente pérdida de su soltería y de su libertad, pero se percató de que Channing se tomaba sus bromas con la complacencia de un gato más que satisfecho.

La reacción de su amigo intensificó aún más su propia impaciencia mientras paseaba entre los invitados sin perder de vista el camino de entrada, y por fin llegó un carruaje negro... mejor dicho, el carruaje negro que estaba esperando, el que iba conducido por el cochero de los Cynster. Para cuando los caballos se detuvieron en el patio cubierto de fina grava, él estaba bajando ya los escalones del porche y haciéndole un gesto al lacayo para indicarle que él se encargaba de abrir la portezuela.

Lo hizo sin pensárselo dos veces, y Henrietta sonrió feliz al verle. Estaba claro que no estaba sufriendo ningún efecto adverso por culpa del susto que se habían llevado aquella mañana.

—Gracias —le dijo ella, tras bajar del carruaje con su ayuda. Al ver que él le ofrecía el brazo, lo aceptó risueña y preguntó, con ojos chispeantes—: ¿tienes intención de monopolizarme?

—¿Por qué crees que he venido a esta fiesta? —su sonrisa se ensanchó aún más al verla reír.

Ella procedió a intercambiar los saludos de rigor cuando entraron en la casa, y después fue Violet la encargada de conducirla a la planta de arriba para mostrarle el dormitorio que se le había asignado; cuando las dos bajaron de nuevo poco después, se reunieron con Channing y con él en la sala de estar y los cuatro se sentaron a charlar mientras el resto de los presentes circulaba a su alrededor.

Se sirvió el té de la tarde, y después de dar buena cuenta de él (no quedó ni una migaja) empezaron a charlar sobre los últimos cotilleos que circulaban por la alta sociedad.

Los invitados seguían llegando y, para cuando sonó el gong que avisaba que era hora de arreglarse para la cena, James había contado a veinte excluyendo a los anfitriones, Violet y Channing. Todos los que se encontraban en ese momento en la sala de estar se pusieron en pie y, en parejas y grupos, se dirigieron hacia la escalera.

Él se mantuvo junto a Henrietta en todo momento, lo que le permitió averiguar que la habitación que le habían asignado a ella se encontraba en el pasillo situado a la izquierda de la escalera principal, la tercera puerta a la derecha. Después de dejarla allí, retrocedió a paso rápido por el pasillo rumbo a su propio dormitorio, que estaba hacia el final del ala opuesta.

Mientras se aseaba y se cambiaba de ropa se planteó cómo enfocar aquella velada, y al final decidió dejar que las cosas fluyeran por sí solas. Por una parte quería presionar y lograr de inmediato que Henrietta accediera a ser su esposa (y esa compulsión se había intensificado aún más tras el incidente de aquella mañana) pero, por la otra, era consciente de un profundo deseo de darle todo lo que una joven dama pudiera desear, absolutamente todo, incluyendo un cortejo de ensueño.

—Disponemos de dos días —murmuró, mientras alzaba la barbilla para anudarse el pañuelo al cuello. Aunque era primordial que se casaran antes de que diera comienzo el siguiente mes, aún disponía de veinticinco días—. Ella querrá tener algo de tiempo para disfrutar de nuestro compromiso antes de que pasemos por el altar, pero... sí, podemos permitirnos al menos un cortejo de un par de días. No hay por qué apresurarse.

No había necesidad de negarle a Henrietta el cortejo que se merecía por el mero hecho de que él estuviera apurado de tiempo y tuviera que cumplir con un plazo de tiempo inexorable.

Tras tomar aquella firme determinación, descendió la escalera y se dirigió a la sala de estar, en la que solo encontró a varios caballeros; al parecer, ninguna dama había hecho aún acto de presencia. Se unió a Channing, Percy Smythe y Giles Kendall, y poco después estaba inmerso en una conversación que versaba sobre un tema que ejercía una perenne fascinación sobre el género masculino: los caballos.

Rafe Cunningham entró en la sala cinco minutos después y, tras echar un rápido vistazo, vaciló por un instante y finalmente se acercó a ellos.

—¡Hola, qué sorpresa! No esperaba verte por aquí —le saludó Channing, mientras le estrechaba la mano.

—Lady Ellsmere es mi madrina —Cunningham miró a James y asintió—. Buenas noches, Glossup.

Él le devolvió el saludo, pero creyó detectar cierta animosidad reprimida en la profunda voz de Rafe y se preguntó si la señorita Fotherby estaría entre los invitados de lady Ellsmere. No la había visto antes de subir a vestirse, pero tampoco había visto a Rafe.

Las damas empezaron a llegar de forma paulatina. Salió al encuentro de Henrietta en cuanto la vio entrar, y se sintió complacido cuando ella se dirigió hacia él sin vacilar y se encontraron a medio camino. Después de intercambiar una sonrisa íntima y privada, procedieron a mezclarse con los demás invitados sin apartarse el uno del otro, y poco después entablaron con la señorita Finlayson y la señorita Moffat una conversación a la que no tardaron en sumarse Channing y Violet.

James se percató de que la señorita Fotherby se unía al resto de invitados escasos minutos antes de la hora de la cena. Pero lo realmente curioso fue que, nada más llegar, la joven lanzó una mirada alrededor y se quedó como petrificada al ver a Rafe Cunningham, que estaba observándola desde el otro extremo de la amplia sala de estar. Por un instante se asemejó a una cervatilla a punto de dar media vuelta despavorida para huir de un cazador, pero entonces dejó de mirar a Cunningham y se acercó a hablar con lady Ellsmere, pálida y llena de determinación.

Henrietta, que también se había percatado de la llegada de la joven, le miró y enarcó una ceja en un gesto interrogante, pero antes de que él pudiera contestar llegó el mayordomo para anunciar que la cena estaba servida.

Lady Ellsmere tomó entonces la palabra para informarles de que la distribución de los asientos iba a ser informal durante el transcurso de la fiesta, y les recomendó que le hicieran caso y que cada cual se encargara de decidir con quién deseaba sentarse. Aquel decreto fue recibido con risas y muestras de entusiasmo, todos se mostraron encantados con la idea... bueno, todos menos la señorita Fotherby, pero Robert Sinclair se encontraba en ese momento junto a ella y le ofreció el brazo, y ella se apresuró a aceptarlo como acompañante.

James bajó la cabeza hacia Henrietta, quien iba tomada de su brazo, y comentó en voz baja:

—Aprovechando que la señorita Fotherby está aquí, creo

que será mejor que la ponga al tanto cuanto antes de mi decisión acerca de su... candidatura, por decirlo de alguna forma.

Ella asintió mientras observaba a la señorita Fotherby y a Rafe Cunningham, que a pesar de estar emparejados con otras personas estaban claramente pendientes el uno del otro, y comentó pensativa:

—Sí, pero me parece que no tendrás ocasión de hacerlo hasta mañana por la mañana como muy pronto. Si esta fiesta sigue los parámetros de costumbre, después de la cena habrá música o jugaremos a las charadas.

James inclinó la cabeza a modo de aquiescencia.

Una vez que estuvo sentada junto a él en la larga mesa, Henrietta empezó a disfrutar de la velada más de lo que esperaba (desde luego, mucho más de lo que había disfrutado anteriormente de eventos similares). Había asistido a innumerables fiestas campestres a lo largo de los años, pero nunca antes había tenido un... un foco de atención, un pivote sobre el que centrarse. Justo ahí radicaba la diferencia, pensó para sus adentros mientras le lanzaba una mirada de reojo a James, quien tenía sentada al otro lado a Violet y en ese momento estaba comentando algo con ella.

La presencia de aquel hombre la hacía experimentar todo lo que la rodeaba de forma más amplia, más profunda. Las conversaciones, los pequeños comentarios, las rápidas e ingeniosas ocurrencias parecían más agudas, más entretenidas, vistas a través de aquel prisma más amplio en el que a sus propias reacciones se les sumaba las esperadas reacciones de él.

James le abría los ojos en lo que a amplitud de miras se refería. Nunca antes había contemplado el mundo que la rodeaba y se había preguntado qué visión tendría de él otra persona, el impacto que el mundo tendría en esa persona.

Construir una relación debía de tratarse justamente de eso, pensó para sus adentros mientras sonreía y se movía ligeramente para poder oír mejor lo que la señorita Hendricks deseaba contarle. Se trataba de aprender, de que el uno empatizara con los sentimientos del otro, y de ahí debía de surgir el uso de la afectuosa expresión «mi otra mitad».

Se alegraba de que hubieran incluido la fiesta campestre de los Ellsmere en la agenda de eventos que podían resultarles útiles. Aunque el objetivo inicial había cambiado, aquel era el contexto perfecto para que los dos pudieran pasar más tiempo juntos, para conocerse mejor más allá del ambiente limitado de los salones de baile. En aquella casa iban a tener tiempo para pasear y conversar sin constreñimientos ni reservas, sin la sempiterna amenaza de una posible interrupción. Cuando la cena llegó a su fin y todo el mundo empezó a levantarse de la mesa, se dio cuenta de que estaba realmente expectante y deseosa de ver lo que le deparaban aquellos próximos días.

Sus predicciones se cumplieron. Lady Ellsmere les condujo a la enorme sala de música situada en el otro extremo de la antigua mansión, y allí pasaron varias horas muy agradables entreteniéndose los unos a los otros con baladas y canciones. La señorita Fotherby fue de las primeras en sentarse al pianoforte, e interpretó una balada con una voz dulce que causó impacto. Después de varias actuaciones más fue el turno de Rafe Cunningham, quien, acompañado por la señorita Findlayson, cantó con una voz de barítono intensa y poderosa que los cautivó a todos. Giles Kendall se unió a él con su voz de tenor, y juntos lograron la que sin duda fue la mejor actuación de la noche. Algo después, Henrietta se sentó al pianoforte y cantó una dulce tonada rural seguida de un dueto con James, tras el cual Violet y Channing se les unieron para una alegre interpretación de una vieja cancioncilla popular, una composición larga, repetitiva y sutilmente jocosa con un estribillo y unas estrofas que tenían una longitud increíblemente larga.

Tanto ella como los otros tres estaban sin aliento cuando tocó la última y resonante nota. Todo el mundo se puso en pie para ovacionarles, y entonces lady Ellsmere tocó la campanilla para ordenar que se sirviera algo de té.

Cuando la velada llegó a su fin, los invitados regresaron por los pasillos en relajados grupos, rumbo a la escalera principal. Mientras subía junto a James, Henrietta lo miró sonriente y murmuró:

—Se me había olvidado por completo el susto de esta mañana.

—¿No hay secuelas?

—No, ninguna. Ya estoy recuperada, y esta velada ha sido la distracción ideal.

—Perfecto.

En ese momento llegaron a lo alto de la escalera, y James vaciló por un instante. Las damas iban alejándose en parejas y tríos por el pasillo de la izquierda, y todos los caballeros habían sido alojados en el ala opuesta. Tomó a Henrietta de la mano, y atrapó su mirada mientras depositaba un suave beso en sus dedos.

—En ese caso, que pases buena noche y tengas dulces sueños.

Ella le obsequió una sonrisa radiante y le apretó con delicadeza la mano antes de soltarle.

—Tú también —le sostuvo la mirada por un instante, y entonces se despidió con una ligera inclinación de cabeza y dio media vuelta—. Buenas noches.

James la siguió con la mirada antes de volverse a su vez. Siguió al resto de caballeros por el pasillo que conducía al ala contraria, pero justo antes de llegar a la puerta de su dormitorio notó en la espalda el peso de una mirada. Se detuvo en la puerta, agarró el pomo, miró hacia el pasillo... y vio a Rafe Cunningham parado frente a otra puerta, observándole en silencio.

Aunque la luz era demasiado tenue como para poder verle bien, tuvo la impresión de que la emoción predominante en el rostro de Rafe era la confusión, y se dio cuenta de que debía de haberle visto despidiéndose de Henrietta.

Entró en su dormitorio sin decir palabra, pero se quedó inmóvil tras cerrar la puerta mientras se preguntaba si debería hablar con el pobre diablo de inmediato para que dejara de sufrir, al menos por lo que a él y a sus intenciones para con la señorita Fotherby se refería. A juzgar por las reacciones de Rafe, estaba claro que el tipo sabía algo al respecto... o, mejor dicho, creía saberlo.

Se quitó la levita mientras debatía la cuestión y al final decidió que primero hablaría con Millicent y que después, si Rafe sacaba abiertamente el tema, sería sincero con él. El tipo tenía un gancho de derecha endemoniado, y no quería verse en la tesitura de tener que explicarle a lady Ellsmere (y mucho menos a Henrietta) por qué tenía un ojo morado.

Mientras se metía entre las sábanas, la comprensión y la empatía que sentía al pensar en la situación de Rafe le llevó a repasar la suya propia. Por un lado, quería darle a Henrietta todo lo que estuviera en sus manos en lo que a un cortejo formal se refería. A su modo de entender, ella tenía veintinueve años y había estado esperando a que él llegara. Se sentía inmensamente agradecido por ello, y era justo que hiciera todo lo posible por cortejarla tal y como ella merecía.

Pero, por otro lado, quería dar un paso adelante de inmediato y declararse sin esperar ni un segundo más. El susto aterrador que se había llevado aquella mañana no se había desvanecido en su caso, sino que se había transformado y se había sumado a una inesperada compulsión de decir algo, de reclamar sus derechos sobre Henrietta en voz alta y clara. Sabía que aún era demasiado pronto para una declaración a gran escala, pero por alguna extraña razón sus instintos de lobo al acecho se habían revuelto contra él y estaban urgiéndole con vehemencia a que hiciera al menos una declaración de intenciones.

No sabía por qué para su yo interior era tan importante que le dijera abiertamente a Henrietta que deseaba tomarla por esposa. Cerró los ojos, dispuesto a dormir, y se preguntó hasta cuándo iba a poder contener el envite de aquella poderosa oleada que se abría paso en su interior.

El desayuno se desarrolló en un ambiente relajado y sin prisas a la mañana siguiente, los invitados fueron bajando al comedor de forma paulatina a partir de las ocho. Sobre el aparador situado a lo largo de una de las paredes se habían dispuesto multitud de bandejas de plata y escalfadores donde había de todo, desde huevos duros y beicon hasta salchichas, kedgeree (un delicioso plato de arroz hervido y pescado bien condimentado) y un guiso de cordero hervido, jamón y apio que parecía ser típico de la zona.

James bajó razonablemente temprano y, tras servirse un buen plato y sentarse junto a Channing en un puesto intermedio de la larga mesa, se unió a la animada discusión que estaban manteniendo Percy Smythe y Dickie Arbiter sobre la empresa que fabricaba las mejores armas de fuego. Mientras que el segundo apostaba por los últimos modelos americanos, el primero ensalzaba las virtudes de los fabricantes ingleses.

Cuando le preguntaron su parecer, James admitió el atractivo de los nuevos mecanismos americanos, pero lo compensó votando por los fabricantes ingleses.

—Tienen mi voto por una pura cuestión de estética. ¿Has visto alguna de sus armas, Dickie?

Percy se echó a reír con suavidad, y Channing soltó las sonoras y exuberantes carcajadas típicas en él.

Fueron llegando más invitados, y al fin apareció Henrietta acompañada de la señorita Hendricks y de Violet. Eran las primeras integrantes del contingente femenino en llegar, pero no tardaron en ir apareciendo más damas y la suma de aquellas voces más agudas hizo que cambiara el sonido, el tono y el tema de las conversaciones.

Mientras Henrietta iba avanzando a lo largo del aparador, sirviéndose el desayuno, James no le quitó el ojo de encima y pensó cautivado que parecía un sol de verano ataviada así, con un vestido en un luminoso tono dorado. Se puso en pie en cuanto la vio volverse hacia la mesa, le apartó la silla situada junto a la suya, y ella aceptó con una sonrisa la tácita invitación y permitió que la ayudara a tomar asiento. Channing, mientras tanto, se había levantado también y había apartado la silla que tenía al otro lado para Violet, y frente a ellos Percy hizo lo propio con la señorita Hendricks.

Una vez que las damas estuvieron acomodadas salió el tema que les interesaba a todos, y que no era otro sino el de las actividades que había planeadas para aquel día. Violet, quien como hija de los anfitriones había participado activamente en la planificación de los entretenimientos, fue quien tomó la palabra.

—Nosotros habíamos pensado pasar la mañana en la casa y los jardines. Se podría organizar un partido de *croquet* para los que se animen, los caballeros que lo prefieran pueden jugar al billar, y las damas que no deseen unirse a las que estén en el campo de *croquet* disponen de la biblioteca y los jardines. Después de comer, se nos ocurrió que sería agradable dar un paseo por los bosques y llegar hasta las ruinas.

—¿Qué ruinas?

La pregunta la hicieron al unísono la señorita Hendricks y Dickie Arbiter, quienes intercambiaron entonces una mirada llena de curiosidad y se volvieron hacia Violet para que se explicara.

—Las del monasterio al que en un principio pertenecían estas tierras. Son unas ruinas muy antiguas y no se sabe con exactitud la edad que tienen, pero con el paso del tiempo han quedado medio enterradas. No vamos a internarnos en las cuevas ni a enfrentarnos a grandes dificultades, lo que conocemos como las ruinas en sí son los muros, las columnas, los altares y los restos que quedan expuestos en la falda de una colina. Solo Dios sabe qué porcentaje de las edificaciones originales permanece aún enterrado, pero muchos de los muros están recubiertos de hiedra y musgo —miró sonriente a la señorita Hendricks y añadió—: es un lugar lleno de misterio y que despierta la imaginación.

Channing asintió y tomó las riendas de la explicación.

—Los bosques también son muy antiguos... para que os hagáis una idea, imaginad un lugar poblado de enormes robles centenarios. Es fácil caminar entre ellos, y el camino que lleva a las ruinas es relativamente plano —miró hacia la cabecera de la mesa, donde lady Ellsmere y varias damas de su generación estaban desayunando e intercambiando cotilleos—. A las damas de mayor edad tampoco debería resultarles demasiado difícil llegar hasta allí, pero es un recorrido de varios kilómetros. Tardaremos media hora en ir y media hora más en volver, y no sé si ellas desearán perder tanto tiempo.

—¡Me parece una excursión muy divertida! —afirmó la señorita Hendricks con entusiasmo.

Dickie la miró a los ojos y asintió.

—A mí me atraen bastante los lugares antiguos, así que podéis contar conmigo.

Todos los integrantes del grupo confirmaron su intención de ir a las ruinas, y Violet añadió:

—En lo que respecta a esta noche, estoy segura de que a nadie le sorprenderá saber que vamos a celebrar un baile. No será un gran acontecimiento, no estamos en Londres y queremos mantener un ambiente más relajado. Pero habrá músicos que harán que no falte el baile, y asistirán también varios vecinos de la zona a los que tendréis ocasión de conocer.

—¡Excelente!, ¡esta jornada parece estar hecha a medida para mí!

El comentario salió de boca de un entusiasmado Percy y les hizo reír a todos, ya que para nadie era un secreto cuánto le gustaban las fiestas y el entretenimiento.

Todos habían terminado de desayunar, así que se pusieron en pie y las damas se dirigieron hacia las puertas que daban a la soleada terraza seguidas por los caballeros.

Henrietta se detuvo para dejar que Violet saliera primero, y mientras estaba parada lanzó una mirada hacia los invitados que aún seguían sentados a la mesa. La señorita Findlayson y la señorita Moffat estaban charlando animadamente en compañía de la señorita Fotherby, pero esta última no participaba en la conversación y daba la impresión de que algo la perturbaba; de hecho, en ese preciso momento lanzó una fugaz mirada de soslayo a Rafe Cunningham, quien a su vez estaba observándola sin molestarse siquiera en fingir que prestaba atención a lo que estaban hablando Giles Kendall y Robert Sinclair, a los que tenía al lado y enfrente respectivamente.

Henrietta no pudo seguir observando a la pareja, porque James la alcanzó en ese momento, así que lo miró sonriente y salió con él a la terraza. No le había extrañado que Rafe estuviera entre los invitados, ya que conocía el vínculo que le unía a los Ellsmere, pero la señorita Fotherby se había quedado muy afectada, casi podría decirse que horrorizada, al verle allí. Por lo que tenía entendido, la tía de la joven era una vieja amiga de lady Ellsmere (de hecho, estaba entre las damas que habían desayunado con ella en la cabecera de la mesa), así que todo parecía indicar que a la señorita Fotherby la habían embaucado para que asistiera a aquella fiesta y tanto su tía como lady Ellsmere estaban haciendo de celestinas.

Y eso, a su vez, indicaba que ninguna de las dos damas estaba enterada de la oferta que la joven le había hecho a James.

Se unieron a un pequeño grupo mientras caminaban juntos bajo el cálido sol matinal. Al llegar a los escalones que descendían hasta un pequeño parterre, Channing le ofreció el brazo a Violet y la pareja procedió a bajar con cuidado. James le ofreció el brazo a ella de inmediato y, mientras descendía apoyada en él los empinados escalones, se preguntó si debería preguntarle cuáles eran sus planes en lo que a la señorita Fotherby se refería.

Debido a lo ocurrido con Marie, aún no había tenido ocasión de hablar con él, no habían podido aclarar lo que ambos pensaban acerca de lo que estaba creciendo entre los dos, pero estaba claro que la señorita Fotherby necesitaba una respuesta cuanto antes; de hecho, la joven había pedido que dicha respuesta se le diera en pocos días, así que cabía preguntarse si existía alguna razón, alguna justificación, para no contarle de inmediato cómo estaba la situación.

Siguió dándole vueltas a aquella cuestión mientras seguían caminando, mientras se adentraban en el jardín de rosas y volvían a salir. Saboreó el aire fresco, sonrió y rio junto con los demás, y al final decidió que aún no iba a presionar a James. Él era plenamente consciente de la situación, y era él y solo él quien podía darle una respuesta a la señorita Fotherby.

Para cuando llegaron al campo de *croquet* el sol había secado ya la hierba, y colocaron con rapidez los aros y la estaquilla antes de distribuir los mazos. Entonces llegó el momento de distribuirse en equipos y decidir las normas del juego, y al final decidieron formar parejas e ir rotando. Lo de menos era si al final les daba tiempo de completar las rondas o quién resultara ganador, la cuestión era pasarlo bien y disfrutar del juego.

Cerca de una hora después, la mayor parte de las damas y los caballeros más jóvenes habían acabado gravitando hacia el campo de *croquet* y se habían unido a la competición, y las damas de mayor edad habían salido al jardín y estaban sentadas en sillas a la sombra de los árboles cercanos, sonriendo con aprobación mientras les veían jugar.

James estaba parado a un lado con Henrietta, a la espera de que volviera a tocarles, cuando vio que la señorita Fotherby (a la que Rafe había intentado solicitar como pareja en el juego, pero que se había apresurado a emparejarse con Giles Kendall) se acercaba a paso rápido por el borde del campo de juego. Tenía la cabeza gacha y la mirada fija en el suelo, así que no se había percatado de que iba directa hacia ellos.

Esperó a que se acercara más, y entonces la llamó.

—¡Señorita Fotherby! —la miró con una cordial sonrisa

al verla alzar sobresaltada la cabeza—. Me gustaría hablar con usted, si le parece bien.

Lanzó una elocuente mirada a su alrededor para que ella se diera cuenta de que en ese momento los tres estaban bastante alejados de los demás y nadie podía oírles, y la joven respiró hondo y asintió.

—Sí, por supuesto.

A pesar de su aquiescencia, estaba claro que algo la perturbaba. Cada dos por tres miraba a su alrededor, y parecía estar pendiente de otra cosa.

James la miró con cierto desconcierto y notó de forma instintiva que Henrietta, que estaba parada junto a él con las manos cruzadas sobre la empuñadura del mazo, tampoco entendía aquella extraña actitud.

—Quería hablar de lo que usted me propuso en la terraza de lady Hollingworth.

La joven se volvió de golpe hacia él y se quedó mirándolo con cara de sorpresa, como si se tratara de algo que había olvidado por completo y que acababa de recordar.

—Ah, sí —sus mejillas se tiñeron de rubor—. Eh...

James se sintió más compelido aún a sincerarse, ya que quería aclarar de una vez aquel lío en que parecía haberse convertido toda aquella situación.

—He decidido que hay otra dama que es objeto de mis afectos, en aquel momento aún no me había percatado de ello. Debo darle las gracias por su propuesta, pero en este momento ya no estoy buscando una... esposa de conveniencia.

La señorita Fotherby parpadeó como si estuviera intentando entender lo que estaba diciéndole, y entonces dio la impresión de que su mirada se centraba. Miró a James como si por fin estuviera viéndole de verdad, miró a Henrietta, y sus labios se curvaron en una fugaz sonrisa.

—Sí, por supuesto. Le agradezco que haya sido tan sincero y, aunque quizás no me crea, le deseo de corazón la mejor de las suertes —aún no había terminado de hablar cuando ya se disponía a marcharse—. Y ahora, si me disculpan... —sin esperar una respuesta, se despidió con una vaga inclinación de cabeza y prosiguió su camino.

—¡Vaya! —exclamó Henrietta, sorprendida, mientras la seguía con la mirada—. Debo admitir que esto no era lo que esperaba.

—No sé, yo creo que la señorita Fotherby se siente bastante asediada en este momento —afirmó él, tras darse cuenta de que Rafe Cunningham avanzaba en pos de su presa al otro lado del campo de *croquet*.

Ella soltó un bufido al seguir la dirección de su mirada, y comentó pensativa:

—Quién sabe cómo va a terminar lo de estos dos.

James se volvió a mirarla sonriente.

—En cualquier caso, eso es algo que está en manos de ellos y que ya no nos concierne a nosotros; para serte sincero, siento que me he quitado un gran peso de encima.

En ese momento Channing les llamó desde la estaquilla para avisarles que les había llegado el turno, y Henrietta levantó la mano para indicarle que le habían oído. Alzó el mazo y comentó, mientras James y ella regresaban por el borde del campo:

—No vamos a disponer de un solo momento para poder hablar con calma durante nuestra estancia aquí, ¿verdad?

—No creo, pero sí que disponemos de tiempo suficiente para disfrutar de estos pocos días sin más —la miró a los ojos al añadir con suavidad—: no hay necesidad de que nos apresuremos.

—Sí, supongo que tienes razón —miró al frente y balanceó experimentalmente el mazo—. Bueno, veamos si podemos derrotar a Dickie y a la señorita Hendricks.

Él soltó una carcajada e hizo un gesto para invitarla a seguir avanzando.

Tal y como cabía esperar, la campana que anunciaba que había llegado la hora de la comida hizo que la competición quedara sin completar y sin ganadores, y todos regresaron a la casa y comieron en medio de un ambiente distendido donde los jugadores revivían sus hazañas y aireaban su opinión acerca de cuál habría sido la pareja vencedora.

Después de comer transcurrió media hora en la que las damas se retiraron a sus respectivas habitaciones para ponerse sombreros, jubones y chales, y entonces el grupo se reunió en la terraza y pusieron rumbo a las ruinas de forma ordenada, con Violet y Channing abriendo la marcha.

Ese tipo de excursiones por el campo eran actividades que nunca faltaban en ninguna fiesta campestre bien organizada. Se habían sumado a la salida incluso las damas y los caballeros de edad madura, aunque todos los de esa generación se despidieron de los demás al llegar al lago; mientras ellos se quedaban allí para dar un paseo más sosegado alrededor del lago antes de regresar a la casa, los más jóvenes siguieron adelante.

El amplio camino que cruzaba el bosque se abría paso bajo las majestuosas ramas de los viejos robles, y un grueso manto formado por las hojas secas del otoño previo cubría el suelo. Aunque el sol se colaba entre las ramas y el aire era un cálido beso, la humedad del invierno aún impregnaba las zonas umbrías a derecha e izquierda, y el intenso olor a tierra y ramaje putrefacto se mezclaba con el fresco efluvio de los nuevos brotes. El musgo era una verde alfombra que se extendía por los bordes del camino y que suavizaba el gris de las piedras que afloraban aquí y allá.

Era un terreno llano, tal y como les había asegurado Channing, y ascendía en una pendiente muy suave que iba internándoles más y más en el bosque sin que apenas se dieran cuenta. La fila que formaban había ido alargándose conforme se creaban pequeños grupos, y mientras avanzaban iban charlando sobre temas inconsecuentes. De vez en cuando alguien se detenía para señalar algún pájaro que revoloteaba entre las ramas o para examinar de cerca alguna planta, y el grupo fue dividiéndose de forma gradual en parejas.

Había pasado algo más de media hora cuando, precedidos por Violet y Channing, Henrietta y James doblaron una curva del camino y de buenas a primeras tuvieron las ruinas alzándose a su alrededor. Se detuvieron en seco, y alzaron impresionados la mirada hacia lo más alto de los imponentes muros de piedra moteados de musgo y líquenes, y cubiertos de plantas trepadoras. Los ojos de ambos se dirigieron entonces más allá, hacia una amplia extensión de terreno sembrada con los restos de muros derruidos, y ella lo tomó del brazo. El frío de las sombras, de aquellas moles de roca que se cernían sobre ellos, hizo que la recorriera un escalofrío y se acercó un poco más a él para sentir la calidez de su cuerpo.

Él la miró con una sonrisa mientras le cubría la mano con la suya, y entonces la condujo a un lado al ver que otros miembros del grupo doblaban la curva y, tal y como habían hecho ellos, se paraban en seco al ver aquel impresionante lugar.

—Este sitio dejaría boquiabierto a cualquiera —murmuró ella, mientras contemplaba de nuevo las columnas y las curvas de los arcos que se alzaban, como el esqueleto de tiempos pasados llenos de grandeza, entre algunos de los muros—. ¡Venga, vamos a explorar!

Se pusieron a ello, al igual que todos los demás. Pasearon entre claustros que habían quedado en el olvido tiempo atrás, por pasillos empedrados que habían quedado a la intemperie; navegar a través de lo que, a juzgar por sus distintivos arcos, debía de ser la iglesia del antiguo monasterio consistía básicamente en deslizarse entre enormes piedras rectangulares talladas, unas piedras que la mano de algún gigante parecía haber dejado diseminadas como si de los bloques de juguete de un niño se tratara.

James y Giles coincidieron en lo que ambos dedujeron que debía de ser el pórtico de la iglesia, y contemplaron el lugar mientras Henrietta y la señorita Findlayson (la primera abriéndose paso por la derruida nave de la iglesia, la segunda subiendo desde abajo) se acercaban a ellos.

—Yo juraría... —Giles se detuvo para ofrecerle la mano a la señorita Findlayson y ayudarla a subir el último empinado escalón— que, cuando construyeron este lugar, esa colina de ahí... —soltó con una sonrisa a la joven y se volvió hacia la colina que tenían detrás y sobre cuya ladera parecían estar construidas las ruinas— no existía.

James puso los brazos en jarras mientras contemplaba pensativo la colina en cuestión, y asintió al cabo de unos segundos.

—Sí, concuerdo contigo. Eso de ahí... —indicó un muro situado en la parte posterior de las ruinas y cuyo borde superior asomaba justo por encima de la ladera, como si estuviera conteniendo la colina— parece ser el muro central del edificio principal del monasterio, donde debían de estar los dormitorios y las zonas habitables. ¿Lo ves? —señaló hacia el borde del muro—, eso de ahí son los remates, así que esa era la parte superior del muro —bajó el brazo y volvió a mirar alrededor—. Violet tenía razón, da la impresión de que esto no es más que la mitad del monasterio. El resto debe de estar más allá del edificio principal, lo que significa que está más allá de ese muro y sepultado bajo la colina.

—Sí, así es —asintió Giles—. No hay duda de que la colina no existía cuando este lugar estaba habitado.

Henrietta observó el muro en cuestión y comentó:

—Ya sé que este lugar dejó de estar habitado hace siglos, pero me pregunto cómo y por qué llegó a formarse aquí esa colina.

Especularon largo y tendido sobre el tema (teniendo en cuenta la edad aproximada de los árboles que crecían sobre la ladera y que en algunas zonas sobresalían por encima del borde superior del muro, alguna ofensa ocurrida en la época de la Disolución fue la teoría que les pareció más plausible), y al cabo de un rato las dos parejas se separaron y James y Henrietta volvieron a internarse en el laberinto de muros derruidos. Se dirigieron hacia la parte posterior de la ruinas, hacia lo que, según la hipótesis de James, había sido el muro central del edificio principal.

—Si nos fijamos con atención, deberíamos apreciar la distribución de algunas de las salas a este lado del muro —comentó, mientras la ayudaba a pasar por encima de una roca.

Disfrutaron a más no poder y sintieron cierta sensación de triunfo al ir descubriendo los restos de antiguas salas, al delimitarlas y comparar la relación que cada una de ellas guardaba con las demás y con el muro principal, al especular acerca del uso que se les había dado.

Los rayos del sol penetraban a través de los árboles que les rodeaban cuando de repente se oyeron unas voces, las voces de una dama y un caballero que estaban discutiendo acalorados.

James miró a Henrietta y, al ver que ella también las había oído, avanzó con sigilo por el pasillo donde estaban hasta llegar a un arco desde donde se podía ver parcialmente la siguiente sección de las ruinas, y se detuvo en seco con la mirada puesta en la escena que estaba desarrollándose entre los antiguos muros de piedra.

Henrietta se le acercó procurando no hacer ruido y, tras detenerse junto a él, posó la mano en su brazo y miró también hacia allí.

Rafe Cunningham había logrado acorralar al fin a la señorita Fotherby y estaba discutiendo... no, tal vez estuviera rogando. Ellos alcanzaban a oír las voces y el tono, pero no distinguían las palabras. Millicent estaba retorciéndose las manos con nerviosismo y negando con la cabeza, y a juzgar por su expresión estaba claro que no iba a ceder por muy encendidos que fueran los sentimientos de Rafe.

Él alzó las manos al cielo de repente, y cuando bajó la mirada hacia Millicent ella por fin dijo algo; fuera lo que fuese, debió de golpear a Rafe de lleno, porque se puso rígido como si acabara de recibir un fuerte impacto, pero entonces negó enfático con la cabeza, soltó una sonora negativa que más bien parecía el gruñido de una fiera, y de repente tomó a Millicent entre sus brazos y la besó.

James se tensó, ya que no podía permitir que agrediera a la joven, pero Henrietta le apretó el brazo para detenerlo y susurró:

—¡Espera!

Él se preguntó a qué se suponía que tenía que esperar, pero entonces vio que los brazos que Millicent había mantenido colgando laxos a ambos lados del cuerpo empezaban a alzarse poco a poco. Tentativamente, de forma tan lenta y cautelosa que resultaba casi doloroso presenciarlo, Millicent fue alzando las manos hacia los hombros de Rafe, las deslizó por su nuca... y empezó a devolverle el beso.

James se relajó y se limitó a decir:

—Ah.

Tras esperar un momento lo bastante largo para confirmar que Millicent no iba a cambiar de opinión, dio media vuelta y tomó a Henrietta de la mano. La miró a los ojos con una enorme sonrisa, y después de besarle con delicadeza los dedos la condujo de vuelta por el pasillo y preguntó en voz baja:

—¿Por dónde íbamos?

—Yo creo que por aquí más o menos.

Ella apenas había terminado de responder cuando oyeron la voz de Channing procedente de la parte delantera de las ruinas.

—¡Atención todos! ¡Venga, ya es hora de regresar!

Le respondieron voces desde varios puntos, pero casi todas ellas estaban mucho más cerca del camino que ellos dos. Intercambiaron una mirada, y James contestó en voz alta:

—¡Eh, Channing! ¡Adelántate con los demás, la señorita Cynster y yo os seguiremos tan rápido como podamos!

—¡De acuerdo! ¡Pero no tardéis demasiado, hay que arreglarse para el baile!

—¡Ya vamos para allá! —sonriente, hizo que Henrietta le tomara del brazo y regresaron por el largo pasillo que discurría paralelo al viejo muro, ya que era la ruta más rápida para llegar al punto donde el camino del bosque desembocaba en las ruinas.

En cualquier caso, no les pareció necesario apresurarse y avanzaron sin prisa, deteniéndose de vez en cuando para que ella pudiera contemplar con detenimiento los pequeños helechos que brotaban de las fisuras del muro. Cuando Channing les había avisado se encontraban prácticamente al otro lado de las ruinas, y habían recorrido la mitad de la distancia más o menos cuando se oyó un fuerte estrépito tras ellos, más o menos por la zona donde Rafe y Millicent Fotherby se habían besado.

Se detuvieron y se volvieron a mirar atrás, pero no vieron nada; al cabo de unos segundos, ella le dio un ligero apretón en el brazo.

—Ve a echar un vistazo por si acaso. Deberíamos asegurarnos de que ellos también van de regreso, no han contestado a Channing.

Eso le daba una excusa en caso de que la pareja le viera, así que asintió y regresó sobre sus pasos por el largo pasillo; cuando ya estaba a punto de llegar al arco, se detuvo al ver que Rafe y Millicent lo cruzaban tomados del brazo.

—¡Ah, aquí estáis! He oído un fuerte ruido.

—Sí, una roca se ha desplomado —le explicó Rafe. Dirigió la mirada hacia Henrietta, que seguía parada a cierta distancia de allí, y añadió—: nos ha parecido que esta era la ruta más rápida para regresar al camino.

—Sí, nosotros hemos pensado lo mismo —admitió él, antes de volverse hacia Henrietta.

Un áspero sonido le hizo alzar la mirada...

Del borde superior del muro, justo por encima de donde estaba ella, empezó a caer una fina lluvia de arena seguida de algunas piedrecitas; un enorme sillar, una piedra de más de metro y medio de largo y más de medio metro de altura y grosor, se movió, se inclinó hacia delante y acabó cayendo.

Henrietta había mirado hacia arriba, pero se le había metido arena en los ojos y había bajado la cabeza de nuevo, así que no se había percatado de lo que pasaba.

Él abrió la boca para alertarla, pero el pánico le constriñó los pulmones.

Antes de darse cuenta estaba corriendo como un loco hacia ella. Mientras sus botas volaban sobre el empedrado suelo, mientras sus piernas corrían a toda velocidad, mantuvo la mirada puesta en la enorme piedra y supo que no iba a llegar a tiempo.

Desesperado, hizo acopio de todas sus fuerzas y se lanzó hacia delante. Impactó contra Henrietta y la agarró, la abrazó contra su cuerpo para protegerla como buenamente pudo mientras el impulso de su placaje volador les lanzaba a más de medio metro de allí.

Aterrizaron contra el duro suelo dando tumbos, aferrados el uno al otro en un barullo de brazos y piernas, y el horrendo estruendo de la piedra al estrellarse les sacudió literalmente.

Un silencio absoluto cayó sobre el lugar, y de repente se oyó trinar a un mirlo.

Mientras iban asimilando poco a poco que aún estaban vivos, alzaron la cabeza con cautela y se volvieron a mirar atrás. Abrazados con fuerza, contemplaron incrédulos lo que el destino había estado a punto de depararle a Henrietta... mejor dicho, a los dos.

El enorme sillar estaba hundido en el suelo a escasos milímetros de las botas de James. Se había rajado debido al impacto, y bloqueaba el pasillo de tal forma que Rafe y la señorita Fotherby no podían verles.

Henrietta apenas podía respirar, el corazón le martilleaba con tanta fuerza que no estaba segura de poder oír. Se volvió hacia James y sus miradas se encontraron.

Oyeron un grito ahogado y Rafe apareció al cabo de un instante en lo alto del sillar, pero en cuanto les vio se detuvo en seco, se quedó mirándolos inmóvil por un segundo, y entonces encorvó los hombros aliviado y suspiró con fuerza.

—¡Dios bendito!, ¡creía que os habíamos perdido!

Millicent subió tras él a lo alto de la enorme piedra, y se llevó una mano al pecho al verles.

—¡Gracias a Dios que estáis bien! —que les tuteara sin más revelaba lo alterada que estaba. Dio la impresión de que se esforzaba por recobrar la compostura, y preguntó con algo más de calma—: porque estáis bien, ¿verdad?

James se sentó lentamente, ayudó a Henrietta a incorporarse también, y la miró a los ojos antes de contestar:

—Sí, eso parece.

Rafe descendió al suelo y, tras ayudar a bajar a Millicent, se volvió hacia él con expresión grave.

—Lo he visto todo, esa piedra no ha caído así porque sí —le ofreció una mano y le ayudó a levantarse.

Millicent, quien se había acercado a toda prisa a Henrietta para ayudarla a su vez, se volvió al oír aquello y protestó con firmeza.

—¡Qué barbaridad!, ¿cómo puedes sugerir algo así? Tiene que haber sido un accidente, la piedra debía de estar suelta y algo ha terminado de desequilibrarla.

Rafe soltó un bufido burlón.

—¿Algo como qué? Ni siquiera un montón de tejones actuando al unísono habrían podido desencajarla.

A pesar de saber que aquello era cierto, James alzó una mano para detener la discusión.

—Da igual lo que haya sucedido, debemos ponernos en marcha —buscó la mirada de Rafe y alzó los ojos hacia arriba para recordarle que aún quedaban muchas más piedras por encima de sus cabezas.

La muda advertencia funcionó, ya que Rafe asintió y se limitó a decir:

—Sí, será mejor que nos vayamos ya.

Millicent y Henrietta se encargaron de sacudir y enderezar el vestido de la segunda mientras James se sacudía un poco el abrigo y los pantalones, y entonces se pusieron en marcha. Ellas caminaban la una junto a la otra y ellos iban detrás, prácticamente pegados a ellas con actitud protectora mientras permanecían alerta y cada dos por tres miraban hacia arriba y a su alrededor.

Henrietta notó que Millicent se estaba estrujando de nuevo las manos y estaba nerviosa y tensa, como si fuera a sobresaltarse ante el más mínimo sonido. Era una reacción comprensible y, de hecho, lo más lógico sería que ella también se sintiera así, pero a lo mejor no había asimilado aún lo ocurrido. En ese momento tan solo era consciente de cuánto se alegraba de estar viva, de poder respirar, de poder mirar por encima del hombro y ver a James caminando muy cerquita de ella.

Después de estar a punto de morir aplastada por una piedra, sentirse viva era una verdadera maravilla. Ya se preocuparía después por lo sucedido, ahora que tenía la certeza de que para ella sí que iba a haber un «después».

Una vez que llegaron al camino del bosque, apenas habían recorrido un par de metros cuando James se detuvo. Cuando los demás le imitaron y se volvieron hacia él, miró a Henrietta con ojos penetrantes antes de mirar también a Millicent.

—¿Por qué no os sentáis al borde del camino para recobrar el aliento? Quiero ir a echar un vistazo al lugar desde donde ha caído la piedra, por si la ladera de la colina está derrumbándose y debemos alertar a los Ellsmere.

—Buena idea, te acompaño —dijo Rafe.

Henrietta no deseaba pararse a pensar en lo cerca que había estado de morir, pero no estaba dispuesta a quedarse atrás.

—No —al ver que la determinación que sentía se reflejaba también en los ojos marrones de Millicent, miró de nuevo a James y añadió con firmeza—: nosotras también vamos.

Él titubeó, pero lo cierto era que prefería tenerla a su lado en todo momento.

—Está bien —la tomó de la mano, dio media vuelta, la ayudó a subir por el margen del camino y, seguidos de cerca por Rafe y Millicent, iniciaron el ascenso de la colina que colindaba con las ruinas.

Cuando encontraron el muro, fueron siguiéndolo hasta llegar al hueco donde el tono más claro de la piedra que había al otro lado indicaba la ubicación inicial del sillar que se había desprendido. Se detuvieron en un semicírculo alrededor de aquel punto, y observaron en silencio las marcas que había en el tierno musgo que crecía en lo alto del muro. No resultaba difícil adivinar qué había causado la caída de la piedra.

Rafe se puso en cuclillas para examinar de cerca las corridas huellas dejadas por unas grandes botas de hombre, y al cabo de un momento comentó ceñudo:

—El tipo ha resbalado demasiado como para poder deducir su tamaño.

—Sí, pero no son botas de trabajo —James tuvo que esforzarse por mantener la voz serena. Miró tanto sus pies como los de Rafe y añadió—: yo diría que son de montar.

Rafe asintió, se puso en pie y lo miró con expresión grave antes de afirmar:

—Será mejor que regresemos ya si no queremos llegar tarde a la cena.

Los cuatro descendieron hacia el camino en silencio, presa de sus propios pensamientos alarmantes, y pusieron rumbo a la casa.

CAPÍTULO 8

Después de esperar a que Henrietta y Millicent subieran a sus respectivas habitaciones para arreglarse, James y Rafe intercambiaron una mirada y fueron en busca de lord Ellsmere, al que encontraron vestido ya para la cena y tomándose un brandy en la quietud de la biblioteca. En cuanto les vio llegar tan serios les ofreció una copa que ellos aceptaron tras un mínimo titubeo, y les indicó que tomaran asiento.

Después de sentarse con pesadez en una silla, James tomó un revitalizante trago del ardiente licor y esperó a que lord Ellsmere se sentara también antes de tomar la palabra.

—Estábamos con los demás invitados en las ruinas, nos hemos quedado un poco rezagados y... ha ocurrido un accidente.

Su anfitrión se alarmó al oír aquello.

—¿Qué accidente?, ¿qué ha pasado? ¡Santo Dios! No habrá muerto nadie, ¿verdad?

—No, pero por muy poco —le aseguró Rafe, con una rígida tensión que teñía su profunda voz. Indicó a James con su copa—. De no ser por Glossup y por un placaje francamente excepcional, Henrietta Cynster habría muerto aplastada bajo una roca que se ha desplomado.

Lord Ellsmere empalideció de golpe y se echó atrás en la silla.

—¡Dios mío!

—Pero eso no es lo peor de todo —James apuró su brandy. Al ver que lord Ellsmere le miraba con incredulidad, como si fuera incapaz de creer que pudiera haber algo peor aún, bajó la copa, lo miró a los ojos y le puso al tanto de la alarmante situación—. Alguien, creemos que un caballero calzado con botas de montar, ha empujado la piedra de forma deliberada para hacerla caer. Es imposible que no supiera que Henrietta estaba justo debajo, ella y yo habíamos estado hablando poco antes.

Lord Ellsmere se quedó mirándolo atónito antes de dirigir su mirada hacia Rafe; al ver que este confirmaba lo ocurrido con un rígido gesto de asentimiento, protestó poco menos que balbuceante:

—Pe... pero... no estaréis insinuando que ha sido alguno de los invitados, ¿verdad?

Después de intercambiar una mirada con Rafe, James negó con la cabeza y afirmó, ceñudo y pensativo:

—No, no parece una posibilidad demasiado probable; al fin y al cabo, todos íbamos en pequeños grupos.

—¡Gracias a Dios! —lord Ellsmere guardó silencio por un largo momento antes de hablar de nuevo y cuando lo hizo pronunció las palabras lentamente y con cautela, como si estuviera probándolas—. Tiene que haber alguna explicación. No es posible que alguien haya querido asesinar a Henrietta, así que... debe de haberse tratado de otra cosa. Una broma que ha salido mal, quizás, o... —miró a uno y otro varias veces, pero ninguno de los dos lo rescató—. ¿De qué otra cosa podría tratarse?, ¡no me lo explico!

Tras otro largo silencio, James dejó su copa a un lado y miró a Rafe antes de ponerse en pie.

—Dudo que se pueda hacer gran cosa por el momento, ya que el culpable ha tenido tiempo de sobra para marcharse, pero hemos creído conveniente informarte de lo ocurrido.

Lord Ellsmere los miró como deseando que no lo hubieran

hecho, pero cuando su mirada se encontró con la de James asintió y comentó:

—Sí, por supuesto. En fin, tal y como has dicho, ahora ya no hay nada que hacer.

James y Rafe se despidieron de él con sendas inclinaciones de cabeza (unas inclinaciones corteses, pero un tanto rígidas) y salieron de la biblioteca, pero se detuvieron al llegar al vestíbulo y se miraron en silencio; al cabo de un largo momento, James soltó un profundo suspiro y se limitó a decir:

—Será mejor que subamos a cambiarnos para la cena.

Subieron a sus respectivas habitaciones, pero James no pudo dejar de pensar en las palabras de lord Ellsmere mientras se lavaba y se vestía.

«No es posible que alguien haya querido asesinar a Henrietta...»; «¿De qué otra cosa podría tratarse?».

Empezaba a tener un mal presentimiento al respecto. Uno muy, pero que muy malo.

El baile fue una tediosa sucesión de caras y conversaciones corteses para James. Henrietta, Rafe, Millicent y él habían tenido una breve conversación en la sala de estar antes de la cena, y habían acordado que no se ganaba nada difundiendo el relato de lo ocurrido y alarmando a los invitados.

James le había confirmado a Rafe que iba a permanecer junto a Henrietta durante toda la velada cuando este le había llevado a un aparte para preguntarle al respecto directamente y después, durante el baile, Rafe se había acercado a él para informarle de que había estado indagando con discreción entre los invitados que habían ido a las ruinas y había confirmado dónde estaban todos y cada uno de los caballeros cuando había sucedido todo.

—No hay duda, debe de haber sido alguien de fuera —había concluido James.

—Sí, pero quién sabe de dónde vendría. Al otro lado de los

bosques hay un sendero bastante decente que comunica con la ruta de Londres.

En ese momento había empezado a sonar un vals, y Rafe se había marchado para sacar a bailar a Millicent. James, por su parte, había esperado mientras Henrietta bailaba con Channing, y después la había reclamado a su lado de nuevo y no había vuelto a soltarla.

Cuando la velada concluyó al fin, después de demorarse y hacer tiempo en el vestíbulo, las escaleras y el pasillo para dejar que todos los demás invitados se adelantaran, la condujo hasta la puerta del dormitorio que ella tenía asignado, abrió y le indicó con un gesto que le precediera.

Ella obedeció tras mirarlo un poco extrañada, y él lanzó una rápida mirada alrededor para comprobar que el pasillo estuviera vacío y entonces entró tras ella.

Henrietta se volvió con la intención de darle las buenas noches, pero retrocedió un paso sorprendida al verle cerrar la puerta y le miró con ojos interrogantes. Él le sostuvo la mirada por un largo momento antes de echarle un vistazo a la habitación, y sin mediar palabra fue a sentarse en la butaca que había junto a la chimenea.

Cuando ella le siguió y, tras detenerse junto a él, siguió mirándolo con ojos inquisitivos, James suspiró y se reclinó en la butaca antes de decirle, con voz firme y sosteniéndole la mirada:

—Voy a quedarme aquí toda la noche.

—¿Por qué?

—Porque no puedo dejarte sola —al verla fruncir el ceño, tomó su mano y tiró con suavidad para que se sentara en el ancho brazo de la butaca.

Ella lo hizo sin protestar, y una vez que estuvo acomodada le dio un ligero apretón en los dedos y contestó, sin soltar su mano:

—Soy consciente de que estás preocupado, pero la verdad es que no acabo de entender el motivo de tanta ansiedad —

respiró hondo y añadió—: no me he parado a pensar con demasiado detenimiento en lo que ha ocurrido hoy, no me lo he permitido a mí misma, pero no alcanzo a ver cómo podríamos interpretar todo esto. No conozco a nadie que pueda desear mi muerte, y mucho menos que sea capaz de intentar hacer realidad ese deseo.

—Pero la cuestión es que alguien lo ha intentado —la miró sin ocultar que estaba muerto de preocupación—. Alguien ha intentado asesinarte hoy, Henrietta, y eso es algo que no podemos pasar por alto. Pero eso no es todo, hay algo que no te he contado sobre el incidente con tu yegua. Hablé con tu jefe de cuadra, y los dos estamos convencidos de que la hirieron con un dardo —al ver que lo miraba desconcertada, como si no estuviera entendiéndole, intentó explicarse mejor—. Alguien lanzó un dardo a la grupa de tu yegua. Por eso relinchó de repente y se encabritó, por eso se lanzó al galope desbocada —hizo una pequeña pausa antes de añadir—: la intención de quien lo hizo era que cayeras al suelo y el golpe te matara.

Henrietta escudriñó sus ojos, pero tan solo vio en ellos una firme y plena convicción.

—Pe... pero ¿por qué...? —alcanzó a decir, profundamente turbada, mientras reprimía a duras penas un escalofrío.

—No alcanzo a imaginar siquiera el motivo, pero... —le apretó con suavidad los dedos— recuerda que ese no fue el primer incidente que sufriste.

Ella se quedó tan impactada por lo que él estaba insinuando que fue incapaz de articular palabra, así que James siguió hablando sin dejar de mirarla a los ojos.

—Te caíste del puente en el baile de lady Marchmain y en aquel momento dimos por hecho que había sido un accidente, pero ¿y si no lo fue? Habría sido la oportunidad perfecta para cualquiera de los presentes, tú estabas justo en el borde del puente y todos estábamos distraídos con los fuegos artificiales. Un tropiezo, un rápido y anónimo empujón, la corriente del riachuelo era fuerte y estaba oscuro...

—Y no muchas jóvenes damas de la alta sociedad saben nadar, aunque solo sea un poco —admitió renuente, atrapada en su mirada.

—Exacto. Y el Támesis estaba cerca, a noventa metros escasos de allí —hizo una pequeña pausa, pensativo, antes de continuar—. De modo que tenemos tres accidentes casi mortales: el puente, tu yegua y ahora el derrumbe del sillar. Cualquiera de los tres podría haberte matado y todos ellos, incluyendo el último, habrían podido pasar por un accidente fortuito. De no ser porque el musgo estaba húmedo, no habríamos visto las huellas de las botas de ese criminal. Nos habríamos preguntado qué había provocado que la piedra se derrumbara, pero, en cualquier caso, tú estarías muerta.

—Pero... —el impacto inicial al tomar conciencia de lo que sucedía iba disipándose y fue dando paso al enfado, un enfado especiado con un toque de beligerancia al que se aferró porque le daba fuerzas—. ¿Quién diantres habrá sido? —preguntó, ceñuda.

James se sintió aliviado al verla reaccionar así. Había temido que no quisiera ver la realidad, que no quisiera aceptar que alguien pudiera desearle tanto mal.

—Creo que podemos dar por hecho que se trata de un hombre y que pertenece a la alta sociedad, ya que se encontraba en el puente de los Marchmain. Cualquiera que tuviera alguna razón para estar presente en Brook Street aquella mañana, desde un barrendero o un recadero hasta un vendedor o un caballero que pasara por allí, podría haberle lanzado el dardo a tu yegua y la piedra puede haberla tirado cualquier hombre con unas botas de montar decentes, pero el incidente del puente solo pudo haberlo provocado un caballero de la alta sociedad.

—O una dama —Henrietta frunció la nariz y se corrigió—. Pero ninguna habría podido tirar esa piedra enorme, así que debo darte la razón —suspiró hondo—. Entonces un caballero de la alta sociedad está intentando asesinarme, ¿no?

—frunció el ceño y añadió, pensativa—: lo que nos lleva de vuelta al porqué.

—¿Podría tener algo que ver con algún asunto en el que hayas intervenido en calidad de la Rompebodas?

Henrietta se planteó aquella posibilidad, pero terminó por negar con la cabeza.

—No. Aparte de ti, ningún otro caballero se ha quejado jamás por las conclusiones a las que yo pueda haber llegado; además, de querer hacerlo supongo que me habrían presentado a mí sus quejas, al menos en un principio, tal y como hiciste tú, pero ninguno lo ha hecho.

—Tienes razón —asintió él. Se miraron en silencio durante un largo momento, y entonces reclinó la espalda en la butaca con un suspiro mientras acariciaba con delicadeza el dorso de la mano que no había soltado en ningún momento—. Por eso debo quedarme contigo esta noche. El asesino es un caballero y, aunque no sea uno de los invitados, sabe que tú estás aquí. Está familiarizado con nuestro mundo y es muy posible que conozca esta casa, y sin duda sabrá que casi ninguna puerta estará cerrada con llave por si alguno de los invitados desea dar una vuelta.

Ella le observó pensativa y terminó por asentir.

—Tu razonamiento tiene sentido; es más, no voy a discutírtelo porque estoy de acuerdo con él —se detuvo para respirar hondo—. Pero te repito mi pregunta anterior: ¿por qué?

James la miró a los ojos y no fingió que no la entendía, todo lo contrario. Profundamente consciente del contacto de aquella delicada mano bajo la suya, admitió la verdad con las palabras más simples y directas que pudo encontrar.

—Porque eres mía.

Ella le sostuvo la mirada por un instante, y entonces asintió con firmeza y admitió:

—Sí, así es.

Sin más, se inclinó hacia él, tomó su rostro entre las manos para que lo alzara un poco, se detuvo para mirarlo a los ojos y confirmar que la había comprendido, y entonces bajó la cabeza y le besó.

Desde aquel primer contacto de sus labios quedó muy claro cuáles eran las intenciones de ella y cómo iba a terminar aquello. El beso pasó de firme a abrasador a incendiario en cuestión de segundos; a partir de ahí no era de extrañar que, tratándose de ellos, la situación se descontrolara a toda velocidad... aunque quizás sería más acertado decir que fue conducida con inflexible determinación y voluntad férrea hacia un primordial objetivo.

Mientras se devoraban el uno al otro, hambrientos y ávidos, el beso encendió una conflagración que se abrió paso bajo su piel, que les inflamó y les hizo arder. El fuego se extendió en una oleada de deseo, de ardiente pasión.

Henrietta cambió de posición con un jadeo ahogado y le recorrió frenética con las manos, tironeó de su levita para instarle a que se levantara de la butaca y poder quitarle la restrictiva prenda.

Él estaba tan distraído y cautivado, tan inmerso en aquella embriagadora vorágine de sensaciones mientras sus lenguas se batían en duelo, mientras devoraba los labios de Henrietta con los suyos, mientras acariciaba y sopesaba con las manos aquellos voluptuosos senos, que le costó dejar por un instante aquellas tareas que acaparaban toda su atención y centrarse lo suficiente para hacer lo que ella le pedía. La puso de pie, se levantó a su vez, la soltó el tiempo justo para quitarse la levita y el chaleco, y una vez que lo hizo no hubo forma de detenerla.

Era incapaz de contenerla, no podía restablecer ni un mínimo grado de supremacía en un mundo incendiado por una inesperada necesidad visceral, un mundo inundado de pasiones emergentes y deseos que afloraban con violenta fuerza y que al alzarse tomaban forma y se satisfacían al momento.

Se sentía embriagado y tan enfebrecido y desatado como ella mientras se desnudaban mutuamente con frenesí, mientras las prendas de seda se deslizaban sobre una piel acalorada y perlada de sudor, mientras los dedos y las palmas de las manos exploraban con total libertad, esculpían y trazaban, mientras la fresca caricia del aire nocturno quedaba relegada al olvido con el primer acalorado contacto de piel contra piel, desnuda y ardiente.

La intensa y potente sensación los sacudió de pies a cabeza, los impulsó a un nivel nuevo de abrasadoras llamas que lo arrasaban todo a su paso, de una pasión que los consumía por completo.

Cuando James la rodeó con los brazos y la apretó contra sí, cuando sus cuerpos desnudos se amoldaron el uno al otro, ella no se lo pensó dos veces ni vaciló con recato, sino que se retorció contra él y le urgió a seguir. Parecía estar decidida a lanzarse de lleno y a entregarse a aquel acto, un acto totalmente nuevo para ella, con un entusiasmo desatado que lo desarmó por completo.

El problema radicaba en que los deseos de ella eran también los suyos. Todo lo que ella quería (lo que quería hacer y sentir, lo que quería explorar) coincidía exactamente con sus propios deseos voraces.

Lo que ella deseaba, él lo deseaba también; cada una de las exigencias que ella le hacía con tan flagrante abandono eran anhelos que él ardía en deseos de satisfacer, que ansiaba saborear a su vez mientras la llenaba de placer y deleite.

Lo único en lo que quizás habrían discrepado, de haber podido razonar un poquito en medio de aquella vorágine de sensaciones en la que ella le tenía inmerso, habría sido el ritmo al que iba todo. Él habría ido poco a poco, habría ido avanzando paso a paso, pero ella quería ir a toda velocidad y apresurarse, dar cada paso a la carrera y lanzarse hacia el siguiente.

Henrietta nunca se había sentido tan libre, tan poderosamente segura de sí misma y de su propio destino. Darse cuenta del peligro que la acechaba entre las sombras y aquel nuevo incidente en el que había estado al borde de la muerte habían aguzado su deseo y la necesidad visceral de dar un paso al frente, de alcanzar el futuro que podía ser suyo y ocupar el puesto para el que había nacido, el puesto que sabía en lo más hondo que estaba hecho para ella.

Deseaba a James con toda su alma. Sí, ella era suya, pero eso quería decir que él era suyo a su vez. Aquel hombre le pertenecía, podía saciar todos sus deseos con él... podía hundirse con él en las turbulentas profundidades de la pasión, y también ascender a las excitantes cimas del deseo.

Nunca había sido una mujer que hiciera las cosas a medias tintas, así que se dejó llevar por completo. Se sentía liberada para ser como quisiera ser, para hacer lo que quisiera, para explorar y exigir a su antojo, para anhelar y buscar satisfacción.

Era libre para tomar todo lo que quisiera, para dar todo lo que pudiera dar, para encontrar el santo grial que estaba convencida de que estaba en alguna parte, esperando a ser descubierto.

Pero a pesar de aquella poderosa compulsión, bajo aquel impulso visceral estaba fascinada, intrigada y cautivada con James, con la realidad física y la conexión, con la sensación de tenerlo apretado contra su propio cuerpo, con el torrente de emociones que intuía que él ocultaba bajo aquella apariencia serena.

Aquellos labios masculinos, su boca y su ancho pecho, los duros músculos esculpidos en sus hombros... la tentaban y la hacían acercarse más y acariciarlo, tocarlo y poseerlo, saborearlo... y se deleitó al verle estremecerse de placer.

Descubrió el potente gozo de reducirle a un punto donde se vio obligado a cerrar los ojos y saborear el placer que ella le daba, pero entonces fue su turno de cerrar los ojos y rendirse a sus caricias cuando él correspondió en la misma medida.

La forma en que la acariciaba, la sensación de aquellos dedos deslizándose por su piel, la calidez de su boca en los senos desnudos y la posesividad de sus caricias más ardientes amenazaban con nublar por completo sus sentidos, con arrastrarla jadeante en una oleada imparable de sensaciones, pero lograba mantenerse anclada a la realidad gracias a él, al duro y musculoso cuerpo de una belleza divina y puramente masculina que había quedado al descubierto cuando se habían desnudado.

No solo era un festín para sus ojos, sino también para todos sus sentidos; aun así, a pesar de la potente fascinación que ejercía sobre ella, de la intensa atracción, aquella noche no disponía de tiempo para seguir explorándole. La necesidad de alcanzar el clímax de aquel deseo mutuo la tenía en sus garras y un deseo irrefrenable, un deseo que había sido despertado y avivado, provocado e incitado, palpitaba atronador en sus venas.

Por mucho que tuviera veintinueve años, no había perdido el tiempo. Lo que no sabía gracias a confidencias susurradas y a cotilleos que había oído al azar lo había averiguado a través de los libros, así que le cubrió la erección con la mano y se arrodilló ante él. Le acarició lentamente, y entonces inclinó la cabeza y cubrió la gruesa punta con los labios antes de lamerlo.

Disfrutó de su sabor y aún más de la reacción que lo sacudió, de la devastadoramente intensa y ardiente reacción que provocaron sus caricias. Se propuso reducir a cenizas cualquier vestigio de resistencia que aún pudiera quedar en él, y logró su objetivo hasta tal punto que le arrancó un gemido.

El gutural sonido hizo que la recorriera un torrente de placer y la alentó a experimentar combinando las manos y la lengua... hasta que él masculló una suave imprecación, le metió el pulgar entre los labios, le sacó de la boca su rígido miembro, y tras tomarla en brazos la llevó a la cama y se tumbó junto a ella.

La sensual batalla que se desató era justo lo que Henrietta deseaba. Quería y necesitaba sentir la fuerza de aquel hombre, provocarla, explorarla y terminar ofreciéndole finalmente su propia cálida rendición, una rendición que era en realidad una pura y deliciosa seducción.

El contacto, la tensión, el fluido movimiento de su cuerpo contra el de James era sensacional en el más puro sentido de la palabra. Le agarró la cabeza entre las manos, alzó la suya y plantó en sus labios un beso para transmitirle el gozo que la embargaba y su completa aprobación.

James sabía que aquello no podía seguir así, que ya era hora de demostrar de una vez por todas que era un experimentado calavera y ejercitar su habitual autodominio, que tenía que tomar con urgencia las riendas de la situación, pero estaban rodando desnudos por la cama en un frenesí de miembros entrelazados.

Su verga ya estaba deseosa de hundirse en ella, pero el contacto con su tersa piel, la sensación del suave y grácil cuerpo de Henrietta deslizándose contra la musculosa fuerza del suyo, le hacía estremecer. Las sensaciones eran exquisitas, y más exquisita aún era la febril expectación que dichas sensaciones avivaban en él.

La sexual promesa que ella encarnaba cuando, tras rodar y librar aquella sensual batalla con él, logró que se diera por vencido y le permitiera sentarse a horcajadas sobre su cuerpo iba más allá de cualquier otra cosa que él hubiera vivido jamás, y se quedó mirándola maravillado.

Había conocido a muchas mujeres, pero ella era única. Única e infinitamente preciada, tanto que quería atraparla y devorarla y al mismo tiempo adorarla y protegerla, incluso de sí mismo.

Henrietta le arrebataba los sentidos, le hacía sentir como nunca antes.

Estaba poco menos que jadeante, las manos le temblaban de deseo mientras la agarraba de la cintura para sujetarla.

Jadeante también, ella posó las manos abiertas sobre su pecho y lo acarició con codicia, lo poseyó sin ruborizarse con la mirada y el tacto, y entonces apoyó los brazos y, con el colgante del collar que aún llevaba puesto pendiendo entre los dos, le miró a los ojos y le preguntó sin pudor alguno:

—¿Qué viene ahora?

Él le sostuvo la mirada, sacó de algún recóndito rincón las fuerzas necesarias para resistirse a la clara invitación que se reflejaba en aquellos brillantes ojos azules, y alcanzó a decir con voz ronca:

—Quería darte más, tomarme más tiempo y cortejarte como debe ser.

Ella le observó en silencio, y al cabo de unos segundos negó con la cabeza.

—No hace falta, en nuestro caso no es necesario ningún lento cortejo.

Inhaló hondo un poco trémula y él tuvo que contener un gemido al ver cómo sus senos, aquellos senos henchidos y plenos con los pezones erectos, se alzaban ante su ávida mirada. Antes de que pudiera contestar, ella esbozó una sonrisa que curvó aquellos sensuales labios que con tanta pasión le habían besado y añadió:

—Llevaba años esperando aunque nunca supe qué era lo que esperaba, lo que estaba buscando.

Al verla bajar la mirada, James tuvo la impresión de que posaba los ojos en el colgante, un curioso cristal rosado de varias caras. No le dio tiempo a hacer ningún comentario al respecto, porque ella alzó la cabeza de nuevo y lo miró sonriente.

—Pero ahora, al parecer, lo sé sin más —posó una mano entre los senos por un instante—. Lo siento aquí, muy hondo. No creía que pudiera suceder así, que una certeza tan absoluta pudiera materializarse sin más, pero así ha sido y no albergo duda alguna.

James no habría podido arrancar la mirada de la suya ni aunque la cama hubiera empezado a arder en llamas. Esperó expectante, pendiente en cuerpo y alma de sus siguientes palabras, y su corazón se detuvo cuando esas palabras llegaron al fin.

—Sé con una certeza absoluta que, para mí, no hay nadie más que tú —se lo confesó mirándolo a los ojos, abiertamente, con total franqueza—. Eras tú lo que estaba esperando.

«Mi héroe eres tú».

Aquellas palabras reverberaron en la mente de Henrietta y sintió en lo más hondo que eran la pura verdad, una verdad absoluta, inmutable e irrefutable. Las palabras y la certeza que había tras ellas, una certeza que se había convertido en una parte intrínseca de su ser, la impulsó a decir en una voz tan seductora que le costó creer que saliera de sus propios labios:

—Así que... esto, tú y yo, aquí y ahora... dime cómo. No, mejor aún, muéstramelo.

Él inhaló hondo, la agarró con más fuerza de la cintura mientras la hacía deslizarse un poco hacia atrás, y entonces se incorporó hasta quedar medio sentado y empezó a besarla, a tocarla y a acariciarla. Deslizó una mano entre sus muslos y sus dedos se deslizaron por su húmeda entrepierna, fueron acariciándola y hundiéndose ligeramente en ella para prepararla, y entonces volvió a tumbarse por completo y, tal y como ella le había pedido, le mostró cómo.

La sujetó mientras ella colocaba su erección en la entrada de su cuerpo, y a partir de ahí se limitó a sostenerla mientras dejaba que ella fuera bajando a su propio ritmo, que fuera descubriendo la indescriptible sensación de tener su caliente y duro miembro abriendo su cuerpo, penetrándola, abriéndose paso en su interior milímetro a milímetro...

Henrietta cerró los ojos mientras saboreaba cada segundo, cada exquisito instante.

Su sexo era grande... cada vez parecía más grande... ¡era increíblemente enorme!

Cerró los ojos con más fuerza mientras el corazón le latía a toda velocidad, los ardientes latigazos del deseo la impulsaban a seguir adelante y se mordió el labio inferior mientras bajaba un poquitín más. Se quedó sin aliento, se lo arrebató la impactante sensación de notar cómo la abría, cómo se estiraban sus músculos mientras la empalaba...

Obedeció cuando las manos de él la instaron a que subiera un poco, volvió a descender y logró llegar un poco más abajo, pero no era suficiente. Quería más, necesitaba con desesperación tenerle en su interior por completo y estaba claro que él la deseaba con la misma fuerza, ya que notaba lo rígido y tenso que estaba.

Abrió los ojos y lo miró al admitir, jadeante y con una voz que era poco más que un susurro ronco:

—No puedo, así no. Hazlo ya, James. Tómame, hazme el amor.

No tuvo que pedírselo dos veces.

James contuvo un gemido mientras la alzaba (había sabido desde un principio que intentarlo así la primera vez no era buena idea, pero ella había querido intentarlo y quién era él para discutírselo. Era incapaz de negarle nada). En un abrir y cerrar de ojos estaba colocado encima de ella, con las caderas encajadas entre sus muslos abiertos y la palpitante punta de su erección colocada en su entrada.

Apoyándose en los brazos mientras se cernía sobre ella, bajó la mirada hacia aquellos cautivadores ojos que en aquel momento estaban nublados de pasión y deseo; a pesar de la necesidad aplastante de enfundarse en su cálido cuerpo, logró mantener la cordura necesaria para decirle con voz ronca:

—Confía en mí. Esto va a dolerte al principio, pero...

—¡Ya lo sé! —lo miró ceñuda y se retorció contra él para presionar su húmeda entrada contra la punta de su erección—. ¡Hazlo de una...!

James la penetró y fue la sensación más gloriosa que él había experimentado en toda su vida; cuando atravesó la fina barrera de su virginidad, ella apenas hizo un pequeño gesto de dolor y las húmedas paredes de su cálida funda se cerraron con firmeza alrededor de su rígido miembro como un aterciopelado puño. Se le cerraron los ojos sin querer, echó la cabeza hacia atrás, contuvo impactado el aliento con un pequeño jadeo y se aferró a aquel efímero momento con todas sus fuerzas, pero el instinto primitivo no podía ser reprimido por mucho tiempo y finalmente se vio obligado a obedecer sus dictados.

Flexionó la espalda, salió casi por completo de aquella cálida funda y la penetró de nuevo con más fuerza, más profundamente.

Ella jadeó, se estremeció de placer y se aferró a su cuerpo, y entonces le puso una mano en la nuca, le hizo bajar la cabeza, le besó con voracidad y de forma flagrante, descarada e imperiosa, le incitó a seguir.

Él se rindió... se rindió ante ella, ante la fuerza arrolladora de las pasiones de ambos. Salió de nuevo y volvió a penetrarla con un profundo envite, repitió a un ritmo in crescendo la ancestral danza de retroceso y posesión una y otra vez hasta que ella se adaptó a sus movimientos.

Se lanzaron entonces a un galope desatado que se convirtió en desbocado y que dio paso a su vez a un ritmo desesperadamente acuciante hasta que al final, con la mente nublada de deseo y más allá de cualquier pensamiento racional, volaron a un ritmo implacable y demoledor que les sacudía y les impulsaba compulsivamente. Aferrados el uno al otro, jadeantes, atrapados en cuerpo y alma, ascendieron hacia la cima mientras el trueno que retumbaba en sus venas se intensificaba, mientras sus corazones palpitaban como uno solo con un fuerte martilleo que les espoleaba a seguir y seguir hasta que al final atravesaron las nubes y tuvieron el éxtasis, un éxtasis tan ardiente como el sol y más brillante que las estrellas, al alcance de la mano.

Con los dedos compulsivamente entrelazados, aferrados con fuerza, se lanzaron juntos a por él, cabalgaron con más ímpetu aún hasta que alcanzaron la gloria al unísono, como un solo ser.

Una plenitud pura y absoluta los llenó a rebosar, los hizo añicos.

Henrietta gritó de placer y se sacudió de pies a cabeza, hundió los dedos en su piel mientras sus músculos se contraían poderosos alrededor de su duro miembro y le arrastraba hacia un salvaje y explosivo cataclismo de sensaciones, y él se rindió con un gemido y se dejó arrastrar.

El éxtasis les golpeó de lleno.

Aquella ola elemental de pura sensación los zarandeó y los sacudió, los estrujó y, como si fueran los restos de un naufragio, los lanzó al vacío, un vacío donde el más glorioso de los gozos los llenó y los sanó, los selló y los fusionó y los rehízo... y entonces, con suavidad, los dejó flotando en un dorado mar de dicha y bienestar.

Después de lo que se le antojaron horas, James logró recobrar el suficiente control sobre sus músculos para apartarse a un lado y quitarse de encima de Henrietta. Con un profundo gemido, gloriosamente saciado, se desplomó junto a ella, y se sorprendió un poco al ver que estaba despierta.

Cuando se estiró como una gatita y se acurrucó contra su cuerpo, él alzó el brazo para que se acomodara mejor, y ella se apretó más contra su costado y apoyó la cabeza en el hueco que se formaba bajo su hombro.

La envolvió mejor con el brazo mientras suspiraba para sus adentros, embargado de una rebosante e increíble sensación de plenitud y sosiego, y le sorprendió darse cuenta de que tenía en la punta de la lengua unas palabras que, dado que ella estaba despierta, estaban deseando brotar de sus labios. Las examinó con detenimiento, pensó en lo que implicaban, pero decidió correr el riesgo y les dio voz.

—Ahora vas a tener que casarte conmigo —bajó la mirada hacia ella y la vio sonreír.

—Sí, supongo que sí —lo dijo mientras jugueteaba con el colgante rosa, y con los labios curvados en una femenina y enigmática sonrisa teñida de una sensual satisfacción.

James no supo cómo tomarse la parte «enigmática», pero le complació que mostrara abiertamente cuánto había disfrutado; además, el que hubiera aceptado sin más su afirmación confirmaba lo que él ya había intuido: era una mujer muy inteligente, pero tenía una personalidad franca y no recurría a las típicas artimañas femeninas, y eso le encantaba.

Ella alzó la mirada hacia su rostro al ver que se había quedado callado, y no le costó descifrar su expresión.

—¿Esa ha sido tu propuesta de matrimonio? —le preguntó, sorprendida.

—No —escudriñó su mirada y añadió, con cierta cautela—: es la primera vez que hago esto, ¿no se supone que debo esperar a tener la aprobación de tu padre antes de hacerte una propuesta formal?

—En mi familia no es necesario —le aseguró ella, con una firme sonrisa.

—Ah —hizo acopio de todo su encanto y le devolvió la sonrisa—. En ese caso... —tomó la mano que ella tenía posada sobre su pecho, se la llevó a los labios, y le sostuvo la mirada mientras depositaba un reverente beso en sus dedos—. Henrietta Cynster, ¿aceptas casarte conmigo y convertirme así en el más feliz de los mortales?

Su bello rostro se iluminó con una sonrisa que, para él, fue a la vez el cielo y el paraíso.

Ella se enderezó un poco y se inclinó como si fuera a besarlo, pero justo antes de que sus labios se tocaran susurró:

—Sí, sí que acepto. Con todo mi corazón, con todo mi ser, acepto casarme contigo, James Glossup.

Posó los labios sobre los suyos, y el pacto quedó sellado.

Después, mucho después, cuando finalmente se dispusieron a dormir, James yacía tumbado de espaldas con su futura esposa acurrucada entre sus brazos mientras pensaba en la siguiente fase de la cruzada en la que estaba embarcado por las maquinaciones de su tía abuela. Ya había encontrado a la mujer que iba a convertirse en su esposa y había obtenido su mano, así que lo único que tenía que hacer era no perderla.

Lo único que tenía que hacer era descubrir quién estaba intentando asesinarla, desenmascararle y detenerle, y todo quedaría solucionado.

Cerró los ojos y se relajó con un suspiro.

Al día siguiente se pondría su armadura, saldría en busca del dragón que la amenazaba y acabaría con él, pero esa noche reinaba la calma.

CAPÍTULO 9

A la mañana siguiente, tanto James y Henrietta como el resto de invitados partieron de Ellsmere Grange después de desayunar sin prisas. A pesar de que ningún inesperado peligro había perturbado su plácido sueño, él se mantuvo tenso y alerta (aunque hizo un esfuerzo por reprimir cualquier impulso excesivamente protector), en especial teniendo en cuenta que lord Ellsmere parecía haber olvidado por completo la conversación de la noche anterior.

Fuera como fuese, él tenía claro cuál era la situación y su prioridad era llevar a Henrietta sana y salva a casa de sus padres, donde seguiría estando protegida. Él la consideraba ya su mujer, todos sus instintos la veían como tal, y por lo tanto era su deber y privilegio protegerla y mantenerla a salvo.

Durante el trayecto de vuelta a Londres, siguió al carruaje de los Cynster de cerca en su calesín. A sus caballos no les complacía en absoluto ir a aquel paso tan sosegado, pero, aunque tuviera que tragarse algo de polvo, mantenerse detrás del carruaje era la única forma de asegurarse de que detectaría cualquier posible amenaza.

Cuando llegaron a las empedradas calles de Mayfair, se desvió de la ruta más directa y tomó varias calles laterales para adelantarse y llegar a Upper Brook Street antes que ella; para cuando el carruaje se detuvo delante de la casa de los

Cynster, él ya estaba esperándola y se encargó de abrir la portezuela.

Ella estaba sentada al borde del asiento, deseosa de entregarle su mano, y cuando la ayudó a bajar lo miró con ojos brillantes y el rostro iluminado por una radiante sonrisa.

—Apenas son las once, mamá y papá aún deben de estar en casa.

Él no pudo reprimir la sonrisa que afloró a sus labios, y le ofreció el brazo antes de contestar:

—Entremos a ver.

Cuando el mayordomo, Hudson, les confirmó que lady Louise estaba en el saloncito con la señorita Mary, y lord Arthur en su despacho, James intercambió una mirada con Henrietta y respiró hondo mientras una súbita tensión le constreñía el pecho.

—Por favor, pregúntele a lord Arthur si puede concederme unos minutos de su tiempo.

Hudson miró a uno y otra y sonrió encantado.

—¡De inmediato, señor!

Regresó menos de un minuto después para informarle de que lord Arthur estaba dispuesto a concederle todos los minutos que deseara.

Henrietta miró a James y le apretó el brazo en un gesto tranquilizador.

—Estaré en el saloncito con mamá.

Estaba hecha un manojo de nervios mientras le veía seguir a Hudson por el pasillo, rumbo al despacho de su padre. Después de respirar hondo, se tomó un momento para decidir hasta dónde iba a contarles a su madre y a su hermana, y entonces fue con paso firme por otro pasillo hacia el saloncito donde las damas de la familia se relajaban en un ambiente informal.

Abrió la puerta y encontró a su madre y a Mary en el asiento situado bajo la ventana; al ver que estaban revisando un montoncito de tarjetas, dedujo que debían de estar escogiendo las reuniones para tomar el té a las que iban a asistir aquella mañana. Las dos habían alzado la cabeza al oírla entrar, y en cuanto la vieron se pusieron alerta y fijaron la mirada en su rostro.

Al darse cuenta de que aún llevaba puesta la capa y sujetaba con bastante fuerza su bolsito, entró y cerró la puerta y se acercó a ellas lentamente, de forma casi tentativa.

Cuando se detuvo ante ellas, su madre la observó con ojos penetrantes y tomó una de sus manos.

—¿Qué sucede?

Ella respiró hondo a pesar de la tensa banda que de repente parecía constreñirle el pecho.

—James está pidiéndole a papá que le conceda mi mano en matrimonio.

Su madre y su hermana se la quedaron mirando asombradas, y de repente se pusieron en pie y la envolvieron en sendos abrazos perfumados.

—¡Excelente! —exclamó Mary tras soltarla, poco menos que brincando de alegría.

—¡Mi querida niña!, ¡qué excelente noticia! —su madre se echó un poco hacia atrás para poder mirarla a la cara—. ¡Cuánto me alegro por los dos!

Henrietta le devolvió la sonrisa. Era consciente del alivio que subyacía bajo la expresión complacida y satisfecha de su madre, sabía que había empezado a preocuparle que el desempeño de sus tareas como la Rompebodas influenciara su opinión de los caballeros en general y la llevara a no querer casarse jamás.

Radiante de maternal benevolencia, tranquilizada y entusiasmada, su madre la soltó y se sentó de nuevo.

—Ven, siéntate aquí y cuéntanoslo todo.

Estaba claro que tanto Mary como ella estaban deseosas de oír hasta el último detalle, así que Henrietta tomó asiento y, flanqueada por ellas, relató una versión editada de su relación con James, una versión en la que pintó de otra forma lo que su madre había creído que era una amistad platónica para que se asemejara más a la realidad.

—De modo que, debido al testamento de su tía abuela, vamos a tener que celebrar un baile de compromiso poco menos que de inmediato, y debemos casarnos antes de finales de mes.

—Bueno, siempre te ha gustado ser distinta —afirmó su madre—, y no hay duda de que prometerse en matrimonio y casarse en tres semanas es algo muy novedoso para esta familia —miró con una radiante sonrisa a una y otra—. En fin, vamos a tener que ponernos manos a la obra y trabajar en equipo para poder prepararlo todo a tiempo.

—No quiero una gran boda —se apresuró a advertirle Henrietta—, ya hemos tenido demasiadas. Yo prefiero algo tranquilo y familiar, y estoy convencida de que James también; además, será lo más conveniente teniendo en cuenta nuestra situación. En lo que a mí respecta, preferiría no sentirme abrumada en el día de mi boda. No sé cómo se las ingeniaron las demás para soportar tanta presión.

Su madre tamborileó un dedo sobre la barbilla mientras la miraba pensativa.

—Ya veo... lo de «tranquilo» es algo relativo en esta familia, pero hablaré con las demás y con Honoria para ver lo que se puede hacer.

Mary, quien había estado esperando con impaciencia apenas contenida a poder preguntar una cosa, abrió la boca para hablar, pero no tuvo oportunidad de hacerlo porque un súbito ruido procedente de la puerta hizo que las tres se volvieran hacia allí.

Un momento después, la puerta se abrió y el padre de Henrietta entró en el saloncito seguido de James. Bastaba con mirarlos para saber que la petición de James había sido aceptada sin reservas.

Su padre miró a su madre a los ojos, henchido de satisfacción y sonriente, mientras se acercaban a ellas. Henrietta se puso en pie, y él le tomó la mano y le dio unas afectuosas palmaditas en el dorso.

—Bueno, mi querida niña, tengo entendido que se avecina una celebración. Glossup, aquí presente, me ha dicho que deseáis casaros.

Ella miró sonriente a James, quien vio en sus ojos azules una ilusión desbordante y una confianza plena en el futuro que iban a forjar juntos, en la vida que iban a construir.

—Así es, papá —Henrietta cerró la mano alrededor de la de su padre y lo miró radiante de felicidad—. Cuánto me alegra que apruebes nuestra unión.

—¡Por supuesto que la apruebo! James me ha dado las explicaciones necesarias —lord Arthur lanzó al aludido una mirada de paternal aprobación—. Debo admitir que ha hecho un muy buen trabajo. Nada de ofuscaciones, todo se ha llevado a cabo de forma irreprochable. Accedo a entregarle tu mano sin dudarlo ni un momento, querida mía. Ven, dale un abrazo a tu padre. Es un día feliz para todos.

Ella se echó a reír y le abrazó con fuerza.

—¡Sí, qué dichoso acontecimiento! —Louise se acercó a abrazar a James. Después de bajarle la cabeza para besarle la mejilla, retrocedió y lo miró a los ojos—. Bienvenido a la familia, James. Y que ya te conozcamos tan bien es un placer añadido, Simon estará encantado.

James le devolvió la sonrisa. Le complacía que todo hubiera ido tan bien, que se hubiera desarrollado con aquella relativa facilidad. Lord Arthur se había mostrado alentador y comprensivo, el hecho de ser amigo de Simon y un conocido de la familia le había allanado considerablemente el terreno.

—Gracias, señora —se llevó la mano al corazón y se inclinó ante ella—. Haré todo lo que esté en mi mano por estar a la altura de sus expectativas y las de su esposo.

Louise le sonrió con aprobación, claramente complacida, y retrocedió para dejar que le abrazara Mary. Esta estaba tan entusiasmada que poco menos que estaba dando brincos de alegría, y después de besarle la mejilla le susurró con desenvoltura:

—¡Buen trabajo!

La puerta se abrió y Hudson entró en el saloncito con una botella de champán y copas. Lord Arthur las repartió, efusivo y de un humor excelente, y procedió a hacer un brindis.

—¡Por James y Henrietta!

Cuando todos hubieron tomado el traguito de rigor, lady Louise dejó su copa sobre una mesa baja y se sentó de nuevo en el asiento situado bajo la ventana. Miró a los futuros esposos, que estaban de pie el uno junto al otro, y comentó:

—Dado que tenéis que casaros antes de finales de mes, habrá que anunciar y celebrar antes el compromiso.

Lord Arthur soltó un bufido y afirmó:

—Habrá que conseguir un permiso especial para la boda, pero eso no supondrá ningún problema.

Al ver la reprobadora mirada que la dama le lanzaba a su esposo, James dedujo que la organización tanto del compromiso como de la boda de su hija era algo que le correspondía a ella, y que no estaba dispuesta a admitir ni la más mínima interferencia.

—Por supuesto que habrá que conseguir un permiso especial —le dijo la dama a su esposo, con un tono ligeramente altivo, antes de volverse de nuevo hacia ellos dos—. Pero eso quiere decir que no podemos perder tiempo y debemos empezar con los preparativos cuanto antes —centró su mirada en James—. Supongo que publicarás un anuncio en el periódico, ¿verdad?

—Sí, me encargaré de ello al salir de aquí. El anuncio saldrá publicado mañana mismo.

—¡Excelente! Bueno, ¿cuándo preferís que se celebre el baile de compromiso?

Henrietta intercambió una mirada con James antes de contestar a su madre.

—Queremos que sea cuanto antes, ¿cuándo crees que podrá ser?

Sin esperar a que se lo pidieran, Mary se acercó a toda prisa al pequeño escritorio, sacó una agenda de uno de los cajones y se la llevó a su madre, quien empezó a pasar páginas hasta detenerse finalmente en una.

—En una semana, de aquí a siete días —decretó—. No nos conviene que tu baile coincida con demasiados eventos relevantes, pero esa noche se ajusta admirablemente bien a nuestras necesidades —miró a su marido—. Ya puedes empezar a hacer correr la voz entre los varones de la familia y tus amigos —se puso en pie antes de añadir—: yo, mientras tanto, hablaré de inmediato con Honoria y las demás —miró a Henrietta y esbozó una sonrisa de puro regocijo—. Habrá que apresurarse, pero nos las arreglaremos —se dirigió entonces a James—. En lo que a la boda se refiere, tengo entendido que el único requisito es que se celebre antes del uno de junio. ¿Es así?

—Sí, en efecto.

—Tendré que consultarlo más extensamente antes de que podamos decidirnos por una fecha, pero la familia deseará celebrar de forma informal el compromiso. James, querido, mañana te esperamos a cenar.

Él asintió.

—Espero poder hablar hoy con Simon, estoy deseando ver la cara que pone cuando le informe de que en breve seré su cuñado.

Louise se echó a reír y le dio unas palmaditas en la mejilla.

—Estará tan encantado como todos nosotros.

Cuando salieron del saloncito, Arthur regresó a su despacho. James se despidió y al inclinarse sobre la mano de Henrietta la miró a los ojos y depositó un breve beso en sus dedos. La soltó a regañadientes, logró con esfuerzo arrancar la mirada de aquellos ojos azules que lo tenían cautivado, y procedió a marcharse mientras un jubiloso Hudson le sostenía la puerta.

Henrietta suspiró, increíblemente feliz y satisfecha, cuando el mayordomo cerró tras él. Su madre, que había mandado llamar a su doncella para que esta le llevara el abrigo, el sombrero, los guantes y el bolsito, se volvió hacia ella y la recorrió con la mirada.

—No hace falta que te cambies de ropa, las demás jamás me lo perdonarían si no les diera la noticia lo antes posible —se volvió hacia Mary, y la miró con cierta suspicacia al ver que estaba danzando en círculos con una sonrisa de entusiasmo en el rostro—. Entiendo que te alegres por Henrietta, pero ¿puede saberse por qué estás tan entusiasmada, mi querida Mary?

La joven siguió igual de sonriente, pero se quedó quieta antes de contestar.

—¡Porque ahora va a poder entregarme el collar a mí!, ¡por fin voy a poder iniciar oficialmente la búsqueda en pos de mi héroe!

—Ah, ya entiendo. En fin, mientras tanto creo que deberías venir con nosotras a la mansión St. Ives. Tanto vuestra tía Helena como Honoria desearán ser informadas de inmediato, así que ve a por tu sombrero y tu capa.

—¡Enseguida vuelvo!

Henrietta la siguió con la mirada, pensativa, mientras la veía subir la escalera a toda prisa. Mary no mentía casi nunca, por no decir nunca, pero era una experta a la hora de desviar un tema cuando quería evitar hablar de algo. Que ella supiera, su hermana ya tenía a su héroe en el punto de mira, así que vete tú a saber lo que había querido decir con lo de «oficialmente».

—Así es, Hudson, la señorita Henrietta está prometida al señor Glossup.

Aquellas palabras de su madre hicieron que se volviera a mirarla. Mientras la oía contarle al mayordomo lo que se había planeado de momento en cuanto al baile de compromiso y a la boda, mientras oía aquellas palabras (unas palabras que había oído en tantas ocasiones anteriores cuando la que se casaba era otra, cuando se trataba de sus hermanas mayores o de alguna de sus numerosas primas) sabiendo que en aquella ocasión se referían a ella, la embargó una extraña sensación de asombro, como si le costara creer que aquello estuviera pasando de verdad.

La Rompebodas había encontrado a su hombre ideal, y estaba a punto de casarse con él.

Se dio cuenta de repente de que era una suerte que la boda tuviera que celebrarse lo antes posible, porque no sabía si tendría la paciencia necesaria para aguantar el aguacero de bromitas y comentarios jocosos que sin duda se avecinaba; afortunadamente, solo iba a tener que soportarlo durante tres semanas a lo sumo.

Una vez más, le dio las gracias al cielo por la tía abuela de James, Emily, y su visionario testamento.

Tras salir de casa de los Cynster, James recorrió en su calesín la escasa distancia que había desde allí hasta la casa situada en George Street que había heredado de su tía abuela. Se dirigió hacia las cuadras, que estaban por detrás de la casa, y después de dejar el calesín y los caballos al cuidado del jefe de cuadra de su tía abuela (mejor dicho, su jefe de cuadra, ya que había pasado a trabajar para él) cruzó el patio trasero y entró en la casa, donde descubrió que tanto Simon como Charlie Hastings le habían enviado ya sendas notas de respuesta.

Sonrió mientras leía los escuetos mensajes, no le extrañaba que hubieran respondido con tanta celeridad. Su petición de encontrarse en el Boodles, un club de caballeros, para hablar con ellos acerca de un asunto de lo más trascendente ya debía de haberles intrigado de por sí, pero el hecho de que ambos hubieran recibido el mensaje de manos de lacayos de lord Arthur les tendría muertos de curiosidad.

Dobló las dos misivas y subió a su dormitorio, ya que tenía que quitarse el polvo del camino y cambiarse de ropa antes de poder presentarse en el selecto club.

Aquella mañana, mientras estaba vistiéndose en la habitación de Henrietta, ella le había pedido que no le contara a su padre lo de los supuestos accidentes. Su primer impulso había sido acceder a aquella petición (estaba claro que bastaba con que ella le pidiera algo para que su reacción inmediata fuera hacer todo lo posible por complacerla), pero le había bastado con pensar un poco en ello para verse obligado a admitir que no se sentía capaz de ocultarle a su padre lo que había sucedido, y menos aún sus preocupantes sospechas.

Henrietta, a pesar de compartir esas sospechas, había insistido en que no quería que su padre se enterara. Sus argumentos le habían abierto los ojos en el sentido de que había visto las posibles consecuencias desde el punto de vista de ella, nunca antes había visto las cosas desde esa perspectiva.

Habían acabado discutiendo largamente los pros y los contras, y al final él había accedido a contemplar con detenimiento cómo iba a planteárle la situación a lord Arthur y ella, por su parte, había admitido con cierta renuencia que no podían ocultar por completo aquel asunto.

Durante el trayecto desde Ellsmere Grange a Londres había tenido bastante tiempo para meditar la cuestión. Durante la conversación que había mantenido con lord Arthur en el estudio, se lo había contado todo (no podía pedirle a aquel hombre que le confiara a su hija, que dejara en sus manos el futuro de Henrietta, si por otro lado estaba ocultándole que tanto ella como ese mismo futuro corrían un peligro muy, pero que muy real), pero también le había explicado la comprensible reacción que había tenido ella por temor a que, en el afán de protegerla, la sofocaran hasta el punto de impedirle disfrutar de dicho futuro. Los argumentos que Henrietta había esgrimido eran muy sólidos: dado que era la víctima de los ataques, era injusto que se viera obligada a cargar con las consecuencias, en especial teniendo en cuenta que no había forma de saber si habría otro ataque ni cuándo se produciría.

Lord Arthur se había preocupado sobremanera al enterarse de todo aquello, por supuesto; él, por su parte, no había tenido reparos en admitir lo angustiado que estaba por la seguridad de su futura esposa. Tal vez lord Arthur se hubiera dado cuenta de que la preocupación de su futuro yerno era incluso mayor que la suya, porque había propuesto establecer por el momento una estrategia de protección sencilla que era posible que la propia Henrietta ni siquiera llegara a detectar.

En cuanto hubo reparado los daños que el viaje había provocado en su persona y estuvo ataviado con un atuendo más apropiado para la calle St. James, salió y detuvo un carruaje de alquiler que lo llevó hasta el Boodles.

Simon y Charlie ya estaban esperándole allí, en una mesa situada en un rincón al fondo del comedor del club, y se pusieron en pie al verle llegar.

Mientras le estrechaban la mano escudriñaron su rostro en busca de alguna pista que pudiera revelar lo que quería contarles, pero eso era algo que él ya esperaba; luchó por mantener una expresión inescrutable, aunque no pudo reprimir una pequeña sonrisa.

Después de indicarles que volvieran a tomar asiento, se sentó a su vez. Miró a Charlie, que estaba sentado frente a él, y entonces se volvió hacia Simon.

—Acabo de estar en casa de tus padres. He pedido la mano de Henrietta en matrimonio, y se me ha concedido.

—¿Ella te ha aceptado? —le preguntó Simon, sonriente.

James no pudo por menos que admitir para sus adentros que aquella era una aclaración pertinente.

—Sí, así es. Los dos hemos pasado varios días en Ellsmere Grange, y hemos decidido que congeniamos.

—¡Espera!, ¡espera un momento! —intervino Charlie, cuyo rostro reflejaba una extraña mezcla de entusiasmo y perplejidad—. Yo creía que ella estaba ayudándote a buscar la esposa que tanto necesitas, ¿no se suponía que habías logrado que la Rompebodas accediera a convertirse en casamentera?

—Así fue como empezó todo, pero conforme Henrietta fue pasando más y más tiempo en mi chispeante compañía se dio cuenta de que quería que fuera a ella a quien tomara como esposa.

Sus amigos se burlaron de él sin piedad al oír aquello, y aún estaban riendo cuando Simon vio pasar al maître y le indicó que se acercara. El vino preferido de los tres era el borgoña, así que pidió una botella del mejor que tuvieran en el club.

—Para celebrar —les dijo a los dos. Miró a James y comentó, con una sonrisa de oreja a oreja—: sabrá Dios cómo lo has logrado, pero supongo que eres consciente de que vas a convertirte en todo un héroe para todos los caballeros de la alta sociedad, ¿verdad? Ah, aquí está el vino.

El maître le mostró la botella, procedió a servir tres copas cuando obtuvo su aprobación, y tras entregarle una a cada uno dejó la botella sobre la mesa y se retiró.

Simon alzó la suya en un brindis.

—¡Por James, el hombre con la valentía y la fortaleza necesarias para conseguir que la Rompebodas acceda a casarse con él!

—¡Por James, la piedra que el destino le puso a la Rompebodas en el camino! —le secundó Charlie, mientras alzaba también su copa con una sonrisa de oreja a oreja.

Simon brindó con él y propuso otra opción más:

—¡La pareja de la mujer que desempareja!

James negó con la cabeza, alzó su copa y les corrigió.

—Soy su héroe predestinado.

—¡Sí, eso es! —Charlie chocó su copa con las de los dos—. ¡Eres un verdadero héroe, de eso no hay duda!

Huelga decir que sus amigos siguieron bromeando con él, pero como lo hacían sin malicia alguna y demostraban a las claras lo complacidos y felices que se sentían por la noticia, James aguantó sus chanzas más procaces hasta que al fin llegaron al punto en que le preguntaron acerca del baile de compromiso y la boda.

Mientras disfrutaban de la comida, que para entonces ya había llegado, les contó lo que sabía de lo que se había planeado hasta el momento. Simon confirmó que, cuando había una boda en la familia Cynster, se suponía que los hombres debían limitarse a obedecer y a dejarlo todo en manos de las mujeres del clan, y le advirtió sonriente:

—No merece la pena intentar meter baza.

—Mientras estemos ante el altar antes del uno de junio, por mí ellas pueden encargarse de todo.

Cuando terminaron de comer apartaron los platos a un lado, rellenaron las copas y se relajaron en sus respectivas sillas. James giró la copa entre sus manos y, con la mirada fija en los destellos rojizos del vino, dijo con voz más seria:

—Os he contado mis buenas noticias, pero me temo que hay algo más. Algo muy preocupante.

—¿De qué se trata? —le preguntó Simon.

Les contó lo de los «accidentes» de Henrietta, y por qué había llegado a la conclusión de que no eran accidentes ni mucho menos. Sus amigos le escucharon en silencio, y para cuando llegó al final del relato ambos estaban consternados.

—¡Santo Dios! ¿Una piedra enorme? ¡Podríais haber muerto los dos! —exclamó Charlie, quien ni se acordaba de la copa que tenía en la mano.

—Sí, no hay duda. Si Henrietta y yo hubiéramos estado debajo cuando llegó al suelo, nos habría aplastado.

Se hizo un largo silencio mientras sus amigos asimilaban todo aquello, y finalmente fue Simon quien dijo:

—De modo que un caballero cuya identidad desconocemos, un miembro de la alta sociedad, está intentando asesinar a Henrietta de forma que parezca un accidente. No tenemos ni idea de quién puede ser, ni de por qué quiere acabar con ella.

James bajó su copa y asintió.

—Exacto.

—¡Debemos descubrir a ese malnacido y entregarlo a las autoridades! —Charlie miró del uno al otro varias veces—. ¿Cuál va a ser nuestro siguiente paso?

Fue James quien contestó.

—Nuestra prioridad absoluta es mantener a Henrietta a salvo. Simon, se lo he contado todo a tu padre, por supuesto. Los dos creemos que, si nos aseguramos de que esté siempre custodiada cuando no se encuentre rodeada de otras damas de tu familia, a ese canalla le resultará difícil acercarse a ella. Da la impresión de que quiere que su muerte parezca un accidente, así que mientras esté razonablemente acompañada debería estar a salvo.

—Sí, pero el problema va a ser qué entendemos por «razonablemente». A ella no va a hacerle ninguna gracia estar custodiada —afirmó Simon.

—Lo sé, pero no creo que proteste siempre y cuando procuremos hacerlo de forma discreta. Por suerte, nuestro compromiso va a anunciarse en breve y la boda no tardará en celebrarse, así que a nadie, ni siquiera a ella misma, le resultará extraño que yo me mantenga constantemente a su lado cuando esté en público. En las contadas ocasiones en que yo no pueda acompañarla, uno de vosotros dos tendrá que sustituirme.

Tanto Charlie como Simon asintieron, y este último comentó:

—Sí, lo del compromiso y la boda juega a nuestro favor. Así podremos vigilarla sin molestarla ni exaltar su susceptibilidad femenina.

James asintió.

—Tu padre va a hablar con tu madre, y ella se asegurará de que varias mujeres de tu familia permanezcan siempre alrededor de Henrietta cuando salga a disfrutar de las actividades diurnas con las que suelen entretenerse las damas. Habrá suficientes personas al tanto de que no se la puede dejar nunca sola.

—Muy bien, entonces Henrietta tendrá la máxima protección posible teniendo en cuenta las circunstancias —afirmó Simon.

—Aparte de encerrarla a cal y canto en lo alto de una torre, no veo qué mas podríamos hacer —admitió James con un suspiro—; además, tal y como ella misma argumenta, no tenemos la certeza de que ese hombre, sea quien sea, vaya a actuar de nuevo.

—Pero tenemos que atraparlo de todas formas, por si acaso —afirmó Charlie.

—Exacto —asintió Simon—. ¿Se os ocurre algún plan para lograrlo?

Repasaron de nuevo los tres incidentes intentando extraer toda la información posible a partir de los hechos fehacientes con los que contaban, pero no lograron gran cosa. La botella de vino había quedado vacía para cuando se levantaron de la mesa y salieron a la calle St. James.

Una vez fuera, Simon se detuvo y se metió las manos en los bolsillos.

—Dudo mucho que del incidente en Upper Brook Street podamos sacar algo más, pero quizás pueda convencer a lady Marchmain de que me entregue su lista de invitados —miró a James a los ojos—. Si estás en lo cierto en lo que respecta a lo que ocurrió en Marchmain House, ese villano se encontraba allí y prácticamente podemos dar por hecho que era uno de los invitados.

—Buena idea, al menos es un punto de partida —contestó James, pensativo—. Debíamos de ser más de cien, pero ese número se reduce a la mitad porque podemos descartar a las mujeres. El incidente en las ruinas reveló que estamos buscando a un hombre.

—Más aún, podremos descartar de inmediato a muchos de los caballeros incluidos en la lista de lady Marchmain —afirmó Charlie—. A ti, a lord Marchmain y sus más allegados, y probablemente a bastantes más.

—Tienes razón —asintió Simon—. Estamos buscando a un malnacido razonablemente fuerte y atlético que está en buena condición física...

—Y que se oculta tras la máscara de un caballero de la alta sociedad —James lo miró a los ojos—. Exacto.

Tras acordar compartir cualquier idea que se les ocurriera, cualquier nuevo dato que averiguaran y que pudiera ayudar a identificar al hombre que quería asesinar a Henrietta, cada uno se fue por su lado.

Simon fue a ver si podía localizar a lady Marchmain para convencerla de que le diera la lista de invitados, Charlie tenía cita con su barbero, y James puso rumbo a George Street mientras se devanaba los sesos preguntándose qué más podría hacer para proteger a Henrietta.

Aquella tarde, Henrietta fue el centro de atención de una improvisada reunión celebrada en la mansión St. Ives, una reunión en la que estaban presentes todas las Cynster y las amigas más cercanas a la familia que se encontraban en ese momento en Londres. En vez de usar la sala de estar que se empleaba para ocasiones formales, se había optado por el saloncito situado en la parte posterior de la casa, que era más acogedor, y los lacayos se habían encargado de equiparlo con sillas, divanes y sofás adicionales.

Todos los asientos estaban ocupados porque todas estaban allí, desde Louisa (la más joven de la casa, una muchachita que aún llevaba coletas) hasta la abuela de Louisa, Helena, y la mejor amiga de esta, Therese Osbaldestone, quien era incluso mayor. Las damas más jóvenes, entre ellas Henrietta, charlaban en grupos en los espacios que quedaban entre asientos y mesas y detrás de los sofás, y las más maduras se dirigían a ellas a menudo desde sus asientos.

La más demandada era Henrietta, a la que iban pasándose de un grupo a otro. Todas querían oír de sus propios labios el relato de cómo se había decidido por James Glossup y había logrado conquistarlo hasta el punto de que él pidiera su mano en matrimonio.

Teniendo en cuenta que aquel tipo de reuniones solían hacérsele bastante pesadas, para Henrietta fue toda una sorpresa descubrir cuánto disfrutaba al verse inmersa en el bullicioso entusiasmo que había generado la noticia de su inesperado compromiso matrimonial, un entusiasmo que se había acentuado aún más por la presión añadida de tener que organizar el baile de compromiso y la boda en un plazo tan corto.

El hecho de disponer de tan poco tiempo no generaba ni la más mínima ansiedad en ella, ya que había visto a aquellas damas en plena acción en muchísimas ocasiones anteriores y estaba segura de que todo iba a ir como la seda tanto en su baile de compromiso como en la boda. Su madre y sus tías (Helena, Horatia y Celia) jamás permitirían que pudiera haber el más mínimo error, por no hablar de las esposas de sus primos.

De estas últimas, Honoria, Patience y Alathea eran las únicas que se encontraban en la ciudad en ese momento, pero ya se habían enviado misivas a todas las demás y todas ellas acudirían de inmediato a engrosar las filas de mujeres Cynster listas para la batalla.

Su cuñada Portia, la esposa de Simon, estaba en ese momento junto a ella con el rostro iluminado por una sonrisa que reflejaba lo encantada que estaba con la noticia, pero en ese sentido la que se llevaba la palma era Mary, quien estaba conversando con Louisa con una sonrisa radiante.

Mientras observaba pensativa a su hermana, preguntándose una vez más quién sería el caballero en el que tenía puesta la mira, Henrietta notó el contacto del colgante contra la delicada piel de su escote y tomó súbita conciencia del collar que llevaba al cuello.

Antes no creía que sirviera de nada, pero se lo había puesto y ¡zas! Allí estaba, prometida a James y planeando su baile de compromiso y su boda.

Tras un pequeño titubeo se excusó con Portia y con Caro Anstruther-Wetherby, con las que había estado charlando sobre los velos que se estilaban, y se abrió paso por el saloncito rumbo a Mary. Se alegró al ver que Louisa se alejaba en ese momento para acudir a la llamada de su madre, ya que después de estar en posesión de Mary el collar debía regresar a Escocia y el que volviera algún día al sur era algo que solo estaba en manos de la Señora.

Mary se volvió en ese momento. Su rostro se iluminó aún más al verla llegar, y le preguntó sonriente:

—¿Cómo estás?, ¿cómo te sientes ante la temida avalancha?

—Sorprendentemente bien —admitió Henrietta.

—Supongo que es distinto cuando se trata del compromiso y la boda de una misma, cuando eres tú el centro de atención.

Su tono de voz indicaba que, aunque se alegraba por ella, estaba deseando que llegara su momento de brillar y ser la protagonista, y Henrietta procedió a sacar el collar de debajo del modesto escote de su vestido.

—He pensado que llegadas a este punto... yo ya estoy prometida en matrimonio, mamá y las demás están decidiendo cuántos músicos debería haber en mi banquete de bodas... a lo mejor es momento de que te entregue esto.

Dejó que el colgante pendiera entre sus dedos ante Mary, quien fijó la mirada en el cuarzo rosa de inmediato. En sus brillantes ojos color azul aciano se reflejó cuánto ansiaba hacerse con el collar, pero sus labios fueron apretándose hasta formar una firme línea. Hizo un gesto de negación con la cabeza, un gesto que parecía haber requerido de ella un esfuerzo titánico, y finalmente respiró hondo y alzó la barbilla.

—No. Deseo que pase a estar en mi poder, eso es obvio, pero tenemos que hacerlo bien. Debe serme entregado tal y como debe ser, tal y como Angelica te lo entregó a ti, en tu baile de compromiso. Si no llega a mis manos como debe ser exactamente podría no funcionar como es debido, ¿de qué me serviría entonces?

Aquella era una pregunta para la que Henrietta no tuvo

respuesta. Con un suspiro, volvió a meter el collar bajo el vestido y asintió.

—En ese caso, te lo entregaré de aquí a siete noches —titubeó antes de preguntar—: ¿por qué estás tan impaciente por tenerlo?, ¿por qué ahora?

Su hermana deslizó la mirada por el saloncito al contestar.

—Ya os lo he dicho a mamá y a ti esta mañana, quiero empezar a buscar a mi héroe de forma oficial.

—Pero ya has empezado a buscar, ¿verdad? Lo que pasa es que lo has hecho sin el collar, y si ahora estás tan impaciente por tenerlo en tus manos es porque...

—Sí, puede que haya estado explorando el terreno, pero no voy a añadir nada más al respecto por ahora, así que no me preguntes más.

Le lanzó una mirada de advertencia, y Henrietta alzó una mano en son de paz.

—Está bien, como quieras. El collar será tuyo dentro de siete noches, y entonces...

—Y entonces ya veremos —la voz de Mary reflejaba la determinación que tanto la caracterizaba.

Henrietta se dio cuenta de que Honoria, duquesa de St. Ives y esposa del cabeza de familia, Diablo, estaba llamándola con un gesto de la mano para que se acercara, así que se dirigió hacia allí. Honoria estaba flanqueada por Patience y Alathea, esposas respectivamente de Vane y Gabriel Cynster. Las tres eran elegantes matronas de cuarenta y tantos años acostumbradas a esgrimir un poder considerable tanto dentro de la alta sociedad como en el seno de la familia, pero la relación que tenía con ellas era prácticamente tan estrecha como la que tenía con sus dos hermanas mayores, las gemelas Amanda y Amelia, que aún estaban por llegar a la ciudad.

Desde que habían contraído matrimonio, unos diez años atrás, las dos habían pasado la mayor parte del tiempo en las fincas de sus respectivos esposos, cuidando de su hogar y de su numerosa prole. Aunque iba a visitarlas a menudo, tanto

Honoria como Patience y Alathea solían residir en Londres y asistían a los mismos eventos que ella, por lo que podría decirse que se habían convertido en sus «hermanas londinenses».

Fuera como fuese, no había duda de que las tres la veían como a una hermana menor, así que no se sorprendió cuando Alathea la tomó de la mano, la instó a sentarse en un escabel que habían colocado ante ellas, y le pidió sin más:

—Ha llegado el momento de que nos cuentes la mejor parte, ¿cómo se te declaró?

Patience soltó una carcajada al verla titubear y le dijo, sonriente:

—No hace falta que nos digas lo que estabais haciendo, nos conformamos con lo que te dijo.

Henrietta intentó reprimir la sonrisa que luchaba por aflorar a sus labios.

—Dejadme pensar para que lo recuerde bien... ah, sí, me preguntó si no se suponía que debía esperar a tener antes la aprobación de papá.

—Muy adecuado —asintió Honoria.

Henrietta no pudo seguir conteniendo la sonrisa.

—Pero yo le contesté que eso no era necesario en nuestra familia, y él me dijo: «En ese caso... Henrietta Cynster, ¿aceptas casarte conmigo y convertirme así en el más feliz de los mortales?».

Patience y Alathea soltaron un suspiro al unísono, y Honoria sonrió con aprobación al decir:

—¡Qué bellas palabras! Por lo que parece, da la impresión de que James no tiene problema alguno en lo que a expresar sus sentimientos se refiere. La verdad es que me preguntaba si sería así, teniendo en cuenta que es tan buen amigo de Simon —lo último lo añadió en tono de broma.

—Es tan reconfortante cuando le profesan a una su amor eterno... —Alathea soltó otro suspiro y parpadeó, tenía los ojos empañados de emoción—. Recuerdo aún el pequeño ramillete de flores metido en una cajita de cristal que Rupert me envió junto con una nota en la que ponía que yo tenía su corazón en mis manos, recuerdo aún lo que sentí al abrir la cajita y leer esas palabras.

—No sabes cómo te entiendo —afirmó Patience, cuya voz llena de emoción revelaba que ella también estaba reviviendo gratos recuerdos—. Aunque sospecho que yo tuve que esforzarme más que tú para lograr oír las ansiadas palabras.

Honoria soltó una carcajada y afirmó:

—¡Yo nunca he recibido las palabras propiamente dichas!

Patience, Alathea y Henrietta la miraron boquiabiertas, y fue la primera quien acabó preguntando con incredulidad:

—¿Diablo no te ha dicho nunca que te ama?, ¿no te ha jurado jamás su amor eterno e imperecedero?

—No me lo ha dicho en palabras —admitió Honoria, con una pequeña sonrisa en los labios—. Aunque años después de nuestra boda, allá por la época en la que Amelia se casó, me preguntó, como quien está comprobando que a alguien no se le haya pasado por alto algo de lo más obvio, si yo era consciente de que él me amaba.

Alathea alzó un dedo y exclamó:

—¡Espera un momento!, ¡recuerdo haber oído algo así como que Diablo se interpuso delante de un loco años atrás, y que dejó que ese loco le disparara para salvarte! —miró a Honoria a los ojos y añadió—: yo diría que, después de eso, no te hicieron falta más palabras.

—Así es —Honoria hizo un regio gesto de asentimiento, pero su mirada, una mirada que solía ser muy incisiva, se había suavizado—. Después de ese «pequeño» gesto por su parte, sobraban las palabras. Si, además de todo lo demás, un hombre está dispuesto a arriesgar su vida por ti, no queda gran cosa por decir —miró a Henrietta—. Por lo que tengo entendido, James ya lo hizo cuando se lanzó al riachuelo para salvarte en Marchmain House.

Aquella no había sido la única vez que James había arriesgado la vida por ella, había vuelto a hacerlo varias veces más. Henrietta miró sonriente a Honoria y afirmó:

—Y si a eso se le suma todo lo demás... sí, es verdad, en realidad yo tampoco necesito que las palabras salgan de su boca. Sé que me ama.

No tuvieron ocasión de seguir hablando, porque en ese momento Helena las llamó para que las cuatro se unieran a la conversación que estaba desarrollándose al otro lado del saloncito, y que principalmente se centraba en fijar la fecha de la boda.

Henrietta se unió al grupo a pesar de que no podía aportar gran cosa, ya que las demás estaban al corriente de todo lo relativo a los eventos sociales y ella no estaba tan informada. Se limitó en gran parte a dejar que ellas hablaran mientras resonaban en su mente las palabras de Alathea y, sobre todo, las de Honoria.

Esta última tenía toda la razón del mundo, ella sabía sin lugar a dudas que James la amaba. Tal vez él no hubiera empleado aquellas palabras exactas, pero la realidad estaba allí, innegable e imposible de ocultar. Esa realidad se reflejaba en los ojos de James, en su voz, en cómo le había hecho el amor... sí, porque ella tenía muy claro que lo de la noche anterior había sido «hacer el amor». Igual que, mientras lo hacían, a pesar de su total inexperiencia, había sabido sin lugar a dudas cuál era la emoción que les arrastraba a ambos.

Había oído decir que un encontronazo con la muerte podía hacer que cayeran las vendas de los ojos y las barreras, que el amor quedara al descubierto como la poderosa emoción que era, arrollador e intenso, y eso era lo que les había ocurrido a ellos. El amor era lo que les había impulsado a tener relaciones íntimas la noche anterior y, después, a prometerse en matrimonio.

De modo que sí, sabía que James la amaba y gracias a esa certeza no le hacía falta oír cómo salían las palabras de su boca, pero aun así...

Para cuando la reunión concluyó y estaba recorriendo a pie la escasa distancia que había hasta Upper Brook Street, flanqueada por su madre y Mary, había aceptado ya que, si bien no le hacía falta oír esas palabras, aun así le gustaría recibir de él una declaración de amor eterno, una que fuera clara e inequívoca.

Porque, a pesar de que ella tampoco había pronunciado aquellas palabras, lo cierto era que estaba completa, absoluta e irremediablemente enamorada de James Glossup.

CAPÍTULO 10

A la mañana siguiente, acompañada de su madre y de Mary, Henrietta asistió a una tertulia informal que Celia Cynster ofrecía en su casa de Dover Street, una tertulia que llevaba bastante tiempo programada y de la que estaba al tanto todo el mundo.

El anuncio de su compromiso con James había aparecido publicado aquella mañana en el periódico, y las Cynster habían decidido que aquella reunión social fuera la primera a la que asistiera como una joven dama formalmente prometida en matrimonio. Entre las Cynster que iban a asistir para darle su apoyo estaban Honoria, Patience y Alathea, pero las damas de edad más madura de la familia habían optado por no estar presentes; consideraban que su presencia no solo era innecesaria, sino que podría resultar demasiado apabullante, y nadie deseaba opacar aquel momento tan especial para ella.

Tal y como atestiguaba el constante flujo de invitadas que ascendían los escalones de entrada de la casa de Celia, eran muchas las mesas del desayuno de la alta sociedad donde no había pasado desapercibido el anuncio en el periódico. Las matronas acudieron en masa acompañadas de sus hijas, conscientes de que allí iban a poder enterarse de todo (es decir, de todos los detalles relevantes) acerca del inesperado compromiso, y eso las colocaría después en una situación privilegiada para difundir posteriormente la noticia durante meriendas, paseos y reuniones para tomar el té.

En cuanto entraban en la sala de estar de Celia iban directas hacia Henrietta, quien estaba de cara a la larga sala, de espaldas a la chimenea, y se sentía poco menos que asediada; después de felicitarla, todas ellas iban a conversar con Louise o con alguna otra Cynster con la esperanza de poder sacarles más detalles.

Las más jóvenes, tanto las que aún no se habían prometido como las que se habían prometido o casado recientemente, permanecían alrededor de Henrietta y preguntaban entusiasmadas por el baile de compromiso y la fecha de la boda. Esto último era algo que Henrietta y sus mentoras habían decidido mantener en privado por el momento, aunque eso no evitaba que todo el mundo hiciera sus propias cábalas.

El flujo de asistentes estaba en continuo movimiento. Los grupos llegaban, permanecían allí unos veinte minutos, y se marchaban a continuación bien cargaditos de datos listos para ser difundidos.

Para sorpresa de la propia Henrietta, empezó a disfrutar con todo aquel remolino de entusiasmo y se dejó arrastrar por él. Le resultó especialmente gratificante que algunas de las jóvenes damas a las que había ayudado en calidad de la Rompebodas a lo largo de los años, a las que había ayudado a tomar una decisión respecto a alguna propuesta de matrimonio, acudieran a felicitarla con entusiasmo por haber encontrado a su propio amor verdadero.

Phillipa Hemmings fue una de ellas. Con las manos de Henrietta entre las suyas, la miró con una sonrisa radiante al decir:

—Tú me ayudaste cuando lo necesité, y también a muchas otras. Evitaste que nuestro futuro estuviera lleno de infelicidad. Ahora que tú misma estás a punto de iniciar una nueva vida llena de dicha, no podría alegrarme más por ti.

Las demás se adhirieron a sus palabras entre sonrisas y exclamaciones de entusiasmo, y Henrietta se emocionó.

—¡Gracias! —apretó las manos de Phillipa antes de soltarlas, y su mirada recorrió los radiantes rostros que la rodeaban—. No tenía ni idea de que ibais a sentiros tan dichosas por mí.

Constance Witherby, quien había pasado a ser la joven lady Hume al contraer matrimonio, se echó a reír.

—¡Henrietta, querida, tienes veintinueve años! Llevas cerca de una década ayudando a jóvenes damas como nosotras y, que yo sepa, jamás nos has llevado por un sendero equivocado. ¡Por supuesto que muchas de nosotras deseamos tu felicidad!, ¡te la has ganado con creces!

Todas se echaron a reír, y los comentarios en ese tono distendido y alegre fueron sucediéndose.

Algo más tarde, varias grandes damas hicieron su aparición en el salón como regios galeones, impacientes por descubrir cómo se les podía haber pasado por alto semejante desarrollo de los acontecimientos. Henrietta dejó encantada la tarea de informarlas en manos de las demás Cynster, que se apresuraron a desviar el ataque de aquella poderosa armada.

El flujo de llegadas fue perdiendo intensidad hasta convertirse en un goteo, y el evento estaba cerca de finalizar cuando llegaron la señora Wentworth y su hija Melinda. La primera la saludó con un afecto transparente y sincero antes de ir a hablar con Louise y Celia, mientras que la segunda le deseó a Henrietta toda la felicidad del mundo con una cálida sonrisa.

Ella se sintió un poco incómoda, pero se parapetó tras una máscara de cordial regocijo y se limitó a intercambiar comentarios inconsecuentes hasta que la señorita Crossley, quien para entonces era la única joven dama que las acompañaba, fue llamada por su madre y las dejó a solas.

Henrietta esperó a que se hubiera alejado lo suficiente y no pudiera oírlas, y entonces se volvió de nuevo hacia Melinda y escudriñó su rostro con la mirada. Como no había forma de expresar lo que quería decirle con sutileza, optó por ser directa.

—Espero que no sientas que te he robado a James, te aseguro que no fue así como sucedieron las cosas.

Melinda la miró sorprendida, y sonrió con sinceridad al contestar.

—¡Por supuesto que no, tontita! —le tomó las manos y le dio un afectuoso apretón mientras la observaba con ojos penetrantes—. La verdad es que eso ni se me había pasado por la cabeza, te lo aseguro. Sé que me dijiste la verdad y que estabas en lo correcto, James y yo no habríamos encajado como pareja. Pero si pedirte que le investigaras contribuyó a que los dos abrierais los ojos y os fijarais el uno en el otro, tan solo puedo decir que me complace sobremanera haber sido de ayuda.

—Gracias, no sabes cuánto me alegra saber que no estás molesta —le dijo, sin ocultar el alivio que sentía.

—¡No estoy nada molesta! —Melinda lanzó una mirada hacia su madre, que aún estaba conversando con Louise y Celia, y bajó la voz al añadir—: de hecho, jamás podré agradecerte lo suficiente el que fueras sincera conmigo en lo que a James se refiere y me hicieras reflexionar detenidamente sobre mis propios motivos, porque si no lo hubieras hecho no sé dónde estaría ahora —la miró con ojos brillantes y llenos de ilusión, se le acercó un poco más, le apretó ligeramente las manos y se inclinó ligeramente hacia ella antes de susurrar—: se supone que todavía no debo hablar del tema porque aún se están ultimando los detalles, pero espero estar en tu mismo lugar dentro de una semana más o menos.

Henrietta se sintió muy feliz al oír aquello.

—¿Tú también vas a prometerte en matrimonio?

Melinda asintió y apretó los labios como si apenas pudiera contener su dicha, y contestó al cabo de un momento.

—Siempre me gustó Oliver, un primo lejano mío, pero me negaba a verle siquiera como un posible candidato mientras James, quien es mucho más apuesto, parecía estar interesado en mí —la miró a los ojos—. Pero cuando debido a ti me vi obligada a descartar a James, le vi a él de forma mucho más clara y entonces intentó un acercamiento y... —su sonrisa era radiante, rebosaba felicidad—... ¡heme aquí! —le sacudió las manos con alborozo—. ¡Henos aquí a las dos!

Henrietta la miró a su vez con una sonrisa que revelaba lo feliz que se sentía también.

—¡Sí, qué dicha tan grande! Debes avisarme... —lanzó una rápida mirada hacia la señora Wentworth— en cuanto todo se concrete y puedas hacer pública la noticia.

—¡Claro que sí!

Permanecieron un momento así, la una junto a la otra, asimilando el hecho de que las dos iban a casarse en breve, pero de repente Melinda se puso seria.

—¡Ah, por cierto! Había algo que quería comentarte, pero con toda esta felicidad de ambas se me había olvidado —bajó la voz al añadir—: se trata de algo que sucedió aquella noche, la noche en que viniste a casa con nosotros para contarnos lo que habías averiguado acerca de James.

—¿De qué se trata?

—¡Hubo un asesinato en la casa de al lado!

Henrietta se la quedó mirando boquiabierta, y de repente recordó al caballero que había chocado con ella al salir de casa de los Wentworth. La recorrió un escalofrío, pero logró mantener la calma.

—¿A quién asesinaron?, ¿cuándo fue? ¿Sabes cuándo sucedió?

—La víctima fue lady Winston, la vecina de al lado. Era viuda, y parece ser que fue asesinada en algún momento de aquella misma noche. No se sabe cuándo fue exactamente, ya que tenía por costumbre darles la noche libre a los criados de vez en cuando para quedarse sola en la casa. Ellos suponían que lo hacía para poder estar en privado con algún caballero.

—Entiendo —se limitó a contestar, mientras intentaba ordenar sus caóticos pensamientos.

—¡Melinda!

Las dos se volvieron y vieron a lady Wentworth indicándole con la mano a su hija que se acercara, estaba claro que se disponía a marcharse ya.

—¡Ya voy, mamá!

La joven tomó a Henrietta del brazo y siguieron a su madre, Celia y Louise rumbo a la puerta. Sin apartar la mirada de la espalda de su madre, susurró:

—Recuerda que lo de mi compromiso aún es un secreto... y, ahora que lo pienso, se supone que yo no te he dicho nada sobre lo del asesinato, porque mamá insistió mucho en que mantuviera la boca cerrada al respecto. ¡Un terrible asesinato justo al lado de mi casa!, ¿puedes creértelo? ¡A metros de donde yo duermo!

Henrietta le dio unas tranquilizadoras palmaditas en la mano, pero apenas la escuchaba. Estaba sumida en medio de una especie de aturdidora neblina y actuó de forma automática mientras se despedía de las Wentworth, le daba a las gracias a su tía Celia por su papel de anfitriona y subía al carruaje para regresar a Upper Brook Street.

Su madre se reclinó en el asiento con un suspiro de satisfacción y comentó:

—Ha ido todo muy bien.

Mary, quien se había sentado frente a ella y estaba entretenida mirando por la ventanilla, se limitó a contestarle con un inarticulado sonido de asentimiento; Henrietta, por su parte, se limitó a decir:

—Ajá.

Estaba sentada junto a su madre y tenía la mirada fija en el vacío asiento que tenía delante mientras su mente sopesaba a toda velocidad distintas hipótesis...

Para cuando el carruaje se detuvo ante la casa de sus padres, había atado suficientes cabos para saber que tenía que hablar con James cuanto antes.

Por desgracia, infinidad de asuntos la tuvieron ocupada

durante todo el día y a él debió de pasarle lo mismo, porque cuando lograron encontrarse al fin fue cuando ella entró aquella noche en la mansión St. Ives y le encontró esperándola en el vestíbulo.

Sonriente y tan encantador como siempre, caballeroso y, en opinión de Henrietta, arrebatadoramente apuesto y elegante, la despojó de la capa y se la entregó a Webster, el mayordomo de Diablo, antes de llevarse su mano a los labios. La miró a los ojos mientras le daba un beso en los dedos que la estremeció de placer, y comentó sonriente:

—Mi mayordomo me ha dicho que uno de tus lacayos ha traído a casa un mensaje tuyo mientras yo estaba ausente, ¿de qué querías hablar?

Ella había decidido que era esencial disimular y mantener una actitud apropiada durante toda la velada, ya que quería darse el lujo de disfrutar de aquella cena familiar informal que Honoria y las demás habían organizado para celebrar su compromiso, pero cada vez que pensaba en lo que Melinda le había contado le costaba un gran esfuerzo fingir que estaba feliz y despreocupada; aun así, sabía que una vez que le contara a James lo que había averiguado a él le resultaría prácticamente imposible disfrutar de la velada y ocultar su preocupación, así que le devolvió la sonrisa y murmuró:

—Ahora no, ya te lo contaré más tarde.

Al ver que la miraba con atención, como intentando decidir si debería presionarla, enarcó una ceja y lo tomó del brazo antes de volverse hacia el arco de entrada de la sala de estar.

—Vamos, ha llegado el momento de enfrentarse a la familia.

Él soltó un bufido, pero cedió y entró con ella en la sala de estar, donde fueron recibidos por un aluvión de felicitaciones, sonrisas y sinceras risas llenas de calidez.

La velada transcurrió muy bien, en medio de un ambiente relajado y distendido. Los Cynster que se encontraban en ese momento en la ciudad se reunieron allí para hacer aquello que más disfrutaban: celebrar otra alianza más o, como dijo Diablo en su brindis, el entrelazamiento de las ramas de dos ancestrales árboles genealógicos que, con el paso del tiempo, conduciría a la creación de nuevos brotes y ramas.

Brindaron por ellos, por un futuro lleno de salud y felicidad, en varias ocasiones.

James se sentía cómodo y relajado en aquel ambiente. Contribuía a ello el hecho de que, de igual forma que él era el mejor y más antiguo amigo de Simon, a otros miembros de su familia, tanto varones como mujeres, les unieran también antiguos lazos de amistad con distintos miembros de la familia Cynster. Los Glossup y los Cynster estaban entre las familias más antiguas de la alta sociedad, por lo que los vínculos que las unían eran numerosos y sólidos.

La cuestión era que él podía navegar aquellas aguas sin dificultad alguna; en muchos aspectos se sentía más cómodo entre los Cynster, que se movían dentro de la sociedad y participaban de forma activa, que entre los miembros de su propia familia, que se habían retirado en gran medida de los círculos sociales más amplios.

Después de la conversación de rigor con lord Arthur y subsiguientes reuniones tanto con su agente de negocios como con el de los Cynster, se habían acordado los términos del contrato matrimonial, así que, tras un día que podía considerarse fructífero, sus futuros suegros, Henrietta y él anunciaron ante los allí reunidos la fecha del baile oficial de compromiso, que tal y como dictaba la tradición familiar iba a celebrarse en el gran salón de la mansión St. Ives.

La familia, sentada alrededor de la larga mesa, celebró el anuncio con aplausos y exclamaciones de entusiasmo, y las muestras de alegría ganaron más fuerza aún cuando lord Arthur añadió que la boda iba a celebrarse el treinta de mayo, antes de la fecha límite fijada por la tía abuela de James.

Más tarde, cuando todos regresaron a la larga sala de estar, James fue circulando de grupo en grupo con Henrietta del brazo, familiarizándose un poco más con los Cynster a los que conocía menos.

Mientras se alejaban de uno de los grupos, Henrietta comentó:

—Los que estaban fuera de Londres vienen ya de camino. La mayoría de ellos, como Lucifer y Phyllida, estarán aquí para el baile de compromiso, pero es posible que los que viven más al norte no lleguen a tiempo. Creemos que Richard y Catriona al menos podrán asistir a la boda, aunque de momento nadie tiene noticias suyas, y Celia y Martin esperan que Angelica y Dominic puedan venir.

La siguiente hora la pasaron inmersos en un flujo constante de conversaciones alegres, distendidas y a menudo joviales, y Henrietta esperó a que llegara el momento adecuado para hablar con James; al fin y al cabo, lo único que conseguiría contándole de forma prematura la turbadora noticia del asesinato sería enturbiar aquella agradable velada. Estaba perfectamente a salvo en la mansión St. Ives, rodeada de familia, así que estaba fuera del alcance de aquel siniestro caballero, fuera quien fuese; además, no quería correr el riesgo de que alguien la oyera. Quería evitar que el resto de la familia se enterara antes de que James y ella hubieran tenido ocasión de hablar largo y tendido del tema y hubieran decidido cómo iban a manejar la situación.

Pasado un tiempo, algunos de los invitados empezaron a marcharse. Mientras permanecía junto a James, tomada de su brazo y sin prestar apenas atención a la conversación que él estaba manteniendo en ese momento con Simon, sopesó sus opciones. En breve iba a tener que marcharse con sus padres y no podía darse el lujo de esperar mucho más, pero Simon y James no daban muestra de querer dar por concluida la conversación; de hecho, por lo poco que había oído tenían intención de marcharse juntos y encontrarse con Charlie Hastings en un club de caballeros.

Se planteó si realmente le importaba que Simon se enterara de lo que estaba sucediendo, y la cuestión aún estaba tomando forma en su mente cuando se dio cuenta de que, dado que James y él eran tan buenos amigos, lo más probable era que ya estuviera al tanto de sus tres supuestos accidentes.

Al ver que su madre se alejaba de Helena y se acercaba a Honoria, respiró hondo y se volvió hacia ellos. Los dos debieron de intuir que quería decirles algo importante, porque la miraron y se quedaron callados; al cabo de unos segundos, Simon preguntó en tono quejicoso:

—¿Me tengo que ir?

—Puedes quedarte si prometes portarte bien —le contestó ella, con actitud estricta.

Su hermano sonrió de oreja a oreja.

—No sé si puedo prometer tanto, pero... venga, desembucha.

Henrietta le lanzó una mirada de advertencia antes de volverse hacia James.

—He estado hablando con Melinda Wentworth esta mañana.

—Ah —aquellas palabras le habían tomado por sorpresa. La observó con ojos penetrantes y le preguntó con preocupación—: ¿te ha tratado con descortesía?

—No, en absoluto. No se trata de eso —se tomó un segundo para respirar hondo y ordenar las ideas—. Me ha dicho que la noche en que estuve en su casa para contarles a sus padres y a ella lo que había averiguado sobre ti fue asesinada lady Winston, una viuda que vive... mejor dicho, vivía... en la casa de al lado.

Tanto Simon como él se tensaron visiblemente. La miró a los ojos y, con gesto grave, asintió y se limitó a decir:

—Continúa.

—Como cabría esperar, Melinda no sabe gran cosa al respecto, tan solo que el asesinato ocurrió aquella noche y que todo apunta a que lo cometió un caballero con el que parece ser que lady Winston se veía en secreto. Les daba la noche libre a los criados para quedarse sola en la casa, así que nadie conoce la identidad de ese hombre.

Hubo unos segundos de silencio mientras James y Simon asimilaban todo aquello, y al final fue este último quien comentó, ceñudo:

—No entiendo qué tiene que ver todo eso contigo —después de lanzar una rápida mirada alrededor para asegurarse de que no hubiera nadie lo bastante cerca para oírle, la miró a los ojos y añadió—: supongo que crees que guarda alguna relación con los recientes ataques, ¿verdad?

Aquello confirmaba que James le había puesto al tanto de la situación, así que cabía deducir que Charlie también debía de estar enterado. Lo miró muy seria y asintió.

—Sí, a eso voy —desvió la mirada hacia James—. Era una noche fría y neblinosa, pero mi carruaje estaba esperándome justo al otro lado de la calle. Melinda me acompañó hasta la puerta y yo le dije que entrara en casa y cerrara ya, que no se preocupara; al fin y al cabo, el lacayo y el cochero estaban esperándome en el carruaje, a plena vista. Bajé los escalones de la entrada, y un caballero chocó contra mí de repente. Me habría caído de no ser porque me sostuvo y me ayudó a recuperar el equilibrio, yo creo que lo hizo de forma instintiva. Iba cubierto con una capa y tenía la capucha puesta, se disculpó y tanto su voz como su dicción encajaban con lo que cabía esperar a juzgar por su ropa. Me soltó de inmediato cuando Gibbs, mi lacayo, me llamó alarmado, y sin más se despidió con una inclinación de cabeza y se marchó a toda prisa. Yo no le había dado mayor importancia al asunto hasta que Melinda me ha contado lo del asesinato.

Ninguno de los dos era corto de entendederas, pero, conscientes de dónde estaban, los dos lograron reprimir su primera reacción instintiva.

—¿Crees que ese hombre era el asesino? —le preguntó James.

Henrietta le sostuvo la mirada sin parpadear al afirmar con rotundidad:

—Estoy casi segura de ello. Hay un detalle que noté en su momento, uno que no entendí y que después se me fue de la mente.

—¿De qué se trata? —dijo Simon.

—Antes de descender los escalones de entrada lancé una mirada alrededor de forma instintiva, como haría cualquiera, y la calle estaba desierta. Pero segundos después ese hombre chocó contra mí, así que ¿de dónde salió? ¿Por qué no le vi al echar esa mirada anterior? —al ver la expresión ceñuda de ambos se dio cuenta de que, aunque eran conscientes de que era una cuestión pertinente, no alcanzaban a ver la respuesta, así que optó por dársela ella misma—. Tuvo que haber salido a toda velocidad de los escalones de entrada de la casa de al lado, la de la mujer asesinada. Por eso no me vio ni yo a él, porque estaba huyendo del crimen que había cometido.

Los dos se quedaron mirándola y ella se limitó a devolverles la mirada en silencio, ya que podía ver en aquellos dos pares de ojos (un par de un cálido tono marrón, los otros de un vívido azul), que estaban encajando las piezas del rompecabezas y atando cabos.

Al final fue James quien afirmó, con expresión grave y tensa:

—Ese tipo cree que puedes identificarlo.

—Pero no es así, ¿verdad? —dijo Simon.

—No, la verdad es que no —admitió ella—. Llevo desde esta mañana reviviendo una y otra vez lo que pasó, pero no vi nada que pudiera revelar de quién se trataba.

—Pero, por desgracia, eso es algo que él ignora —la expresión de James se había vuelto sombría.

—Sí, eso parece —Henrietta tensó de forma instintiva la mano que tenía posada sobre su brazo—. Y supongo que eso significa que no hay duda de que mis accidentes no tuvieron nada de accidentales.

Miró a su hermano, que contestó con rostro gélido e inexpresivo.

—Sí, así es, pero por otro lado indica que él cree que sabes algo, pero que aún no te has dado cuenta de lo relevante que es la información que posees. Debe de vivir con el temor constante de que te enteres de la muerte de lady Winston, te des cuenta de que él es el asesino y le delates.

James lo miró pensativo.

—No había oído nada acerca de ese crimen, ¿y tú?

—No, ni el más mínimo rumor —Simon miró hacia el otro extremo de la sala—, lo que significa que Portia tampoco sabe nada al respecto.

—Melinda me ha comentado que su madre le advirtió que no hablara con nadie del tema —les explicó Henrietta.

—Es posible que las autoridades hayan decidido no hacerlo público por algún motivo —propuso Simon.

—Lo más probable es que estén intentando evitarse problemas —comentó James con cinismo—. ¿Te imaginas el alboroto que va a generar un crimen así en Hill Street, en pleno corazón de Mayfair?

—Sí, eso es cierto, pero...

—La cuestión es cómo conseguir más información acerca de lo ocurrido —añadió James—. Si ese crimen es la causa de los ataques que ha sufrido Henrietta, no hay nada que haga suponer que ese malnacido va a detenerse.

«Hasta que acabe con ella». No hizo falta que añadiera aquellas palabras, ya que se sobrentendían. Henrietta se estremeció, y él cubrió con la suya la mano con la que ella seguía tomada de su brazo.

—Podemos acudir a Barnaby Adair y, a través de él, al inspector Stokes —propuso Simon—. Conoces a Adair, ¿verdad?

James asintió.

—Hemos coincidido alguna vez, y a Stokes lo conocí cuando sucedió lo que sucedió en Glossup Hall.

—Sí, eso es algo difícil de olvidar —afirmó Simon—. Pero tiempo después Adair y Stokes aunaron fuerzas, por así decirlo, para solucionar otro asunto, y desde entonces han trabajado juntos a menudo, con el beneplácito de los altos mandos, cuando se comete algún crimen grave y complicado en el seno de la alta sociedad.

Fue Henrietta quien comentó:

—Me acuerdo de eso, Stokes fue el policía que ayudó a Penelope y a Barnaby en aquel asunto de los huérfanos desaparecidos.

Su hermano asintió.

—Exacto. Ese caso generó el caos a nivel social y político, y es en casos así donde la colaboración entre Adair y Stokes resulta tan eficaz. Stokes no es un simple policía sin más, él comprende el funcionamiento de la alta sociedad lo suficientemente bien como para poder navegar sus procelosas aguas, y el padre de Barnaby es un político de bastante peso.

—Todo parece apuntar a que este caso entra en esa categoría —afirmó James—. ¿Podrías hablar con Adair?

Simon asintió sin vacilar.

—Sí, y estoy convencido de que accederá a ayudarnos. No creo que consiga localizarlo esta noche, pero me presentaré en su casa a desayunar... sin invitación ni nada, la verdad es que los vínculos familiares resultan de lo más útiles... y después lo llevaré a casa de mis padres —miró a Henrietta—. Querrá oírlo todo de tus propios labios.

—De acuerdo, estaré esperando —asintió ella.

James le apretó la mano con suavidad.

—Iré a verte temprano y esperaremos juntos.

—Barnaby también querrá saber todo lo relacionado con los accidentes —afirmó Simon.

Al ver que Horatia, una de las tías de Simon y Henrietta, se dirigía hacia ellos con majestuosa elegancia, los tres intercambiaron una mirada y la recibieron con una sonrisa cordial cuando se detuvo ante ellos.

—¿Qué es lo que estáis planeando? —les preguntó con suspicacia.

—Una boda —le contestó Henrietta—. ¿Crees que Simon podría ser el padrino?

Era la distracción perfecta, y la velada concluyó poco después. Los que aún no se habían marchado salieron al vestíbulo, donde confirmaron los planes de los días siguientes antes de proceder a las despedidas.

Ellos fueron los últimos en marcharse. Henrietta salió de la casa con sus padres y con Mary, mientras que James se marchó con Simon con la intención de localizar a Charlie Hastings. Tenían que buscar entre los tres nuevas estrategias para lograr un objetivo que se había vuelto aún más acuciante: mantener protegida a Henrietta de un asesino que, al parecer, estaba convencido de que tenía que volver a matar para evitar que la justicia lo atrapara.

Eran las diez de la mañana del día siguiente y Henrietta no dejaba de pasear de acá para allá, nerviosa y distraída, delante de las ventanas del saloncito trasero de la casa de sus padres.

James, por su parte, la observaba apoyado en el respaldo del sofá mientras procuraba fingir calma. No sabía cuánto iba a durar el desayuno en casa de Adair, y mucho menos si el tipo tendría tiempo de ir a hablar con ellos...

Se volvió al oír que la puerta se abría y al ver entrar a Simon dedujo que su amigo y futuro cuñado debía de tener aún la llave de aquella casa, la casa donde se había criado. Tras él entró un caballero de rubio cabello rizado al que reconoció de inmediato, no había duda de que se trataba del honorable Barnaby Adair.

Mientras rodeaba el sofá para recibirlos, Simon cerró la puerta y señaló a Barnaby con un teatral gesto.

—¡Aquí lo tenéis!, ¡justo el hombre que necesitamos!

—Glossup —Barnaby estrechó la mano que James le ofreció y añadió, con una pequeña sonrisa—: por la actitud de Simon cualquiera diría que ha tenido que traerme a rastras, cuando lo cierto es que nada me habría impedido venir —miró a Henrietta con una sonrisa cordial cuando esta se acercó a ellos.

Barnaby estaba casado con Penelope, hermana de Portia y también de Luc, quien era el marido de Amelia (la hermana mayor de Simon y de Henrietta). En definitiva, eran varios los vínculos de parentesco que les unían, y dentro del clan de los Cynster se le tenía en mucha estima.

—Buenos días, Henrietta —la saludó, mientras tomaba su mano y le estrechaba los dedos con suavidad—. Por lo que parece, te has puesto sin querer en el punto de mira de un asesino —se puso serio, y le lanzó una breve mirada a James antes de dirigirse de nuevo a ella—. Espero que no os moleste, pero debido a la gravedad de la situación le he mandado un mensaje de aviso a mi compañero de Scotland Yard, el inspector Basil Stokes.

Barnaby miró de nuevo a James al añadir:

—Tanto Glossup como Simon e incluso Portia pueden dar fe de su profesionalidad, los tres colaboraron con él durante el incidente que tuvo lugar en Glossup Hall varios años atrás. Stokes es un hombre de fiar, y me temo que vamos a necesitar que su gente y él nos ayuden con todo esto.

Henrietta logró esbozar una sonrisa, aunque no le salió demasiado convincente.

—Penelope me ha hablado en varias ocasiones de él, siempre de forma elogiosa. Para mí será un placer conocerle.

Se dio cuenta de que Barnaby estaba observándola con atención, como intentando hacerse una idea de lo alterada que estaba o, muy posiblemente, de lo alterada que podría llegar a ponerse. Irguió la espalda, lo miró a los ojos con la cabeza en alto... y él dijo, con una pequeña sonrisa:

—Excelente. En ese caso...

Se interrumpió al oír que llamaban a la puerta principal y comentó, mientras los tres dirigían la mirada hacia la puerta del saloncito:

—Debe de ser él.

—Qué rapidez, debe de haber salido en cuanto ha recibido tu mensaje —dijo Simon, antes de acercarse a abrir la puerta.

—Si tuvieras idea del embrollo en que se ha convertido el asesinato de lady Winston, no te extrañaría tanto que haya venido a la carrera.

Simon enarcó las cejas al oír aquellas palabras de Barnaby, y tras abrir la puerta se asomó para llamar al inspector.

—¡Estamos aquí, Stokes! Gracias, Hudson.

Los demás oyeron que el mayordomo le decía algo que no llegaron a entender, y Simon se volvió a mirar a Henrietta antes de girar de nuevo.

—No, de momento no tomaremos té. Gracias.

—Dile que tocaré la campanilla para avisarle —le dijo Henrietta.

Simon transmitió el mensaje y retrocedió para dar paso a un hombre alto y moreno de ojos grises y expresión tirando a taciturna, como si estuviera observando en todo momento el mundo que le rodeaba y no esperara quedar favorablemente sorprendido.

Barnaby se encargó de llevar a cabo las presentaciones. Stokes saludó a James y a Simon con una fugaz sonrisa que indicaba que se acordaba de ellos, y cuando Henrietta le fue presentada sus penetrantes ojos grises la observaron con atención mientras le estrechaba la mano con una elegancia tan fluida y natural que chocaba en alguien de la clase trabajadora.

—Según tengo entendido, señorita Cynster —le dijo, con voz profunda y un tono suave aunque con cierto matiz autocrático—, nueve días atrás salió usted de la casa que los Wentworth poseen en Hill Street y chocó contra un caballero que salía de la casa de al lado.

—Sí, así es. Aunque sería más adecuado decir que fue él quien chocó conmigo —hizo un gesto para indicarles a todos que se acomodaran en los sillones y ella fue a sentarse en un sofá.

James se sentó junto a ella, y Simon en el sillón situado a la derecha de donde ella estaba. A Stokes le quedó como única opción el voluminoso sillón que quedaba justo frente a ella, al otro lado de una mesa baja, y tras ocuparlo se sacó del bolsillo un lápiz y un cuadernito de notas que sostuvo abierto sobre su rodilla.

—Le agradecería que me relatara todo lo que ocurrió, señorita Cynster. Todo lo que recuerde, hasta el más mínimo detalle por muy pequeño o aparentemente inconsecuente que sea, desde el instante en que puso un pie en el porche de los Wentworth —la miró a los ojos con una sonrisa de aliento—. Tómese su tiempo, todo el que quiera.

Ella respiró hondo, fijó la mirada en un punto más allá del hombro del inspector y se trasladó mentalmente al momento en cuestión.

—Hacía frío, mucho frío, y se había levantado tanta niebla que no alcanzaba a ver el final de la calle. Debido a eso, la luz de las farolas parecía más tenue que de costumbre y había poca visibilidad —hizo una pequeña pausa, pero continuó al ver que nadie la interrumpía—. Nos golpeó una ráfaga de viento y le dije a Melinda, la hija de los Wentworth, que entrara y cerrara la puerta. Mi cochero había detenido mi carruaje, el carruaje de mis padres, al otro lado de la calle y tanto mi lacayo como él estaban allí, y... —se interrumpió de repente— no había nadie más en las inmediaciones. Acabo de darme cuenta de que... para entonces ya había lanzado una mirada a ambos lados de la calle, por eso me sentía tan segura y no me importó tener que cruzar hasta el carruaje estando sola —miró a Stokes a los ojos—. En ese momento no había nadie cerca que pudiera alcanzarme, que pudiera interceptarme antes de que cruzara la calle.

—¿Vio a alguien más un poco más lejos?

Henrietta intentó recordarlo, visualizó aquella noche...

—Sí, dos caballeros alejándose hacia North Audley Street; en la dirección opuesta, aunque mucho más lejos, había una pareja que acababa de salir de una casa y estaba subiendo a un carruaje.

—Muy bien —asintió Stokes, mientras iba tomando nota de todo—. ¿Qué sucedió después?

—Teniendo en cuenta el frío que hacía, puede tener por seguro que no perdí el tiempo. Bajé los escalones de la entrada... sujetaba la capa para abrigarme bien, llevaba mi bolsito en una mano. Tenía la mirada puesta en los escalones para evitar caer, alcé la cabeza al pisar la calle, y fue entonces cuando ese hombre chocó contra mí.

—¿No oyó sus pisadas? —le preguntó Barnaby.

Ella pensó en ello antes de negar con la cabeza.

—No oí que nadie se acercara por la acera, pero sí dos pasos rápidos. Para cuando mi cerebro los registró, el choque ya se había producido —lo miró ceñuda—. Qué extraño, ¿verdad? ¿No le habría oído si él hubiera salido de la entrada de la casa de al lado?

Barnaby lanzó una breve mirada a Stokes antes de contestar.

—En ese caso en concreto no, porque los escalones se vuelven muy resbaladizos en invierno y los criados habían colocado esteras. Son bastante gruesas, lo suficiente para amortiguar el sonido de pasos. El hecho de que no le oyeras llegar aumenta las probabilidades de que ese caballero acabara de bajar esos escalones.

Stokes asintió mientras seguía tomando notas, y afirmó:

—De haber salido de cualquier otro lugar, usted le habría oído acercarse; es más, todo indica que ese hombre bajó los escalones a toda prisa, porque de no ser así la habría visto a tiempo y habría podido evitar la colisión. ¿Sabe si su cochero o su lacayo vieron de dónde salía?

—No, la verdad es que no se me ha ocurrido preguntárselo. Dudo mucho que Johns, el cochero, viera algo, ya que estaba pendiente de sus caballos, pero es probable que Gibbs sí que lo viera.

—Dejemos eso por ahora, más tarde iré a hablar con ellos. Prosigamos con lo que vio usted —Stokes bajó la mirada hacia su cuaderno para revisar sus notas—. El caballero acaba de chocar contra usted, continúe desde ahí.

Mientras ella iba contándole todo lo que recordaba, tanto Barnaby como él iban haciéndole preguntas adicionales.

—¿Llevaba guantes?

—Sí, unos de muy buena calidad. De cordobán, diría yo... comprados en Bond Street, de eso no hay duda.

—¿Cómo era la empuñadura de plata? Lisa, labrada...

Ella titubeó mientras intentaba recordar bien.

—Tenía una especie de diseño heráldico —su mirada se posó en James antes de viajar de nuevo hacia Barnaby—. Lo más probable es que fuera la cabeza de un animal, Diablo posee un antiguo bastón de nuestro abuelo Sebastian que tiene por empuñadura la cabeza plateada de un ciervo —miró a Stokes—. Es el animal de nuestro blasón familiar.

—Entiendo. ¿Alcanzó a ver de qué animal se trataba?

—No —repasó la escena mentalmente una y otra vez, pero fue inútil—. Había muy poca luz, y... —alzó el puño derecho y lo apoyó contra la parte superior de su propio brazo izquierdo—. Él sujetaba el bastón con la mano derecha, así que pude verlo de soslayo y la empuñadura estaba inclinada hacia fuera. Cuando me soltó y se enderezó... —examinó el momento preciso en su mente, pero al final soltó un suspiro de derrota—. Él tenía la mano en la empuñadura, así que no pude verla bien en ningún momento.

—Habría sido demasiado fácil —comentó Stokes, resignado, antes de revisar de nuevo sus notas—. Centrémonos en lo que alcanzó a ver del rostro de ese hombre.

—Poca cosa. Tenía puesta la capucha de la capa, así que su rostro quedaba casi oculto. La farola más cercana estaba a mi izquierda, por detrás de él, así que la luz caía en un ángulo oblicuo sobre su mandíbula. Solo pude ver del labio inferior para abajo, el resto de la cara estaba oscurecida por las sombras.

No tengo ni idea de cómo eran sus ojos, ni siquiera logré ver un mínimo detalle de las mejillas que pudiera indicarnos la forma de su rostro. Y no tengo ni idea de cómo tenía el pelo.

—¿Pudo ver algún rasgo identificativo? Una cicatriz, un lunar... algo así.

—No, nada en absoluto. Era un rostro común y corriente. No vi nada que pudiera ayudarme a identificarlo en un grupo cualquiera de caballeros con una altura y una complexión física similares, e incluso esos dos elementos eran perfectamente normales.

—¿Qué puedes decirnos de su voz? —le preguntó Barnaby—. Cierra los ojos y revive en tu mente lo que él te dijo, presta atención a la cadencia y al ritmo de sus palabras. ¿Tenía algún acento concreto, por muy leve que fuera?

La sala quedó sumida en un silencio absoluto mientras ella intentaba recordar, y al cabo de un largo momento abrió los ojos y negó ceñuda con la cabeza.

—Todo lo que dijo fue «Discúlpeme, no la he visto». No percibí ningún acento en concreto, pero son unas palabras tan breves que es posible que sí que lo tenga. Lo único que puedo decir es que su dicción era refinada, no creo que se tratara de un comerciante adinerado. A juzgar por su apariencia deduje que se trataba de un caballero, y su voz encajaba a la perfección en ese perfil.

Stokes asintió y revisó de nuevo sus notas.

—De acuerdo, háblenos ahora de esos supuestos accidentes.

James tomó la iniciativa y se encargó de narrar los tres incidentes. Mientras Stokes tomaba notas, Barnaby se limitó a escuchar atentamente y, cuando el relato concluyó, murmuró con expresión pensativa:

—Así que, en resumen, sabemos sin lugar a dudas que se trata de un caballero de la alta sociedad; más aún, que se mueve en los círculos más elevados.

Simon asintió antes de decir:

—Tiene que estar en la lista de invitados de lady Marchmain, yo tenía intención de obtenerla. Sabemos que el nombre del asesino estará en ella y, aunque no sepamos cuál de los invitados es, al menos tendremos un punto de partida.

—O de llegada —afirmó Stokes—. Al menos nos servirá como prueba para corroborar de quién se trata. ¿Le será posible convencer a lady Marchmain de que se la entregue?

—No lo sé, pero al menos lo intentaré —le contestó Simon.

—Dejaré que sea usted quien se encargue de esa tarea, pero si ella se niega a dársela la pediré por la vía oficial. Preferiría que pudiera conseguirla usted, así las cosas se harían con discreción y yo no tendría que explicar los motivos por los que quiero obtener esa lista.

James intercambió una mirada con Simon antes de comentar:

—Por lo que parece, todos estamos de acuerdo en que el caballero que asesinó a lady Winston es quien está intentando matar a Henrietta, se supone que porque cree que ella vio lo suficiente para poder identificarle y mandarle así directo a la horca —observó a Stokes en silencio antes de mirar a Barnaby—. Lo que no entiendo es por qué no ha habido un escándalo. Ninguno de nosotros se había enterado de que lady Winston había sido asesinada, y da la impresión de que el asunto se ha silenciado —miró de nuevo a Stokes—. Y ahora usted no desea explicarle a lady Marchmain por qué quiere obtener su lista de invitados —su mirada viajó hasta Barnaby antes de centrarse de nuevo en Stokes—. ¿Qué es lo que sucede?

El inspector le sostuvo la mirada por un instante antes de mirar a Henrietta. Miró entonces con ojos interrogantes a Barnaby, quien tras un ligero titubeo terminó por decir:

—Sí, debemos contárselo todo —miró a James y a Henrietta—. No podemos arriesgarnos a dejaros avanzando a tientas y sin entender a qué nos enfrentamos.

Stokes hizo una mueca, pero asintió y carraspeó ligeramente.

—Está bien. Lo que voy a contarles... no voy a decir que no puede salir de esta sala, pero deben escoger con mucho cuidado a quién se lo cuentan. No podemos permitirnos el lujo de que se desate el pánico en Mayfair, esa es la razón de que no hayan oído nada sobre el asesinato de lady Winston.

Stokes se interrumpió como si estuviera recordando todos los datos, ordenando sus ideas, y al cabo de unos segundos continuó.

—Lady Winston fue asesinada aquella noche. Le había dado la noche libre a toda la servidumbre, que no debía regresar hasta la medianoche. Era algo que acostumbraba hacer desde hacía unos meses, como mínimo desde finales de enero. Los criados desconocen el motivo que la llevaba a actuar así, pero habían llegado a la conclusión de que recibía la visita de algún caballero y de que era él quien había insistido en mantenerlo todo tan en secreto. Milady había enviudado mucho tiempo atrás y había tenido amantes en otras ocasiones, pero nunca antes le había ordenado a la servidumbre que se marchara de la casa. Ellos no vieron, oyeron ni encontraron nada que pudiera revelar la identidad del misterioso caballero. La cuestión es que la asesinó aquella noche, la dejó medio muerta a puñetazos y después la estranguló.

Stokes se detuvo y al cabo de un momento añadió, con voz más áspera:

—Daba la impresión de que el tipo había disfrutado haciéndolo —miró a Simon y a James—. Ya me entienden.

James le sostuvo la mirada, y se sintió asqueado al comprender lo que estaba insinuando. No comentó nada, y Stokes respiró hondo antes de añadir:

—Así que el tipo asesinó a la dama y se marchó por la puerta principal. Bajó los escalones de la entrada a toda prisa y al pisar la calle chocó contra la señorita Cynster, lo que debió de ser todo un sobresalto para él.

—¡Ah!

Todo el mundo se volvió hacia Henrietta, que estaba mirando a Stokes y parecía haber empalidecido de golpe.

James le agarró la mano y se la sostuvo tranquilizador, y Stokes la instó a hablar.

—¿Qué sucede?

Ella parpadeó como si se sintiera aturdida y estuviera intentando centrarse, y tardó unos segundos en contestar.

—¡Acabo de recordar algo! Hubo un instante, una pausa. Él chocó contra mí, me sujetó... ¡y entonces me miró a la cara! Yo llevaba puesta la capa, pero tenía bajada la capucha y la luz venía desde por encima de su hombro, así que debió de verme la cara con bastante claridad. Él estaba agarrándome ambos brazos y le vi titubear. Recuerdo que me pregunté cuáles eran sus intenciones, si me había reconocido y era algún conocido mío o... pero entonces Gibbs me llamó y él me soltó de inmediato, inclinó la cabeza y se alejó a toda prisa.

Se hizo un profundo silencio que finalmente rompió Stokes con un ligero carraspeo.

—Le sugiero que le dé a ese lacayo suyo una propina. Sea quien sea ese asesino, está claro que le gusta lastimar a las mujeres y usted le conoció en un momento muy... tenso, por decirlo de alguna forma —soltó un suspiro—. Supongo que eso explica en cierto modo por qué está convencido de que usted ha visto demasiado —hizo una pausa antes de añadir, con gesto grave—: pero eso no es todo. Interrogamos a todos los criados al día siguiente, por supuesto, y yo juraría que todos fueron sinceros y nos dijeron todo lo que sabían —miró a Barnaby y le señaló con la cabeza—. Barnaby estaba presente.

El aludido asintió, y su expresión se ensombreció aún más al decir:

—Sí, y yo también juraría que toda la servidumbre, incluida la doncella personal de lady Winston, nos contó todo lo que sabía, y no sacamos prácticamente ningún dato que pudiera ayudarnos a identificar al asesino.

Barnaby se calló y fue Stokes quien se encargó de seguir.

—Pero la doncella personal de lady Winston, que se había ido a vivir a Clapham con su hermana, fue asesinada también dos días después y de igual forma que su señora, la dejaron medio muerta de una paliza y la estrangularon. Su hermana había salido justo antes del mediodía, y al regresar a casa por la tarde encontró el cadáver.

Se hizo un silencio absoluto mientras los demás lo miraban horrorizados, y finalmente fue Simon quien preguntó:

—¿La mató también, y de esa forma tan horrible, a pesar de que ella no sabía nada?

Stokes apretó los labios antes de admitir:

—Es posible que sí que supiera algo y que contactara con él para intentar chantajearlo, pero ni Adair ni yo creemos que ese sea el caso. La mujer, la doncella, era una persona honesta y fiel a su señora, había entrado a trabajar para lady Winston cuando esta contrajo matrimonio. De haber sabido algo sobre ese animal, nos lo habría dicho sin dudar un momento.

Fue Barnaby quien añadió:

—Stokes y yo creemos que ese malnacido la asesinó por si acaso, para asegurarse de que ella no recordara de repente algún detalle que había olvidado.

—Sí, está borrando sus huellas aunque no sea necesario —asintió Stokes—, lo que nos conduce a los ataques sufridos por la señorita Cynster.

James miró a Henrietta y le apretó con más fuerza la mano.

—Ese tipo cree que tú sabes algo...

—O que sabes algo de lo que aún no te has dado cuenta —apostilló Barnaby.

—O que lo que llegaste a ver de su rostro bastaría para que lo reconocieras si lo vieras de nuevo, si te lo encontraras en algún evento —afirmó Simon con voz tensa.

—Sí, podría ser cualquiera de esas opciones o incluso todas a la vez —afirmó Stokes, antes de cerrar el cuaderno—. A él le dará igual, quiere verla muerta y la posibilidad de que usted no posea ninguna información que pueda ayudar a identificarlo no le detendrá.

—Te considera una potencial amenaza —dijo Barnaby—, y seguirá intentando silenciarte hasta que lo consiga.

El ambiente se cargó de tensión mientras todos asimilaban aquel hecho aparentemente incontestable; al cabo de un momento, James comentó con tono gélido:

—Retomando mi pregunta anterior, ¿por qué no ha habido ningún escándalo? ¿Cómo diantres vamos a encontrar a ese villano sin ir tras él?

Stokes miró a Barnaby, quien se inclinó hacia delante y se dirigió a Henrietta, James y Simon.

—En las altas esferas se ha discutido largo y tendido cómo manejar este tema. La excusa de no querer que se desate el pánico en Mayfair y, por si fuera poco, en plena temporada social, es cierta, pero se trata de una preocupación de menor importancia. La verdad es que atrapar a ese villano no va a ser tarea fácil y, aunque eso lo supimos cuando investigamos la muerte de lady Winston y no encontramos nada que pudiera ayudarnos a identificarlo, al asesinar a la doncella nos reveló algo que antes ignorábamos.

Hizo una pequeña pausa antes de añadir:

—Ese tipo tiene intención de permanecer aquí, piensa seguir formando parte de la sociedad... de la alta sociedad, para ser exactos... y no tiene intención alguna de marcharse. Esa es la razón de que te tenga a ti en su punto de mira, Henrietta, y de que esté intentando que tu muerte parezca un accidente o, como mínimo, el resultado de un ataque que no iba dirigido a ti específicamente. Él no quiere agitar las aguas de la alta sociedad ni poner el foco de atención en ti, en por qué podría desear alguien verte muerta. Pero si llegados a este punto damos la voz de alarma y le perseguimos abiertamente... no tenemos nada. Él puede limitarse a esperar a que demos el tema por imposible y, si teme que tú puedas reconocerlo, le bastaría con evitar coincidir contigo durante una temporada, lo que no sería una tarea demasiado difícil.

Barnaby hizo una pausa y le cedió el testigo de la conversación a Stokes, quien afirmó:

—Pero tarde o temprano querrá poder moverse con libertad en los círculos más elevados de la alta sociedad, así que cuando se sienta seguro de nuevo volverá a intentar asesinarla. No va a permitir que usted siga viva, aunque tenga que ser cauto por un tiempo.

James lo miró a los ojos en silencio antes de decir:

—Lo que estoy entendiendo es que la única forma de mantener a Henrietta a salvo, permanentemente a salvo, es ocultar el hecho de que sabemos de la existencia de ese villano con apariencia de caballero, ocultar que sabemos que tiene intención de asesinarla, y... ¿y qué?, ¿dejar que intente matarla de nuevo?

Fue Barnaby quien contestó.

—No exactamente. Tenemos que mantenerla a salvo y bien protegida, eso por descontado, pero debemos obrar con sigilo. Hay que buscar a ese tipo sin que se dé cuenta y dejar que crea que es seguro intentar asesinarla de nuevo, pero cuando lo haga nosotros estaremos allí y lo atraparemos.

Stokes asintió antes de afirmar:

—Tal y como están las cosas, aunque todos desearíamos que las circunstancias fueran distintas, lo cierto es que la única forma de asegurarnos de que hemos eliminado de forma total y permanente la amenaza que pesa sobre la señorita Cynster consiste en identificar y atrapar a ese hombre. Y la única forma de hacerlo es dejarle pensar que es seguro para él salir de entre el gentío y descubrirse.

CAPÍTULO 11

Pasaron el resto de la mañana debatiendo sobre la cuestión más pertinente, que no era otra sino cómo mantener a salvo a Henrietta. Para alivio de James, su amada había consentido en dar su aquiescencia una vez que había recobrado su compostura y aplomo de costumbre. Podría decirse que Henrietta les había informado de que, teniendo en cuenta lo seria que era la situación, estaba dispuesta a suspender su habitual independencia y soportar que la custodiaran prácticamente las veinticuatro horas del día.

Stokes y Barnaby se habían marchado una vez que se habían ideado estrategias para protegerla y se había acordado quién debía estar al tanto de la situación, pero Simon y él se habían quedado a comer. Por suerte, lady Louise y lord Arthur no tenían ningún compromiso fuera y habían optado por comer allí también, así que entre los tres (Henrietta, Simon y él) pudieron contarles todo lo que sabían y, después de la inevitable conmoción inicial y las exclamaciones horrorizadas, procedieron a detallar cómo iba a tener que proceder cada uno.

Lord Arthur no estaba nada complacido, pero admitió que el plan que estaban proponiendo era la única vía posible.

Lady Louise abogó a favor de enviar a Henrietta a algún lugar de la campiña (Somersham Place, por ejemplo), para ponerla a salvo, pero al final acabó cediendo a regañadientes cuando su hija le recordó que, aparte de evitar que la asesinaran, también tenía un baile de compromiso en breve y, poco después, una boda.

Mary también estaba presente y, tras escuchar atónita el relato, actuó tal y como cabía esperar en ella: se centró en cómo organizar a todo el mundo para que cada cual cumpliera con la función que le fuera encomendada.

La actitud mandona y controladora de Mary habría irritado a James en condiciones normales, pero en ese caso agradeció que se comportara así. En cuestión de minutos, su futura cuñada lo había organizado todo para que lady Louise y lord Arthur se encargaran de hacer correr la voz. Habían decidido que, al menos de momento, tan solo se iba a informar a los miembros de la familia y a la servidumbre de aquella casa. A esos dos grupos había que sumar también a Charlie Hastings, Barnaby y Penelope, así que podrían asegurarse sin problemas de que Henrietta siempre estuviera acompañada.

El hecho de que ella hubiera aceptado sin protestar la necesidad de estar constantemente custodiada era un bálsamo tranquilizador para él. Ni que decir tiene que era el principal encargado de protegerla. Mary le había asignado el papel de «custodio principal» con una facilidad un poco sospechosa, pero lo único que a él le importaba era proteger a Henrietta.

Cuando terminaron de comer, lord Arthur partió en busca de sus hermanos y sus sobrinos, Simon se fue con la intención de buscar a Charlie y hablar después con Portia, y lady Louise puso rumbo a Somersham House junto con Mary para hablar con Honoria y, a partir de ahí, hacer correr la voz. Él, por su parte, asumió su papel de custodio de inmediato y, en un intento de mantener a Henrietta entretenida, propuso llevarla a su casa de George Street para que se familiarizara con el lugar y aprovechar así la tarde para hacer algo útil.

—Podrías echar un vistazo para decidir qué cambios quieres hacer.

Ella aceptó con sincera gratitud. La casa apenas estaba a

unas calles de distancia, pero cedió a los deseos de él y pidió que alistaran el carruaje de paseo, el que ella solía usar para circular por la ciudad.

Hudson ya había sido informado de la necesidad de vigilarla en todo momento y él se había encargado a su vez de alertar al resto del personal, así que Henrietta no se sorprendió cuando salió con James a la calle y descubrió que, además de Gibbs y el cochero, también iba a acompañarlos Jordan, uno de los lacayos, que ya estaba situado en el pulpitillo trasero.

Saludó con una leve inclinación de cabeza a los tres, que con gesto adusto permanecían vigilantes ante cualquier posible amenaza, y permitió que James la ayudara a subir al carruaje.

La casa de George Street la sorprendió. En vez del estrecho edificio de ciudad que esperaba encontrar, resultó ser una casa bastante antigua con amplias ventanas a ambos lados del pórtico de entrada. Después de abrir con una llave la puerta principal (lustrosamente pintada y con una reluciente aldaba de latón), James se la sostuvo para que lo precediera, y ella se detuvo asombrada cuando cruzó el umbral y su mirada recorrió la elegante escalinata, las detalladas molduras que bordeaban puertas y arcadas, los revestimientos de roble, y los impresionantes paisajes que colgaban en las paredes empapeladas de verde.

Tras cerrar la puerta, James se detuvo a su lado y observó el lugar intentando imaginar qué estaría pensando ella.

—Los cuadros pertenecían a mi tía abuela Emily, pero la verdad es que me gustan. Me he acostumbrado a ellos.

—Encajan bien aquí —comentó ella, antes de girar en un círculo—. El ambiente que se crea es armonioso, hay una agradable sensación de equilibrio. Elegante, pero sin pasarse de la raya.

Él sonrió y justo en ese momento Fortescue, el mayordomo, entró por la puerta del fondo.

—Buenas tardes, señor.

Sus ojos se iluminaron al verla, y James se encargó de presentarlos. El personal estaba enterado de su compromiso matrimonial y todos estaban deseando conocer a la dama que iba a convertirse en la nueva señora de la casa.

Fortescue era un hombre tirando a recio impecablemente ataviado, y estaba dotado de regios modales y de un aire señorial innato; aunque estaba un poco entrado en años, lo que él había olvidado ya sobre su oficio era más de lo que la mayoría de mayordomos llegaban a aprender jamás, y la reverencia con la que saludó a Henrietta fue impecable.

—Bienvenida a esta casa, señorita. Tanto el resto de la servidumbre como yo mismo estamos deseosos de servirla en todo lo que esté en nuestra mano.

—Gracias, Fortescue.

Al ver que ella le lanzaba una mirada interrogante, James tomó de nuevo la palabra.

—Voy a mostrarle la casa a la señorita Cynster, pero creo que en esta ocasión nos limitaremos a recorrer las habitaciones principales —la miró a los ojos, y entonces la tomó de la mano y entrelazó los dedos con los suyos—. Empezaremos por las salas de recepción de la planta baja, y después subiremos arriba. Fortescue, te agradecería que avisaras a la señora Rollins de que tomaremos el té en la sala de estar cuando bajemos de nuevo.

—De inmediato, señor —el mayordomo se inclinó ante los dos y regresó hacia la puerta que daba a la zona de la servidumbre.

Sin soltarla de la mano, James condujo a Henrietta hacia las puertas dobles situadas a la derecha del vestíbulo.

—La señora Rollins es el ama de llaves. La heredé de mi tía abuela, igual que a Fortescue; de hecho, aparte de Trimble, mi ayuda de cámara, todos los empleados trabajaron para ella.

—Fortescue parece ser un hombre sensato, y me ha dado la impresión de que se trata de una persona experimentada que conoce bien sus tareas.

—Lo es, y lo mismo puede decirse de los demás.

Ella lo miró sonriente.

—En ese caso, ese es un problema menos. ¿Tienes idea de lo difícil que resulta encontrar personal con experiencia en Londres?

—No, la verdad es que no —le soltó la mano y abrió de par en par las puertas dobles—. Aquí tienes tu futura sala de estar.

A lo largo de la siguiente hora James descubrió que, aunque la imagen que proyectaba su futura esposa era la de una joven dama en ocasiones extremadamente práctica que no mostraba interés alguno por los típicos detallitos que tanto les gustaban a las mujeres, había en ella otra faceta que fue emergiendo mientras recorrían aquella casa que compartirían en breve, una faceta oculta que a él le enterneció y le resultó cautivadora.

Henrietta estaba encantada con la casa, le gustaba mucho más de lo que esperaba. El hecho de saber que ella iba a convertirse dentro de poco en la señora de aquel lugar acentuaba sin duda su interés y hacía que estuviera más pendiente de todo, más dispuesta a analizar con ojo crítico cualquier pequeño detalle, pero mientras recorría las distintas salas junto a James descubrió que se sentía como en casa, que sentía que aquel lugar era ya su hogar.

El saloncito formal no era excesivamente grande, pero tampoco era pequeño ni mucho menos. La calidez y la comodidad combinaban a la perfección con una elegante simplicidad formal. Era una sala donde imperaban las líneas bien definidas con muebles de estilo Hepplewhite sobre una sedosa alfombra de Aubusson que cubría el suelo revestido de roble, y le encantó la combinación del verde con el marfil.

El comedor era impresionante, un verdadero despliegue de revestimientos de roble y una suntuosidad contenida, mientras que la larga biblioteca y el saloncito que conectaba con ella, un saloncito de tamaño más reducido situado en la parte posterior de la casa y con vistas a los jardines traseros, eran una verdadera delicia.

Después de contemplar las exuberantes y coloridas plantas a través de la ventana, abrió los brazos de par en par y, sonriendo entusiasmada, giró en un círculo.

—¡Ya nos imagino a los dos aquí! —ella misma oyó la felicidad que se reflejaba en su voz—. Tú en la biblioteca, sentado tras el escritorio mientras revisas documentos y trabajas en tus asuntos, y yo en este saloncito, redactando cartas en ese pequeño escritorio de ahí.

James la miró con una de sus sonrisas llenas de calidez y encanto al contestar:

—Podré venir a visitarte siempre que me apetezca, y tú podrás ir a interrumpirme a la biblioteca.

La sonrisa de ella se ensanchó aún más. Tomados de la mano, regresaron por la biblioteca rumbo al vestíbulo y procedieron a subir la escalinata, cuyo pasamanos de madera estaba lustroso y bien encerado. No se veía ni una sola mota de polvo por ninguna parte a pesar de que la casa llevaba casi un año sin una dueña que la manejara.

—¿Cuántos criados tienes aquí?

—Además de Trimble, Fortescue y la señora Rollins también están la cocinera, dos doncellas, un lacayo, un pinche y una ayudante de cocina, pero podemos contratar a más gente si así lo deseas.

—No creo que sea necesario, al menos de momento. Huelga decir que Hannah, mi doncella, vendrá conmigo —le miró al llegar a la primera planta—. ¿Tu tía abuela solía pasar mucho tiempo aquí?

—La verdad es que residía aquí prácticamente la mitad del año, siempre estaba en la ciudad para la temporada social y regresaba para la sesión de otoño del Parlamento. Por extraño que pueda parecer, la política era algo en lo que estaba bastante interesada y se mantenía informada de todo lo que sucedía en ese ámbito.

Henrietta insistió en revisar todas las estancias de la primera planta.

—Me será útil hacerme una idea de las habitaciones de las que disponemos, por si hay que dar alojamiento a algunos de los invitados a la boda —se detuvo en medio del pasillo y preguntó—: ¿disponen tus padres de casa propia en la ciudad, o tanto tu hermano como ellos se alojarán aquí?

—Poseen una casa en Chesterfield Street. Aunque lleva varios años cerrada, creo que a mi hermano le conviene tener una excusa que le obligue a usarla de nuevo, así que no voy a ofrecerles alojamiento aquí; además... —la miró a los ojos—... si tú y yo vamos a quedarnos aquí después de la boda, no querremos tener huéspedes.

Henrietta asintió mientras sus labios se curvaban en una pequeña sonrisa.

—Ah, ya te entiendo —la sonrisa se volvió radiante y, después de lanzarle una mirada traviesa, dio media vuelta y se dirigió hacia la última puerta del pasillo—. ¿Qué hay aquí? —abrió y entró en lo que resultó ser el dormitorio principal.

Era el más grande de toda la casa y tenía forma de ele. Justo enfrente de la puerta había una amplia zona de descanso dotada de cómodas butacas forradas en cuero curtido y situadas delante de una chimenea; sobre la repisa tallada de roble colgaba un gran cuadro de un paisaje otoñal con marco dorado, y tanto las paredes como los muebles estaban decorados en suaves y cálidos tonos dorados y marrones.

La zona de descanso abarcaba el lado más largo de la ele, la chimenea estaba flanqueada por ventanas y, cuando Henrietta se volvió hacia la base de la ele y vio que tenía frente a ella una amplia ventana que daba a los jardines traseros, se dio cuenta de que el dormitorio discurría por encima de todo el saloncito adyacente a la biblioteca y parte de esta.

Se adentró en el dormitorio para poder ver mejor la enorme cama de roble labrado con dosel que reinaba en el lado más corto del dormitorio, y cuya ornamentada cabecera estaba situada contra la pared del fondo. En concordancia con la cálida decoración otoñal que imperaba en todo el dormitorio, las sábanas eran de color crema, la colcha de satén dorado y los cortinajes, del mismo brocado marrón rojizo y dorado del dosel, estaban atados con cordones dorados con borla.

Tanto las cómodas como los tocadores eran pesadas piezas de roble, pero esa apariencia maciza y sólida quedaba equilibrada por los tonos suaves de la decoración y por los hermosos y detallados paisajes que colgaban de las paredes. El resultado final era una curiosa mezcla de lo masculino con lo femenino.

—A mi tía abuela no le gustaban demasiado los encajes y los perifollos.

Henrietta se dio cuenta de que estaba observándola con atención, como preocupado por ver cómo iba a reaccionar, y confesó sonriente:

—En eso coincido con ella, seguramente por eso me gusta tanto su estilo —su sonrisa se acrecentó al ver la cara de alivio que ponía—. ¿Qué hay al otro lado? —señaló hacia dos puertas situadas en la pared interior.

A cada lado de la cama había un camino despejado. El que quedaba más alejado de las ventanas daba acceso a esas dos puertas, y al final de todo terminaba en una tercera que también estaba cerrada.

James se acercó a la más cercana y la abrió.

—Aquí está mi vestidor.

Henrietta se acercó a echar un vistazo y vio cómodas, cajoneras y baúles, además de la habitual parafernalia de cepillos y artículos para el aseo colocados con pulcritud.

Él se acercó entonces a la siguiente puerta, la abrió y la invitó a entrar.

—Este será el tuyo.

Ella se encontró con un vestidor de mujer dotado de una buena cantidad de armarios y cómodas, y donde había también un tocador con espejos ajustables.

—¿Los espejos también los incorporó tu tía abuela?

—Sí, así es. A pesar de su avanzada edad, le gustaba estar al día de los últimos avances —la miró a los ojos y señaló con la cabeza hacia una puerta situada al fondo del estrecho vestidor, frente a la que habían usado para entrar—. Hablando de avances, echa un vistazo a lo que hay detrás de esa puerta.

Ella le miró con curiosidad antes de dirigirse hacia allí, abrió la puerta... y se echó a reír al ver el estrecho habitáculo en cuyo techo había un gran tragaluz.

—¡Nuestro cuarto de baño!

Inspeccionó el equipamiento y los accesorios y descubrió que había dos puertas más, una que conducía al vestidor de James y otra que salía al pasillo principal.

—Vamos, aún te queda por ver una cosa más —le dijo él al cabo de unos minutos.

Regresaron al dormitorio y la condujo hacia la última puerta, la que estaba situada en la pared contra la que se apoyaba la cabecera de la cama. La abrió y entraron en lo que resultó ser una mezcla entre tocador y saloncito privado para una dama, el más hermoso que Henrietta había visto en toda su vida.

—¡Cielos!

Contempló asombrada las amplias ventanas, las sillas de estilo Hepplewhite, las mullidas butacas y el diván. Todos los detalles se habían cuidado con un esmero especial para lograr que cada uno de ellos encajara y contribuyera a crear el ambiente deseado, no había ni un solo toque que desentonara con la impresión general de estar en medio de un cálido bosque otoñal.

Deslizó los dedos por el terso cuero que forraba el respaldo del diván y murmuró:

—Por lo que veo, a tu tía abuela le encantaban estos colores.

Él se metió las manos en los bolsillos y se apoyó en la repisa de la chimenea.

—Sí, así es —hizo una pequeña pausa antes de añadir—:

estos son los colores que eligió para sus aposentos en esta planta; como ya has visto, buena parte de la planta baja es una arboleda de intensos verdes y marrones, mientras que en los demás dormitorios predominan los tonos más claros... hay más amarillos y suaves verdes, es un ambiente más veraniego.

Se quedó callado, pero al ver que ella se volvía y lo miraba como si intuyera que había algo más señaló con la cabeza hacia el cuadro que estaba colgado encima de la repisa, un vívido paisaje en tonos verdes, dorados y suaves marrones de un sendero discurriendo por un bosque, y añadió:

—Mi tía abuela Emily era una artista. Como ya te he dicho, pasaba la mitad del año en la ciudad, pero su corazón permanecía en Wiltshire, en la finca que poseía allí. Le encantaban sus caminos y sus bosques, así que los plasmaba en lienzos y se los traía consigo a Londres.

Henrietta lo contempló con ojos penetrantes antes de dirigir de nuevo la mirada hacia el cuadro en cuestión. Se acercó para verlo más de cerca como si un hilo invisible tirara de ella, y preguntó con voz suave:

—Eso significa que cuando estemos allí podré ver este lugar, podré pisar este sendero.

—Exacto. Ella fue quien pintó todos los cuadros que hay en esta casa y todo lo que hay plasmado en ellos, las vistas y los lugares, podrás verlo convertido en realidad una vez que estemos en Whitestone Hall.

Henrietta contempló unos segundos más el cuadro antes de volverse hacia él.

—Tendrás que llevarme a ver todos y cada uno de los lugares que aparecen en sus cuadros.

—Por supuesto, si así lo deseas —le contestó, sosteniéndole la mirada.

Ella sonrió y asintió con firmeza.

—Sí, me encantaría —se acercó a él y lanzó una última mirada hacia el cuadro—. Será como entrar en contacto con tu tía abuela, estoy convencida de que si la hubiera conocido me habría caído muy bien.

—Y tú a ella —atrapó su mirada cuando ella se volvió a mirarlo de nuevo y añadió, sonriente—: no solo eso, sino que te habría dado su aprobación.

—¿De verdad lo crees? —le preguntó, sorprendida, antes de acercarse un poco más a él.

James sacó las manos de los bolsillos y afirmó con firmeza:

—Sí, sin ninguna duda —la tomó de la cintura y la acercó más.

—¿Por qué?

Él inclinó la cabeza y murmuró:

—Porque eres mía, pero más aún porque me has hecho tuyo.

Sus labios se encontraron.

Más tarde, James se preguntaría quién de los dos había iniciado el siguiente paso, ya fuera de forma consciente o por una necesidad instintiva, o si habían sido los dos los que, cautivos, habían obedecido alguna especie de orden visceral y primordial como meros actores bajo la dirección de un poder superior.

Quizás, dada la situación, la amenaza que se cernía sobre ella y sobre el futuro compartido que iba tomando más y más forma a pasos agigantados, era inevitable que acabaran en la cama que en breve compartirían como marido y mujer. A lo mejor era inevitable que aquella tarde, aquella en concreto, se llenara con la apasionada unión de sus cuerpos, con provocativas caricias y evocadores gemidos, con el sibilante sonido de los jadeos ahogados mientras volvían a explorar juntos, mientras reclamaban y reafirmaban todo lo que habían descubierto previamente, todo lo que había emergido entre los dos.

Reafirmaron y reiteraron lo que había entre ellos, se lanzaron de lleno nuevamente; se aferraron de nuevo a aquellos arrebatadores placeres, los compartieron y se rindieron ante ellos.

James no se acordaba de cómo habían llegado a la cama. Recordaba vagamente el acalorado duelo de lenguas, la frenética fusión de las bocas seguida de una lucha más frenética aún por despojarse de todas las barreras de ropa que les separaban. Las prendas fueron desapareciendo, fueron descartadas con abandono y cuando se quedaron desnudos, piel contra piel, los dos se quedaron inmóviles y con los ojos cerrados, con los sentidos expandidos para absorber y saborear el embriagador placer de aquel momento tan impactantemente intenso.

Las llamas se alzaron, voraces y arrasadoras, y se entregaron por completo a aquel fuego imparable, a aquella conflagración de los sentidos. Bañados por la cálida luz vespertina, se dejaron arrastrar por aquel gozo inigualable que cada vez iba acrecentándose más y más, por aquella poderosa fuerza que emergió como una oleada irrefrenable que los envolvió y los llenó, que los poseyó por completo mientras, unidos en cuerpo y alma, cabalgaban hacia la cima y se lanzaban al vacío.

Se fracturaron en mil pedazos y, aferrados el uno al otro, iniciaron un lento descenso hacia el mundo real, un mundo donde sus corazones martilleaban con fuerza y los suaves jadeos de ambos quebraban el silencio, donde sus cuerpos se entrelazaban en un abrazo envolvente de aceptación total, un abrazo protector que reconfortaba e infundía una profunda dicha.

Bajo la suave luz dorada, cobijados en aquel cálido lecho, ambos tuvieron algo muy claro: ninguno de los dos tenía intención alguna de echarse atrás ni de acobardarse, fueran cuales fuesen los desafíos a los que tuvieran que enfrentarse.

Lo que había entre ellos era algo deseado por los dos, al igual que el futuro compartido que podían llegar a tener. No estaban dispuestos a renunciar el uno al otro.

James se desplomó de espaldas a la cama, sus miradas se encontraron mientras ella se cobijaba entre sus brazos y leyó en sus ojos azules la misma determinación que resonaba en su interior.

Sin palabras, sin necesidad de pensar más en ello, en ese momento sellaron una firme promesa.

Una promesa que se hicieron el uno al otro, a sí mismos, a su vida futura... a lo que había entre los dos, que era algo por lo que estaban dispuestos a enfrentarse a cualquier enemigo. Algo por lo que merecía pagar cualquier precio.

Era así de simple, así de elemental.

Ella posó la cabeza sobre su hombro y se relajó contra su cuerpo, y James cerró los ojos y la apretó contra sí.

Mientras toda la tensión se esfumaba, sonrió para sus adentros y lanzó una plegaria hacia las alturas, hacia su tía abuela Emily.

Ya no estaba molesto por la forma en que había querido manipularlo a través de su testamento; de hecho, le agradecía de corazón que lo hubiera hecho.

CAPÍTULO 12

A la mañana siguiente, Henrietta entró al trote en el parque a lomos de Marie a una hora bastante temprana. La seguían de cerca dos lacayos a caballo que se mantenían alerta y vigilantes, y cuya tarea consistía en evitar que alguien pudiera atacarla o amenazarla de alguna forma.

La mañana era fría y húmeda, finos jirones de niebla se aferraban a los árboles y envolvían los matorrales. El sol no había asomado aún entre las nubes de un claro tono gris, y apenas se oía el canto de algún que otro pájaro.

—Al menos no hace viento —murmuró.

Para Marie y para ella aquella era una salida habitual, uno de los dos paseos matutinos que solían hacer todas las semanas. Había accedido a estar custodiada, pero no iba a permitir que aquel canalla que quería asesinarla dictara su día a día.

Que James hubiera insistido en acompañarla debido a la amenaza era algo que, lejos de molestarla, la complacía sobremanera. Habían acordado encontrarse en Rotten Row, y mientras se dirigía hacia allí a buen paso saboreó la cálida expectación que la recorrió ante la idea de volver a verle.

Aunque aparentaba estar calmada, en realidad se sentía agitada y turbada, presa de una extraña comezón. Tenía los nervios a flor de piel por culpa del constante escrutinio al que estaba sometida y que había aumentado con una rapidez sorprendente en cuanto el resto de la familia había sido informada del peligro que corría.

No esperaba sentirse tan observada, la situación había llegado hasta tal punto que las tres horas que había pasado en un baile la noche anterior habían dejado de ser un disfrute y habían acabado convirtiéndose en algo que debía soportar por obligación. Ni siquiera el hecho de tener a James a su lado constantemente había aliviado aquella sensación de opresión y constreñimiento.

—Pero parece ser que es una sensación que voy a tener que aguantar hasta que atrapen y ajusticien a ese condenado canalla —masculló en voz baja.

No se sorprendió demasiado cuando llegó a Rotten Row y no vio ni rastro de James. Tiró de las riendas para detener a Marie y se inclinó hacia delante para dar unas afectuosas palmaditas en su lustroso cuello.

—Me temo que hemos llegado un poquito pronto.

James y ella habían acordado dar el paseo muy temprano, pero la desazón que sentía la había llevado a salir de casa en cuanto había estado lista y aún había muy poca gente en el parque. Desde donde estaba tan solo se veían dos grupos de jinetes, uno formado por tres jóvenes caballeros y el segundo por dos de mayor edad que paseaban a paso sosegado. Ambos grupos estaban usando ya la pista de equitación, y al ver la escolta que la acompañaba evitaron acercarse demasiado a ella.

Se acomodó mejor en la silla mientras intentaba reprimir la impaciencia que la embargaba. Marie piafó cuando los tres caballeros más jóvenes colocaron sus monturas al inicio de la pista y pasaron frente a ellas a toda velocidad, ya que le encantaba galopar y no estaba haciéndole ninguna gracia que ella estuviera obligándola a quedarse quieta.

—James no tardará, ya lo verás —le dijo con voz tranquilizadora, mientras contemplaba la pista casi tan anhelante como la yegua—. En cuanto llegue podremos desfogarnos.

Aunque, pensándolo bien... estaba custodiada, la pista no

era tan larga y aparte de los cinco jinetes, entre los que no había ningún desconocido, no había nadie más en las inmediaciones.

La yegua piafó de nuevo, cada vez más impaciente.

—¡Está bien, tú ganas! —mientras la guiaba hacia el inicio del recorrido, dijo por encima del hombro—: ¡voy a dar una vuelta a la pista!

Sus guardias se apresuraron a acercarse a lomos de sus respectivas monturas, y la siguieron cuando se lanzó a un suave galope.

Para cuando llegaron al final de la pista, los tres galopaban acompasados con total fluidez y se sentía mucho más relajada, más libre y con el corazón más liviano. Rio encantada mientras tiraba de las riendas para que Marie frenara, la hizo dar un amplio giro con la intención de guiarla de nuevo hacia el inicio de la pista, y al mirar hacia delante vio a James emergiendo en la neblinosa distancia.

Le saludó con la mano y le gritó los buenos días, él sonrió al verla y alzó también la mano a modo de saludo, ella se inclinó hacia delante con una gran sonrisa iluminándole el rostro...

¡Pum!

James vio la sacudida que la recorría, vio cómo empezaba a desplomarse una fracción de segundo antes de que el sonido de un disparo llegara a sus oídos. Un pánico arrollador le golpeó como un puñetazo en el pecho, hundió los talones en los flancos de su caballo y se lanzó a un frenético galope.

El miedo hundió sus gélidas garras en su corazón y lo estrujó...

En unos segundos que le parecieron una eternidad estaba deteniendo a su rucio junto a la confundida y nerviosa yegua negra. Era vagamente consciente de que los dos lacayos que la acompañaban se colocaban, a modo de barrera, entre Henrietta y los arbustos desde donde debía de proceder el disparo, para escudarla con sus monturas y con sus propios cuerpos. Ella estaba desplomada hacia delante con los brazos colgando sin fuerzas a ambos lados del lustroso cuello de la yegua, un reguero de sangre le caía por la cara y desaparecía entre el negro pelaje del animal.

Estaba pálida como un cadáver, pero su espalda subía y bajaba ligeramente.

Reprimiendo a duras penas el pánico que sentía, soltó las riendas y alargó las manos hacia ella. Tardó un momento en poder liberarla de la silla de amazona, y entonces la alzó con cuidado y la atrajo hacia sí hasta sentarla sobre su caballo.

La envolvió entre sus brazos, y mientras la sostenía contra su pecho notó el rítmico movimiento de su respiración. Le movió la cabeza con sumo cuidado y, tras examinar la sangrienta desolladura que tenía encima de la oreja, soltó el aire que había estado conteniendo y respiró hondo mientras luchaba por serenarse.

Miró a los lacayos y alcanzó a decir, con voz un poco trémula:

—¡Está viva! ¡Vivirá, la bala solo la ha rozado!

Bajó la mirada hacia su rostro. El dolor y la conmoción la habían dejado inconsciente y estaba perdiendo una copiosa cantidad de sangre, pero no iba a morir.

El alivio que lo golpeó de lleno fue tan arrollador que, de no haber estado montado a lomos de su caballo, habría sido incapaz de sostenerse en pie.

Buscó a tientas su pañuelo, lo dobló y lo presionó con firmeza contra la profunda herida. Al mirar a los lacayos y ver sus caras de preocupación, se dio cuenta de que estaban debatiéndose entre intentar atrapar al canalla que había disparado contra Henrietta o permanecer allí para ayudar en lo que fuera posible.

—Voy a llevarla directa a casa —apretó los labios y señaló hacia los arbustos con un gesto de la cabeza—. Vosotros quedaos a ver si podéis encontrar alguna pista, dejo la yegua a vuestro cargo.

Los lacayos obedecieron de inmediato. Uno de ellos agarró las riendas de la yegua, y se alejaron al galope.

Él no se paró a ver hacia dónde se dirigían. Guiando a su rucio con las rodillas, al paso más rápido que pudo dadas las circunstancias, salió del parque y enfiló por Park Lane rumbo a la casa de los padres de Henrietta.

—¡Ese canalla ha estado esperando a que se le presentara la oportunidad de volver a atacar! —afirmó James.

Estaba de pie delante de la chimenea de la sala de estar, con una copa de brandy en la mano y la mirada fija en Henrietta, quien, ataviada con un vestido limpio y con la herida vendada, estaba sentada en el diván flanqueada por una pálida Louise y una sombría Mary, cada una de ellas aferrada a una de sus manos. Lord Arthur, por su parte, estaba sentado en una butaca frente al diván y su rostro estaba poco menos que macilento.

El resto de la sala estaba repleto de miembros de la familia Cynster. James suponía que sus futuros suegros debían de haberlos avisado de inmediato, porque habían empezado a llegar menos de media hora después del caos absoluto que había estallado cuando él había irrumpido en el vestíbulo con Henrietta, inconsciente y sangrando, en los brazos.

Habían pasado dos horas desde entonces, y en ese momento la sala de estar era un mar de vestidos de día a la última moda y elegantes chaqués cuyos propietarios rebosaban preocupación, ardían de furia con el instinto protector a flor de piel o, en algunos casos, ambas cosas.

Se sentía inmensamente aliviado al ver que Henrietta había recobrado con rapidez el sentido y cierto grado de compostura, aunque, como cabría esperar, estaba agitada e impactada por lo ocurrido... y lo mismo podía decirse de él.

Tomó otro sorbo de brandy antes de seguir con el relato. Los demás no eran los únicos que deseaban enterarse de lo que había ocurrido, ella apenas se acordaba de nada.

—En el momento del disparo, los otros jinetes ya se habían marchado de Rotten Row. Se les veía en la distancia, pero ni siquiera lo oyeron. A ese tipo se le ha presentado la oportunidad perfecta por pura suerte, pero teniendo en cuenta dónde se había escondido habría podido disparar al margen de si hubiera o no más gente en las inmediaciones.

Diablo Cynster afirmó, con su profunda voz convertida en algo cercano a un gruñido:

—Ese es un dato importante. Era muy temprano, ¿os ha visto alguien mientras veníais de regreso?

James se tomó unos segundos para pensar en ello antes de contestar.

—No me percaté de la presencia de nadie, pero la verdad es que no estaba mirando a mi alrededor para ver a quién dejábamos boquiabierto a nuestro paso.

Fue Helena quien comentó:

—Creo que lo que mi hijo quiere saber es si es probable que todo el mundo se haya enterado ya del incidente o si nosotros —indicó a la familia con un majestuoso gesto de la mano— somos los únicos que estamos al tanto de este ataque tan cobarde.

Diablo asintió.

—Sí, así es. Acordamos mantener en secreto lo de los ataques, el hecho de que no eran meros accidentes, pero nadie creerá que recibir un disparo en medio de Hyde Park puede ser algo accidental.

—Eso es cierto, pero... —Helena miró al resto de damas— en mi opinión, a nosotras nos resultará más fácil averiguar lo que sabe el resto de la alta sociedad. ¿Alguna tiene previsto asistir a alguna comida?

Eran varias las que tenían compromisos similares, y al final la mitad de las damas presentes y algunos caballeros se marcharon con la misión de recabar toda la información posible.

La puerta apenas acababa de cerrarse tras ellos cuando volvió a abrirse de repente. Dos damas irrumpieron en la sala como un ciclón y fueron directas hacia Henrietta.

—¡Dios Santo, Henrietta! ¿Estás bien?

—¡En la nota de mamá tan solo decía que te habían disparado!

Dos pares de ojos casi idénticos, después de comprobar que Henrietta estaba relativamente bien, se centraron con una mirada casi acusadora en Louise, quien alzó las manos en un gesto apaciguador.

—¡Lo siento mucho, queridas mías! Sabía que querríais enteraros de lo que le ha ocurrido a vuestra hermana en cuanto llegarais a la ciudad, y la verdad es que mi atención estaba un poco distraída en ese momento.

Sus hijas gemelas, Amanda y Amelia, la abrazaron antes de saludar también al resto de la familia.

James recibió un abrazo y un beso en la mejilla antes de que le fueran presentados los maridos de las dos recién llegadas, Martin Fulbright y Luc Ashford, a los que conocía de pasada.

—Por lo que parece, estamos ante un grave problema —comentó el primero, cuando las damas se alejaron.

—Vais a tener que ponernos al día —afirmó el segundo—. Nosotros creíamos que veníamos a Londres para asistir a un baile de compromiso, y nos hemos encontrado de repente con un intento de asesinato. ¿Por qué diantre querría alguien pegarle un tiro a Henrietta?

Para cuando James y los demás caballeros habían dado respuesta a sus preguntas, había llegado la hora de la comida y todo el mundo se dirigió hacia el comedor, donde les esperaba un variado surtido de viandas frías.

Se sentaron a la mesa, llenaron sus respectivos platos, y se disponían a comer cuando oyeron que alguien llamaba a la puerta principal con urgente insistencia. Se miraron los unos a los otros, preguntándose... Entonces se oyó el ruido de pasos que se acercaban a toda prisa, la puerta se abrió e hicieron su entrada en el comedor Angelica y Dominic, condes de Glencrae.

Hubo una nueva ronda de saludos, exclamaciones y explicaciones. Las hermanas mayores de Angelica, Heather y Eliza, habían llegado acompañadas de sus maridos junto con el primer contingente de tropas, pero se habían marchado con el batallón encargado de averiguar si la noticia del último disparo había llegado a oídos de la alta sociedad y hubo que explicar también por qué no estaban allí...

James le lanzó una sufrida mirada a Diablo, quien estaba sentado frente a él, pero el imponente duque de St. Ives, un poderoso noble que inspiraba una obediencia inmediata en muchas otras esferas, se limitó a encogerse de hombros con resignación.

Al final, una vez que todo el mundo estuvo sentado a la mesa y comiendo, reinó por fin algo de silencio; a juzgar por las expresiones ceñudas y las miradas distraídas estaba claro que la mayoría estaba examinando mentalmente la situación, repasando la información de la que disponían e intentando idear la estrategia a seguir para identificar al malnacido que había estado a punto de arrebatarles a uno de los suyos.

James estaba más que dispuesto a matar a aquel canalla con sus propias manos, pero antes tenían que averiguar de quién se trataba.

Poco a poco empezaron a iniciarse de nuevo las conversaciones a lo largo de la mesa, empezaron a surgir ideas y propuestas. Los criados retiraron los platos antes de servir fruta, quesos y frutos secos acompañados de un frutal vino blanco, y las bandejas fueron circulando por la mesa mientras el debate iba cobrando fuerza.

En un momento dado, Henrietta miró a James y comentó:

—No va a ser fácil, ¿verdad?

Él titubeó antes de contestar.

—No, no veo que haya ninguna vía fácil para averiguar su identidad.

—¿Han averiguado algo los lacayos? —le preguntó Diablo.

James negó con la cabeza. Los dos lacayos habían regresado a la casa media hora después que Henrietta y él.

—Han buscado a conciencia y han encontrado el lugar donde se había apostado el tipo, entre esos densos arbustos que hay a unos catorce metros del final de la pista de equitación, pero no han visto a nadie por la zona. Debía de tener un caballo esperando.

—A esa hora, una vez que salió de las inmediaciones, su presencia no le habría llamado la atención a nadie —comentó Diablo con gravedad—. No sería más que otro caballero más dando un paseo matinal por el parque.

Vane Cynster, quien estaba sentado junto a él, comentó pensativo:

—En cualquier caso, debe de tener buena puntería —miró a Henrietta—. Debías de estar a unos veinte metros de él, y moviéndote a lomos de tu yegua.

Henrietta intentó recordar lo ocurrido, y sintió que el escaso color que habían recobrado sus mejillas se esfumaba de nuevo.

—Me he inclinado justo cuando ha disparado... —miró a Vane antes de volverse hacia James—. No estaba apuntándome a la cabeza.

Fue Diablo quien masculló con furia apenas contenida:

—¡No, estaba apuntándote al corazón! —agarró el salero con brusquedad y golpeó la mesa con él como si de un mazo se tratara—. ¡Silencio!

Las discusiones se cortaron en seco, todos se volvieron a mirarlo, y esbozó una sonrisa tensa y carente de humor antes de decretar con firmeza:

—Regresemos a la sala de estar, hay que poner en orden todos los datos que tenemos hasta el momento y decidir los pasos que vamos a dar para atrapar a ese malnacido.

Al parecer, tanto la orden como el tono áspero y duro de su voz coincidían con el sentir generalizado de todos, ya que el ambiente reinante era beligerante y cargado de tensión mientras se dirigían hacia la sala de estar.

Dado que era la afectada y, por tanto, la dama más frágil

en ese momento, a Henrietta se le indicó que se sentara en la esquina del diván. Aún se sentía un poco trémula, tanto por dentro como por fuera, así que hizo que James se sentara junto a ella en el brazo del asiento.

Diablo se colocó de pie frente a la chimenea flanqueado por sus primos Vane y Gabriel; junto a ellos, a un lado de la chimenea, estaba la butaca que ocupó lord Arthur, cuyos hermanos (George y Martin) se sentaron a su lado en sendas sillas. Los demás caballeros ocuparon posiciones por la sala, apoyados en las paredes o en los respaldos de las sillas y las butacas; en cuanto a las damas (no estaban todas, ya que las que se habían marchado en busca de información aún no habían regresado), se acomodaron en el círculo de asientos disponibles.

Henrietta guardó silencio mientras Diablo los recorría con la mirada. Todos ellos eran miembros de la familia, todos estaban ligados directamente por vínculos de sangre o matrimoniales. Las amistades no estaban presentes. Lo que iba a tratarse en aquella sala era un asunto de familia y, a menos que se acordara lo contrario, no se compartiría con nadie ajeno al grupo familiar.

Diablo tomó la palabra en cuanto todos estuvieron acomodados.

—Supongamos que la alta sociedad no se haya enterado de lo del disparo; dado que no ha venido nadie a preguntar al respecto, creo que se trata de una suposición razonable, pero los demás no tardarán en regresar y podrán confirmárnoslo. Así que el reto al que nos enfrentamos ahora consiste en decidir cuál va a ser nuestro siguiente paso. Hay que decidir cómo vamos a identificar a ese supuesto caballero que, dejando a un lado el hecho de que ya ha asesinado a dos mujeres, parece ser que considera prudente intentar lastimar a un miembro de la familia Cynster.

Diablo hizo caso omiso del runrún de murmullos, de la respuesta instintiva que recorrió la habitación, y dirigió su mirada hacia James.

—Podría resultarnos útil que los dos nos relatarais detalladamente los incidentes anteriores. Debemos saber con exactitud lo que sucedió en la mansión de los Marchmain, en Brook Street y en las ruinas de Ellsmere Grange.

James asintió. Henrietta le sujetaba la mano con fuerza, así que permaneció donde estaba y se dirigió a los demás desde allí. Describió los tres incidentes desde su punto de vista mientras ella iba aportando alguna que otra observación, y los demás les escucharon atentamente en un silencio que tan solo interrumpieron las perspicaces preguntas planteadas por algunos de los caballeros.

Concluyeron relatando lo que había ocurrido aquella misma mañana y, una vez que terminaron, Diablo tomó de nuevo la palabra.

—El inspector Stokes, de Scotland Yard, lo sabe todo excepto lo de esta mañana, pero sugiero que antes de ponerle al tanto de lo sucedido acordemos entre nosotros lo que vamos a hacer para atrapar a ese canalla. Es posible que él sea reacio a dar su aprobación a algunas de nuestras estrategias, y no es necesario ponerle en una situación comprometida. Es mejor que decidamos antes lo que vamos a hacer.

Todo el mundo estuvo de acuerdo con aquello, y coincidieron también en que era necesario solucionar cuanto antes aquel asunto.

Martin, uno de los tíos de Henrietta, masculló con firmeza:

—No podemos dejar que a ese tipo vuelva a presentársele la ocasión de disparar contra Henrietta.

Poco después regresaron los miembros de la familia que habían salido a atender distintos compromisos sociales para comprobar si el incidente de aquella mañana había salido a la luz, y confirmaron que nadie parecía haberse enterado de lo sucedido.

Heather, vizcondesa de Breckenridge, se sentó en una silla de respaldo alto que le acercó su marido y comentó:

—Parece ser que era demasiado temprano y aún no había nadie en el parque.

—O, si había alguien, aún estaba demasiado dormido para darse cuenta de lo que pasaba —afirmó Jeremy Carling. Colocó una silla junto a Heather para Eliza, su esposa, y cuando esta tomó asiento añadió—: no corre ni el más mínimo rumor de lo sucedido en ninguno de los clubes.

—Perfecto —asintió Diablo—, lo más probable es que ese canalla crea que hasta el incidente de esta mañana no éramos conscientes de sus letales intenciones. Supondrá que no tenemos ni idea del porqué del ataque, dará por hecho que la familia está sumida en el caos y aún no hemos tomado ninguna iniciativa. Cuanto más tiempo siga sin saber que tenemos intención de atraparlo, mucho mejor, ya que eso nos facilitará la tarea.

En ese momento se abrió la puerta y entró Simon, quien había ido a ver si lograba convencer a lady Marchmain de que le entregara la lista de invitados; al ver que todos lo miraban esperanzados, hizo una mueca.

—No tiene ningún problema en entregárnosla, pero la tiene en Marchmain House. En cuanto llegue allí nos la enviará con un mensajero.

James asintió agradecido, pero puntualizó con gravedad:

—Hay que tener en cuenta que, debido al número de invitados, esa lista servirá como mucho para restringir nuestro campo de búsqueda. Seguiremos sin saber quién es el asesino.

—Eso es cierto —Diablo recorrió la sala con la mirada—. ¿Se le ocurre a alguien algún plan para lograr que ese malnacido salga a la luz?

Mientras iban surgiendo ideas, algunas de ellas bastante imaginativas, Henrietta se reclinó en el diván y les dejó hablar, pero cuando vio que las voces iban apagándose habló con una fuerza que no había empleado hasta el momento.

—Todos sabemos que hay una única alternativa.

La mirada que le lanzó Diablo reveló con claridad que él había sido consciente de ello desde el principio, pero había optado por agotar todas las demás posibilidades antes de plantearse siquiera aquella. Antes de que él pudiera retomar el control de la situación, ella añadió:

—La única forma de atraparlo, de lograr que muestre su verdadera cara más allá de la máscara de caballero tras la que se esconde, es utilizarme a mí como cebo —el barullo que se armó con sus palabras no la sorprendió lo más mínimo.

James, que seguía agarrándola de la mano, aprovechó aquel caos para inclinarse un poco más hacia ella y decir con voz tensa:

—No quiero que lo hagas, no quiero que arriesgues así tu vida.

Ella le miró a los ojos.

—Ya lo sé. Yo no quiero correr ese riesgo, pero es la única opción que tenemos —le apretó la mano y se la sostuvo con fuerza—. Solo así podremos vivir en la casa de tu tía abuela Emily, juntos y libres de cualquier amenaza; solo así podré ver los paisajes que ella plasmó en sus lienzos hechos realidad en Whitestone Hall —le sostuvo la mirada unos segundos más antes de añadir, con voz suave pero llena de determinación—: no quiero correr ningún riesgo, pero solo así podremos tener el futuro que ambos deseamos, así que voy a hacerlo. Por favor, no me lo pongas más difícil.

Él la miró durante un largo momento hasta que al fin, con obvia renuencia, asintió y alzó la mirada hacia Diablo.

—St. Ives —esperó a que le mirara, y le dijo entonces con voz firme—: vayamos directos al grano. Henrietta tiene razón, es la única alternativa que tenemos.

Diablo le sostuvo la mirada, respiró hondo, y cuando miró a Henrietta y vio lo decidida que estaba suspiró resignado y asintió. Alzó la voz para pedir silencio y, cuando todas las miradas estuvieron puestas en él, decretó:

—No tiene sentido que discutamos. Es algo que hay que hacer, y punto. La cuestión ahora es decidir cómo vamos a hacerlo exactamente.

Se hizo un profundo silencio mientras todos se daban unos

segundos para tomar aire y entonces, paso a paso, superponiendo una capa de protección tras otra, aunando esfuerzos, la familia Cynster formuló un plan para atrapar al asesino de lady Winston, el malhechor que había tenido la temeridad de intentar lastimar a uno de los suyos.

Más tarde, cuando había caído ya la noche, James entró en la casa de sus futuros suegros por la ventana del saloncito trasero y bajó la mirada hacia la persona envuelta en sombras que la había abierto para dejarle entrar.
—Gracias —susurró.
—Si quieres agradecérmelo asegúrate de que Henrietta sale de esta feliz y con vida —Mary cerró la ventana, echó el pestillo, y titubeó por un instante—. Pensándolo bien, también sería perfectamente aceptable que fuera en el orden inverso.

Se dirigió hacia la puerta sin añadir nada más, abrigada con una gruesa bata y con un chal cubriéndole los hombros. Se asomó después de abrir para asegurarse de que el pasillo estuviera despejado, y le indicó que se acercara con un gesto lleno de impaciencia.

James cruzó el saloncito, salió con sigilo al pasillo y cerró la puerta. Ella se llevó un dedo a los labios, y entonces procedió a conducirle por la silenciosa casa con paso firme, pero sin hacer apenas ruido. Él hizo todo lo posible por emularla y, mientras la seguía por el vestíbulo y subían la escalinata principal, le rogó al cielo que a ningún habitante de la casa se le ocurriera salir en alguna expedición nocturna y los pillara in fraganti.

Pasaron por la galería, recorrieron otro pasillo, y Mary se detuvo al fin ante una puerta.

—Esta es su habitación. Todo el mundo se acostó hace una hora, así que es posible que esté dormida. Asegúrate de que no grite.

Antes de que James pudiera responder a aquella inaudita orden, ella siguió hablando con toda la naturalidad del mundo.

—Supongo que sabrás salir solo de la casa, ¿verdad?
—Sí, por supuesto —el recorrido no era complicado.
—Perfecto. Será mejor que te asegures de marcharte bien temprano para que nadie te vea, no quiero que esto me cause problemas. Limítate a cerrar la ventana del saloncito, yo me encargaré de echar el pestillo cuando baje a desayunar.

Su desparpajo y su actitud mandona no parecían tener límite, pero acababa de ayudarle y le estaba agradecido por ello. Mary no había tenido obligación alguna de acceder a su petición, pero él había intuido que, bajo aquella imagen de imperiosa institutriz llena de arrogancia y seguridad en sí misma, estaba realmente preocupada por Henrietta, y contra eso no había discusión posible.

Puso la mano en el pomo de la puerta, se despidió con una pequeña inclinación de cabeza, y ella asintió como una reina ante su súbdito y se marchó sin hacer ruido.

No esperó a ver hacia dónde se dirigía. Abrió la puerta, entró en la habitación con sigilo, y cerró tras de sí con cuidado.

Aunque no quedaba ninguna vela encendida, el lugar no estaba a oscuras gracias a la luz de la luna, que entraba por las dos amplias ventanas con las cortinas descorridas y avanzaba por el suelo para dibujar una línea diagonal sobre una gran cama con dosel. La cabecera y las almohadas estaban bañadas en sombras, pero apenas había echado a andar cuando oyó el susurro de las sábanas y vio cómo se movían.

La advertencia de Mary sobre la importancia de no dejar que Henrietta gritara relampagueó en su mente.

—¿James? ¿Eres tú?

Henrietta se sentó en la cama, alzó las sábanas contra su pecho de forma instintiva y escudriñó la oscuridad que imperaba más allá del haz de luz. Mientras susurraba aquellas palabras, la posibilidad de que no fuera James y el miedo al imaginar de quién podría tratarse la paralizaron, pero se recuperó de inmediato porque, en el fondo de su ser, sabía con una certeza total e inexplicable que la figura que entreveía en medio de la penumbra era él.

La confirmación no se hizo esperar.

—Sí —la luz de la luna lo iluminó cuando cruzó la habitación hacia ella.

Lo contempló llena de dicha, absorbiendo hasta el más mínimo detalle. Él se detuvo junto a la cama y la contempló de igual forma... como si el mero hecho de verla, de posar la mirada en su rostro, de mirarla a los ojos, fuera un propósito en sí mismo, un bálsamo para la mente y las emociones. Los dos se dieron un minuto, lo exprimieron al máximo, y fue entonces cuando ella extendió la mano hacia él y admitió:

—Me alegra que hayas venido.

Él cerró los dedos alrededor de los suyos con firmeza, y se sentó en la cama cuando ella tiró con suavidad de su mano para que lo hiciera.

—Tenía que verte, tenía que hablar contigo. Le pedí a Mary que me ayudara y ha sido ella quien me ha ayudado a entrar en la casa.

—Debo acordarme de darle las gracias —comentó ella, con una fugaz sonrisa.

—¿Cómo tienes la cabeza? —le preguntó, mientras dirigía la mirada hacia el vendaje que seguía rodeando su cabeza.

—La herida aún me molesta un poco, pero no me duele.

Henrietta encogió las piernas debajo de las sábanas sin soltarle la mano y, apoyada en el otro brazo, dejó que las sábanas cayeran sobre su regazo mientras se le acercaba un poco más. Llevaba puesto un fino camisón de batista, pero no había razón alguna para ocultarse de James. Se inclinó hacia él, alzó ligeramente la cabeza y murmuró:

—De hecho, estoy perfectamente bien.

Estaba mirándole a la cara, y gracias a eso alcanzó a ver que su rostro se ensombrecía de forma fugaz. Él respiró hondo, y la miró a los ojos antes de decir con voz tensa:

—Ha sido por pura suerte, que te inclinaras en ese justo momento ha sido cuestión de suerte.

—Sí, así es —admitió ella, mientras le sostenía la mirada y le apretaba la mano con más fuerza—, pero el destino actuó y yo aún estoy aquí.

—Somos nosotros quienes aún estamos aquí —le corrigió él en voz baja—. Tal y como yo veo las cosas, tal y como las siento, ya no existe ni un «tú» ni un «yo». Lo único que existe es un «nosotros».

Ella escudriñó su mirada por unos segundos, y entonces esbozó una sonrisa y admitió:

—Me alegra que te sientas así, que pienses eso, porque yo siento y pienso lo mismo.

Durante un largo momento se quedaron así, mirándose en silencio, perdidos el uno en los ojos del otro, maravillados de nuevo por la conexión que había entre ellos, saboreando el poder de aquella fuerza que los unía.

La intensidad se avivó más y más; arrastrada por ella, cautiva, se arrodilló con un fluido movimiento para acercarse aún más a él. Colocó la mano sobre su hombro, le cubrió los labios con los suyos y abrió la boca invitadora, se dejó llevar mientras él la besaba a su vez.

James le soltó la mano, alzó la suya y con ternura, con un cuidado exquisito, enmarcó su rostro procurando no tocarle la herida. La mantuvo quieta, arrodillada frente a él, para que el beso pudiera extenderse y profundizarse... para que ambos pudieran saborearse mutuamente a placer, para poder calmar los miedos que les atenazaban y encontrar seguridad a través de la caricia, a través de aquella íntima unión que era una reconfortante confirmación de que los dos estaban bien, de que seguían estando allí, vivos y juntos. Su soñado futuro compartido seguía estando al alcance de su mano, a la espera de que lo convirtieran en realidad.

Sus bocas se saboreaban mutuamente como si de un festín se tratara; la pasión y el deseo se arremolinaban en medio de la oscuridad, las llamas les recorrían la piel y enardecían tentadoras sus sentidos.

Henrietta se echó un poquitín hacia atrás, respiró hondo para llenar los pulmones y mirándole a los ojos, a un suspiro de sus labios, murmuró con un tono de voz insinuante que era una clara invitación:

—Vas a quedarte a pasar la noche conmigo, ¿verdad?

Él esbozó una pequeña sonrisa y contestó sin apartar los ojos de los suyos.

—Esa sería mi opción preferida.

Ella soltó una pequeña carcajada y tiró de él para que se tumbara. Lo envolvió entre sus brazos y rodaron juntos por la cama mientras la pasión se avivaba con ímpetu, pero la refrenaron de forma instintiva. Aquella noche les pertenecía. No había ningún peligro que pudiera alcanzarles, ningún asesino podía tocarles allí. No había necesidad de apresurarse, podían saborearse mutuamente y disfrutar a placer aquella inmensa dicha.

Después de tumbarse de espaldas y de colocarla a horcajadas sobre su cuerpo, James posó una mano en su mejilla y la miró a los ojos.

—Debemos ser cuidadosos para no lastimarte la cabeza.

—Lo seremos, no te preocupes —ella apoyó los codos sobre su pecho y le sostuvo la mirada por unos segundos antes de añadir, con una sonrisa seductora—: bésame —bajó la cabeza para tentarlo rozándole los labios con los suyos y murmuró—: hazme el amor.

James obedeció más que gustoso. La agarró de la nuca con una mano, esperó y dejó que ella llevara la batuta del beso por unos segundos, y entonces se hizo con el mando y dejó que el beso se volviera voraz... voraz, pero aun así controlado.

Sus lenguas se entrelazaban mientras se batían en un apasionado duelo, sus labios tan solo se separaban para volver a fusionarse conforme el intercambio iba volviéndose más acalorado e intenso.

La respiración de los dos se volvió jadeante, suaves sonidos de deseo rompían el silencio; las prendas de ropa salieron volando, se desvanecieron sin más; las manos de ambos buscaban el contacto con la piel desnuda, acariciaban y recorrían con avidez, se deslizaban flagrantemente posesivas.

Tan solo separaban sus bocas para poder saborear la piel y la pasión del otro, para poder enardecerlo más y más.

Los dos tenían claro lo que querían, los dos deseaban lo mismo. En esa ocasión la empatía entre ellos era incluso mayor que la noche anterior, estaban en perfecta sintonía.

Lo que siguió a continuación fue una sinfonía, una orquestada por ambos. Iban pasándose la batuta el uno al otro mientras cuerpo contra cuerpo, piel contra piel, se dejaban arrastrar por la pasión y el deseo, por todo lo que emanaba de aquella conflagración física y emocional.

Juntos, siempre juntos.

Sus corazones brincaron al unísono cuando la penetró, cuando sus cuerpos se unieron; se quedaron inmóviles, con los sentidos abiertos de par en par, para exprimirle a aquel segundo crucial hasta la última gota de placer; entonces, en perfecta armonía, iniciaron la danza, el camino rumbo a la plenitud.

Eran como un solo ser. Ávidos y anhelantes, embriagados por aquella desatada y apasionada dicha, respiraban jadeantes mientras cabalgaban hacia la distante cima con la piel empapada de sudor y los sentidos envueltos en llamas.

El éxtasis estaba esperándolos, poderoso y firme, para envolverlos y hacerles añicos, para moldearlos de nuevo, para fusionarlos a un nivel más profundo en el que el vínculo que los unía era aún más inquebrantable.

Descendieron de nuevo hacia la tierra, hacia aquella cama en la que, envueltos en una plácida dicha, se cobijaban el uno en los cálidos brazos del otro, y se miraron a los ojos mientras una dorada marea de plenitud les recorría.

Mientras sus alientos se entremezclaban, mientras se veían

reflejados el uno en los ojos del otro, estaba más que claro lo que ambos estaban pensando.

Estaban dispuestos a enfrentarse a lo que fuera con tal de proteger aquello... aquella felicidad, aquella pasión, aquella unión sin límites. No iban a permitir que nadie, absolutamente nadie (ya fuera un asesino o un malhechor de cualquier calaña) se lo arrebatara, no iban a dejarlo ir. No de forma voluntaria, ni bajo peligro de muerte.

El uno leyó esa verdad en la mirada del otro, y poco después cerraron los ojos. No les hacían falta palabras para reiterar su entrega total, su compromiso mutuo. Estaban dispuestos a arriesgar la vida sin dudarlo por lo que había entre ellos, por poder pasar el resto de sus días viviendo el futuro que tenían a su alcance.

No hacía falta decir nada. Se arrebujaron bajo las sábanas y, acurrucados el uno en brazos del otro, se quedaron dormidos.

CAPÍTULO 13

Sir Thomas Grenville, patrono del Museo Británico e insigne bibliógrafo, había elegido la noche siguiente para organizar una gala cuyo objetivo era recaudar fondos para los trabajos de construcción del nuevo museo, que ya estaban en marcha. Sir Thomas había tenido la feliz idea de que su gala se celebrara en la parte de la nueva ala este conocida como «la galería de la Biblioteca del Rey». Era una sección nueva que ya había sido completada y a la que hasta esa noche tan solo habían tenido acceso los conservadores del museo, por lo que estaba asegurada la presencia de todos aquellos miembros de la alta sociedad que habían tenido la suerte de recibir una invitación.

Gran parte de los que se movían en los círculos más elevados de la nobleza se encontraban en ese momento en Londres para participar en la temporada social, así que no había la menor duda de que el evento estaba destinado a la más horrenda (aunque selecta) de las aglomeraciones. La cuestión era que no iba a faltar nadie relevante.

—No hay duda de que es la ocasión perfecta para nuestra trampa —murmuró Henrietta.

Estaba parada en la línea de recepción detrás de sus padres, tomada del brazo de James. A pesar de lo alta que era, no podía ver por encima (y mucho menos a través) del océano de cabezas y hombros que asentían y se movían mientras los que estaban delante de ellos en la cola charlaban animadamente.

Todo el mundo esperaba vivir una velada realmente memorable. Sir Thomas, todo un veterano en lo que a organizar eventos para recaudar fondos se refería, se había mostrado extremadamente enigmático acerca del tipo de entretenimiento que pensaba ofrecer. Podría decirse que había dejado que la intriga y las especulaciones se intensificaran e hicieran la tarea por él, así que no era de extrañar que todos los que habían sido invitados hubieran acudido en masa.

James inclinó la cabeza hacia ella para poder susurrarle al oído:

—Por lo que tengo entendido, las anfitrionas que tenían intención de ofrecer algún evento esta noche cancelaron sus planes de inmediato.

—Sí, no tenía sentido intentar ir a contracorriente. Todo el mundo va a estar aquí, y como se trata de una gala lo más probable es que casi nadie se marche hasta que se dé por concluida.

—Eso es algo que juega a nuestro favor —comentó él, antes de alzar la cabeza para echar una mirada alrededor—. St. Ives está ahí delante, y Gabriel y Alathea se encuentran a unos nueve metros por detrás de nosotros —miró hacia delante de nuevo, y al cabo de unos segundos se giró de nuevo para recorrer con la mirada la densa cola—. No veo a ninguno de los demás.

—Estarán por aquí, aunque con semejante multitud me alegra que no tengamos que encontrar a nadie. Sería una tarea prácticamente imposible.

—Sí, a menos que uno esté pendiente de la cola, esperando a que llegue esa persona —James tensó la mandíbula en un acto inconsciente, y tardó unos segundos en relajarla lo suficiente para poder decir—: recuérdame de nuevo quiénes son los elegidos para hacer que parezca que no tenemos ni idea de lo que está pasando.

Ella miró alrededor con cautela. El ruido generado por el gentío ya era tan fuerte que lo más probable era que ni siquiera su madre, que estaba justo delante de ella, alcanzara a oírla, pero aun así se acercó un poco más a él y bajó la voz al contestar.

—Diablo y Honoria, Vane y Patience, Gabriel y Alathea, Lucifer y Phyllida, Demonio y Flick, así como también Simon y Portia, Amanda y Martin, y Amelia y Luc —miró al frente—. Y mis padres, por supuesto... ah, y también Mary —su hermana estaba al otro lado de su padre—. Además de todos nuestros mayores... tía Helena, Martin y Celia, y George y Horatia. Todos estarán presentes y cumplirán con su tarea.

Era obvio que el asesino debía de ser plenamente consciente de que tenía que andarse con cautela en lo que a todos ellos se refería. Estaría pendiente, les observaría para ver cómo reaccionaban, incluso era posible que tuviera la audacia de ponerlos a prueba. La cuestión era que, por muy tentador que fuera el anzuelo, no se expondría si veía el más mínimo indicio de que estaban alerta o en guardia, así que, aunque estaban allí con el propósito de atrapar a aquel malnacido, iban a fingir que no eran conscientes de ninguna potencial amenaza.

Esa era la tarea de todos ellos: convencer al asesino de que nadie esperaba que tuviera la temeridad de atacar de nuevo aquella noche y mucho menos durante la gala, hacerle creer que Henrietta no estaba bajo ninguna protección especial.

James asintió y comentó:

—Y los que están encargándose de vigilar con disimulo son Adair y Penelope, Charlie Morwellan y Sarah, Dillon Caxton y Pris, Gerrard Debbington y Jacqueline, tus primas Heather, Eliza y Angelica junto con sus respectivos esposos, y Charlie Hastings.

Henrietta asintió mientras la cola avanzaba un poco.

—Y también Christian y Letitia, Wolverstone y Minerva, algunos miembros de ese club especial al que pertenecen, y también algunos de sus amigos del Ejército junto con sus esposas —alzó la mirada hacia él—. El asesino no puede ni imaginar la cantidad de gente que va a estar pendiente de mí.

James intentó disimular la tensión y la desazón que sentía. Se suponía que estaba allí para disfrutar del que se esperaba que fuera el evento estrella de toda la temporada social junto con su prometida, pero proyectar la imagen adecuada estaba resultando ser una tarea difícil debido al papel que se le había asignado en aquel pequeño teatrillo.

Aún le costaba entender cómo había acabado por aceptar algo así, cómo había podido acceder a simular que tenía una discusión con Henrietta, una tan fuerte que, cuando acabaran separándose entre el gentío y cada uno se fuera por su lado hecho una furia, resultara creíble.

—Además, no olvides que Stokes y sus hombres están esperando fuera —añadió ella, antes de mirar de nuevo al frente.

James dudaba mucho que pudiera olvidársele el hecho de que la policía más cercana a la que recurrir iba a permanecer fuera del edificio; a decir verdad, a Stokes le gustaba aquel plan incluso menos que a él, pero, al igual que en su caso, al ver que no podía hacer nada por evitarlo había optado por aportar su apoyo como buenamente pudiera.

La cuestión era que Stokes, junto con un pequeño grupo de sus subinspectores y varios agentes, estaba apostado en el exterior del edificio y todas las salidas estaban vigiladas. En caso de que sucediera algo y el villano intentara escapar, se toparía con las fuerzas de la Policía Metropolitana.

Henrietta parecía estar completamente serena y con la atención puesta en el ambiente festivo que les rodeaba, intercambiaba sonrisas y gestos de saludo con unos y otros con actitud relajada. Solo él estaba lo bastante cerca para detectar la cautela y la mirada vigilante que había en el fondo de sus bellos ojos azules; solo él podía notar, a través de la mano que ella tenía posada en su brazo, la tensión que la atenazaba. Estaba tan tensa como él.

Sir Thomas les recibió con jovial buen humor cuando llegaron a la cabeza de la cola, y después de intercambiar los corteses comentarios de rigor y de recibir sus felicitaciones por el reciente compromiso se alejaron de él en pos de Louise, Arthur y Mary. Avanzaron mirando alrededor, rodeando a otras parejas y grupos que también contemplaban admirados la elegancia de la que se decía que era la sala más bella de Londres.

La galería había sido construida para albergar la Biblioteca del Rey, y tenía unos noventa metros de largo. Aunque tenía en casi toda su longitud nueve metros de anchura, se decía que la sección central, que estaba delineada por cuatro espectaculares columnas de granito pulido de Aberdeen, era casi el doble de ancha.

—¡Mira ese techo! —exclamó Henrietta, que había alzado la mirada y contemplaba con admiración los ornamentados estucados en tonos crema, amarillo claro y oro—. ¡Debe de estar a trece metros de altura como mínimo!

—Sí, como mínimo —James le agarró la mano, hizo que entrelazara el brazo con el suyo, y se desvió del camino que habían tomado Mary y sus futuros suegros—. Esos balcones que hay alrededor de la galería permiten tener una excelente visión de todo lo que ocurre aquí abajo.

Ella le miró de soslayo.

—Sí, y quien esté ahí arriba estará a su vez bien a la vista de cualquiera que pueda estar observándole.

—Exacto —asintió él, con una pequeña sonrisa, antes de inclinarse hacia ella para murmurar—: esos balcones son el lugar perfecto para fingir la discusión, estemos atentos para ver si encontramos las escaleras que suben hacia allí.

Henrietta asintió. Los balcones en cuestión se encontraban por encima de las estanterías que había a lo largo de las paredes de la sala. Situados a unos veinte metros del suelo, formaban estrechos pasillos que discurrían por encima de las profundas estanterías y desde los que se alzaban las largas ventanas que abarcaban la parte superior de las paredes. Unas delicadas barandillas doradas les conferían una apariencia liviana, como si estuvieran suspendidos por encima del cuerpo de la sala.

—Según Adair, hay dos únicas puertas —añadió él—. Una es por la que hemos entrado, y la otra está situada al fondo de todo —se detuvieron junto a una de las hermosas y lustrosas mesas que había a lo largo de la sala, y tras examinarla y contemplar la estatua que había justo al lado comentó—: no me puedo creer que el uso de esta sala esté reservado a los eruditos, que se creara con la idea de que el público en general no tuviera jamás la oportunidad de apreciar su belleza —miró alrededor mientras echaban a andar de nuevo—. No me extraña que digan que es la sala más bella de Londres.

—Sí, y supongo que eso nos garantiza que el hombre al que buscamos estará aquí —comentó ella, mientras seguía contemplando maravillada aquella magnificencia arquitectónica.

Se volvió a mirar por encima del hombro hacia la puerta por la que habían entrado, vio cómo el lustroso suelo de roble y caoba desaparecía con rapidez bajo una oleada de elegantes faldas conforme iban entrando el resto de invitados. Al ver que James y ella estaban acercándose a la sección central, la que tenía el doble de ancho que el resto de la sala, le preguntó:

—¿Cuánto calculas que deberíamos esperar antes de empezar con el teatrillo?

—Adair y Diablo insistieron en que esperáramos una hora como mínimo, ya que para entonces ya habrán llegado todos los invitados.

—Está bien —ensanchó aún más su sonrisa y le sujetó el brazo con mayor fuerza—. En ese caso, de momento podemos disfrutar de la gala libremente y olvidar el plan hasta después.

Así lo hicieron. Se mezclaron con el resto de invitados, fueron parándose aquí y allá para conversar y contestaron con la debida modestia a las numerosas felicitaciones por el compromiso matrimonial; aun así, mientras rodeaban la sección central y seguían a lo largo de la sala permanecieron atentos a las características del lugar para valorar cuáles de ellas podrían servirles de utilidad a la hora de llevar a cabo el plan.

Cuando llegaron al otro extremo de la sala, James la condujo hacia un rincón y bajó la cabeza para hablarle en voz baja. El lugar estaba tan abarrotado, había semejante aglomeración de gente, que a pesar de la cacofonía de miles de voces debían ser cautos y asegurarse de que nadie les oyera.

—Seguro que Adair hará que alguien vigile desde los balcones.

Esa había sido la tarea que se le había encomendado a Barnaby, supervisar al grupo encargado de vigilarla (y, llegado el momento, protegerla) mientras el resto de la familia fingía estar ajeno a lo que sucedía.

—¡Mira, Dillon y Pris están allí arriba! A la derecha, cerca del centro —Henrietta señaló hacia allí con un sutil gesto de la cabeza—. Él no va a apartarse ni un solo instante de su lado porque está embarazada, pero los dos tienen una vista muy aguzada.

—Adair debe de estar apostado en algún lugar desde donde pueda ver a todos los que te vigilan, para que puedan alertarle si alguien se te acerca.

Henrietta reprimió un escalofrío. Si quería mantener la compostura durante aquella velada, lo mejor era no pararse siquiera a pensar en que un hombre tenía intención de asesinarla. Hannah la había peinado de forma que la herida quedara oculta, pero la ligera molestia que aún sentía evocaba el recuerdo latente de la bala rasgándole la piel.

—¿Ha llegado ya el momento de actuar?

Él consultó su reloj de bolsillo y lo guardó de nuevo antes de contestar.

—No, aún queda un cuarto de hora como mínimo.

—Según ha comentado lady Holland, la gala va a dar comienzo con esa soprano tan conocida procedente de Milán. Supongo que actuará junto al piano de cola que hay en la sección central y, como lady Holland ha dicho que ese es el primero de tres actos, lo más probable es que actúe pronto. ¿Qué opinas?, ¿esperamos hasta después de la actuación para interpretar nuestra escenita o lo hacemos antes?

—Justo antes y en el balcón situado justo encima del piano para llamar toda la atención posible, aunque, pensándolo bien... —hizo una mueca y la miró a los ojos— la verdad es que no hace falta que la alta sociedad en pleno presencie nuestra supuesta discusión. Para entonces nuestro hombre ya debería estar aquí, y si es así estará observándote. No es necesario que montemos una gran escena, quizás sea aconsejable que lo hagamos después de la actuación de la soprano.

—Sí, yo creo que será lo mejor. Al margen de todo lo demás, ese canalla podría sospechar si montáramos un escándalo exagerado. Yo jamás cometería la torpeza de comportarme así en público, y tú tampoco. No podemos actuar de una forma claramente fingida, cuando cada uno se vaya por su lado tiene que parecer real. Debe de parecer un desacuerdo pasajero, nada más.

Él le sostuvo la mirada y al final terminó por asentir.

—Sí, tienes razón, pero sigo creyendo que deberíamos facilitar el que pueda ver cómo discutimos y nos separamos —deslizó la mirada por el balcón situado sobre la pared izquierda de la sección donde se encontraban en ese momento—. Podríamos situarnos hacia el final de este balcón y así estaremos encima del piano, justo por encima de donde estará situada la soprano.

Henrietta se volvió a mirar hacia la delicada escalera de caracol que conducía al balcón en cuestión.

—Podemos subir, avanzar por él con actitud relajada y detenernos en el lugar indicado como si quisiéramos escuchar a la cantante. Parecerá algo de lo más natural.

Él asintió y la siguió hacia la escalera. Tras subir al largo balcón, se tomaron de nuevo del brazo y, con toda naturalidad, caminaron de vuelta a la sección central de la sala.

Encontraron el lugar perfecto al final del pasillo, donde

otra escalera de caracol descendía hasta el suelo a escasa distancia de una de las cuatro enormes columnas de granito que sostenían el techo de la larga sección central de la sala. El piano estaba situado a los pies de esa precisa columna.

Henrietta apoyó una enguantada mano en la delicada barandilla, bajó la mirada hacia la sala y observó en silencio mientras cinco trabajadores de librea colocaban el piano siguiendo las órdenes de un hombre elegantemente ataviado, pero que en ese momento parecía estar agobiado y nervioso.

—Creo que ese es el secretario de sir Thomas.

James, que había estado recorriendo la sala con la mirada, centró su atención en aquel pobre hombre y bufó con sorna.

—No envidio su trabajo. Por si fuera poco tener que organizar todo esto, debe lidiar con artistas temperamentales. No creo que haya demasiada gente deseosa de tener ese honor —según los rumores, la soprano que iba a actuar en breve tenía la voz de un ángel y el genio de un diablo enloquecido.

—Tengo entendido que lleva años trabajando a las órdenes de sir Thomas, así que a estas alturas ya debe de estar acostumbrado a soportar tanta presión.

Al verla inclinarse hacia delante para ver mejor por encima de la barandilla, James tuvo que reprimir el súbito impulso de agarrarla y obligarla a retroceder. Estaba tan tenso, tan alerta, que sus instintos estaban deseando tener cualquier excusa para estrecharla entre sus brazos y no soltarla, para mantenerla a salvo y alejada de cualquier posible peligro.

Apretó los dientes y se recordó a sí mismo el papel que se le había asignado. Desde el punto de vista de sus instintos, aquella velada iba a empeorar de forma significativa antes de empezar a mejorar.

—¡Perfecto!, ¡ahí viene ya la soprano! —exclamó ella de repente.

James notó la impaciencia apenas contenida que se reflejaba en su voz, así como también una tensión subyacente. No había nada peor que la espera antes de poder pasar a la acción, el tener que contenerse hasta que llegara el momento de poner el plan en marcha, pero ya faltaba muy poquito...

Desde donde estaba alcanzaba a ver a muchos de los integrantes del plan, tanto los que se comportaban como si no pasara nada como los que se mantenían un poco apartados y, de forma mucho más subrepticia, no le quitaban los ojos de encima a Henrietta.

El pianista ocupó su asiento y rápidamente se corrió la voz entre la multitud, que se reposicionó para poder oír mejor la actuación. El hombre deslizó los dedos por las teclas del piano, se quedó quieto, y fue entonces cuando la soprano se acercó con tanta majestuosa teatralidad como si estuviera subida a un escenario. Tras detenerse junto al piano, le hizo un gesto de asentimiento a su acompañante y respiró hondo antes de empezar a cantar.

Su voz era tan poderosa que inundó la sala y llegó hasta el último de los rincones. La cadencia de la música, la canción en sí, era cautivadora y atrapó al público de inmediato. James se planteó iniciar la falsa discusión en ese momento, mientras los invitados estaban distraídos, pero descartó la idea cuando esta apenas acababa de tomar forma. La cantante era tan sumamente buena que no podía descartarse la posibilidad de que el asesino estuviera distraído con ella y se perdiera la escenita que iban a montar Henrietta y él.

Tras los atronadores aplausos que recibió la soprano al finalizar la canción, sir Thomas anunció que un aclamado tenor iba a actuar en media hora y que, cuando la gala estuviera a punto de llegar a su fin, los dos cantantes actuarían juntos para ponerle el broche de oro a la velada con un dueto.

La diva se retiró junto con el pianista y el secretario tras más vítores y aplausos, y el runrún de voces fue elevándose en una oleada sobre la sala mientras los invitados retomaban sus conversaciones.

Al igual que muchas de las damas presentes, Henrietta tenía

en el rostro una expresión poco menos que extasiada cuando se volvió hacia James y lo miró a los ojos.

—Ha llegado el momento —su expresión se alteró, se puso seria como si él acabara de decir algo que la hubiera hecho caer de golpe de las excelsas alturas a las que se suponía que la había alzado la soprano.

Él asintió de forma cortante, sus labios formaban ya una apretada línea.

—Pues sí, se supone que estamos discutiendo.

Ella alzó la barbilla en un gesto de testarudez, tensó la mandíbula y los labios y contestó con sequedad:

—Acabas de decir algo horrible, sabe Dios lo que habrá sido.

Habían estado ensayando durante la tarde, pero las palabras exactas no estaban en el guion. Él la miró ceñudo, bajó un poco la cabeza para enfrentarse beligerante a aquellos ojos azules que echaban chispas y espetó:

—No te atrevas a hacerme reír.

Ella respondió alzando aún más la barbilla y poco menos que sacudió la cabeza.

—¡No digas tonterías!, unas buenas risas te vendrían bien.

Él fingió estar cada vez más enfadado, acentuó aún más la expresión ceñuda que ensombrecía su rostro. Era fácil bromear sobre lo que estaban haciendo, sobre aquella discusión de mentira, pero era consciente de que aquella era la parte sencilla del plan. Lo que se avecinaba era lo que iba a costarles más a los dos.

—Y ahora me voy —Henrietta hizo ademán de irse, pero hizo una pausa como si estuviera dándole una última oportunidad para disculparse o decir algo que solucionara las cosas.

—Ten cuidado —tuvo que aferrarse a la barandilla para reprimir el abrumador deseo de detenerla, de agarrarla e impedir que se alejara.

Ella dio media vuelta con un ímpetu casi violento. De espaldas a él, con la frente bien en alto, dio dos pasos hacia la escalera de caracol y entonces, con actitud firme y determinada, descendió hacia la sala.

Él permaneció donde estaba con expresión adusta y la mandíbula apretada, y al cabo de unos segundos se obligó a soltar la barandilla poco a poco, dio media vuelta en la dirección contraria a la que ella había tomado y se alejó por el balcón lentamente, con rigidez.

Le costó un esfuerzo hercúleo contener la necesidad de volver la mirada hacia atrás y casi igual de difícil fue para él no buscar con la mirada a los demás, en especial a los que para entonces esperaba que ya estuvieran siguiéndola, manteniéndose cerca mientras ella se abría paso entre la multitud.

Se había llegado a la conclusión de que, a menos que el asesino hubiera investigado cuáles eran los vínculos de la familia, no sería consciente del que existía, por ejemplo, entre Henrietta y Gerrard Debbington, quien junto con Charles Morwellan estaba entre los encargados de seguirla entre el gentío a la espera de que algún caballero la abordara. El razonamiento era que si el asesino veía sola a su presa sería incapaz de resistirse y, oculto entre el gentío, se acercaría a ella para intentar sacarla de la sala mediante algún subterfugio.

La cuestión era que él tenía que limitarse a esperar, muerto de ansiedad, mientras reprimía todos y cada uno de sus instintos, que le urgían desesperados a que reaccionara, a que fuera tras ella y la protegiera, a que hiciera todo lo posible por mantenerla a salvo. Por desgracia, en aquella ocasión la única forma que tenía de protegerla era manteniéndose a distancia e interpretando el papel que se le había asignado. Henrietta solo volvería a estar totalmente a salvo si lograban capturar al malnacido que quería asesinarla.

Finalmente se detuvo y, tras recorrer con la mirada el gentío que se aglomeraba a sus pies, descendió la escalera de caracol situada al final del balcón, lejos del punto cercano al centro de la sala donde Henrietta se había incorporado a la multitud.

Había visto a varios de sus amigos y, dado que era lo que se habría esperado que hiciera si la discusión hubiera sido real, para mantener la ficción se dedicó a hablar con ellos y a evitar a los miembros de la familia Cynster.

Huelga decir que todos sus amigos y conocidos se habían enterado ya de su compromiso matrimonial y deseaban conversar con su prometida, pero él ya tenía preparada la excusa de que ella se había parado a hablar con unos parientes y no tardaría en alcanzarle.

Le costó más de lo que esperaba ceñirse a su personaje, pero lo consiguió y permaneció al fondo de la sala, luchando contra el impulso de buscarla entre la multitud.

Henrietta, por su parte, se abría paso entre el gentío que llenaba el centro de la sala. Era tarea fácil detenerse para intercambiar unas palabras, y hasta para aceptar las felicitaciones por su compromiso. Aunque James no estaba junto a ella, la gente estaba tan acostumbrada a verla sola en los salones de baile que fueron pocos los que comentaron su ausencia, y en esas contadas ocasiones pudo salir airosa con toda naturalidad.

Si fuera cierto que acababan de discutir, se comportaría con altiva dignidad y no permitiría que ni el más mínimo atisbo de agitación alterara la máscara que mostraba ante el resto del mundo, pero por otra parte también sería de esperar que, al ver que iban pasando los minutos y James no iba tras ella, optara al fin por refugiarse en algún rincón tranquilo donde poder pararse a pensar y analizar la situación con calma.

Después de charlar de naderías durante media hora, media hora en la que vislumbró a varios de los miembros de su familia que permanecían cerca, decidió salir de entre el gentío y se dirigió hacia la parte posterior de la ancha sección central, en el extremo opuesto a donde estaba el piano.

Cuando el tenor, un hombre bastante menudito, salió a cantar y los invitados centraron su atención en él, pudo ir retrocediendo hacia las sombras que había más allá del gentío hasta detenerse en una zona donde apenas había nadie.

Estaba de cara al tenor, pero podría decirse que prácticamente sola. La pareja más cercana estaba enfrente, de espaldas a ella, y a ambos lados de ella el espacio estaba despejado. Había hecho lo que estaba en sus manos para facilitarle las cosas a algún caballero que quisiera acercarse, sobre todo teniendo en cuenta que el tenor acaparaba por completo la atención del resto de invitados con su portentosa voz.

Mientras permanecía allí parada, esperando y luchando por ocultar el nerviosismo que la embargaba, se sentía muy expuesta. A lo mejor aquel tipo había ido armado con una pistola o con un cuchillo, quizás...

Intentó tranquilizarse, pensar con sensatez. Habían barajado esas posibilidades y todo el mundo había coincidido en que intentar asesinarla en la propia galería sería inútil. Para el asesino sería imposible salir de allí sin ser reconocido, no tendría escapatoria.

Precisamente ese era el motivo que le impulsaba a querer asesinarla, proteger su identidad, así que lo más probable era que la abordara para, de una u otra forma, conseguir que ella saliera de la sala con él.

Una parte de su mente se preguntaba, desde un punto de vista podría decirse que académico, qué clase de argumentos iba a emplear aquel tipo para lograr sacarla de allí, pero al margen de eso estaba hecha un manojo de nervios, llena de tensión, presa de una turbadora mezcla de miedo e impaciencia.

Por el rabillo del ojo veía a Gerrard y Jacqueline Debbington a su derecha, por detrás de la multitud, contemplando supuestamente absortos al tenor; por delante de ella y ligeramente a la izquierda, un poco más adentrados en el gentío, estaban Jeremy y Eliza Carling, pero también estaban de espaldas a ella; un poco más cerca, a su izquierda, estaban Rafe y Loretta Carstairs, a los que apenas conocía aunque le habían sido presentados. Aquellas parejas no eran las únicas, había más, pero a pesar de que sabía que no estaba sola tenía los pulmones constreñidos y estaba luchando por no agarrar su bolsito con excesiva fuerza.

Esperó un poco más, siguió esperando... el tenor finalizó su actuación y no la había abordado ningún caballero.

Sofocó un suspiro y, con una forzada sonrisa en el rostro, se internó entre la multitud de nuevo. Fue abriéndose paso hacia la ancha sección central de la sala, conversando con algunas amistades y saludando con una cortés sonrisa a unos y otros. Fueron varios los caballeros que, al verla sola, se detuvieron a charlar con ella, pero todos eran conocidos y se limitaron a hablar de temas mundanos.

Al final se colocó detrás de la columna que estaba enfrente del piano como si quisiera refugiarse de aquel aluvión constante de conversaciones, del agobio del gentío. Cuando la soprano y el tenor salieron juntos para interpretar el dueto final ella estaba situada al socaire de la columna, procurando ocultarse todo lo posible de la vista del grueso de los invitados a pesar de que la atención de la multitud estaba centrada en los cantantes. Todo el mundo volvía a estar de espaldas a ella.

Esperó de nuevo, siguió esperando y esperando... y no se le acercó ningún caballero. De hecho, no se le acercó nadie.

—Esto es increíble —masculló en voz baja, mientras el tenor y la soprano terminaban el aria que estaban interpretando y los invitados prorrumpían en atronadores aplausos. Hizo una pequeña mueca y aplaudió también, pero lo cierto era que no había oído ni una sola nota.

Al ver que la marea de gente empezaba a moverse y dejaban de mirar hacia el piano, supuso que los cantantes se habían retirado ya.

—¿Ahora qué? —se preguntó, mientras miraba alrededor.

Estaban convencidos de que el asesino no podría resistirse ante un cebo tan tentador, y que dejara pasar aquella oportunidad era la única eventualidad para la que no tenían un plan preparado.

Como si hubiera oído su pregunta, sir Thomas alzó la voz en ese momento para agradecerles a todos su asistencia e informarles de que, dado que aquello era un museo y la gala había llegado a su fin, podían marcharse por las puertas situadas a ambos extremos de la sala.

La multitud empezó a dispersarse, cada cual se reunía con el resto de su grupo antes de dirigirse hacia las puertas. Ella permaneció allí sin saber qué hacer hasta que al final suspiró resignada, salió de detrás de la columna y se colocó junto a ella, de cara a la parte central de la sala. Se quedó allí, taciturna, mientras esperaba de nuevo, aunque en aquella ocasión a quien esperaba era a James y al menos tenía la certeza de que él sí que iba a aparecer.

James no habría sabido decir cómo se sentía al darse cuenta de que la gala había finalizado sin que nada la enturbiara. La incredulidad, el alivio y la frustración luchaban por la supremacía en su interior. Apretó la mandíbula, se apartó de la marea de invitados que se dirigían hacia la puerta más cercana y se volvió hacia la sala para intentar encontrar a alguien que pudiera confirmarle el fracaso del plan.

Diablo, quien iba del brazo de Honoria, le vio antes y le hizo señas con la mano. Los tres se reunieron a un lado de la sala y fue el duque, quien parecía sentirse tan frustrado y decepcionado como él, quien masculló:

—Nada. Es posible que ese canalla no haya venido después de todo —indicó con la cabeza la más distante de las cuatro columnas de granito—. Henrietta está esperando junto a esa columna de ahí, te sugiero que finjáis que los dos habéis entrado en razón y deseáis hacer las paces. Así evitaremos que ese tipo sospeche que lo teníamos todo planeado.

—Vamos a reunirnos todos en Upper Brook Street —Honoria esbozó una sonrisa y se alzó para darle un beso en la mejilla—. No te preocupes, James. Ya se nos ocurrirá algo —se echó hacia atrás y asintió con regia elegancia—. Os estaremos esperando, no os demoréis.

Aquella orden directa le arrancó una sonrisa, y se inclinó ante ella antes de contestar:

—Iremos de inmediato, milady.

Se dirigió hacia la columna indicada y, tal y como Diablo le había dicho, vio a Henrietta esperando allí. Se la veía perdida, casi desolada, pero eso le facilitaba el poder acercarse a ella y fingir la reconciliación que había sugerido el duque.

Se acercó con una sonrisa de disculpa, la miró a los ojos al detenerse ante ella y, al cabo de unos segundos, le ofreció la mano.

—¿Hacemos las paces?

—Sí, por favor —ella tomó su mano, se le acercó más cuando él hizo que lo tomara del brazo, y entonces suspiró y ladeó la cabeza para apoyarla por un instante en su hombro—. Esto ha sido una horrible pérdida de tiempo.

Todos los que habían asistido a la gala para ayudar a llevar a cabo el plan se congregaron en la sala de estar de la casa de los padres de Henrietta. Se sirvieron y distribuyeron tazas de té acompañadas de pastas y en un principio se limitaron a tomar aquel refrigerio, ya que ninguno tenía prisa por analizar aquel rotundo fracaso, pero al final fue Royce, duque de Wolverstone y sin duda el más experimentado de los presentes en cuestiones de intrigas, quien fue directo al meollo de la cuestión.

—El plan no ha funcionado, pero creo saber el porqué.

—¿Por qué?

La pregunta salió de boca de Diablo y Royce tuvo que reprimir una sonrisa al oír su tono gruñón, pero recobró la seriedad de inmediato.

—El plan era bueno, pero estaba diseñado para atrapar a otro tipo de criminal, otro tipo de asesino —miró a James y a Henrietta, que se encontraban sentados frente a él en un sofá—. Si en esta ocasión nuestro villano hubiera sido un caballero típico que, por la razón que fuera, hubiera asesinado no solo a lady Winston, sino también a su doncella, y estuviera intentando acabar ahora con Henrietta por puro pánico, por miedo a que su identidad fuera descubierta... entonces sí, no me cabe duda de que habría intentado abordarla durante la gala. Incluso en el caso de que no hubiera intentado lastimarla en la sala ni sacarla de allí por no tener nada planeado de antemano, se habría acercado a hablar con ella para evaluar la situación, quizás habría procurado ganarse su simpatía para que ella confiara en él en un futuro encuentro —dejó su taza a un lado y concluyó—: pero no ha sido así.

—¿Podemos estar seguros siquiera de que estaba presente en la gala? —preguntó Gabriel.

Royce juntó las yemas de los dedos ante sí y asintió.

—Sí, yo creo que sí. Estoy convencido de que se acertó al deducir que él estaría allí, pero podéis comprobarlo cotejando la lista de invitados de lady Marchmain con la de esta noche.

—Conozco bien a sir Thomas, puedo pedirle que nos la entregue —afirmó Horatia.

—Sí, por favor. Llegados a este punto necesitamos toda la información que podamos conseguir —Royce recorrió la sala con la mirada—, porque debo advertiros que el hecho de que el asesino no haya picado el anzuelo esta noche no augura nada bueno.

Se hizo un profundo silencio que finalmente rompió Lucifer.

—¿Por qué?

Royce tardó unos segundos en contestar.

—Porque no creo que se haya dado cuenta de lo que habíais planeado —miró a James y a Henrietta y esbozó una pequeña sonrisa—. Interpretasteis vuestra supuesta discusión de forma magistral. No fue demasiado exagerada ni obvia, actuasteis tal y como lo haríais si realmente se diera una situación así. Cualquiera que, al igual que yo mismo, estuviera observándoos creería lo que vosotros queríais hacer creer, y precisamente esa es la razón de que el tipo no actuara —recorrió la sala con la mirada antes de añadir—: he estado pendiente de todos y puedo afirmar que hemos interpretado nuestros respectivos papeles a la perfección, nadie ha hecho nada que nos delatara.

—En ese caso, ¿por qué no ha picado el anzuelo? —preguntó Barnaby.

Royce miró a Diablo antes de contestarle.

—Creo que no lo ha hecho porque ha valorado la posibilidad y ha terminado por descartarla. Ha seguido mentalmente cómo se sucederían paso a paso los acontecimientos e incluso habrá llegado a dar varios de esos pasos. Tal y como habíais teorizado, no podía asesinar a Henrietta en la sala propiamente dicha, tenía que conseguir que ella accediera a salir de allí con él. Pero hay un problema que vosotros no podíais saber de antemano, que es que la sala solo tiene dos puertas y ambas estaban vigiladas por personal del museo debido a los objetos valiosos que hay en ella. A lo largo de la gala ha habido un mínimo de seis vigilantes en cada puerta. Por si fuera poco, debido a la peculiar estructura del lugar y al hecho de que las puertas estaban a ambos extremos de la sala no había un flujo de invitados entrando y saliendo; de hecho, casi nadie se ha marchado durante el transcurso del evento.

Se tomó un segundo para tomar aire antes de continuar.

—La conclusión es que nuestro hombre no tenía forma de salir de la sala con Henrietta sin ser visto, así que ha decidido que el riesgo era demasiado grande. Quería picar el anzuelo, pero ha resistido la tentación porque ha analizado la situación y ha llegado a la conclusión de que tenía pocas probabilidades de éxito.

Recorrió con la mirada el pequeño ejército que llenaba la sala de estar.

—Justamente eso es lo que me inquieta tanto. Un asesino que, a pesar de tener al alcance de la mano a la presa que tanto desea atrapar, es capaz de reprimir las ganas de actuar y, más aún, que no muestra reacción alguna, es un hombre muy peligroso.

—Vaya, así que estamos ante un asesino inteligente —comentó Barnaby.

Royce le miró y asintió.

—Como ya he dicho, es un hombre extremadamente peligroso.

Si antes ya se sentían desmoralizados, tomar conciencia de aquella realidad irrefutable ensombreció aún más el ambiente. Dado que nadie tenía más apreciaciones que aportar (y mucho menos algún plan nuevo y mejor) y ya era bastante tarde, no tardaron en dar por concluida la reunión.

Los principales implicados acordaron encontrarse en dos días para planear el siguiente paso a dar y Henrietta prometió que, mientras tanto, tomaría todas las precauciones posibles. James y ella fueron despidiéndose en el vestíbulo de todos los que habían acudido a su llamada y les agradecieron su ayuda, por muy improductiva que hubiera acabado siendo la velada. La decepción que la embargaba se aligeró un poco por la determinación inquebrantable que mostraban todos, una determinación que se reflejó de maravilla en las firmes palabras que le dijo Amanda.

—No te preocupes, no pararemos hasta que logremos atrapar a ese malvado —la abrazó con fuerza y la besó en la mejilla antes de permitir que su marido, Martin, la ayudara a bajar los escalones de la entrada y la condujera al carruaje que les estaba esperando.

Los dos habían sido de los últimos en marcharse, y minutos después Arthur le indicó con un gesto a Hudson que cerrara la puerta y se volvió hacia su esposa y su hija. Las miró con una sonrisa un tanto apagada, pero antes de que pudiera hablar Louise apretó la mano de Henrietta y afirmó:

—Amanda ha expresado con palabras el sentir de todos. No te desalientes, querida mía. ¡No solo vamos a encontrar a ese canalla, lo vamos a atrapar!

Le soltó la mano y, tras acariciarle la mejilla, miró a James con una sonrisa y le dio unas palmaditas en el hombro al pasar junto a él rumbo a la escalera.

—Vamos, Arthur. Dejémosles privacidad para que se despidan.

Arthur resopló con ironía, besó a su hija en la mejilla, y le dio una vigorosa palmada a James en el hombro antes de seguir a su esposa escalera arriba.

Henrietta se quedó allí parada, cara a cara con James, mirándose en aquellos cálidos ojos marrones. Parecía tan cansado como ella.

Él la observó con atención y al cabo de unos segundos comentó, con una pequeña sonrisa en los labios:

—Los dos estamos agotados debido a la tensión. Me voy a casa, espero levantarme mañana con la mente más despejada —enmarcó su rostro entre las manos y la besó.

Fue un beso tierno, increíblemente dulce, y cuando alzó la cabeza la miró con una sonrisa y la soltó.

—Que pases buena noche, descansa. Pasaré a buscarte por la mañana, a los dos nos vendrá bien un paseo por el parque.

—Sí, buena idea —logró esbozar una débil sonrisa.

En vez de llamar a Hudson, que se había retirado con discreción para darles privacidad, abrió ella misma la puerta y James le rozó los dedos con los suyos en una última caricia antes de bajar los escalones y alejarse por la calle.

Tras verle internarse en la oscuridad de la noche, Henrietta retrocedió con un suspiro y cerró la puerta. Habría preferido que se quedara a pasar la noche con ella, pero él tenía razón. Aquella noche ninguno de los dos sería la mejor de las compañías, era mejor que descansaran y recobraran fuerzas. Sofocó un suspiro y se dirigió hacia la escalera, rumbo a su fría y solitaria cama.

James recorrió Upper Brook Street con la cabeza gacha y las manos en los bolsillos, y después enfiló por North Audley Street.

No podía parar de repasar mentalmente los datos que tenían de momento, le daba vueltas y más vueltas a los cuatro intentos de asesinato que había sufrido Henrietta intentando encontrar cualquier detalle que pudieran haber pasado por alto, cualquier cosa que pudiera darles la más mínima pista sobre la identidad de aquel vil asesino.

Inmerso en sus pensamientos, cruzó la calle y al cabo de unos pasos dobló a la derecha para tomar Brown's Lane. Era un atajo que solía tomar para llegar a su casa de George Street y, como de costumbre, la única luz que aportaba algo de claridad a la estrecha callejuela era la que caía reflejada desde lo alto de los edificios que la flanqueaban y la que entraba de las calles que había a ambos extremos. Apenas era consciente de la relativa oscuridad. Había ido por allí en innumerables ocasiones, a menudo de noche. Avanzaba sin titubeo alguno, el eco de sus pasos era un familiar sonido que resultaba reconfortante.

Intentó recordar si había alguien al que pudiera ubicar sin duda alguna en la fiesta de lady Marchmain, alguien que le hubiera prestado más atención de la normal a Henrietta, pero por mucho que se devanó los sesos no había nadie que destacara con claridad en sus recuerdos.

En la callejuela había dos pequeños patios. Inmerso en sus pensamientos, ceñudo y con la mirada puesta en el suelo, atravesó el primero de ellos. Vio los adoquines iluminados por la luz de dos pequeños faroles que colgaban sobre unas estrechas puertas, y volvió a sumirse en la que por contraste era la oscuridad más densa de la sección de la callejuela que quedaba entre patio y patio.

Simon había recibido la lista de invitados de lady Marchmain. Con un poco de suerte, Horatia conseguiría al día siguiente la de sir Thomas, así que podrían compararlas y elaborar un listado más breve de posibles sospechosos.

Sus sentidos le alertaron de un ligero sonido, el roce de un zapato contra el suelo... había alguien detrás de él.

Hizo ademán de volverse...

Una explosión de dolor atravesó su cráneo, la oscuridad le envolvió, se desplomó y perdió el conocimiento.

Lo primero que notó James cuando la oscuridad fue disipándose fue que estaba sentado o, mejor dicho, desplomado en una silla con la cabeza (que le dolía una barbaridad) colgando hacia delante y los brazos a la espalda.

Intentó fruncir el ceño, pero incluso ese pequeño gesto le dolía; intentó moverse, pero se dio cuenta de que tenía los brazos atados... y el cuerpo también. Sus sentidos fueron despejándose y notó la cuerda que le apretaba las muñecas. Estaba sentado en una silla a la que estaba sujeto mediante una cuerda enrollada alrededor del torso, y tenía las manos atadas detrás del respaldo.

Parpadeó, abrió los ojos con dificultad y los entornó para protegerlos de la luz que emanaba de un quinqué cercano. Miró hacia un lado, esperó hasta que se le aclarara la vista y pudiera centrar la mirada y descubrió que estaba mirando hacia un tosco suelo de piedra, un suelo sobre el que sus pies estaban apoyados planos, lo que indicaba que la persona que le había dejado allí no le había atado las piernas.

Alzó la mirada poco a poco y fue siguiendo el suelo hasta una pared cercana, también de piedra.

Lentamente, sintiendo que el cuello podía rompérsele si se movía demasiado rápido, fue alzando la dolorida cabeza. Alguien le había golpeado en la parte posterior con algún instrumento pesado, probablemente una porra.

Finalmente, respirando con jadeos superficiales, se incorporó hasta quedar recto, con los hombros apoyados contra el respaldo de la silla. Contuvo un gemido y cerró los ojos mientras el lugar daba vueltas a su alrededor, pero sus sentidos se estabilizaron por fin y, después de tragar saliva, abrió los párpados con cautela y miró alrededor sin alzar la cabeza.

—¡Ah, excelente! ¡Ha sobrevivido!

La profunda voz de refinada dicción había emergido de las densas sombras que había detrás del quinqué, y el tono despreocupado hizo que a James le recorriera un escalofrío. Estaba claro que al tipo le daba igual que sobreviviera o no al ataque. Aguzó la mirada para poder ver más allá de la luz del quinqué, que estaba encima de unas viejas cajas a unos dos metros de él y estaba dirigido directamente hacia su rostro.

—¿Quién es usted?

—No hay duda de que tiene una cabeza dura —su interlocutor se interrumpió por un segundo antes de reflexionar—: no estoy seguro de si eso es algo positivo o negativo, pero da igual. Al menos así seré yo quien tenga un cebo tentador si su prometida me pone las cosas difíciles.

Si había albergado alguna duda de que estaba en presencia del hombre que quería asesinar a Henrietta, se disipó de un plumazo con aquellas palabras; además, el tono burlón que empapaba aquel último comentario confirmaba que se había dado cuenta del plan que habían ideado para atraparle... pero, por si fuera poco, el tipo había ido un paso más allá y había usado dicho plan en contra de ellos mismos.

Aquella realidad le impactó de lleno y le dejó helado. Comprobó de forma instintiva la cuerda que lo maniataba, pero no cedió lo más mínimo; peor aún, todavía estaba condenadamente débil y mareado. Se derrumbó contra la silla.

—No va a salirse con la suya.

—¿Eso cree?

Supo por su voz que el tipo estaba sonriendo. Antes de que pudiera contestar, el desconocido añadió:

—Bueno, ya lo veremos.

James respiró hondo y se humedeció los resecos labios.

—¿Qué demonios piensa ganar con esto?

Hubo una pequeña pausa tras la que la voz respondió, en un tono más reflexivo:

—Yo creía que era obvio. Después de la demostración de esta noche de la red tan extensa que pueden tejer los Cynster, me he preguntado qué podría inducir a la encantadora señorita Henrietta Cynster a salir del excesivamente protector círculo de su familia y venir a mí, ya que está claro que es la única forma de lograr ponerle las manos encima. Y de repente allí estaba usted, saliendo tan tarde de casa de los Cynster, regresando solo a casa en medio de la noche, perdido en sus pensamientos... —se rio con suavidad— la verdad es que ha sido demasiado fácil.

Mientras el tipo hacía otra pausa, como si estuviera pensando, James aprovechó para intentar aclarar su mente a pesar del intenso dolor que le martilleaba la cabeza.

—Estaba planteándome enviar uno de sus dedos y me decantaba por el que lleva el sello, pero como primera jugada me parece un poco truculento. Quizás sea aconsejable mantener esa opción en reserva, por si la encantadora Henrietta necesita un empujoncito más que la convenza de venir en su ayuda.

El tipo se movió y una mano enguantada apareció delante del quinqué para mostrarle algo.

—Además, sospecho que con esto bastará —deslizó entre los dedos un fino objeto metálico de color dorado con la punta brillante—. Creo que será suficiente para que ella venga volando a rescatarle.

James se tensó al reconocer su alfiler de corbata. Intentó de forma subrepticia aflojar la cuerda que le maniataba, pero fue inútil. Alzó la mirada hacia donde creía que debía de estar la cara del tipo y le preguntó:

—¿Y qué pasará entonces?

—Entonces...

Aunque su cara estaba oculta entre las sombras, en su voz se reflejaba cuánto estaba disfrutando y no hacía falta verle para imaginar su malévola y gélida sonrisa.

—Pienso preparar la escena de un doble asesinato —hizo una pausa antes de añadir, casi con entusiasmo—: será mi primera vez. Está claro que asesinar a Henrietta Cynster desencadenaría una persecución sin cuartel, pero me pregunto qué pasaría si usted, su prometido, la matara y después se suicidara; mejor aún, si lo hiciera tal y como había matado antes a lady Winston —su voz rezumaba una fría satisfacción— y entonces, abrumado por el dolor o por el miedo a las consecuencias, se pegara un tiro —parecía muy satisfecho de sí mismo—. ¡Sí, eso encajaría a la perfección! Al fin y al cabo, lady Winston vivía justo al lado de la joven dama que usted estaba considerando como posible esposa. Quizás fue así como se fijó en Melinda Wentworth, porque vivía al lado de su amante.

James sintió el sabor de la bilis en la boca. Alzó la cabeza y tragó saliva antes de decir:

—Yo jamás lastimaría así a una mujer, jamás le haría lo que usted le hizo a lady Winston —mantuvo la mirada fija en el lugar donde calculaba que debía de estar la cabeza de aquel asesino y, con los labios apretados, negó con la cabeza—. Nadie se creerá semejante patraña; aparte de cualquier otra consideración, yo apenas conocía a lady Winston.

El tipo contestó sin inmutarse, con toda la calma del mundo.

—Sí, no me cabe duda de que muchos se harán preguntas, pero le sorprendería con cuánta facilidad se puede manejar a la población.

James notó un movimiento entre las sombras, la mano apareció y se cerró alrededor del quinqué, y aquella voz refinada y escalofriantemente serena murmuró:

—Al fin y al cabo, ¿quién puede saber lo que atormenta la mente de otro hombre?

Antes de que pudiera responder, el quinqué se apagó y la habitación quedó sumida en una densa oscuridad.

Buscó el más mínimo destello, aguzó los oídos y oyó que unos suaves pasos se alejaban; hubo un chasquido, un fósforo cobró vida, una pequeña llama se encendió al fondo y junto con las voluminosas sombras fue ascendiendo un poco inclinada. El asesino estaba usando un fósforo para iluminar el camino mientras subía una escalera, y al llegar a lo alto la llama parpadeó y se apagó.

Esperó con el oído aguzado para intentar deducir por el sonido qué clase de cerraduras o cerrojos había en la puerta que conducía a... ¿dónde estaba?, ¿en un sótano?

La voz del asesino rompió el silencio.

—Por cierto, puede gritar todo lo que quiera, pero no va a oírle nadie. Esta casa, al igual que las que hay a ambos lados, están desiertas y las paredes son gruesas y de piedra maciza —hubo una pequeña pausa y se movió de nuevo—. Que duerma bien.

James oyó el roce de madera contra piedra, entró una bocanada de aire fresco y una pesada puerta se cerró; un segundo después alcanzó a oír cómo se echaba un cerrojo de considerable tamaño, oyó cómo se echaba otro más.

Cayó un profundo silencio, tuvo la impresión de que la oscuridad se espesaba aún más.

Tras varios segundos, se acomodó lo mejor que pudo en la silla y, con muchísimo cuidado, echó hacia atrás la cabeza (que aún le dolía) y la apoyó en el respaldo.

—¿Y ahora qué?

Lo preguntó con la mirada dirigida hacia arriba, inmerso en la oscuridad, pero a pesar de que esperó no obtuvo respuesta alguna.

CAPÍTULO 14

Henrietta acababa de poner un pie en el vestíbulo tras descender la escalera cuando oyó que Hudson la llamaba. Se volvió y lo vio acercarse, luchando por no dejar caer la bandeja de plata que llevaba en una mano mientras con la otra mano buscaba algo en su bolsillo.

Ese «algo» resultó ser una nota.

—Esto estaba junto a la puerta estaba mañana, señorita —indicó la puerta principal con la cabeza—. Alguien ha debido de traerlo muy temprano esta mañana, o a altas horas de la noche.

—Gracias —aceptó la nota, que era una hoja de papel plegada de forma impecable donde su nombre aparecía escrito con mano enérgica y que parecía contener algo entre los pliegues.

—¿Va a desayunar ya, señorita? ¿Desea que se le preparen unas tostadas y té?

—Sí, por favor. Iré en un minuto —le dijo, con una sonrisa.

El mayordomo se inclinó ante ella antes de alejarse con majestuosidad por el pasillo y entrar en el salón de desayuno, que era hacia donde se había dirigido ella antes de que la detuviera.

Permaneció allí parada mientras rompía el sencillo sello y desdoblaba la hoja. Agarró el pequeño objeto que había dentro, se lo puso en la palma de la mano... y se quedó paralizada al darse cuenta de que era el alfiler de corbata de James. No tenía ni la más mínima duda, ella misma se lo había quitado en varias ocasiones.

Cerró la mano alrededor del alfiler, alisó la hoja de papel y leyó lo que ponía.

La felicito, señorita Cynster. Su interpretación durante la gala fue excelente, pero admito que me sorprendió sobremanera y me decepcionó bastante que tanto su pequeño ejército como usted misma creyeran que yo caería en una trampa tan obvia. Fue presuntuoso de su parte además de insultante, pero, por otro lado, valoré muy positivamente que emplearan una estrategia en la que se usaba un cebo vivo.

Por consiguiente, señorita Cynster, si desea volver a ver a su prometido, James Glossup, con vida deberá seguir mis instrucciones y hacerlo sin desviarse ni un ápice. No va a revelarle a nadie que ha recibido esta carta ni lo que en ella le exijo. Y sí, estaré vigilando, tal y como estaba vigilando anoche, así que puede tener por seguro que si algún miembro de su familia es alertado yo lo sabré. Debe ser muy cuidadosa y no hacer nada a lo largo del día que pueda levantar sospechas; si considero que lo ha logrado y que no ha hecho ni un solo movimiento equivocado en toda la jornada, a la hora de la cena volverá a recibir noticias mías en las que se le indicará adónde debe ir esta noche si desea volver a ver a Glossup.

Estoy dispuesto a intercambiar su vida por la de Glossup, pero únicamente si sigue mis instrucciones al pie de la letra.

Huelga decir que el mensaje no estaba firmado por nadie.

Después de releerlo, volvió a doblar el papel y se lo metió en el bolsillo de la falda. Sus movimientos eran lentos, rígidos, estaba temblando por dentro. Fijó la mirada en el alfiler de corbata de James, le dio la vuelta sobre la palma de la mano, y entonces apretó los labios y lo prendió con cuidado en el revés del vestido, justo encima de su corazón.

Irguió la espalda en un gesto de determinación, respiró

muy, pero que muy hondo, contuvo el aire por un segundo, luchó por relajar los labios y, tras dibujar en su rostro una expresión relajada, se dirigió por el pasillo hacia el salón de desayuno intentando aparentar normalidad.

Al oír los familiares sonidos que salían del salón supo que el resto de la familia estaba ya allí.

Iba a rescatar a James, por supuesto, pero... hasta que se le ocurriera cómo conseguirlo, iba a interpretar el papel que el asesino le había asignado.

El sol matinal entró al fin por las mugrientas ventanas que había en la parte alta de una de las paredes del sótano donde James estaba preso. Despertó y parpadeó bajo la tenue luz mientras sus sentidos iban despejándose poco a poco y le informaron que, aunque la cabeza le dolía menos que antes, su cuerpo entero se había quedado agarrotado.

Le dolían los hombros y la rigidez del cuello era una tortura, pero al menos podía estirar las piernas. Se concentró en flexionarlas y alzarlas, y fue trabajando los músculos hasta que recobraron una normalidad relativa.

A esas alturas ya se había dado cuenta de lo que iba a tener que hacer. Había acordado en encontrarse con Henrietta aquella mañana para dar un paseo por el parque, ella mandaría una nota tarde o temprano a su casa al ver que no llegaba, y entonces... pero el asesino ya había demostrado más allá de toda duda que era lo bastante inteligente como para haberse anticipado a eso.

Relajó los hombros y murmuró, mientras intentaba aflojar la cuerda que lo maniataba:

—Ya le habrá mandado algún mensaje para informarla de mi captura, porque de no ser así ella daría la voz de alarma y eso es algo que él quiere evitar a toda costa. Quiere atraparla, así que le ofrecerá dejarme con vida a cambio de que se entregue y hará que vaya a algún sitio donde estará esperándola

—se reclinó en la silla y entornó los ojos mientras intentaba pensar como lo haría un villano—. Sí, se encontrarán en algún sitio, pero ya ha decidido orquestar ese doble asesinato que le permitirá asegurarse de que nadie sospeche de él, así que la traerá a este lugar.

Miró alrededor. No podía darse el lujo de quedarse allí sentado, esperando sin más.

—Cuando traiga a Henrietta aquí, tengo que estar libre de las ataduras y listo para salvarla.

No tenía ninguna duda de que ella iba a acudir a su rescate, así que tenía que estar en condiciones de devolverle el favor.

—Así que...

Miró alrededor de nuevo, pero en esa ocasión lo hizo con mayor detenimiento para ver si encontraba cualquier cosa que pudiera serle de utilidad. En un primer momento no vio nada, pero un breve destello de luz hizo que dirigiera la mirada hacia la zona situada debajo de la segunda ventana, la que quedaba más lejos de la silla.

Aguzó la mirada y al final alcanzó a distinguir los fragmentos de vidrio de una botella rota.

—¡Perfecto! Y ahora...

Midió sus fuerzas y debatió consigo mismo, pero tenía que liberarse lo antes posible porque no tenía ni idea de cuándo iba a llevar el asesino a Henrietta a aquella casa, a aquel sótano.

Hizo acopio de toda su fuerza de voluntad y de sus aún menguadas fuerzas, plantó los pies en el suelo y empezó a echarse hacia delante poco a poco hasta quedar de pie, sujeto aún a la silla e inclinado en una postura bastante peculiar y dolorosa. Pero, maravilla de maravillas, tenía la libertad precisa para mover las piernas y pudo ir avanzando paso a paso, arrastrando los pies, hacia la botella.

Cuando estuvo junto a los fragmentos, tuvo que ingeniárselas para agarrar uno adecuado (había tres como mínimo que creía que podrían servir) sin correr el riesgo de cortarse.

Finalmente apartó uno del resto con la punta del zapato,

y entonces fue bajando hasta hincar una rodilla en el suelo y después la otra (fue una maniobra complicada que le arrancó más de una imprecación). Manteniendo las rodillas bien juntas, calculó la distancia a la que estaba el fragmento, se colocó en posición y se dejó caer de lado sobre el hombro.

El movimiento le hizo ver las estrellas y se quedó allí, respirando jadeante en el suelo; cuando al fin dejó de darle vueltas la cabeza, alargó con cautela los dedos y empezó a tantear.

Tuvo que acercarse un poco más, pero finalmente logró rozar el vidrio y lo atrajo hacia su mano hasta que logró agarrarlo con cuidado de no cortarse. La sangre le dificultaría aún más poder sostenerlo y manejarlo.

Exhaló el aire que había estado conteniendo, llenó de nuevo los pulmones, esperó a que su corazón se calmara y su mente se centrara, y entonces giró el fragmento para colocar el borde más afilado contra la cuerda...

«¡Espera!, ¡espera! ¿Y si ese tipo no trae a Henrietta al sótano?».

Tirado en el suelo en aquella postura tan incómoda, atado a la silla, intentó pensar con lógica, se obligó a sí mismo a ponerse en la piel del asesino en la medida de lo posible.

Aquel malnacido quería cometer un doble asesinato y manipular la escena para que pareciera que él se había suicidado después de acabar con la vida de Henrietta y, más aún, que la había matado siguiendo el mismo procedimiento que había empleado anteriormente con lady Winston. El tipo quería que la escena fuera creíble y lo más probable era que tuviera intención de cometer aquellos pérfidos actos en orden, lo que quería decir que Henrietta sería la primera en morir.

Teniendo en cuenta la sangre fría de aquel canalla, no era difícil de creer que su propósito fuera asesinarla delante de sus propios ojos; por lo que Barnaby y Stokes habían comentado, era un sádico más que capaz de cometer una atrocidad así.

Pero asesinarlos a los dos en aquel sótano no encajaría en la escena del crimen que quería simular y sería una nota discordante, en especial si se suponía que el asesinato de Henrietta era una repetición del de lady Winston. Dos amantes no tendrían un supuesto encuentro romántico en un sótano, y aquel asesino era muy inteligente y sabía bien cómo pensaba la alta sociedad. La conclusión lógica era que le llevaría a algún lugar más creíble.

—Un dormitorio de esta misma casa, por ejemplo.

Giró su dolorida cabeza para poder ver la escalera. La tenía más cerca que antes, y la cada vez más intensa luz matutina le permitió verla con claridad. En la parte superior no había descansillo y la puerta se abría hacia dentro, así que, si se liberara de las ataduras y se colocara en lo alto de la escalera, listo para atacar en cuanto el asesino abriera...

—Tendrá tiempo de sobra para dispararme y, en caso de que forcejeáramos, lo más probable es que fuera yo el que acabara cayendo por la escalera y rompiéndose el cuello.

Eso trastocaría los planes del asesino, pero la verdad era que no era así como él quería que terminara aquello; además, ese desenlace no ayudaría en nada a Henrietta, y salvarla era su principal y primordial objetivo.

Miró hacia las ventanas desde su incómoda posición en el suelo y suspiró al darse cuenta de que no iban a servirle de nada, de que no iba a poder salir de aquel sótano por su cuenta ni aunque se liberara de las ataduras. La puerta estaba cerrada a cal y canto por fuera, las ventanas eran pequeñas y no podría pasar por ellas ni aunque lograra romper el grueso cristal, y el asesino le había dicho que tanto aquella casa como las que había a ambos lados estaban desiertas, así que era poco probable que pasara por la calle alguien a quien poder pedirle auxilio.

Tardó algo de tiempo en convencer a su cerebro de lo que iba a tener que hacer, y aún más en conseguir que su cuerpo cooperara. Incorporarse hasta ponerse en pie de nuevo fue una lenta y dolorosa gesta, pero al fin lo logró y fue retrocediendo poco a poco, arrastrando los pies y atado a la silla, hasta colocarla justo en el mismo lugar donde estaba antes. Por suerte, las pisadas previas del asesino y las de quién sabe cuántas otras personas hacían imposible distinguir su propio rastro en la capa de polvo que cubría el suelo; además, su ropa estaba ya tan sucia que el que hubiera estado tirado en el suelo no suponía ninguna diferencia. El tipo debía de haberle llevado a rastras hasta allí.

Tras acomodarse lo mejor que pudo en la silla, cerró los ojos y, a base de concentración, logró meter el fragmento de vidrio bajo el puño de la camisa, a lo largo de la muñeca derecha. Movió los dedos y las manos a modo de comprobación, pero el fragmento no salió de su escondite. Qué ironía, lo que lo mantenía sujeto y evitaba que cayera era la cuerda que le ataba las manos.

Sentado en la silla con los hombros encorvados, volvió a barajar mentalmente todas las posibles alternativas, pero como no se le ocurrió ninguna nueva estrategia al final cerró los ojos y luchó por relajar los músculos.

Tenía que intentar descansar todo lo posible hasta que el asesino fuera a buscarlo para conducirlo al lugar donde el muy malnacido tenía intención de llevar a Henrietta, fuera donde fuese.

Henrietta mantuvo en secreto lo que pasaba durante toda la mañana, pero no porque deseara hacerlo, sino porque no le quedaba otra alternativa. La vida de James corría peligro, así que debía tomarse muy en serio las palabras del asesino y dar por hecho que se enteraría en caso de que ella intentara dar la voz de alarma. No podía permitir que alguien que pudiera actuar con precipitación se enterara de lo que aquel individuo le exigía en su mensaje, tenía que comportarse como si no pasara nada fuera de lo normal.

Fue a primeras horas de la tarde cuando, a base de ir dejando caer algún que otro comentario susurrado durante las tertulias y reuniones para tomar el té a las que había asistido aquella mañana, consiguió concertar una reunión restringida a cuatro personas en las que sabía que podía confiar sin reservas: sus tres hermanas y su cuñada. Ellas iban a entender la difícil situación en la que se encontraba y al menos podrían aconsejarla.

Después de asegurarle a su madre que iba a permanecer en la casa, donde no corría peligro alguno, y que estaría entretenida en compañía de las demás (las cuatro habían llegado ya y apoyaron sus palabras), esperó a que se marchara a la habitual ronda de reuniones sociales antes de conducirlas al saloncito trasero.

Las cuatro la miraron con comprensible curiosidad al verla tan solemne de repente, pero guardó silencio y al llegar al saloncito cerró la puerta con firmeza.

Se dio la vuelta, esperó mientras Amelia y Amanda se sentaban en el viejo diván, Portia en una butaca y Mary se acomodaba en el confidente con las piernas encogidas bajo el cuerpo, tal y como acostumbraba, y entonces se dirigió hacia la butaca situada enfrente del diván y se detuvo junto a ella.

Las cuatro estaban expectantes e intrigadas, deseando saber qué era lo que quería contarles, y al final fue Amanda quien dijo, con los ojos muy abiertos en un teatral gesto de curiosidad:

—¿Y bien? Nos tienes en ascuas, como diría lady Osbaldestone.

Henrietta sintió que su compostura empezaba a resquebrajarse. Se sacó la nota del bolsillo y se la entregó.

—Necesito vuestra ayuda. Leed esto y dadme vuestra opinión.

Amanda tomó el papel y lo alisó antes de echar una rápida ojeada, una ojeada que hizo que su rostro se ensombreciera de golpe. Con gesto sombrío, muy seria, leyó el mensaje en voz alta desde el principio.

Oír aquellas palabras verbalizadas con voz nítida y clara

enfatizó el miedo que la atenazaba, hizo que cristalizara la amenaza que pendía sobre su vida, sobre su futuro junto a James. Se sentó con un movimiento abrupto y entrelazó las manos con fuerza sobre el regazo.

Cuando Amanda llegó al final del mensaje, a aquella escalofriante última frase, se hizo un silencio que Mary rompió al cabo de unos segundos.

—No se lo has dicho a nadie —no era una pregunta, sino una afirmación.

—¡No puedo hacerlo! Si se lo cuento a papá él avisará a Diablo, y todas sabéis lo que sucedería a partir de ahí.

—¡Que Dios nos asista! Se alzarían en armas, saldrían en busca de ese canalla blandiendo sables y sedientos de sangre —dijo Amelia.

Amanda asintió con gravedad y afirmó con firmeza:

—Sí, no hay duda de que ni Diablo ni los demás pueden enterarse de esto.

Portia se inclinó hacia delante para posar la mano sobre las de Henrietta, que seguían entrelazadas con fuerza.

—Has hecho lo correcto, has hecho bien en acudir a nosotras. Vamos a ayudarte, ya lo verás.

Ella logró esbozar una sonrisa sincera, aunque muy débil. Miró a sus dos hermanas mayores, que asintieron con solemne determinación y en cuyos ojos se reflejaba un apoyo total y absoluto, y justo cuando estaba volviéndose hacia Mary esta comentó:

—Lo primero que tenemos que hacer es idear un plan para derrotar a ese canalla —entrecerró los ojos, pensativa—. El siguiente paso será valorar cuánta ayuda vamos a necesitar para llevarlo a cabo, después habrá que decidir a quién podemos recurrir para lograr esa ayuda, y por último tan solo nos quedará llevarlo a la práctica.

Las demás se quedaron mirándola en silencio, y finalmente fue Amelia quien dijo:

—Sí, lo que dices es cierto, pero creo que podemos dejar

establecido desde un buen principio que, sea cual sea nuestro plan, no podemos dejar que a Diablo, Vane y los demás integrantes de ese grupito les llegue la más mínima información al respecto. Debemos evitarlo a toda costa.

—Sí, creo que todas estamos de acuerdo en eso —asintió Portia—. Si tenemos en cuenta lo que sabemos del asesino... se trata de un caballero de la alta sociedad, tenemos una idea aproximada de su edad teniendo en cuenta que era amante de lady Winston, tiene el suficiente peso social como para ser invitado a la gala de anoche... entonces lo más probable es que su método para saber si tú has dado la voz de alarma consista en vigilar a los varones de la familia, a Diablo, Vane y el resto de tus primos.

—Portia tiene razón —afirmó Amanda—. Es a ellos, a nuestros primos varones, a los que vigilará ese tipo para ver si has guardado el secreto. Si se enteran de lo que sucede no podrán disimularlo y él se dará cuenta de inmediato, le bastará con ver sus rostros tensos y su actitud guerrera.

—Además, lo más probable es que pertenezca a los mismos clubes que ellos —apostilló Mary.

—Por eso no se lo he contado a nadie más, solo a vosotras cuatro —admitió Henrietta—. Mamá y papá insistirían en informar a Diablo, para ellos así es como se manejan siempre las dificultades.

—Exacto —dijo Amanda—. Bueno, entonces estamos de acuerdo en que, aunque sabemos que los demás no van a sentirse nada complacidos al saber que les hemos ocultado todo esto, no podemos contárselo a nadie que creamos que va a involucrar a Diablo y a los demás. Queda claro desde este momento que no vamos a poder acudir a ellos para solucionar esto, tendremos que lidiar con esta situación por nuestra cuenta. Y ahora, tal y como ha dicho Mary, lo primero es idear un plan.

Amelia se colocó mejor su chal antes de comentar:

—Está claro que vas a tener que esperar a recibir el siguiente mensaje, Henrietta, y que deberás ir a donde él te indique. Hasta que no averigües dónde tiene a James, no tienes más remedio que obedecerle.

—Una vez que sepamos dónde lo tiene cautivo podremos pasar a la acción, pero no antes —afirmó Mary.

El saloncito quedó en silencio mientras le daban vueltas al asunto, y finalmente fue Portia quien tomó de nuevo la palabra.

—Ese es el primer escollo al que nos enfrentamos: encontrar la forma de que Henrietta no corra peligro cuando vaya a encontrarse con ese asesino, pero teniendo en cuenta que no podemos hacer nada que le haga sospechar que le has revelado a alguien lo que sucede —la miró al añadir—: tiene que creer que estás completamente sola, solo entonces te conducirá al lugar donde tiene a James.

Ninguna de ellas rebatió aquellas palabras, todas hicieron leves gestos de asentimiento. Henrietta esperó en silencio mirando de una a otra, estaban ligeramente ceñudas mientras intentaban encontrar la forma de...

Portia respiró hondo de repente y anunció:

—Me gustaría proponer que pidiéramos la opinión de una persona que sabe mejor que nosotras cómo lidiar con un malhechor, alguien a quien podemos confiarle este secreto y que comprenderá nuestra situación.

—¿De quién se trata? —le preguntó Amanda.

—De Penelope. Si alguien puede ayudarnos a pergeñar un plan viable para atrapar a un asesino, esa es ella.

Amanda alzó una mano.

—¡Yo secundo la moción! —miró a Mary y a Henrietta—. ¿Qué opináis vosotras?

Mary asintió.

—Estoy de acuerdo. En lo que a malhechores se refiere mis conocimientos son muy limitados, pero ella es una experta en la materia.

Henrietta apretó los labios, pero lo cierto era que tenía una única pregunta y se la planteó a Portia sin dudarlo.

—¿Cómo podemos encontrarnos con ella sin alertar al asesino?

Fue Amelia quien contestó.

—Con toda la facilidad del mundo. Estamos a primera hora de la tarde, es el momento perfecto para que vayamos a visitarla con la excusa de ver a su hijito, el pequeño Oliver.

—Podemos fingir que tú eres reacia a ir, Henrietta —propuso Mary, mientras se ponía en pie y se sacudía la falda—, pero que las cuatro hemos insistido en que nos acompañes para que no te quedes sola en casa.

—Será fácil proyectar la imagen adecuada —dijo Amanda—. Podemos fingir que nuestra visita es algo espontáneo e improvisado, que no hay ningún motivo ulterior, por si ese tipo tiene a gente vigilando la casa —miró a Portia—. ¿Crees que Penelope estará en casa?

—Sí. Conociendo a mi hermana, teniendo en cuenta la hora que es y lo pequeño que es Oliver, seguro que está en casa entretenida con algún texto del antiguo Egipto.

—A decir verdad, los textos que estoy leyendo son de la antigua Mesopotamia —les dijo Penelope, al hacerlas entrar en su sala de estar media hora después. Entró tras ellas y cerró la puerta—. Jeremy me ha pasado algunas de sus traducciones para que pueda leerlas, son realmente fascinantes.

Las demás intercambiaron miradas mientras tomaban asiento, pero optaron por no hacer ningún comentario.

Penelope esperó hasta que estuvieron sentadas y, tras retomar asiento en la butaca situada a un lado de la chimenea (junto a la que había una mesita sobre la que descansaba un enorme tomo abierto), les preguntó con una sonrisa:

—¿A qué se debe esta inesperada visita? —su mirada se agudizó al ver la expresión de sus caras—. ¿Acaso ha pasado algo?

Henrietta, quien estaba sentada entre Amanda y Amelia en

un sofá, decidió tomar la palabra antes de que alguien se le adelantara.

—Sí, así es. El asesino ha secuestrado a James y lo está usando como cebo para lograr que yo acceda a ir a donde él me diga y poder atraparme.

—¡Cielos!, ¡esto sí que no me lo esperaba! —exclamó Penelope, horrorizada a la vez que intrigada—. ¿Estás diciendo que se dio cuenta de nuestro plan de anoche y, en vez de caer en la trampa, la modificó para usarla en beneficio propio?

—Sí, eso parece.

—Qué impertinente de su parte, ¿verdad? —comentó Penelope, un tanto sorprendida—. Adelante, contádmelo todo.

Henrietta procedió a explicarle la situación mientras las otras cuatro iban aportando algún que otro comentario, y al final concluyó diciendo:

—Así que hemos decidido recurrir a ti para pedirte consejo y toda la ayuda que puedas darnos.

—Venimos de casa de Henrietta, hemos pasado por Grosvenor Square —aportó Portia—. Nos hemos comportado como si la hubiéramos obligado a salir a dar un paseo con nosotras y hubiéramos decidido venir a verte de forma impulsiva, como si esto no fuera más que una improvisada visita familiar.

—Excelente. Habéis actuado tal y como lo habría hecho yo misma, con la estrategia perfecta en estas circunstancias.

Henrietta miró a Portia y, a pesar de la gravedad de la situación, tuvo que reprimir una sonrisa. Todas eran conscientes de que, viniendo de Penelope, las palabras «tal y como lo habría hecho yo misma» eran un gran elogio. Era de todos sabido que, por mucho que se tratara de una familia en la que todos estaban muy bien dotados de inteligencia, era ella la que se llevaba la palma en ese sentido.

—Creemos que está claro que Henrietta debe ir a donde le indique ese hombre para encontrarse con él.

Tras aquellas palabras de Amanda, fue Mary quien añadió:

—Y que tiene que obedecerle hasta que averigüe dónde tiene encerrado a James.

Penelope recorrió con la mirada aquel círculo de rostros, y después de contemplar pensativa a Henrietta terminó por asentir.

—Sí, coincido con vosotras en eso. No veo cómo evitarlo si queremos rescatar a James, y eso se da por descontado.

—No podemos dejar que vaya sin protección alguna a encontrarse con ese villano que quiere matarla —adujo Amelia—, pero, por otro lado, tenemos que lograr que parezca que sí que está sola.

—Más aún —añadió Amanda—, lo que está pasando no puede llegar a oídos de nuestros primos. Nuestros mayores tampoco pueden enterarse, ya que acudirían de inmediato a dichos primos.

Penelope hizo un gesto tranquilizador con la mano.

—Estoy totalmente de acuerdo con vosotras en eso, contárselo a ellos o dejar que se enteraran sería contraproducente en este caso.

—De acuerdo, hermanita, dinos entonces qué es lo que tenemos que hacer. ¿Cuál es el plan? —le dijo Portia, mientras le indicaba con un gesto que fuera avanzando.

Penelope se quedó pensativa, su mirada perdida estaba puesta en algún punto entre los sofás; al cabo de unos largos segundos, alzó la mirada hacia ellas y contestó al fin.

—Vamos a tener que reclutar a un pequeño y extremadamente selecto ejército formado por aquellos que sabemos que harán lo que les pidamos sin irse de la lengua. Necesitamos un número suficiente de tropas, pero también se requerirá cierto grado de experiencia —hizo una pausa y posó la mirada en Henrietta—. Recomiendo encarecidamente que incluyamos en nuestros planes a mi esposo, por supuesto, y a través de él al inspector Stokes. Los dos saben ya de la existencia del asesino y de sus intentos previos por acabar contigo, estoy convencida de que si les exponemos de forma adecuada lo que sucede no solo entenderán nuestras razones para mantenerlo en secreto, sino que verán que nuestro plan es sensato y nos apoyarán.

—¿Tenemos un plan? —le preguntó Mary, sorprendida.

—Lo tendremos para cuando ellos lleguen —le aseguró Penelope, con una firme sonrisa, antes de volverse de nuevo hacia Henrietta—. Dadas las circunstancias, la decisión es tuya, pero tanto Barnaby como Stokes están en Scotland Yard en este momento. Puedo enviarles un mensaje para que vengan y entren por la puerta trasera.

Henrietta sabía que no podía hacer aquello sola. Si estaba allí era precisamente para conseguir aquella clase de ayuda, así que asintió sin titubear.

—Sí, por favor. Y quizás podríamos aprovechar para trazar nuestro plan mientras esperamos a que lleguen.

Penelope asintió y se levantó para ir a tirar de la campanilla.

Para cuando Barnaby Adair entró en la sala de estar seguido del inspector Stokes, ellas ya habían trazado el plan a grandes rasgos.

Penelope se encargó de presentar a Stokes a las que no le conocían y, después de esperar a que ellos fueran a por dos de las sillas que había contra la pared y se unieran al círculo, tomó la palabra.

—Antes de nada, debéis jurar que guardaréis en secreto lo que vamos a contaros y que solo lo compartiréis con aquellas personas a las que acordemos que deben ser informadas.

Los dos la miraron en silencio antes de intercambiar una mirada con la que se comunicaron algo sin necesidad de palabras, de hombre a hombre, pero al final los dos asintieron un poco a regañadientes y les dieron su palabra. Barnaby lo hizo con su acostumbrado refinamiento y Stokes con una voz parecida a un gruñido.

Penelope los miró con una sonrisa de aprobación y, a petición suya, Henrietta procedió entonces a ponerles al tanto de lo que ocurría.

Después de escuchar su relato y de leer la carta, Barnaby tenía una solemne expresión de gravedad en el rostro y Stokes estaba sombrío y muy serio. Antes de que pudieran hacer algún comentario, Penelope se les adelantó.

—Vamos a contaros ahora cómo hemos decidido que deben desarrollarse los acontecimientos.

Henrietta se limitó a observar en silencio mientras ellos digerían el plan que Penelope estaba explicándoles. Esperaba que protestaran, pero al ver que no lo hacían supuso que era una de las ventajas de reclutar a Penelope, una dama experimentada en lo que a atrapar a peligrosos malhechores se refería. No había ninguna duda de que tanto Stokes como Barnaby estaban tomándose muy en serio la situación, el plan y a ellas mismas.

Analizaron con el debido detenimiento cada aspecto de dicho plan mientras seguían paso a paso la somera explicación que hizo Penelope y, cuando esta concluyó con la última parte del plan (que, a decir verdad, aún estaba un poco indefinida), se tomaron unos minutos para reflexionar, sopesar y evaluar.

Finalmente, Barnaby emergió de sus pensamientos y miró a su esposa antes de recorrer con la mirada a las demás.

—Coincido con vosotras en que hay que hacer algo así, pero, para ser sincero, esto nos coloca tanto a Stokes como a mí en una situación difícil. Insistís en que ni Diablo ni los demás pueden enterarse, y... —alzó una mano al ver que todas iban a ponerse a hablar a la vez— comprendo que no podamos permitir que ellos se enteren y mucho menos que se involucren, estoy totalmente de acuerdo en eso; aun así, pedirnos que os ayudemos sin que nadie de la familia, en especial los varones, se enteren... —hizo una mueca antes de añadir—: entendéis nuestro dilema, ¿verdad?

Portia, Amanda y Amelia asintieron con renuencia y fue la segunda quien admitió:

—Sí, la verdad es que sí.

Mary, quien estaba sentada en una esquina del sofá situado frente a Henrietta, se irguió de repente cuando se le ocurrió una idea.

—Pero bastaría con que un varón relevante de la familia estuviera al tanto del plan y lo aprobara, ¿verdad?

—¿Quién...?

Portia contestó antes de que Stokes acabara de formular la pregunta.

—¡Simon! —miró a Mary y asintió—. Sí, podemos explicárselo todo y hacerle entender la situación. Puede que no le guste tener que ocultárselo a los demás, pero acabará por entenderlo porque sabe tan bien como nosotras cómo reaccionarían.

Amanda miró a Barnaby y a Stokes y les preguntó:

—Bastaría con eso, ¿verdad? Al fin y al cabo, Simon es el hermano mayor de Henrietta.

Barnaby asintió con firmeza.

—Sí, no me cabe duda de que al final él concordará con nosotros en que es mejor ocultarle todo esto tanto a Diablo como a los demás.

Stokes había enarcado las cejas mientras analizaba la situación, y finalmente asintió también.

—Que el hermano mayor de la señorita Henrietta esté al tanto de la situación me absolvería de tener que informar al duque.

—Qué alivio.

El comentario lo hizo Mary, pero resumía el sentir de todos ellos.

Penelope y Portia se encargaron de que se le enviara un mensaje a Simon, y cuando este llegó acompañado de Charlie Hastings (tras entrar, tal y como habían hecho Barnaby y Stokes anteriormente, por la puerta trasera), el plan había evolucionado considerablemente. Stokes había añadido muchas piezas del rompecabezas, tanto por su vasta experiencia como desde el punto de vista del personal que tenía a su mando y que podía aportar.

Una vez que Simon y Charlie tomaron asiento, Henrietta procedió a contarles lo que había sucedido desde la gala, y a continuación Barnaby se encargó de explicarles el plan mientras Stokes contribuía añadiendo algunos detalles sobre cómo iba a ejecutarse todo.

Amanda explicó entonces el dilema al que se enfrentaban por el hecho de no poder permitir que Diablo y los demás se enteraran de lo que estaba pasando, y Henrietta se encargó de concluir la argumentación.

—Debemos recordar que mi vida no es la única que corre peligro, ¡James está en manos de ese asesino!

Los ojos de Simon, unos ojos de un tono azul muy similar a los suyos, le sostuvieron la mirada por un largo momento, y al final él terminó por asentir con un suspiro de resignación.

—Tenéis razón, la vida de James correrá más peligro aún si les contamos a ellos lo que sucede; de hecho, ese tipo podría llegar a matarle si se diera cuenta de que han sido alertados, y no podemos correr ese riesgo. Además, si logramos atraparlo y rescatar a James, por mucho que protesten y se quejen lo harán en gran medida por haberse perdido toda la acción, pero más allá de eso no les importará. Mientras que todos salgamos sanos y salvos de esta, se darán por satisfechos.

—¡Bien dicho! —le dijo Amanda—. Bueno, ya es hora de empezar a pulir los detalles. Lo primero es decidir a quién más debemos involucrar en todo esto.

Barnaby y Stokes sacaron sendos cuadernos y procedieron a ir detallando entre todos el plan paso a paso, desde la preparación necesaria para que Henrietta pudiera ir a encontrarse con el asesino cuando recibiera su mensaje hasta la conclusión de lo que, en palabras de Charlie, era «una especie de búsqueda del tesoro».

Debatieron quiénes podían ser incluidos en los planes para que aportaran su ayuda, y cuando hicieron un descanso para tomar un refrigerio Henrietta recorrió con la mirada a todos los que la rodeaban y se sintió cada vez más esperanzada. Con el apoyo de tanta gente (el pequeño y selecto ejército que Penelope había decretado), empezaba a brotar en su interior la convicción de que todo iba a salir bien.

Una vocecita interior le advirtió que era peligroso confiarse y supo que no podía hacer oídos sordos, que el asesino de lady Winston era demasiado inteligente y despiadado como para tomarlo a la ligera; aun así, tenía que aferrarse a la esperanza.

Se reincorporó a la discusión y se centró en ayudar a ultimar el plan para ayudar a James. Lo único que le importaba era lograr tenerlo de vuelta a su lado.

James había pasado el día entero sumido en un duermevela. Se estiraba en la medida de lo posible cuando despertaba para aliviar un poco el agarrotamiento de los músculos, pero en lo que a los brazos y el torso se refería no podía hacer gran cosa.

Estaba despierto y en vilo cuando oyó el sonido amortiguado de pasos que se acercaban a la puerta del sótano, y al cabo de unos segundos los cerrojos se descorrieron y la puerta se abrió.

A juzgar por la luz que entraba por las ventanas, calculó que debía de faltar poco para que empezara a anochecer. Dando por hecho que el hombre que estaba descendiendo la escalera era el asesino de lady Winston, lo observó con atención y confirmó que era el mismo que le había dejado allí la noche anterior. La altura y la constitución eran las mismas, al igual que los andares. El tipo iba ataviado con un sobrio traje negro y una capa del mismo color, ocultaba el rostro bajo un sombrero de ala ancha, y una bufanda de seda negra contribuía a tapar aún más la parte inferior de dicho rostro.

Otros pequeños detalles a destacar eran el afilado cuchillo

que empuñaba en una mano y la pistola que empuñaba en la otra.

El tipo se dirigió hacia él, pero se detuvo a unos metros de distancia y lo observó impertérrito, casi podría decirse que con apatía. Lo único que alcanzó a ver de su rostro era que sus cejas eran oscuras, posiblemente negras y que, al igual que él, también tenía los ojos marrones, aunque de un tono más claro.

Al cabo de un largo momento de silencio, no pudo contenerse y enarcó una ceja. El gesto debió de hacerle gracia al tipo, porque sus labios se movieron bajo la bufanda como si estuviera esbozando una sonrisa y comentó:

—Sí, me temo que debe de estar terriblemente aburrido —la poca expresión que había en sus ojos se esfumó y dio paso a un vacío absoluto—. Pero todo terminará en breve.

Lo dijo en voz más baja, más suave y áspera, y James reprimió un súbito escalofrío.

—He venido a sacarlo del sótano. Voy a liberarle de las cuerdas que le atan a la silla, y entonces va a ponerse de pie —poco a poco, manteniendo una prudencial distancia, empezó a rodear la silla—. No se girará hacia mí en ningún momento; una vez que tenga la certeza de que no le van a fallar las piernas y yo se lo ordene, caminará a paso lento y sin detenerse hacia la escalera, y una vez que estemos arriba le daré más instrucciones —salió del campo visual de James—. Yo voy a seguirle a cierta distancia. Estaré lo bastante lejos para poder apretar el gatillo en caso de que se revuelva e intente abalanzarse contra mí, pero lo bastante cerca para, en caso de que eche a correr, pegarle un tiro y rematarlo con el cuchillo si es necesario.

Se colocó detrás de la silla y siguió hablando con aquella voz serena y sin vida.

—Aunque estoy seguro de que es consciente de que no tiene escapatoria, no me cabe la menor duda de que hará todo lo que esté en su poder, se aferrará al más mínimo vestigio de esperanza, para sobrevivir aunque sea hasta ver a su prometida ilesa e intentar liberarla. Su mejor opción para seguir vivo el mayor tiempo posible es cooperar y subir a la habitación a la que voy a conducirle, la habitación donde pienso llevarla después a ella independientemente de si usted aún sigue con vida —su voz se endureció al añadir—: ¿me he explicado con claridad?

James apretó los labios con fuerza y se tragó las respuestas que tenía en la punta de la lengua. Como no sabía si podría contenerse, optó por asentir sin abrir la boca.

—Excelente.

Notó que se le acercaba más, notó los tirones en la cuerda que le rodeaba el torso mientras iban desatándose los nudos, y poco después la cuerda se aflojó y el tipo tiró de ella al retroceder de nuevo.

—Ya está, puede ponerse en pie.

Lo hizo poco a poco, ligeramente tambaleante, mientras notaba cómo se le realineaban las articulaciones y los músculos. Cuando estuvo totalmente erguido al fin, estiró la espalda tanto como le fue posible teniendo en cuenta que aún tenía las manos atadas a la espalda, y el bendito alivio que lo recorrió le hizo cerrar los ojos.

El asesino le concedió algo de tiempo para que pudiera estirarse un poco más y recobrar el equilibrio por completo, pero finalmente le ordenó:

—Eche a andar. Hacia la escalera, y después suba hasta la puerta.

James obedeció. Tenía intención de intentar fijarse todo lo posible en la casa cuando la recorrieran; cuanta más información obtuviera, mucho mejor, ya que no tenía ni idea de lo que iba a pasar una vez que llegara Henrietta.

—Gire a la izquierda al llegar a lo alto de la escalera.

Fue siguiendo las indicaciones y, después de atravesar una cocina que tenía pinta de llevar mucho tiempo en desuso, recorrió un pasillo que acabó desembocando en un vestíbulo lleno de telarañas. A través de varias puertas abiertas vio que aún quedaban algunos muebles a pesar de que era obvio que el lugar estaba abandonado. Cuando empezó a ascender la estrecha escalera por orden del asesino, comentó con voz en la que tan solo se reflejaba pura curiosidad:

—Por lo que me ha dicho de su plan, deduzco que quiere que parezca que Henrietta y yo vinimos a este lugar por voluntad propia, pero no entiendo por qué demonios habríamos de encontrarnos aquí.

—Para mantener un encuentro amoroso, por supuesto. No pueden compartir momentos de intimidad en casa de los padres de ella y para usted sería demasiado peligroso satisfacer en la suya los gustos digamos que extravagantes que todo el mundo creerá que tiene, así que han estado viéndose aquí —al cabo de un momento añadió, con voz mucho más amenazante—: se me da bien manipular la escena de un crimen, se lo aseguro.

James se preguntó qué habría querido decir con aquello. No entendía qué posible relación podría tener aquel comentario con los asesinatos de lady Winston y su doncella, ya que en ninguno de los dos casos se había intentado disimular la violencia casi frenética que se había empleado contra ellas. Para cuando llegó a lo alto de la escalera, aún no había llegado a ninguna conclusión.

Avanzaron por el pasillo hasta que el tipo le ordenó que se detuviera, y cuando obedeció le oyó abrir la puerta junto a la que él acababa de pasar de largo.

—Gire a su derecha, hacia la pared. Después dese la vuelta muy, pero que muy despacio, y entre por la puerta que acabo de abrir.

Mientras obedecía notó que el tipo maniobraba para mantenerse en todo momento detrás de él. Un sucio tragaluz dejaba entrar algo de claridad, más de la que había tenido hasta el momento. Estaba claro que el asesino estaba asegurándose de que no pudiera verle bien la cara en ningún momento a pesar de que tenía intención de matarle en unas horas.

No podía negarse que era un criminal precavido.

Entró en la habitación y lo primero que vio fue una gran cama con dosel justo frente a él. Aunque era una habitación de tamaño decente, no era grande ni mucho menos y de eso se deducía que aquello no era una mansión, sino probablemente una casa adosada. Eso encajaba con lo que había visto del vestíbulo y la escalera.

La habitación estaba limpia y la cama estaba hecha, aunque no había colcha; las cortinas estaban echadas y un somero vistazo le bastó para ver que había un aguamanil, una palangana y varios elementos más del mobiliario que reforzaban la imagen de que aquel lugar se estaba usando para clandestinos encuentros amorosos.

A unos dos metros y medio a la derecha de la cama, de cara a ella, había sido colocada una silla de cuyo respaldo colgaba una gruesa cuerda. Sobre la cómoda situada contra la pared a la derecha de la puerta había un quinqué encendido, pero con la luz ajustada al mínimo.

Se había detenido justo después de entrar, pero el asesino le hincó la punta de la pistola en la espalda.

—Adelante. Camine hasta llegar a la silla y deténgase de cara a ella.

Obedeció mientras se preguntaba qué demonios pretendía hacer. El tipo le ordenó entonces que girara lentamente a la izquierda y se aseguró de nuevo de rodearle para mantenerse a su espalda. Estaba claro que estaba tomando todas las precauciones posibles para asegurarse de que viera lo menos posible su rostro, que ya llevaba oculto de por sí bajo el sombrero y la bufanda.

La conclusión obvia era que reconocería a aquel demonio si lograra verle con claridad la cara.

—Siéntese.

Un segundo después de que obedeciera, el asesino le enrolló la cuerda alrededor del torso varias veces para sujetarlo bien a la silla. Esperó en silencio mientras se preguntaba qué otras cosas podría preguntarle, qué información podría intentar obtener, y al final llegó a la conclusión de que en realidad tan solo necesitaba un único dato en concreto.

Después de comprobar que estuviera bien sujeto a la silla y que la cuerda con que le había maniatado no se hubiera aflojado, el asesino se dirigió hacia la puerta ofreciéndole la espalda en todo momento, pero se detuvo con la mano en el pomo, se volvió... y le dijo justo lo que quería averiguar.

—Voy a concertar el esperado encuentro con su prometida, y entonces la traeré aquí.

A James no le hizo falta verle los labios a aquel canalla para saber que estaba sonriendo al añadir:

—Y entonces le pondré fin a toda esta historia.

Los ojos del asesino brillaron fugazmente bajo la luz del quinqué. Abrió la puerta, salió y cerró con suavidad tras de sí.

James permaneció con la mirada fija en el punto exacto donde se había parado. Justo allí, junto a la puerta, la luz del quinqué le había iluminado lo suficiente para que él alcanzara a ver con claridad la parte de su rostro que quedaba justo por encima del borde de la bufanda de seda negra...

—Tiene razón, si pudiera verle mejor le reconocería —tenía claro que le había visto antes, pero no lograba ponerle nombre.

Dejó a un lado aquella incógnita y se obligó a sí mismo a esperar a pesar de que sus instintos le instaban a que actuara de inmediato, a que no perdiera el tiempo.

En teoría, aquel hombre iba a enviarle un mensaje a Henrietta y ella iba a acudir a rescatarlo. Iba a ir con el asesino a aquella casa, a aquella habitación, y entonces... por lo que había deducido de la actitud y las palabras de aquel malnacido, sus abominables intenciones eran violarla y matarla de una paliza ante sus ojos, y después matarle también a él y manipular la escena para que pareciera que se había suicidado lleno de angustia y remordimientos.

—Bueno, la verdad es que me suicidaría lleno de angustia

y remordimientos si Henrietta muriera así por venir a rescatarme.

Pero eso no iba a suceder.

Una vez que los pasos de aquel demonio se habían alejado por el pasillo y habían ido apagándose mientras bajaba la escalera, una vez que oyó que la puerta principal se cerraba, esperó el tiempo que juzgó prudente hasta tener la certeza de que el tipo no había cambiado de opinión y, por la razón que fuera, había decidido regresar para comprobar de nuevo que estuviera bien atado, y entonces sacó poco a poco el fragmento de vidrio de debajo del puño de la camisa.

Lo sujetó con cuidado entre los dedos y empezó a cortar la cuerda con él.

Cuando Henrietta salió del comedor después de la cena, encontró a Hudson esperándola con el segundo mensaje del asesino de lady Winston.

Tal y como habían acordado aquella tarde, la cena se había convertido en una improvisada reunión familiar en la que sus padres, Mary y ella habían compartido mesa con Amanda y Martin, Amelia y Luc, y Simon y Portia.

A sus padres les había encantado tener a toda la familia junta, y ella había excusado la ausencia de James aduciendo que tenía un compromiso previo ineludible.

Después de pasar una hora y media intentando disimular lo nerviosa que estaba (los demás la habían ayudado intentando mantener distraídos a sus padres), consciente de que el mensaje del asesino ya debía de haber llegado, salió la primera del comedor y dejó que Martin, Amanda, Luc y Amelia se encargaran de entretener a sus padres y darle el tiempo suficiente para aceptar la nota, leerla a toda prisa y guardársela en el bolsillo.

Alzó la mirada y sus ojos se encontraron con los de Simon,

quien con Portia tomada de su brazo había salido del comedor detrás de Mary.

—¿Lo que esperábamos? —le preguntó él en voz baja.

—Sí. El lugar, la hora y algunas instrucciones. Nada más.

Los demás salieron también al vestíbulo en ese momento y durante unos minutos todos permanecieron allí, hablando entre ellos de los eventos a los que estaban a punto de asistir.

Su padre sostuvo la capa de su madre, quien después de colocarse bien la prenda se volvió hacia ella para preguntar:

—Vas a venir con Mary y conmigo, ¿verdad? Ya sé que James tiene otro compromiso, pero...

Mary la interrumpió antes de que pudiera seguir.

—La verdad es que empiezo a sentirme un poco indispuesta, mamá —hizo una mueca de dolor y se llevó una mano al estómago—. Algo debe de haberme sentado mal.

Su madre se mostró preocupada, pero Henrietta aprovechó para intervenir.

—Yo me quedo con ella. A decir verdad, no me apetece demasiado pasar horas conversando y socializando, me gustaría disfrutar de una velada tranquila. Soy consciente de que estás deseando ver a lady Hancock, y no puedes cancelar tu asistencia al baile de la señora Arbuthot.

Su madre titubeó por un segundo, pero finalmente miró a Mary y asintió.

—Está bien, relajaos y acostaos temprano —miró con expresión interrogante a los demás—. ¿Hacia dónde os dirigís?, ¿necesita alguien que le deje en algún sitio?

Todos tenían preparadas las explicaciones oportunas. Martin, Luc y Simon dijeron que iban a pasar la velada en el Boodles (no podía ser el White's, ya que era allí adonde pensaba ir su padre); Amanda, Amelia y Portia, por su parte, comentaron que tenían planeado asistir al baile que se celebraba en Hilliard House, pero que como Mary estaba indispuesta y Henrietta no estaba de muy buen ánimo iban a quedarse allí una hora más para hacerles compañía a las dos.

Satisfecha con la explicación, su madre se volvió hacia la puerta tomada del brazo de su padre y se despidió con la mano.

—Perfecto, disfrutad de la velada y nos veremos en la reunión de mañana en la mansión St. Ives.

Todos le dijeron adiós. Permanecieron donde estaban (unos por el vestíbulo, otros en los primeros escalones de la escalinata) con una sonrisa dibujada en el rostro mientras Hudson abría la puerta, mientras su padre conducía a su madre al exterior y, después de volverse hacia ellos y despedirse sonriente, la ayudaba a bajar los escalones rumbo al carruaje.

Mientras él cerraba la portezuela del carruaje que iba a conducir a su esposa al baile y se dirigía después hacia otro, en ese caso de alquiler, que era el que le iba a llevar a él al White's, Hudson cerró la puerta principal y se dio la vuelta. Contempló a los allí presentes, y al ver que no hacían ni el más mínimo movimiento (estaban aguzando el oído para asegurarse de que los dos carruajes se perdían en la distancia y no hubiera peligro de que regresaran) miró desconcertado a Henrietta.

La observó en silencio, ligeramente ceñudo, hasta que al fin, como si acabara de tomar alguna decisión, se volvió hacia Simon y le preguntó:

—¿Qué desea que haga, señor?

Simon lo miró a los ojos y preguntó a su vez:

—No van a regresar, ¿verdad?

—Dudo mucho que sus padres regresen hasta que finalicen sus respectivas veladas.

—Perfecto —Simon intercambió una mirada con los demás—. En ese caso, tu misión consiste en permanecer al mando aquí, y no revelar nada de lo que oigas o veas a menos que se te pregunte directamente.

—Por supuesto, señor —Hudson hizo una pequeña inclinación—. Haré honor a mi profesión y procuraré permanecer ciego y sordo mientras lo veo y lo oigo todo.

Aquello logró arrancarles a todos pequeñas carcajadas y

sonrisas de agradecimiento, pero Luc se puso serio al cabo de un momento y miró a Henrietta.

—¿Qué dice el mensaje?

Ella respiró hondo, se sacó el papel del bolsillo, lo desdobló y procedió a leerlo.

—«Nos encontraremos en la esquina de James Street con Roberts Street, en Mayfair, a las diez en punto. Desde su casa no se tarda ni un cuarto de hora en llegar allí. Asegúrese de que está sola y de que nadie la sigue. Si no se presenta a la cita o piensa tenderme una trampa, su prometido morirá de forma lenta y dolorosa... y usted también».

La recorrió un escalofrío mientras se quedaba contemplando aquellas palabras en silencio. Dobló de nuevo el papel, como si pudiera contener entre los pliegues la malicia que rezumaba de él. Alzó la cabeza y recorrió con la mirada a los que la rodeaban, a sus seres más queridos y allegados, cuyos rostros graves reflejaban una férrea determinación.

Amanda le tomó la mano y se la apretó en un gesto de aliento.

—Ánimo, hermanita. Vamos a rescatar a James sano y salvo, y a atrapar a ese loco.

Tras los murmullos de asentimiento que generaron aquellas palabras, Simon dijo con voz firme:

—Bueno, todos sabemos lo que tenemos que hacer, así que vamos allá. Voy a enviarle una nota a Barnaby, que a su vez alertará a Stokes según lo acordado. Henrietta, hagas lo que hagas no salgas de aquí hasta el último momento posible. Cuanto más tiempo tengamos para ocupar posiciones, mucho mejor.

Todos asintieron, y Henrietta dio media vuelta y echó a andar escalera arriba. Simon se quedó en el vestíbulo para redactar el mensaje, pero los demás se apresuraron a subir tras ella. Estaban deseando cambiarse de ropa y salir a escondidas de la casa para poder ocupar sus respectivos puestos.

CAPÍTULO 15

A las diez menos cuarto en punto, cubierta con una capa y con el rostro oculto tras un velo, Henrietta bajó los escalones de entrada de la casa de sus padres y se dirigió a buen paso hacia Grosvenor Square. Se sentía tensa, con los nervios tirantes, pero sorprendentemente la emoción que regía en su interior no era el miedo, ni siquiera la ansiedad.

Iban a rescatar a James y a atrapar al asesino, todo iba a salir bien.

Era consciente de que en el plan había multitud de cosas que podían salir mal, pero su cerebro parecía haber decidido como por voluntad propia apartarlas a un recóndito rincón e ignorarlas por completo. La posibilidad de que fracasaran no tenía cabida en su mente, estaba tan decidida que le costaba esfuerzo caminar con normalidad y no como si estuviera en una marcha militar.

La oscuridad era muy densa y la luz de la luna era muy tenue, pero por suerte el camino hasta el punto de reunión estaba bien iluminado por farolas. Todas ellas estaban encendidas, y una zona como Mayfair no era peligrosa a una hora tan temprana de la noche.

No había duda de que el hecho de saber que en realidad no estaba sola contribuía a su estado de ánimo combativo. Vio un barrendero que le resultó muy familiar rondando a un lado de Grosvenor Square, justo enfrente de la mansión St. Ives... a Luc siempre le había gustado correr esa clase de riesgos. No se atrevió a buscar a Amelia con la mirada, pero sabía que debía de tenerla cerca.

Otra cosa que la reconfortaba era el peso de la pistola que llevaba en el bolsito, una pistola que Penelope le había prestado tras enseñarle cómo usarla. Le habían bastado con unas cuantas indicaciones para aprender, porque, al igual que las demás jóvenes de su familia, había insistido en recibir instrucción en el manejo de las armas junto con sus hermanos. La pistola que llevaba en el bolso era un modelo americano pequeño y compacto, perfecto para ser empuñado por una mujer, y Penelope le había asegurado que a pesar de su reducido tamaño podría abrir un buen agujero en el cuerpo del asesino.

Está de más decir que ninguna de las damas había considerado prudente mencionar el arma en presencia de los caballeros.

Con la barbilla alzada y la mirada al frente, siguió caminando con paso firme y no mostró ni el más mínimo interés en el carruaje de alquiler (ni en el cochero que lo conducía) que pasó cerca de ella cuando cruzó Duke Street y se alejó de Grosvenor Square por Brook Street. James Street era la segunda calle a la izquierda y tras cruzarla vio al fondo Roberts Street, una callejuela muy poco iluminada que parecía abrirse ante ella como las oscuras fauces de una bestia. Aguzó la mirada, pero no alcanzó a ver ninguna oscura figura esperándola entre las sombras. Resistió el impulso de saludar al supuesto anciano que pasó renqueante junto a ella cubierto con un abrigo frisado, y entonces se adentró en James Street rumbo al punto de encuentro.

Tras cruzar la bocacalle, el anciano (que en realidad era Barnaby) prosiguió su camino al mismo ritmo lento y renqueante; al paso que iba, para cuando llegara a situarse en el puesto asignado, justo enfrente de Roberts Street, ella ya se habría encontrado con el asesino y este estaría conduciéndola al lugar donde estaba retenido James.

Se quedó parada en la esquina indicada, cerca del borde para facilitar que pudieran verla, y tras echarse el velo hacia atrás volvió a mirar alrededor. Escudriñó la oscuridad, se volvió a mirar hacia las sombras más densas que inundaban Roberts Street, y gracias a las farolas que había al otro extremo de la calle pudo comprobar que allí tampoco había nadie.

Se volvió de nuevo hacia James Street, vio que Barnaby seguía avanzando como un anciano sin apenas fuerzas, y soltó un suspiro mientras se disponía a esperar.

Dos minutos después, se tensó al notar que se le erizaba el vello de la nuca.

—No se dé la vuelta, aún no.

Tenía al asesino justo detrás. Luchó contra el primitivo impulso de volverse hacia él, aferró con fuerza su bolso, y entonces alzó la barbilla en un gesto de determinación y asintió con rigidez.

—De acuerdo, ¿y ahora qué?

—Ahora voy a volverme para enfilar por Roberts Street, y usted va a seguirme cuando se lo ordene. Vamos a recorrer las calles así, conmigo al frente y usted siguiéndome manteniendo como mínimo un metro de distancia en todo momento. Si no noto nada sospechoso, al final la llevaré al lugar donde tengo a Glossup. ¿Está claro?

Su voz le sonaba. No habría sabido decir de dónde, pero oculto bajo aquella dicción refinada asomaba apenas el ligerísimo acento de algún condado que no alcanzaba a ubicar... dejó a un lado aquella distracción y se centró en la conversación.

—Sí, muy claro. Debo permanecer detrás de usted para que me resulte imposible verle el rostro.

—Exacto —en su voz se reflejaba una sonrisa que se esfumó de golpe cuando añadió con dureza—: espere sin moverse, y sígame en cuanto yo se lo indique.

Ella obedeció y le oyó alejarse. Al otro lado de la calle, Barnaby se había ocultado entre las sombras de un portal, pero estaba allí, pendiente de ella en todo momento.

—Ahora.

Dio media vuelta y se adentró en la oscuridad de Roberts Street en pos de la alta figura masculina de hombros anchos que caminaba frente a ella con paso fluido. Iba cubierto con una capa oscura, llevaba un sombrero de ala ancha y le rodeaba el cuello una bufanda que seguramente debía de cubrirle la parte inferior de la cara. Aunque en esa ocasión no llevaba bastón, estaba claro que era el hombre con el que había chocado en Hill Street días atrás.

Debatió consigo misma si sería prudente intentar sacarle información, y aunque era poco probable que el tipo respondiera a sus preguntas optó por intentarlo.

—La caída del puente en Marchmain House, el dardo que le lanzaron a mi yegua, la caída del sillar en las ruinas de Ellsmere Grange, el disparo en el parque... ¿es usted quien está detrás de todo eso?

Él guardó silencio durante unos segundos, pero al final contestó.

—Sí, así es. No es necesario que sepa nada más al respecto.

—Bueno, al menos acabo de descubrir que tan solo tengo un atacante misterioso —murmuró.

—Quédese callada, basta de cháchara.

«¡A la orden!». Apretó los labios para evitar lanzarle aquellas palabras y se dio la pequeña satisfacción de fulminar su espalda con la mirada. El peso de la pistola que llevaba en el bolso era toda una tentación. Podía dispararle en ese momento sin que él pudiera hacer nada para detenerla, podía pararle los pies para siempre, pero Penelope le había asegurado que la pistola le abriría un agujero muy grande si le disparaba de cerca, lo que quería decir que era muy probable que lo matara. Si el tipo moría no tendrían forma de encontrar a James, que en ese momento debía de estar atado en algún lugar de Londres.

Ni siquiera el hecho de identificar al asesino garantizaba que pudieran averiguar dónde lo tenía encerrado.

Habían recorrido ya buena parte de Roberts Street y la calle que tenían ante ellos, Davies Street, estaba mucho más iluminada. Se dio cuenta de que, estando de espaldas a ella, el asesino no podía ver lo que hacía, así que mientras seguía caminando tras él sin alterar el paso se volvió a mirar por encima del hombro y vio a Barnaby a unos veinte pasos de distancia. Los seguía amparado entre las sombras, moviéndose con rapidez y sigilo, y la saludó con un gesto de la mano.

Miró de nuevo al frente y siguió caminando. Al ver que la claridad de Davies Street cada vez estaba más cerca se dio cuenta de que sus labios dibujaban una firme sonrisa llena de determinación, una sonrisa que podía ser muy reveladora, y se apresuró a borrarla de su rostro. Fingir no se le daba demasiado bien y no estaba segura de poder interpretar de forma creíble a la aterrada dama que, posiblemente, el asesino esperaba ver, así que prefirió mantenerse inexpresiva antes de levantar sus sospechas.

Llegaron a Davies Street y después de cruzar doblaron a la derecha, lo que quería decir que iban en dirección sur. Otro carruaje de alquiler pasó por la calle a paso pausado, uno que en esa ocasión iba conducido por un Charlie Hastings disfrazado de cochero y en cuyo interior se encontraba Mary. Por el rabillo del ojo alcanzó a ver a su hermana mientras esta la miraba a su vez y, con mayor atención aún, observaba al asesino.

Por suerte, el tipo no se percató de nada y siguió caminando mientras ella le seguía y los demás rondaban cerca sin perderles de vista.

Cuando él había afirmado que iban a «recorrer las calles» no se había preguntado a qué se refería exactamente, pero lo que estaban haciendo era eso, recorrerlas. Aunque el asesino evitó las zonas más concurridas de Mayfair, aquellas donde cabía la posibilidad de que se encontraran con algún miembro de su familia saliendo de algún sitio o rumbo a algún evento, la condujo por calles que ella conocía. Se dirigieron hacia Bond Street en un zigzagueante recorrido, pasando por callejuelas y recorriendo cortas distancias por calles más anchas antes de internarse de nuevo en algún estrecho pasaje lateral.

Quienquiera que fuese aquel hombre, no había duda de que conocía bien las calles. A juzgar por la forma en que se detenía de vez en cuando para mirar alrededor (en alguna que otra ocasión incluso llegó a arriesgarse a echar una mirada hacia atrás, pero no hubo forma de poder verle el rostro), estaba claro que la intención de aquel largo recorrido era comprobar que nadie estuviera siguiéndoles.

Era muy cauto, casi demasiado. Cuanto más caminaban, más la preocupaba que pudiera notar la presencia de los demás o, peor aún, que lograra burlarlos.

Ella ya había visto a Barnaby en tres lugares distintos, pero en cada ocasión con un disfraz diferente. Los carruajes de alquiler, conducidos por Simon, Martin y Charlie y con Portia, Amanda y Mary como pasajeras respectivamente, eran más difíciles de disimular. Aunque los cocheros fueran cambiando de abrigo y sombrero, los carruajes en sí seguían siendo los mismos, por no hablar de los caballos; por otra parte, la presencia de un carruaje en una calle de Mayfair era algo tan común y corriente que contaban con que el asesino ni siquiera se percatara de su presencia.

Luc iba a pie con Amelia y Penelope estaba emparejada con Griselda, la esposa de Stokes, quien junto con varios de sus agentes y subinspectores también formaba parte de la red de protección que cubría todas aquellas calles.

Ella no acababa de entender cómo funcionaba todo aquel engranaje, pero Barnaby, Penelope y Stokes le habían asegurado que en todo momento se encontraría bajo la atenta mirada de un mínimo de una o dos personas, pero que las personas en cuestión irían rotando de forma constante para evitar que el asesino se fijara en ellas.

El problema radicaba en que el tipo había escogido ciertas

calles por las que pasaba una y otra vez, calles en las que era muy difícil encontrar un lugar donde esconderse y que además eran bastante cortas. Esa escasa longitud hacía que los que la seguían tuvieran muy poco tiempo para, tras verles enfilar por la calle en cuestión, apostar a alguien en algún lugar desde donde pudiera verla emerger al otro lado y tomar buena nota de hacia dónde se dirigía después.

En dos ocasiones, el tipo entró en un corto callejón desértico y a medio camino se detuvo de repente, dio media vuelta y regresó sobre sus pasos.

Llevaban media hora caminando cuando llegaron a Woodstock Street y el asesino se paró para volver la mirada hacia la calle por la que acababan de pasar, Blenheim Street; al cabo de unos segundos, dobló a la izquierda y entró en un inesperado patio que se abría entre varios edificios y que quedaba prácticamente oculto.

Ella lo cruzó tras él sin saber si los demás le habrían perdido la pista, no había manera alguna de comprobar si aún seguía estando protegida.

La condujo hacia una hilera de casas que saltaba a la vista que estaban vacías y abandonadas, lo más probable era que fueran a ser demolidas.

A pesar de su determinación, a pesar de su beligerancia previa, el corazón le martilleaba a toda velocidad en el pecho mientras seguía a aquel hombre que tenía intención de asesinarla, mientras pasaba tras él por la puerta de una vieja cancela de hierro forjado, recorría un corto y descuidado caminito de entrada y subía los desgastados y resquebrajados escalones que conducían a una estrecha puerta principal.

Se preguntó si era allí, en aquella casa oscura y abandonada, donde iba a morir.

Aquel inesperado pensamiento la sobrecogió y se apresuró a apartarlo de su mente, pero no pudo evitar la instintiva reacción de rechazo a seguirle como un dócil corderito rumbo al matadero.

El tipo se detuvo al llegar al ancho escalón superior, se sacó una llave del bolsillo y abrió la puerta de par en par antes de volverse a mirarla. Estaba parada en el caminito de entrada, a un metro de distancia de él, pero la farola más cercana estaba demasiado lejos y no alcanzaba a iluminar la parte de su rostro que quedaba al descubierto, que tan solo era la franja que quedaba entre el ala echada hacia delante del sombrero y el borde superior de la bufanda de seda negra que le cubría la mandíbula. Tal y como había ocurrido en Hill Street, lo que lograba ver no le bastaba para crear una imagen consistente.

—¿Quién es usted? —las palabras brotaron de sus labios como por voluntad propia mientras permanecía con la mirada alzada hacia él, observándolo, intentando ubicarlo.

Intuyó la sonrisa que se había dibujado bajo la bufanda, oyó la satisfacción que se reflejaba en aquella voz masculina cuando, tras lanzar una última mirada hacia la desierta calle, el tipo se limitó a contestar:

—Lo averiguará en breve —retrocedió un paso y, con una burlona reverencia, le indicó que pasara—. Adelante, señorita Cynster. Entre en el vestíbulo y deténgase al pie de la escalera.

Ella ya estaba haciendo ademán de obedecer cuando se detuvo en el último momento. Dirigió la mirada hacia el estrecho vestíbulo envuelto en la penumbra y preguntó con desconfianza:

—¿Es aquí donde está James?

Solo eso podría inducirla a cruzar aquel umbral, nada más. Solo por James entraría en la guarida de un asesino.

—Sí, así es. Está atado, pero sigue con vida. Pienso llevarla ante él de inmediato.

Era obvio que estaba disfrutando y regodeándose, pero, más allá de eso, había algo detrás de aquellas últimas palabras, cierto matiz extraño que hizo que la recorriera un gélido escalofrío. Hizo acopio de valor y, tras asentir con firmeza, se alzó ligeramente la falda, subió los escalones con calma, pasó junto a él y entró en el sombrío vestíbulo.

El lugar olía a polvo y humedad. Cuando se detuvo al pie de la escalera, cuando alzó la mirada y vio la siniestra oscuridad que se abría ante ella, la invadió un pánico visceral y sintió como si una garra de uñas afiladas estuviera estrujándole el cuello y sofocándola.

Se volvió de golpe hacia el vestíbulo y vio que su captor estaba ligeramente inclinado sobre una mesa, encendiendo un pequeño candil que había allí. Desde el exterior le llegó el familiar sonido de un carruaje traqueteando por la calle. El candil se encendió, el asesino se incorporó y enfocó la luz hacia ella para impedir que pudiera verle con claridad.

El tipo alargó la mano hacia el pomo de la puerta de entrada y cerró poco a poco, saboreando el momento...

Justo antes de que lo hiciera, justo cuando ella estaba a un instante, a una décima de segundo de echar a correr, la mirada de ella se desvió hacia la calle y cayó sobre el carruaje que había oído segundos antes y que en ese momento estaba pasando lentamente por delante de la casa... Simon la miró directamente desde el pescante.

Permaneció allí, parada al pie de la escalera, bañada por la luz del candil, mientras la puerta se cerraba.

En cuanto la vio cerrarse del todo tomó una enorme y trémula bocanada de aire, alzó una mano a modo de visera para protegerse de la luz y giró la cara al ver que el asesino se acercaba a paso lento. No había apartado la atención de ella, pero no parecía haberse dado cuenta de lo que acababa de ocurrir.

Al ver a Simon había sentido como si acabaran de infundirle en las venas un torrente de pura fuerza y valentía, y bajo el efecto de aquella potente reacción había tenido ganas de mirar a aquel tipejo a la cara y decirle que estaba perdido, que no tenía escapatoria. Había logrado contenerse diciéndose que pronto podría hacerlo, que ya no faltaba mucho.

Él se detuvo a algo más de un metro de distancia y señaló hacia la escalera con el candil.

—Suba.

Ella dio media vuelta, se alzó la falda y obedeció. Estaba deseando encontrar a James y que acabara todo aquello; cuanto antes estuviera aquel hombre en manos de Stokes, bien lejos de ella y de los suyos, mucho mejor.

El asesino se mantenía dos escalones por detrás de ella y, al verla llegar a lo alto de la escalera, le ordenó:

—Gire a la izquierda y siga por el pasillo, deténgase al llegar a la segunda puerta.

Ella giró tal y como se le había indicado, pero cuando enfiló por el pasillo y lo tuvo caminando justo detrás alzó el bolsito, lo abrió con disimulo, metió la mano dentro y la cerró con firmeza alrededor de la empuñadura de la pequeña pistola. No la sacó aún y utilizó la capa para ocultar lo que había hecho.

Se detuvo de cara a la puerta indicada, respiró hondo y se preparó para lo que pudiera encontrar al otro lado. Los dos asesinatos que había cometido aquel tipo demostraban que era capaz de una tremenda brutalidad, y que le hubiera dicho que James seguía con vida no significaba que no le hubiera dado una paliza.

Fuera como fuese, James iba a estar bien atado y no podría ayudarla, así que iba a depender de sí misma y de sus propios recursos hasta que los demás irrumpieran en la casa (lo que, por cierto, esperaba que se produjera de un momento a otro).

Se le erizó la piel y se le revolvieron las tripas cuando el tipo se acercó desde atrás y la rodeó con un brazo para poder abrir la puerta.

—Adelante, su prometido la espera para poder verla... por última vez.

La forma en que pronunció aquellas últimas palabras hizo que la recorriera un nuevo escalofrío, pero entró en la habitación con la frente en alto y se detuvo tras dar varios pasos.

A la luz del candil que tenía a su espalda y del quinqué que había sobre una cómoda situada junto a la puerta vio una cama, pero estaba vacía. Un poco más allá, a un lado de la cama, había una silla, pero James no estaba por ninguna parte. De repente se dio cuenta de la cuerda que estaba tirada junto a la silla...

Le dio un brinco el corazón cuando unos dedos fuertes, los dedos de James, la agarraron del brazo y tiraron de ella hacia el lado para ponerla detrás de la puerta. La escudó con su cuerpo al colocarla tras de sí, apretada tras la puerta contra la pared, se volvió como una exhalación para enfrentarse al asesino... pero la luz del candil le dio de lleno en la cara y lo deslumbró.

Él se echó hacia atrás de forma instintiva mientras alzaba un brazo para cubrirse los ojos, masculló una imprecación al darse cuenta de que había perdido el elemento sorpresa. Bajó el brazo e intentó ver algo, pero la luz era tan brillante que ni siquiera tenía claro dónde estaba exactamente aquel malnacido.

El haz de luz empezó a descender poco a poco, ominosamente, y se detuvo al llegar al centro de su cuerpo.

—Retroceda si no quiere que le pegue un tiro ahora mismo delante de su prometida, Glossup.

James pudo centrar por fin la mirada... y descubrió que, tal y como suponía, el asesino empuñaba un arma y estaba apuntándole directo al corazón.

Intentó pensar a toda velocidad y no se movió de donde estaba.

—Que yo reciba un disparo en el pecho echaría al traste sus planes, no encajaría en la historia del supuesto suicidio. La mayoría de caballeros se pegan un tiro en la cabeza, no en el corazón.

El asesino guardó silencio unos segundos antes de contestar. Lo hizo con voz ligeramente burlona, con una voz que reflejaba diversión entre otras muchas cosas.

—Eso no supondría ningún problema para mí, me limitaría a darle la vuelta a la historia. Usted le propina una paliza brutal a la señorita Cynster y ella, desesperada, logra hacerse con la pistola y dispararle en el corazón; después, llena de angustia y congoja por el disparate que acababa de cometer, se suicida con un tiro en la cabeza. A mí me resulta indiferente cuál de los dos recibe el disparo en la cabeza y cuál en el corazón —su voz se endureció al añadir—: así que le sugiero que retroceda hasta la silla, y que lo haga ya.

James titubeó.

Parapetada detrás de la puerta e impactada por las intenciones del asesino, que resultaban incluso más nauseabundas al ser expuestas en voz alta, Henrietta se cubrió los labios con la mano para sofocar la protesta que había estado a punto de salir de ellos. Era obvio que James estaba debatiéndose por dentro, que estaba intentando tomar una decisión. Aquel idiota lleno de nobleza iba a sacrificarse para salvarla, y ¿qué sería de ella sin él? Estaría condenada a vivir sola por el resto de sus días.

Tenía que conseguir que lo que iba a decir sonara creíble. Tragó una bocanada de aire y descubrió que no debía esforzarse lo más mínimo para que le temblara la voz.

—James, por favor... haz lo que te ha dicho.

Al ver que él le lanzaba una mirada, abrió los ojos de par en par y le mostró la pistola que había sacado del bolso.

Él se quedó inmóvil por un segundo al comprender el mensaje, y el asesino le dijo con voz burlona:

—Hágale caso a su prometida, Glossup. Quién sabe, puede que les deje darse un último beso una vez que le haya atado de nuevo a esa silla.

Henrietta lo odió con toda su alma en ese momento. Plantó bien los pies en el suelo y empuñó la pistola con ambas manos mientras al mismo tiempo decía, con voz trémula y quebrada:

—¡Por favor, James, obedécele! ¡No quiero que te dispare! Además, es posible que cambie de idea y no nos mate. Ni tú ni yo sabemos quién es, así que quizás nos crea y nos deje libres —concluyó con un sollozo bastante pasable.

James la miró a los ojos y, al cabo de un momento, apretó

los labios en una fina línea, fijó de nuevo la mirada en el asesino y retrocedió un paso.

—¡Así me gusta!, ¡continúe!

El tipo estaba regodeándose, disfrutando a más no poder.

James fue retrocediendo lentamente, paso a paso. Henrietta se dio cuenta de que estaba sosteniéndole la mirada al asesino, con lo que estaba asegurándose de que la atención del tipo permaneciera fija en él mientras seguía retrocediendo lentamente, de forma claramente reacia.

Con cada paso que él retrocedía, el asesino empezó a avanzar uno a su vez hasta que por fin dejó atrás la puerta. Sin apartar la mirada de James, el tipo alargó el brazo, agarró el borde de la puerta con la mano en la que sostenía el candil y cerró.

Henrietta estaba apuntando directamente hacia donde él estaba parado. Cerró los ojos y apretó el gatillo.

Sonaron dos disparos seguidos, las detonaciones casi simultáneas resultaron ensordecedoras dentro de aquel espacio tan limitado.

Ella soltó una exclamación ahogada y abrió los ojos de golpe, el corazón le latía desbocado. Bajó lentamente la pistola y, mientras el eco de los disparos iba desvaneciéndose, vio el candil en el suelo cerca de sus pies… y al asesino tirado en el suelo, con la parte superior de la espalda apoyada en la cómoda y una mano apretada contra el boquete que tenía en el hombro.

—¿James?

La invadió el pánico, no le veía por ninguna parte. Se preguntó aterrada si estaría herido, si aquel malnacido lo habría matado con su disparo.

Para rodear la cama tuvo que pasar junto al asesino, cuya pistola estaba en el suelo junto a él. La apartó de una patada para quitarla de su alcance a pesar de saber que ya no estaba cargada, y al ver que el tipo estaba intentando recobrar las fuerzas le propinó un patadón en la entrepierna que le hizo gritar de dolor y encogerse sobre sí mismo.

Se dio por satisfecha y rodeó la cama a toda velocidad.

—¡James...? ¡Dios mío! —la segunda exclamación salió de sus labios cuando lo vio al fin, herido e intentando incorporarse para apoyarse contra el lateral de la cama. Corrió a ayudarle y le preguntó, frenética—: ¿es grave?

Él la miró un poco aturdido, apenas podía creer que los dos estuvieran con vida. Le gustó verla tan preocupada por él, y a pesar del dolor logró esbozar una sonrisa.

—No, no te preocupes. Me he lanzado hacia un lado y la bala solo ha podido alcanzarme en el brazo, parece peor de lo que es.

No habría sabido decir si Henrietta le había oído por encima del atronador ruido de la marabunta de gente que parecía estar subiendo a toda velocidad por la escalera, pero ella era lo único que le importaba. Su mirada devoró su rostro, sus amadas facciones, antes de centrarse en sus ojos. Perdido en aquellas profundidades azules, murmuró:

—Supongo que esa es la caballería, que viene al rescate. Me alegro de que no hayas venido sola.

Con la mano que no estaba manchada de sangre, le acarició la mejilla y apoyó la palma contra su piel. Aquel simple contacto le llenó del más maravilloso de los alivios.

Ella cubrió su mano con la suya, parecía tan fiera como una tigresa al admitir:

—Estaba dispuesta a hacerlo, pero no ha sido necesario.

La vio alzar la mirada cuando una horda de gente irrumpió en la habitación, pero a él no le importaba nadie más; para él, solo existía ella. La instó con suavidad a volver la cara de nuevo hacia él y la miró a los ojos, aquellos bellos ojos azules, al admitir con voz suave:

—Te amo. ¡Dios, cuánto te amo! —le sostuvo la mirada en todo momento, sintió cómo se hundía en aquellos bellos ojos azules—. Mientras estaba aquí, amarrado, atrapado, en lo único en lo que podía pensar era que no te lo había dicho. Sabía que podía morir de un momento a otro, y de lo único de lo que me arrepentía era de no haberte confesado mis sentimientos.

Ella le miró con una sonrisa deslumbrante, una sonrisa que lo dejó sin aliento y cuyo brillo radiante hizo desaparecer la oscuridad, y tomó su mano entre las suyas.

—¡Yo también te amo!, ¡te amo con todo mi corazón! —le besó los nudillos y se aferró a su mirada con la misma fuerza con la que él se aferraba a la suya—. ¡Me aterraba la posibilidad de que ese tipo te matara!, ¡no sabes el alivio que siento!

Se inclinó hacia él y sus labios se encontraron, el suave contacto se prolongó... solo eso, una simple caricia que para los dos significaba un mundo.

Ella se echó un poco hacia atrás, suspiró con los ojos aún cerrados, y le apretó con mayor fuerza la mano mientras apoyaba la frente contra la suya. Permanecieron un instante así, aferrados al momento, aferrados el uno al otro y a la inexpresable dicha de estar juntos y vivos, y finalmente alzaron la mirada al oír llegar a Stokes.

El inspector se incorporó a los demás, que rodeaban amenazantes al asesino, y tras soltar un resoplido se inclinó sobre el tipo y le despojó tanto de la bufanda como del sombrero. Todos se amontonaron a su alrededor para poder ver bien la cara del asesino, para descubrir la identidad que había querido ocultar con tanto celo, la identidad por la que había estado dispuesto a asesinar una y otra vez.

Henrietta, mientras tanto, se puso en pie y ayudó a James a hacer lo mismo. Él se aferraba el brazo izquierdo, justo por debajo del hombro, y tenía la manga rasgada y manchada de sangre, pero cuando ella hizo que apartara la mano la herida no sangró apenas. Había poca luz, pero por lo que podía ver había sido un tiro limpio que le había atravesado y no tenía la bala incrustada; después de hacer que se sentara en el borde de la cama, le quitó la funda a una de las almohadas y la usó para vendarle el brazo, y él la miró con una sonrisa más vigorosa que la anterior y le dio las gracias en voz baja.

Se volvieron hacia los demás justo cuando Stokes se enderezó y recorrió al grupo con la mirada.

—¿Sabe alguien quién es este malnacido?

—Me resulta vagamente familiar —admitió Barnaby.

—Sí, a mí también —asintió Simon, pensativo—, pero no logro ubicarlo.

—Yo estoy seguro de haberle visto antes —afirmó Charlie.

Henrietta se percató en ese momento de que ninguna de las damas estaba presente. Tomó a James del brazo sano, le ayudó a levantarse y, una vez que comprobaron que podía mantenerse en pie, se acercaron al grupo.

Los demás se tomaron su llegada como una señal de que podían empezar a bombardearles a preguntas, preguntas que en su gran mayoría iban destinadas a confirmar que realmente estaban tan bien como parecía. El círculo se abrió para incluirlos, y los dos pudieron ver por fin con claridad al canalla que había intentado arrebatarles su futuro.

El canalla en cuestión aún estaba medio encogido de lado, tirado en el suelo delante de la cómoda y con el rostro parcialmente bañado en sombras. Alguien se había encargado de vendarle la herida del hombro, y Henrietta se dio cuenta de que el disparo le había dado demasiado arriba como para que su vida corriera peligro. Después de observarlo en silencio unos segundos, señaló hacia el candil.

—Iluminadle la cara y dejadme verle bien.

Simon obedeció encantado, y el tipo apartó la cara hacia un lado intentando protegerse de la brillante luz.

—¡Santo Dios! ¡Es sir Peter Affry! —exclamó, atónita.

Stokes contestó con un resoplido, y Charlie la miró sorprendido y preguntó:

—¿El miembro del Parlamento?

—¡Sí! —asintió ella, con total certeza—. Es la estrella de la temporada en los círculos políticos, ha asistido a todos los eventos sociales de envergadura.

—Estaba en Marchmain House, alguien me lo señaló —comentó James.

—Y no hay duda de que asistió a la gala —afirmó Barnaby.

—Da igual, está acabado. Lo que ha hecho le va a llevar directo a la horca —dijo Stokes, antes de ponerlo en pie sin andarse con ceremonias. Lo condujo con brusquedad a la puerta, donde esperaban dos corpulentos agentes—. Llevadle a comisaría. Que el médico le ponga un vendaje como Dios manda, pero ponedlo entre rejas y vigiladlo bien. Yo no tardaré en llegar.

—¡Sí, señor!

Los agentes parecían estar entusiasmados con aquella captura. Después de maniatar al detenido con una cuerda, lo agarraron cada uno de un brazo sin prestar ni la más mínima atención a sus débiles gemidos y protestas y lo llevaron medio a rastras hacia la escalera.

James sentía que le daba vueltas la cabeza, aunque no creía que fuera por la pérdida de sangre, sino más bien por el alivio eufórico que le inundaba las venas; aun así, tuvo la claridad de ideas necesaria para volverse hacia Stokes y decir:

—Ha admitido que fue él quien asesinó a lady Winston.

—Perfecto. ¿Está usted dispuesto a testificar en caso de que sea necesario?

—Sí, por supuesto. Quiero que reciba su merecido.

—En eso coincidimos todos —afirmó Barnaby—. Al menos ya sabemos por qué estaba tan desesperado por ocultar su identidad, mi padre me había comentado que su nombre se barajaba para entrar a formar parte del Gabinete.

Stokes recorrió al grupo con la mirada, y sus ojos grises se posaron finalmente en Henrietta y James.

—Necesitaré la declaración de los dos, pero podemos dejarlo para mañana.

Se miraron los unos a los otros (Simon, Barnaby, Charlie, Martin, Luc, James y Henrietta), y al cabo de unos segundos Martin hizo una mueca y dio voz a lo que todos estaban pensando.

—A los demás no va a hacerles ninguna gracia que les hayamos dejado al margen de todo esto. Voto por que vayamos a algún lugar más cómodo donde podamos encargarnos esta misma noche de todas las declaraciones y las explicaciones que hagan falta. Así podremos informar de todo a los demás mañana, cuando todo este asunto esté zanjado ya.

La propuesta fue aprobada por unanimidad, y Stokes comentó:

—Está bien. Tengo que ir a comisaría para presentar los cargos contra ese tipo y asegurarme de que entienden que no pueden soltarle diga él lo que diga, y después me encontraré con ustedes para tomarles declaración. ¿Adónde van a ir?

Al final se decidieron por la casa de Barnaby y Penelope, que estaba situada en Albemarle Street. Cuando Stokes se marchó, ellos se quedaron comentando lo ocurrido. James estaba asombrado al ver lo bien disfrazados que iban los otros cinco y estos querían saber qué era lo que le había pasado, pero Henrietta atajó las explicaciones al decir con firmeza:

—Lo que quiero saber es por qué habéis tardado tanto en aparecer —lanzó a Simon una mirada elocuente—. Sabíais que estábamos aquí, esperaba que llegarais y redujerais a ese canalla mucho antes.

—Lo que pasa es que el tipo había colocado una cerradura extra en la puerta principal; mejor dicho, un cerrojo. Nuestra intención era forzar la cerradura y tomarle por sorpresa por si, tal y como se ha confirmado, iba armado con una pistola, pero que hubiera un cerrojo nos obligaba a tirar abajo la puerta y eso habría causado un estruendo...

Simon le cedió el testigo a Barnaby, y este se encargó de seguir con la explicación.

—Estábamos debatiéndonos entre derribar la puerta o intentar forzar una ventana cuando hemos oído los disparos y por poco nos morimos del susto —al ver que Henrietta iba a buscar la pequeña pistola que estaba sobre la cama, añadió—: pero ya veo que Penelope ha tomado sus propias precauciones.

—Sí, por suerte —comentó ella, antes de volver a guardar el arma en el bolso—. Hablando de Penelope, ¿dónde está? Y Mary, Amanda, Amelia, Portia, Griselda... ¿dónde están todas?

Los cinco intercambiaron miradas llenas de resignación, y al final fue Luc el que contestó.

—Hemos insistido en que se quedaran en los carruajes, así que será mejor que bajemos a explicarles lo que ha pasado.

Estaba claro que los cinco iban a tener que ganarse a pulso el perdón de sus respectivas esposas, pero los hombres como ellos siempre eran fieles a su propia naturaleza y todos ellos eran extremadamente protectores.

James y ella dejaron que se adelantaran y bajaron tras ellos a un paso más pausado, iluminando el camino con el candil; al llegar al vestíbulo, lo dejaron sobre la mesa y, después de apagarlo, salieron de la casa y cerraron la puerta principal... aunque quizás sería mejor decir que la cerraron en la medida de lo posible, porque estaba colgando de la mitad de los goznes.

Los tres carruajes de alquiler estaban parados delante de la casa y las distintas parejas estaban hablando bajo la luz de las farolas. Ellos informaban de lo ocurrido y ellas les reprendían, pero al mismo tiempo estaban deseosas de enterarse de todos los detalles.

Ellos dos se detuvieron en lo alto de los escalones de entrada, tomados del brazo, y contemplaron al pequeño ejército que les había ayudado.

Henrietta se apoyó con cuidado contra él, profundamente agradecida de poder sentir de nuevo la calidez y la fuerza de su cuerpo junto a ella, y comentó:

—Aunque no hayan estado ahí en el momento crucial, saber que estaban cerca y que acudirían a nuestra ayuda me ha dado el valor que necesitaba.

—Amigos, familia... —James le cubrió la mano con la suya, entrelazó los dedos de ambos y la miró a los ojos— hemos tenido mucha suerte en ambos frentes.

Ella escudriñó su mirada, y al cabo de unos segundos sus labios se curvaron en una pequeña sonrisa y comentó:

—No sé si te habrás dado cuenta, pero todas las damas nos están observando. No quieren interrumpirnos, pero se mueren por hablar con nosotros y colmarnos de cuidados.

James sonrió de oreja a oreja al oír aquello.

—Supongo que será mejor que las complazcamos; al fin y al cabo, se lo merecen. Pero antes... —se llevó su mano a los labios y le sostuvo la mirada mientras depositaba un beso en sus nudillos— quiero decirte de nuevo que te amo, te amo con toda mi alma.

El corazón de Henrietta se llenó hasta rebosar; se llenó de amor y felicidad, de gratitud y alivio y también de dicha, pura y simple dicha. Le sostuvo la mirada y, con el corazón en los ojos, respondió a su declaración de amor con la suya.

—Y yo te amo a ti, por siempre jamás.

La sonrisa que iluminó el rostro de él reflejaba la misma dicha que sentía ella.

—Apenas puedo creerlo, pero, a pesar de todos los obstáculos, a pesar de la obstinación de un vil asesino, hemos salido victoriosos.

—¡Nos hemos ganado nuestro futuro, y ahora empezamos a vivirlo! —afirmó ella, radiante de felicidad.

Se volvieron a mirar al frente y, tomados del brazo, bajaron los escalones y recorrieron el corto caminito de entrada. Tal y como ella había vaticinado, en cuanto cruzaron la puerta de la cancela y pisaron la calle fueron rodeados por un grupito de damas vestidas de forma realmente curiosa. Después de abrazarlos a los dos y de dedicarle la debida atención a la herida de bala, todas ellas alegaron que las explicaciones de sus maridos no valían para nada e insistieron en que querían oír la historia de boca de ellos dos, pero no allí, a la intemperie, sino una vez que estuvieran en casa de Penelope.

No hubo nadie que se opusiera a la idea, así que se distribuyeron en los carruajes y pusieron rumbo a Albemarle Street.

CAPÍTULO 16

Para cuando James y Henrietta hubieron narrado sus respectivas versiones de la historia y los demás les hubieron contado a su vez las increíblemente complejas (y en ocasiones alocadas) tácticas que habían tenido que emplear para poder seguirla por las calles de Mayfair, ya era pasada la medianoche.

—No perderte de vista era una cosa —dijo Barnaby—, pero tener que mantenernos al mismo tiempo fuera de la vista de ese tipo era algo muy distinto. Es la presa a la que más me ha costado seguirle los pasos.

Martin, quien estaba sentado en la esquina de un sofá con un brazo alrededor de Amanda, comentó:

—Al menos ya sabemos por qué estaba tan desesperado por asesinarte. No habría tenido ni un segundo de paz en su vida sabiendo que en cualquier momento podrías reconocerle al oír su voz en algún baile o ver cualquier pequeño detalle.

—Sí, así es —asintió Luc, que estaba sentado en el brazo de la butaca que ocupaba Amelia—. Cualquiera lo tendría mal al ser acusado de semejantes crímenes, pero para un miembro del Parlamento la cosa es mucho peor. El gobierno, la nobleza y la sociedad entera van a cebarse con él.

Stokes entró en la sala justo a tiempo de oír aquellas palabras y comentó:

—De hecho, por muy imposible que pueda parecer, este caso es incluso peor de lo que pensábamos.

Varios de los presentes hicieron inarticulados sonidos de incredulidad. Stokes aceptó una taza de café antes de sentarse junto a su esposa, Griselda, y la miró con una pequeña sonrisa tras tomar un sorbito. Recorrió entonces con la mirada todos aquellos rostros que lo contemplaban con expresión interrogante, y procedió a relatarlo todo.

—Yo mismo apenas podía creerlo, pero es verdad. Al llegar a comisaría me he encontrado a otro de los inspectores en jefe, Mullins, esperando para hablar conmigo; al parecer, justo cuando él estaba a punto de marcharse había presenciado cómo llevaban a sir Peter a los calabozos. Mullins está al cargo de cualquier investigación que involucre a miembros electos del Parlamento, y como tal me ha preguntado cuáles eran los cargos que iban a presentarse en su contra. Le he hablado de los asesinatos de lady Winston y su doncella, así como de lo que Affry parecía tener planeado para la señorita Cynster y Glossup.

Stokes hizo una pequeña pausa, y sus labios se curvaron en una sonrisa sardónica al añadir:

—Mullins se ha quedado tan pálido que parecía al borde del desmayo, pero entonces me ha pedido que le esperara y ha ido a toda prisa a su despacho. Poco después ha regresado con un archivo que me ha entregado, y que contenía un informe del alguacil del pueblo donde sir Peter había vivido con su tía. Parece ser que prácticamente toda la fortuna que posee en este momento es heredada de ella. Él era el único pariente que le quedaba con vida, así que no es de extrañar que lo eligiera como único heredero. Se trataba de una mujer de campo fuerte, saludable y de salud robusta, pero justo después de que sir Peter lograra un puesto en el Parlamento y decidiera mudarse a Londres fue asesinada de forma parecida a lady Winston y la doncella, la mataron de una brutal paliza.

—¡Santo Dios!, ¿ya había cometido otro asesinato anteriormente? —dijo Barnaby.

—Eso parece —Stokes tomó otro trago de café—. Pero a sir Peter le unía una estrecha amistad con el alguacil del pueblo, como cabría esperar en un político prometedor, y se culpó del asesinato de la tía a un vagabundo que supuestamente había pasado por la zona, alguien convenientemente itinerante a quien nadie había visto. El alguacil tuvo sospechas porque los empleados de la vieja dama, quienes eran muy leales a su señora, afirmaron que sir Peter estaba allí, en la casa, en el momento en que se había cometido el asesinato, pero él aseguraba que había salido a montar a caballo. Nadie le había visto a pesar de que es una zona donde abundan las granjas y a aquella hora había numerosas personas trabajando en los campos, pero, por otra parte, ningún miembro de la servidumbre le había visto por la casa en la franja de tiempo en cuestión, así que... en cualquier caso, el alguacil siguió teniendo sus sospechas; en honor a la verdad, el tipo sabía que sus sospechas no eran infundadas, ya que estaba al tanto de otro asesinato anterior, uno muy parecido al de la anciana y que había sido cometido cerca de un año antes en un distrito cercano. La víctima era la hija de un granjero, una joven que se rumoreaba que estaba siendo cortejada por un caballero cuyo nombre ella no había mencionado jamás y al que nadie había llegado a ver. En aquel caso no hubo otros sospechosos, ni siquiera algún conveniente vagabundo, así que el caso no llegó a resolverse, pero todo el mundo estaba convencido de que quien la había asesinado había sido el misterioso caballero con el que había estado viéndose.

Hizo una pausa, y Penelope aprovechó para comentar:

—Así que el alguacil tenía dos asesinatos prácticamente idénticos. En uno el principal sospechoso era sir Peter, y en el otro todo apuntaba a un caballero sin identificar.

—Exacto, y lo que hizo entonces fue lo correcto —asintió Stokes—. Envió el archivo a Scotland Yard y, dado que sir Peter figuraba en él, le fue entregado a Mullins para que estudiara debidamente la cuestión.

—Supongo que eso que significa que no se iba a hacer nada al respecto —comentó Luc.

Stokes esbozó una de sus fugaces y sagaces sonrisas al oír aquello.

—Las cosas no funcionan así exactamente. Mullins mantiene la investigación abierta en segundo plano, y espera a ver si sir Peter comete algún error. Pero los pormenores del caso se guardan con discreción, por supuesto, así que yo no estaba enterado de las similitudes que había entre los asesinatos. Dado que nosotros, por nuestra parte, no habíamos dado a conocer lo de lady Winston y la doncella, Mullins no estaba al tanto de lo ocurrido. Si sir Peter no hubiera sido atrapado, no habríamos relacionado los dos casos.

—Pero ahora ya está en el calabozo —afirmó Portia—. ¿Será enjuiciado por todos los asesinatos?

—Sí, eso está fuera de toda duda. He leído por encima la descripción de los cadáveres, y está más que claro que los asesinatos fueron cometidos por el mismo canalla —Stokes miró a su mujer, la tomó de la mano, y tardó unos segundos en volverse de nuevo hacia los demás—. He mandado a la horca a un buen número de malhechores, pero voy a alegrarme sobremanera al ver cómo le ponen la soga al cuello a este.

Todo el mundo coincidió con él en eso.

Tras apurar su taza de café, Stokes se puso manos a la obra y con la ayuda de Penelope, que actuó como secretaria y se encargó de ir tomando nota de todo lo que se decía, procedió a interrogar y tomar declaración formalmente a Henrietta, James, Barnaby, Martin, Simon, Charlie y Luc.

Una vez que las detalladas declaraciones habían sido repasadas y firmadas, asintió satisfecho.

—Perfecto, con esto es más que suficiente —recogió los papeles y se puso en pie—. Aún no he interrogado a Affry, lo haré mañana ahora que ya cuento con todos los datos, pero por lo poco que ha dejado caer deduzco que no podía creer que usted, señorita Cynster, no fuera a reconocerlo al instante si alguna vez llegaba a verle con claridad.

Henrietta se quedó desconcertada al oír aquello.

—No lo entiendo, cuando chocamos no alcancé a ver su rostro en ningún momento y ese había sido mi único encuentro con el asesino. Él tenía casi toda la cara oculta por las sombras... —miró pensativa a Stokes—. Un momento, quizás sea esa la explicación... él no sabía sobre qué parte de su rostro caían las sombras, no tenía forma de saberlo. Creyó que yo le había visto bien.

—Sí, es lo más probable —asintió Stokes—. Tiene una cicatriz entre el labio inferior y la nariz, y si usted la hubiera visto es casi seguro que le hubiera reconocido la próxima vez que se lo encontrara cara a cara en algún salón de baile, o al otro lado de la mesa durante una cena.

—Él estaba convencido de que eso era algo que acabaría sucediendo tarde o temprano, y no podía permitirlo —afirmó Barnaby, mientras se ponía en pie junto con los demás—. En cierto sentido, lo que ha llevado a Affry a la perdición ha sido su propio ego. Si hubiera esperado pacientemente a ver si Henrietta hacía alguna vez algún comentario al respecto y, mientras tanto, hubiera procurado evitar coincidir con ella, no habría sido atrapado.

—Por lo que parece, muchos malhechores acaban cayendo por culpa de su propio ego arrogante —comentó Simon.

—Sí, y yo estaré eternamente agradecido por ello —dijo Stokes—. ¡Mil gracias al ego de los villanos!, ¡que sea por siempre su talón de Aquiles!

Aquellas palabras fueron el positivo y entusiasta colofón de aquel encuentro. Satisfechos y triunfales, se despidieron los unos de los otros y cada cual puso rumbo, en los carruajes o a pie, a sus respectivas casas.

Por petición de Henrietta, Charlie los llevó a James y a ella a la casa de George Street, la que James había heredado de su tía abuela. Los dejó sonriente en los escalones de entrada, y con una floritura restalló el látigo y arrancó.

—Supongo que tiene que ir a devolverlo a las cuadras de donde ha salido —comentó James, mientras hurgaba en su bolsillo en busca de la llave.

—Seguro que eso ya se ha hablado de antemano, Penelope siempre lo organiza todo minuciosamente —le aseguró ella, mientras esperaba pacientemente junto a él tomada de su brazo.

James respondió con un sonido inarticulado y, tras meter la llave en la cerradura, abrió la puerta y le indicó con un gesto que le precediera. Cerró mientras ella se acercaba a la mesita que había en el centro del vestíbulo para dejar allí su bolsito, esperó a que se volviera de nuevo a mirarlo, y entonces enarcó la ceja en un gesto interrogante.

Ante la muda pregunta, ella sonrió y le dijo:

—Echa los cerrojos, voy a pasar aquí la noche.

—Si estás segura... —a decir verdad, eso era algo tan obvio que no hacía falta ni plantearlo, así que echó los cerrojos con el brazo sano.

Ella se quitó la capa sin quitarle la mirada de encima, atenta a sus movimientos, y comentó:

—Al margen de cualquier otra cosa, hay que ocuparse de esa herida. No pienso irme sin más cuando estás en semejantes condiciones, no pienso dejarte solo.

James bajó la mirada hacia su brazo vendado y admitió, con una pequeña mueca de dolor:

—Te diría que en ese caso me alegro de que ese tipo me haya disparado, pero la verdad es que me duele demasiado.

Ella lo miró con una tranquilizadora sonrisa y lo tomó del brazo sano para conducirlo hacia la escalera.

—Ven, seguro que la señora Rollins nos habrá dejado preparado todo lo que vamos a necesitar.

Él se volvió a mirar ceñudo hacia el vestíbulo mientras dejaba que ella lo condujera escaleras arriba.

—Ahora que lo dices, ¿se puede saber dónde está todo el mundo? Teniendo en cuenta que anoche no regresé a casa...

—Yo me encargué de enviar una nota —lo miró a los ojos—, fue lo primero que hice tras recibir el mensaje de Affry esta maña... no, fue ayer por la mañana. Él amenazó con matarte si yo daba la voz de alarma o avisaba a alguien, y huelga decir que ahí estaba incluida tu familia y la gente a tu servicio, pero él daba por hecho que para tu estancia en la ciudad te habrías limitado a alquilar algún alojamiento. Me di cuenta de que tenía que tranquilizar a Fortescue y a la señora Rollins, asegurarme de que no fueran ellos quienes dieran la voz de alarma ante tu súbita desaparición, y así lo hice —miró al frente al añadir—: esta noche, al llegar a casa de Penelope, he enviado otro mensaje para decirles que, aunque todo se había solucionado felizmente, iba a necesitar paños, agua caliente y vendas porque habías recibido un tiro limpio en el brazo, pero que como íbamos a demorarnos en llegar a casa era preferible que no nos esperaran despiertos.

Se detuvo al llegar a lo alto de la escalera y se volvió a mirarlo.

—He añadido que los veríamos «mañana», es decir, dentro de unas horas. ¿Te parece bien?

James sonrió, no podía parar de hacerlo.

—Más que bien. ¿Te has dado cuenta de cómo te has referido a este lugar? Has dicho que íbamos a demorarnos en llegar «a casa».

Ella se encogió ligeramente de hombros, pero no apartó los ojos de los suyos al admitir:

—Supongo que ha sido porque ya veo esta casa como mía, ya la considero mi hogar.

James sintió que toda la tensión, toda la incertidumbre en lo que a su futuro juntos se refería, se esfumaba de un plumazo. El alivio fue inmenso, sintió literalmente cómo se liberaba de aquella pesada carga. Sin dejar de sostenerle la mirada en ningún momento, le alzó la mano y le besó los nudillos.

—No te imaginas lo profundamente feliz que me hace oír eso.

Aquellas palabras hicieron que el rostro de ella se iluminara con una de sus radiantes y gloriosas sonrisas. Tras hacer un gesto de asentimiento, lo tomó del brazo y lo condujo hacia el dormitorio principal.

Cuando entraron vieron que la señora Rollins había dejado todo lo requerido sobre una de las cómodas, junto con un samovar lleno de agua caliente. Henrietta lo ayudó a desprenderse del improvisado vendaje y de la levita, y después de cortarle la camisa con unas tijeras para poder quitársela humedeció el fino trocito de tela que había quedado adherido a la herida y lo retiró con cuidado.

Lavó entonces la herida, que estaba abierta y ensangrentada y tenía un aspecto horrible; extendió a continuación el ungüento que había dejado preparado la señora Rollins, y finalmente aplicaron entre los dos un firme vendaje.

—Con un poco de suerte, no me quedará una cicatriz demasiado visible —comentó él, mientras movía un poco el brazo a modo de prueba.

Henrietta estaba secándose las manos de pie junto a la cómoda y al verlo así, sentado en la mesita auxiliar, desnudo hasta la cintura y con aquel magnífico pecho a plena vista, sonrió y lo contempló a placer; cuando su mirada se posó en el vendaje, admitió con voz suave:

—No me importa que quede una cicatriz; cada vez que la vea, pensaré en cómo te la hiciste —lo miró a los ojos—. Recordaré cómo te has asegurado de que la mirada de Affry y su atención permanecieran fijas en ti, cómo te has asegurado de que su pistola siguiera apuntándote a ti en todo momento y no se volviera hacia mí, para que yo pudiera dispararle. Y lo has hecho a pesar de que te arriesgabas a que él te disparara, a pesar de que sabías que lo más probable era que recibieras un balazo —le sostuvo la mirada—. No creas que no me he dado cuenta, no creas que no lo valoro en su justa medida.

Él se encogió de hombros intentando restarle importancia al asunto, era obvio que se sentía incómodo ante tanta alabanza. De repente se acercó a ella con determinación, con la mirada de un lobo al acecho, pero Henrietta tuvo claro que lo que quería era distraerla y no apartó los ojos de su rostro, de aquellas facciones que se habían vuelto tan familiares y amadas.

Ahora ya le conocía a la perfección y sabía que, por mucho que fuera un elegante caballero de la alta sociedad, debajo de todo el glamour era un hombre que vivía su vida sin estridencias, un hombre que hacía lo que había que hacer... lo que debería hacerse, lo correcto. Para él eso no era una característica remarcable, no lo veía como algo fuera de lo común, pero justamente por eso era el hombre perfecto para ella.

Así que lo miró sonriente, le abrió los brazos y su corazón, y le abrazó sin reservas.

Él escudriñó sus ojos por un momento, y entonces la rodeó con los brazos y la besó.

Juntos, paso a paso, iniciaron aquella embriagadora danza, buscaron y encontraron el ritmo necesario y se entregaron al indescriptible placer de aquella celebración propia y privada.

Fue así como empezó, como una forma de rendirle culto a la vida, como una compulsiva y necesaria celebración del hecho de estar vivos tras ver tan de cerca las fauces de la muerte. Era una forma de demostrar que aún estaban vivos, que seguían respirando y deseando y sintiendo.

Pero cuando fueron desprendiéndose de la ropa, cuando sus pieles desnudas se tocaron, las llamas se alzaron y los recorrieron voraces, se adueñaron de ellos. Cayeron sobre la enorme cama con los miembros entrelazados y aquello se transformó en algo que iba mucho más allá, algo más amplio y apoteósico, más salvaje y jubiloso, más apasionado y cautivador.

Era una verdadera celebración del triunfo de ambos en el más amplio de los sentidos. El triunfo de haberse encontrado el uno al otro, de haberse descubierto mutuamente, de haber dejado que aquello emergiera, de haber aprendido; el triunfo de haberse enfrentado a los desafíos que el destino les había puesto en el camino, de haber sabido superarlos y haber logrado una victoria que iba más allá de sus más descabellados sueños.

El triunfo de haber forjado una relación sólida y firme, de haber alcanzado una unión que les había permitido superar juntos la difícil situación que acababan de vivir. Una unión gracias a la cual habían podido volver, sanos y salvos, a casa... a su hogar.

El triunfo de haber vencido todos los obstáculos y haber llegado por fin a casa, al bendito hogar.

Se entregaron el uno al otro con el corazón abierto de par en par, arrastrados por la pasión y llenos de deseo, pero, por encima de todo, con el amor fusionando sus almas en una sola. Un amor reconocido por ambos y entregado libremente que les unía, un amor que les llevó mucho más allá y cuyo fuego los forjó sacando lo mejor de ambos.

—Te amo.

—Te amo.

Las palabras salían de sus bocas una y otra vez... ahora en suaves murmullos y jadeos, ahora en un apasionado frenesí.

El clímax los hizo añicos y los lanzó por los aires, el mundo entero dejó de existir y no había nada más allá de aquel éxtasis irrefrenable, de aquel gozo glorioso y cegador.

La sensual nova fue apagándose gradualmente y el dorado placer de un amor poco menos que tangible les envolvió con su cálido manto, les cobijó mientras yacían allí, seguros y a salvo, protegidos del mundo el uno en los brazos del otro.

EPÍLOGO

Las bodas no eran ninguna novedad para la hastiada alta sociedad londinense, pero el compromiso matrimonial del honorable James Glossup y la señorita Henrietta Cynster había logrado despertar un ávido interés. A todo el mundo parecía haberle tomado por sorpresa, ni una sola de las grandes damas podía jactarse de haber predicho aquella unión ni nada parecido.

En consecuencia, y a pesar de haber sido anunciado con tan poca antelación, no era de extrañar que el baile de compromiso, celebrado en el majestuoso salón de baile de la mansión St. Ives, fuera considerado como un evento de grandísima relevancia y todos los que habían sido honrados con una invitación la tuvieran guardada como oro en paño.

Antes del baile en sí se celebró una cena familiar para brindar por la pareja, y todos los Cynster (incluso Catriona, Richard, Lucilla y Marcus) se sentaron a la mesa del alargado y elegante comedor para disfrutar del festín, agasajar a los futuros esposos en un ambiente distendido y lleno de dicha... y, por supuesto, para exigir que se les relatara cómo se había cruzado en el camino de ambos un loco, uno de los criminales más viles de los últimos años, y el papel que habían desempeñado en su captura.

La noticia del arresto de sir Peter Affry, que estaba encarcelado a la espera del juicio (un juicio en el que, según habían confirmado ya los lores y dignatarios del Parlamento a los que se les había permitido ver las pruebas, el veredicto estaba más que claro), había dejado impactada a la alta sociedad. Eran tantos los que le habían abierto la puerta de su casa, los que le habían estrechado la mano, los que le habían juzgado un hombre merecedor de su apoyo, que al enterarse de su perfidia todos se habían sentido profundamente perturbados y, en cierta manera, incluso traicionados.

En cuestión de horas, había pasado de ser un político en alza y potencial ministro a convertirse en un paria de la sociedad.

Pero en la mansión St. Ives la conversación se mantuvo alejada de esos oscuros derroteros durante aquella feliz velada. Posiblemente fuera una reacción instintiva para contrarrestar la oscuridad que sir Peter representaba, pero lo cierto fue que todos los presentes se entregaron en cuerpo y alma a compartir la dicha de la pareja, cuya unión representaba la brillante esperanza de un futuro lleno de felicidad.

En muchos aspectos, tanto ellos como su unión, una unión que auguraba una vida dichosa y plena, eran el antídoto perfecto y más apropiado para levantarle el ánimo a una alicaída sociedad.

La cena familiar concluyó con una tradicional ronda de brindis por la pareja, tras la cual Honoria les advirtió que pronto volverían a reunirse allí mismo para celebrar el banquete nupcial. Arthur, de pie junto a su extática esposa, fue el encargado de confirmar la fecha de la boda, y entonces todos los allí reunidos subieron al salón de baile en medio de un ambiente festivo y relajado.

Las damas no corrían peligro de quedarse sin tema de conversación en las próximas semanas gracias a la gran cantidad de datos y especulaciones que tenían; los caballeros, por su parte, subieron la escalera intercambiando comentarios y bromas sobre las ventajas de comprometerse con rapidez y casarse poco después.

Henrietta soltó el brazo de James al recordar que tenía que realizar una tarea antes de ocupar su sitio en la línea de recepción. Le dejó conversando con su padre y con Gabriel, dio media vuelta... y se encontró a Mary bloqueándole el paso. Se echó a reír al ver la mirada más que elocuente que le lanzó su hermana, y la tomó de la mano antes de exclamar con una enorme sonrisa:

—¡Sí, lo tengo aquí!

Flotando en la nube de su propia felicidad, condujo a su hermana pequeña, a la última Cynster de su generación que aún no había contraído matrimonio, a un lado de la sala.

—Aquí es donde me lo entregó a mí Angelica, así que...

Abrió su bolsito plateado, sacó el collar de eslabones de oro y cuentas de amatista con el largo colgante de cuarzo rosa, y las dos lo observaron en silencio mientras lo sostenía colgando entre sus dedos. Al ver que Mary alargaba la mano hacia él, lo quitó de su alcance con un rápido movimiento y le dijo, mirándola a los ojos:

—No, deja que te lo ponga yo.

Su hermana sonrió encantada y le dio la espalda de inmediato. No le costó trabajo alguno ponerle el collar alrededor del cuello, ya que era bastante más alta que ella (de hecho, Mary era incluso más baja que Angelica), y mientras estaba atareada abrochándoselo admitió con voz suave:

—No creía en él, de no haber sido por tu insistencia no me lo habría puesto jamás... de no ser por este collar, por la ayuda de la Señora, la verdad es que no sé si habría llegado a encontrar a James, si él y yo habríamos encontrado el camino que nos ha conducido a esta felicidad tan inmensa.

Mary alzó una mano y tocó la delicada joya, la sostuvo contra su piel. El colgante le quedaba justo entre los senos.

—Pero ahora sí que crees en él.

—¡Sí, claro que sí! —aún estaba lidiando con el broche—. De hecho, yo diría que creo en él, en su poder, incluso más que tú. He visto lo que puede hacer, he experimentado en carne propia adónde te puede conducir. ¡Ah!, ¡ya está!

Al notar que Henrietta le daba una palmadita en la nuca para indicar que ya estaba abrochado, Mary se volvió hacia ella y bajó la mirada hacia el collar para ver cómo quedaba contra su piel. El azul aciano de su elegante vestido de satén, que había sido elegido para combinar con el tono incluso más vívido de sus ojos, reflejaba los tintes violeta de las cuentas de amatista. Alzó la mirada hacia ella y le dijo:

—Gracias.

—No, gracias a ti —contestó Henrietta, sosteniéndole la mirada—. Soy consciente de que has estado esperando durante años a que llegara este momento, a recibir el collar y poder llevarlo puesto para encontrar a tu héroe verdadero. A pesar de lo impaciente que sueles ser, en este caso esperaste pacientemente y finalmente me presionaste en el momento justo. Estoy convencida de que has actuado así por influencia de la Señora, de que ya has sido guiada por su mano, porque no hay duda de que si James y yo estamos juntos te lo debemos en buena medida a ti.

Se detuvo para respirar hondo y su rostro se iluminó con una sonrisa, el tipo de sonrisa que Mary había bautizado en privado como «la sonrisa de cuando Henrietta está tan gloriosamente feliz que siente que está tocando el cielo con las manos».

—Por eso, por todo eso, te deseo la mejor de las suertes en la búsqueda de tu propio héroe.

Henrietta la abrazó con calidez tras decir aquellas palabras, y Mary le devolvió el afectuoso gesto. Sentía una felicidad sincera, una felicidad que surgía de lo más profundo de su corazón, al ver que su hermana había encontrado al hombre perfecto para ella. Aquel era el final de cuento de hadas de Henrietta, así que había llegado el momento de que ella saliera a por el suyo.

—¡Henrietta!

Se soltaron al oír la voz de su madre, y al volverse la vieron llamándola con la mano.

—¡Vamos!, ¡tienes que venir a la línea de recepción! Y en cuanto a ti, Mary, ¡ya deberías estar en el salón de baile!

Las dos hermanas intercambiaron una mirada y se echaron a reír. Se dirigieron a toda prisa hacia donde las esperaba su madre, y entonces la siguieron escalera arriba.

—¡La verdad es que no entiendo que os pasa! —le dijo Louise a Mary, una vez que llegaron a la línea de recepción. Titubeó al ver el collar que llevaba puesto, pero finalmente añadió—: en fin, únete a la fiesta y disfruta. Solo te pido que te portes bien.

—¡Sí, mamá!

Obedeció encantada... encantada con aquel baile, con la vida en general. Lo primero que tenía que hacer era dividir la sala en cuadrantes, ver quién estaba presente y quiénes iban entrando en el fabuloso salón de baile donde predominaban el blanco, el verde claro y el dorado.

Cada vez fueron llegando más y más invitados, y en poco tiempo había ya una verdadera multitud. Ella fue yendo de grupo en grupo, fue parándose a charlar aquí y allá según le apeteciera. Al ser una Cynster se había criado en el seno de la alta sociedad, así que se desenvolvía con total naturalidad en un evento así. Había aprendido desde edad muy temprana a actuar con corrección, sabía cómo manejarse en cualquier situación social. Incluso las grandes damas, después de observarla durante los últimos cuatro años, habían tenido que admitir que se sentía como en casa en aquella esfera y era poco probable que cometiera alguna impropiedad, a pesar de ser una joven dama que se empecinaba en hacer las cosas a su manera.

Ya había definido cuál iba a ser su camino a seguir, pero esa noche no iba a poder avanzar en ese aspecto porque el caballero en el que había puesto su punto de mira no figuraba en la lista de invitados. Así que no tenía ningún objetivo concreto más allá de disfrutar de la velada.

Los violines empezaron a tocar el vals, y James y Henrietta giraron por el centro del salón perdidos el uno en los ojos del otro; él estaba tan henchido de orgullo y ella, tan radiante de felicidad, que los invitados los contemplaron emocionados. Cuando los futuros esposos completaron el circuito de rigor y otras parejas empezaron a sumarse a ellos, Charlie Hastings, con quien había estado hablando en ese momento, la invitó a bailar y ella aceptó.

Lo cierto era que bailar el vals con él era agradable. Ella le veía como a un hermano mayor y le complació poder contarle cosas acerca de la señorita Worthington, una joven dama a la que conocía y a la que él le había echado el ojo.

Conforme la velada fue avanzando fue retirándose cada vez más hacia la pared. Aunque podía charlar y conversar como la que más y por lo general, cuando tenía algún objetivo en mente, era algo que le resultaba estimulante, su interés decaía cuando, como en ese caso, sabía que no había nada que pudiera ni quisiera conseguir de ninguna conversación dada.

No podía correr el riesgo de salir del salón. A su prima Eliza la habían secuestrado en aquella mismísima casa durante el baile de compromiso de Heather y, aunque era algo que había sucedido años atrás, si creían que ella se había esfumado de allí... no, esa era la clase de error que ella no cometía.

Pero había dos rincones muy convenientes, uno a cada extremo del largo salón. En ambos había grandes esculturas al desnudo, por lo que se habían colocado delante unas plantas que actuaban a modo de pantalla. Optó por dirigirse al que se encontraba entre el par de puertas dobles, ya que sabía que era menos probable que alguien ya se hubiera apropiado de él.

Cuando estaba acercándose a aquel extremo de la sala y estaba a dos metros escasos de su objetivo, se detuvo en seco cuando aparecieron ante sus narices los pliegues inferiores de un pañuelo exquisitamente anudado a un cuello, y a cuyos lados se extendía como un sólido muro un pecho masculino.

—Buenas noches, Mary.

Reconoció de inmediato aquella voz masculina y pecaminosamente seductora, y su mirada subió (y subió, y siguió subiendo) hasta llegar al absurdamente apuesto rostro de Ryder Cavanaugh. Había decidido años atrás que era ridículo que existiera una muestra tan divina de perfección masculina, como ridículo era también el efecto que tenía en las damas de la alta sociedad; mejor dicho, en las mujeres en general. Jamás había conocido a ninguna que se quedara inalterada ante él.

Era absurdo, y ella siempre se había asegurado de no dejar entrever siquiera que era consciente de su carisma, de la atracción que poco menos que emanaba de él en potentes oleadas.

Ryder había sido el heredero de su difunto padre, y se había convertido ya en el marqués de Raventhorne. Era bastante mayor que ella (debía de tener unos treinta años, y ella tenía veintidós), pero lo conocía desde siempre. La había sorprendido ver sus anchos hombros en la sala de estar antes de la cena y, más tarde, verle sentado al otro lado de la mesa a cierta distancia de donde se sentaba ella, pero después se había enterado de que era un conocido de los Glossup y había asistido a la cena en representación de su propia familia.

Ignoró la distracción que suponía aquella melena leonada con reflejos dorados, una melena gloriosa que demasiadas damas habían comparado a la de un león y que ejercía una fascinación táctil. Era una melena que la tentaba a una a tocar y a acariciar y a deslizar los dedos por aquellos espesos y suaves mechones, y había que estar en guardia constantemente para reprimir ese impulso. Lo miró a los ojos, unos ojos que eran una cambiante mezcla de tonos verdes y dorados y estaban enmarcados por unas espesas pestañas marrones, y le preguntó sin más:

—¿Qué es lo que quieres, Ryder?

Él la observó en silencio y enarcó una ceja mientras dejaba que los segundos fueran pasando, pero ella era demasiado inteligente como para dejar que una táctica así la afectara. Se mantuvo firme y adoptó una expresión de ligero aburrimiento.

—A decir verdad —murmuró él al fin—, me preguntaba hacia dónde te dirigías con tanta determinación.

Cómo se las ingeniaba aquel hombre para lograr que su voz evocara en la mente de una la imagen de un lecho era un misterio al que ella jamás había podido darle respuesta. Se dio cuenta de repente de que, teniendo en cuenta lo alto que era (el título de hombre más alto del salón debía de estar entre él y Dominic, el marido de Angelica), no habría tenido problema alguno para seguirla con la mirada entre el gentío.

Cabía preguntarse por qué habría estado observándola, lo más probable era que verla abrirse paso entre la multitud con un claro objetivo en mente le hubiera llamado fugazmente la atención. Había oído a infinidad de matronas quejarse del hecho de que él se aburría con suma rapidez; también había oído la descripción «grande, rubio y un verdadero peligro» para referirse a él, y al parecer su desempeño en la alcoba era no solo satisfactorio, sino increíblemente brillante.

Aun así, ella siempre había sido consciente de la voluntad de acero que se ocultaba bajo aquella apariencia de lánguido león, y sabía que podía ser tan empecinado como ella si decidía que quería algo... algo, por ejemplo, como entretenerse jugando con ella durante una aburrida velada.

No se podía negar que la idea la atraía bastante. Ryder tenía una gran agilidad mental, era ingenioso, su labia estaba especiada con un punto de mordacidad y no se escandalizaba ante nada, pero a la vez había en él... nunca había sabido cómo definirlo con exactitud, pero... podría decirse que era una profunda fuerza que, dejando al margen su ridícula belleza, siempre la había llevado a mantener una prudencial distancia.

Siempre había pensado que si Ryder Cavanaugh decidiera cazarla no tendría escapatoria, pero tenía muy claro cómo era aquel hombre. Por mucho que ella fuera una de las mujeres más fuertes de la alta sociedad, incluso de su familia, ni siquiera ella podría albergar la esperanza de poder manejarle.

Deberían apodarle Ryder el Incontrolable.

Teniendo en cuenta el punto en que se encontraba del camino que se había marcado a sí misma, el hecho de que él, precisamente él, mostrara interés por ella (por muy leve e inocente que fuera dicho interés), no solo era innecesario, sino que podía resultar contraproducente para ella y crear inesperados problemas que la obstaculizarían.

Dado que el collar estaba al fin en sus manos y podía avanzar a buen paso en pos de su objetivo, no estaba dispuesta a permitir que Ryder la utilizara a modo de entretenimiento durante aquella velada.

Él estaba esperando su respuesta. El hecho de que estuviera haciéndolo, de que estuviera esperando sin moverse lo más mínimo ni apartar la mirada de su rostro, significaba que con cada segundo que pasaba se acrecentaba el riesgo de que su atención, aquella atención intensa y felina de un depredador al acecho, se fijara aún más en ella...

Alzó la barbilla y le dijo con rotundidad:

—No quiero jugar, Ryder. No contigo —sabía que él aceptaría un rechazo firme y directo, pero que si no era clara se arriesgaba a despertar aún más su interés, así que le sostuvo la mirada y se limitó a decir—: lo único que vas a lograr es complicar las cosas, así que te pido que te vayas a perseguir a otra persona.

Dio unas palmaditas con toda naturalidad en aquel brazo que parecía acero puro bajo la tela, y sin más pasó junto a él y se alejó entre el gentío.

Ryder Cavanaugh, marqués de Raventhorne, se quedó allí, completamente pasmado.

—Debo de estar perdiendo mi toque especial.

Lo dijo en voz alta, consciente de que nadie iba a oírlo en medio de aquel barullo de voces. Giró la cabeza y vio a Mary circulando entre los grupos de gente, parándose a charlar brevemente con algún que otro invitado antes de proseguir su camino.

—¿A qué diablos ha venido eso?, ¿se puede saber adónde

demonios va? —y por qué—. Está claro que estoy perdiendo facultades —o eso o... pero las ventajas con las que había nacido no le habían fallado nunca. No era tan engreído como para creer que todas las mujeres debían acudir en tropel al ver su sonrisa, pero eso era lo que solía suceder.

Mary, sin embargo, había huido a toda prisa... no, peor aún, se había marchado con toda la calma del mundo.

No entendía aquella actitud, pero lo que tenía claro era que ella había escogido sus palabras, la forma en que le había parado los pies, de forma deliberada; a decir verdad, Mary había sido perspicaz, porque en condiciones normales él habría sonreído, habría admirado para sus adentros su franqueza, y se habría marchado en busca de alguna presa más dispuesta.

Bien sabía Dios que no había escasez de ellas.

El problema era que había decidido cambiar de dieta, así que...

Aún tenía la mirada puesta en ella, por lo que vio cómo la interceptaba una dama de estatura similar a la de ella y espectacular melena rojiza con reflejos dorados. Era Angelica, la condesa de Glencrae, que la tomó del brazo y le dijo algo con una sonrisa antes de conducirla hacia un lado del salón, hacia uno de los dos rincones que quedaban ocultos tras unas voluminosas plantas.

Ya estaba dirigiéndose hacia allí incluso antes de que la idea tomara forma en su mente. Hacía mucho que había descubierto que la mejor forma de abrirse paso entre una multitud era avanzar en línea recta y con paso firme, porque su tamaño hacía que la gente se apartara de su camino de forma instintiva. Su avance no provocaba apenas oleaje en aquel mar de gente, así que, con un poco de suerte, si no fijaba la mirada directamente en ellas, ninguna de las dos se daría cuenta de su llegada.

Se internó entre las sombras de las plantas sin que ninguna de las dos se percatara de su presencia, y las vio paradas en el extremo más alejado del rincón. Apoyó los hombros contra la pared, junto a la estatua, y aguzó su excelente oído para oír lo que decían.

Mary suspiró para sus adentros cuando su prima Angelica, quien superaba a Henrietta en edad por unos meses y había sido la anterior poseedora del collar, la miró con ojos penetrantes y le preguntó:

—¿Qué es lo que estás tramando?

—¿Por qué crees que estoy tramando algo?

—¡Pues porque te conozco, mi dulce y querida Mary! —Angelica soltó una carcajada, y lanzó una mirada por encima del hombro hacia los invitados antes de volverse de nuevo hacia ella—. Acéptalo, tú y yo somos las que más nos parecemos de toda la familia, y Henrietta me contó que poco menos que la habías obligado a ponerse el collar. Por cierto, bien hecho, yo habría hecho lo mismo de estar en tu lugar. Pero la cuestión es que está claro que lo hiciste porque ahora tienes un objetivo en mente. Hasta ahora no habías insistido en que Henrietta se pusiera el collar porque no te hacía falta, porque hasta hace poco no tenías a nadie en tu punto de mira.

Alzó una imperiosa mano para detenerla al ver que iba a contestar, y añadió con voz firme:

—No, no te molestes en intentar decirme que simplemente decidiste que, a los veintidós años, había llegado tu turno, que había llegado el momento de encontrar a tu héroe verdadero. Eso no me lo creo —le sostuvo implacable la mirada—. Venga, confiesa. Le has echado el ojo a algún caballero, ¿verdad?

Mary la miró con rebeldía y apretó los labios con fuerza, pero sabía a la perfección cómo era Angelica y al final no tuvo más remedio que ceder.

—Sí, pero eso solo me concierne a mí. Se trata de mi héroe, así que soy yo la que decide.

Su prima la observó en silencio unos segundos y su expresión se volvió pensativa, casi intrigada.

—Ya veo...

Mary esperó a que se explicara. Al final, irritada pero incapaz de resistirse (era cierto que las dos eran las más parecidas y, en consecuencia, las que tenían más capacidad para exasperarse la una a la otra), le preguntó:

—¿Se puede saber qué es lo que ves?

—Que yo sepa, el collar nunca ha funcionado así, con la portadora tomando la decisión previamente y usándolo después para verificar su elección. Es eso lo que te propones hacer, ¿verdad?

—Sí, pero no veo por qué no habría de funcionar así.

Bajó la mirada hacia la joya y observó la sección en la que estaba engarzada el colgante de cuarzo. Dicho colgante se encontraba en ese momento entre sus senos, oculto bajo el vestido, y notó que estaba agradablemente cálido, pero supuso que eso se debía a que había absorbido el calor de su piel.

—Estoy absolutamente convencida de que he encontrado al caballero perfecto para mí, lo que pasa es que... quiero asegurarme.

Alzó la mirada hacia su prima, que escudriñó sus ojos antes de decir con voz más suave:

—No estás segura, eso es lo que pasa, y en ese caso...

Mary alzó la barbilla en un gesto de testarudez.

—¡No es eso!, ¡sí que estoy segura! Si supieras a quién tengo en mente, coincidirías conmigo en que es perfecto para mí. Tan solo necesito tener el visto bueno de la Señora, su sello de aprobación. Estoy convencida de que va a estar de acuerdo con mi valoración.

Angelica se quedó mirándola unos segundos más, y finalmente asintió y le tocó el brazo.

—Está bien, espero de corazón que todo salga de acuerdo a tus deseos. Pero... no, no me mires así, deja que siga... pero si ahora que llevas puesto el collar no sientes nada especial por ese misterioso caballero tuyo, si él no te cautiva, si no es capaz de exasperarte como nadie, si no te saca de quicio hasta el punto de que no puedes dejar de pensar en él... por favor, prométeme que harás caso a lo que te aconseje la Señora. Ella no te fallará en ningún caso, te lo aseguro.

Desde donde estaba parado, Ryder alcanzaba a ver bastante bien la cara de Mary. Tenía la barbilla firme y alzada, y había apretado los labios. Su testarudez era legendaria, así que se sorprendió un poco cuando la vio asentir al cabo de un momento.

—Está bien —hizo una pausa antes de añadir—: gracias, Angelica. Soy consciente de que lo que acabas de decirme es la pura verdad.

Ryder la vio bajar la mirada hacia el extraño collar que rodeaba su esbelto cuello; al cabo de unos segundos, miró de nuevo a su prima y afirmó:

—Si quiero encontrar a mi héroe, tengo que aceptar el veredicto de la Señora, sea cual sea.

Angelica se echó a reír.

—Bueno, no ha sido tan difícil admitirlo, ¿verdad? —la tomó del brazo y se volvieron hacia la multitud—. Sé que aceptar los decretos de la Señora no siempre es tarea fácil, pero a todas las demás nos ha ido de maravilla y tú no vas a ser la excepción, ya lo verás. Anda, ven a hablar con Dominic, antes me ha comentado que aún no había tenido ocasión de conversar contigo.

Las dos primas se internaron entre el gentío tomadas del brazo y Ryder se quedó allí, dándole vueltas a lo que acababa de oír.

El destino, que casi siempre le echaba una mano, parecía sonreírle de nuevo con benevolencia.

Mary Cynster estaba buscando al caballero perfecto para ella, y él estaba buscando una esposa que no le aburriera. Su intención había sido interactuar con ella para ver si podrían congeniar. No habría sabido decir por qué, pero ella siempre le había llamado la atención y, más aún, siempre había despertado su interés, pero como ella siempre había procurado mantenerle a distancia...

Parecía ser que él, Ryder Cavanaugh, marqués de Raventhorne, no cumplía con los requisitos para ser su héroe, que no estaba a la altura de sus exigencias, cualesquiera que estas fueran.

Se apartó de la pared y, tras salir de detrás de las plantas, esbozó una sonrisa de lo más leonina y se adentró de nuevo en la multitud.

Cualquiera que le conociera sabía que él nunca se achantaba ante un desafío.